KB149888

문학사의 라이벌 의식

지은이 | 김윤식

1936년 경남 진영 태생.

문학평론가, 서울대 명예교수.

저서로는 『임화와 신남철』(2011), 『기하학을 위해 죽은 이상의 글쓰기론』(2011), 『혼신의 글쓰기, 혼신의 읽기』(2011), 『한·일 학병세대의 빛과 어둠』(2012), 『내가 읽고 만난 일본』(2012), 『전위의 기원과 행로』(2012), 『내가 읽은 박완서』(2013), 『내가 읽은 우리 소설』(2013) 등이 있음.

문학사의 라이벌 의식

초판 1쇄 발행 _ 2013년 8월 30일
초판 2쇄 발행 _ 2014년 12월 5일

지은이 김윤식
펴낸곳 (주)그린비출판사 | **주소** 서울 마포구 동교로17길 7, 4층(서교동, 은혜빌딩)
전화 02-702-2717 | **이메일** editor@greenbee.co.kr | **등록번호** 제313-1990-32호

ISBN 978-89-7682-156-0 03800
이 도서의 국립중앙도서관 출판시도서목록(CIP)은 서지정보유통지원시스템 홈페이지(http://seoji.nl.go.kr)와 국가자료공동목록시스템(http://www.nl.go.kr/kolisnet)에서 이용하실 수 있습니다.(CIP제어번호: CIP2013014604)

나를 바꾸는 책, 세상을 바꾸는 책 www.greenbee.co.kr

문학사의
라이벌 의식

김윤식 지음

그린비

차례

문학사의
라이벌 의식

1장_ 다섯 가지의 유형론
서론을 대신하여

1. 위신을 위한 투쟁

문인이란 물론 상상적인 글쓰기를 전문으로 하는 사람이지만, 그도 한 인간인지라 당연히도 인간적 삶의 원칙에서 벗어날 수 없다. 헤겔은 이를 승인욕망 또는 대등욕망이라 규정했다. 한 인간이 자기를 인식하고자 하면 타자와의 비교 없이는 불가능한데, 그 타자로부터 인식되기 위해서는 최종적으로 '위신을 위한 투쟁'(Prestigekampf)이 불가피하다. 곧, 생사를 건 투쟁이 아닐 수 없다. '생사'라는 엄청난 말을 등장시켰지만, 적어도 '의식'상에 있어서는 그러할 터이다. 문인에 있어서도 사정은 같다고 볼 수 있다. 문인에 있어 타자란 기성의 문인들일 경우도 있겠지만, 적어도 '생사' 운운할 만큼 의식을 지배하는 것은 당연히도 동시대의 문인이 아닐 수 없다.

　이 책에서 내가 다루고자 하는 것은 바로 이 후자이다. 범속하게 '문학사의 라이벌'이라 한 것은, '문학사'에도 동등한 비중을 두었음에서 붙여진 것이기에 아무래도 설명이 조금은 없을 수 없다.

문학사라 했을 땐 과학적 용어이기에 앞서 하나의 '유기체'라는 통념에서 비껴가기 어렵다. 유기체인 만큼 생명유지를 기본항으로 하면서도 새로운 창조력을 대전제로 하는바, 이 창조력 없이는 생명유지가 사실상 타성에 빠져 조만간 불가능해지기 때문이다. 라이벌이라는 개념은 이 창조력에 관여하는 '문제적 개인'이 아닐 수 없다. 그는 창조적인 것에 관여하는 또 다른 대립적 자아인 만큼 위신을 위한 투쟁을 비껴갈 수 없다.

2. 경성제대 아카데미시즘에 맞선 도남과 무애

이 원칙에 관여하는 계기를 문제 삼을진대, 물론 그것은 시대적 상황에서 벗어날 수 없다. 그 시대성이 거대담론의 수준에서 첨예하게 작동된 경우가 도남 조윤제와 무애 양주동의 경우라 할 것이다. 식민지에 세워진 '경성제국대학'(6번째 제국대학)의 아카데미시즘에 도남은 정신과학(해석학)으로, 무애는 실증주의를 뛰어넘은 시적 직관으로 도전함으로써 창조 도식을 세워나갔는데, 그러니까 라이벌의 대상은 당연히도 '경성제국대학'이었다.

3. 『창작과 비평』의 취약점과 강점

이러한 시대성과는 무관한 라이벌의 경우는 어떠했을까. 나는 기독교 가문의 목포 약종상(藥種商) 집안의 김현과, 전남 장흥의 빈곤한 가문의 이청준 사이에 벌어진 다음 장면을 사랑한다.

그런데 그 무렵[1981년 정부 파견 문인 세계연수여행 — 인용자] 어느 날 내 내심을 들은 김현이 엉뚱한 협박을 해왔다.

"그래? 네놈 안 가면 나도 안 가는 거지 뭐. 난 이미 다녀온 곳이 많지만, 이번에 네가 간다길래 함께 따라가보려 했더니!"

"내가 안 가는데 귀하까지 왜?"

그의 결연한 말투에 내가 되물으니 위인의 설명이 나로선 더욱 뜻밖이었다.

"내가 지금까지 네놈 글을 좀 아는 척해 왔지만 네 본바탕이나 엉큼한 속내는 대강밖에 별로 아는 게 없었잖아. 그래 이번 길에 함께 하면서 네놈이 어떤 인간 족속인지 곁에서 좀 살펴볼 참이었지. 그런데 네가 안 간다면 나도 뭐……."

결국 그렇게 해서 그와 함께 떠난 길이었다.

— 이청준, 『그와의 한 시대는 그래도 아름다웠다』, 현대문학사, 2003, 32쪽

이것은 작가와 비평가의 관계에서 벗어나, 개인의 이해 자체의 지난함을 보여 주는 사례이기에 시대성과는 별개의 차원이다. 그러나 김현이 가진 『창작과 비평』의 주간인 백낙청과의 라이벌 의식은 매우 특권적이고도 휘황한 빛을 뿜어내는 것이었다. 이는 시대성과 개인적인 인간 이해의 양쪽에 함께 관련된 곳에서 빚어진 현상이었다. 계간지 『창작과 비평』(1966)이 솟아올랐을 때 이에 제일 민감히 반응한 쪽은 『산문시대』, 『사계』, 『68문학』 등을 주도한 김현이었다. 김현이 호시탐탐 노려온 것은 『창작과 비평』의 취약점이었다. '비평'만 있고 '창작'이 결여된 이 계간지의 주간은 하버드 대학에서 정식 문학을 공부한 인물이었다. 김현으로는 이

초국가인 미국의 세계성을 안마당에서 배운 백낙청에 접근할 수도 없었지만 내면성으로 이를 수용하지 않으면 안 되었다. 그 내면성이 계간지의 취약점 탐색으로 튕겨져 나온 형국이었다. "너희가 세계문학을 아느냐? 이 우물 안 개구리들아 들어라!"라는 무언의 외침에 대해 김현은 "네가 한국문학을 아느냐!"라고 맞받아쳤다. 영문과라든가 프랑스문학 전공이란 이쯤에 오면 '한국문학사' 쟁탈전의 양상을 띠지 않으면 안 되었다. 이로써 어느 정도의 균형 감각이 이루어졌다. 계간 『문학과 지성』(1970)의 탄생이 그 증거이다. 그러나 "네가 한국문학을 아느냐!"에서 김현은 스스로를 어느 수준에서 억제하지 못하고 말았는데, 그만큼 라이벌 의식의 초조함에서 온 현상이 아니었을까. 곧 '한국문학-한국문학사'의 길이 그것이었다. 여기에 김현의 돌이킬 수 없는 자기모순이 깃들어 있었다. 즉 "나의 조국은 프랑스다"를 한국어로 번역해도 "나의 조국은 프랑스다"였기 때문이다. '실증주의 정신'(김윤식)과 '실존적 정신분석'(김현)의 만남이라 했지만 정작 『한국문학사』(1973)가 겉모양만 그러한 형국을 빚은 것은 결코 우연이 아니었다.

이 자기모순이랄까, 자기기만을 극복하기 위해 김현은 온 힘을 쏟았는데, 그것은 사르트르의 '실존적 정신분석'이 아니라 해석학이었다. 김현이 전개한 해석학의 탐구는 당시로서는 유서 격인 『행복한 책읽기: 김현의 일기, 1986~1989』에 오면 하나의 장관이자 기적에 가까운 것이었다. "자기의 경험으로 환원되지 않는 어떤 사상도 신용하지 않는다"로 요약되는 김현의 해석학은 이론, 추상, 논리를 지향하는 백낙청 식의 추상적 논리와 더불어 인간의 고유한 두 가지 성향의 드러냄이기에 지금도 그 빛은 조금도 약해짐이 없는 성질의 것이다. 이땐 김현에게 『창작과 비평』이나 백낙청이 안중에 없었다고 할 것이다.

4. 하버드 대학과 백낙청의 자기모순의 지속성

이론을 세우고자 하는 지향성 쪽에 깃발을 들고 선 백낙청에 있어 자기모순은 무엇이었을까. 이 모순 없는 어떤 삶도 무가치하다는 전제 위에 선 마당에서라면 백낙청은 두 가지 자기모순성의 극복에 전력하지 않으면 안 되었는데, 이론 탐구의 강렬성에 비례하여 모순도 극대화되기 때문이다. 그 하나는 세계성과 '초근목피'(草根木皮)의 향토 사이의 거리감에서 오는 절망이다. 당초 제비를 잘못 뽑은 이 하버드대 출신 수재는 죄의식·사명감에 밤낮을 시달리지 않으면 안 되었다. 지식인의 자세와 문인의 자세 사이의 거리감 메우기에 진력해야 했다.

다른 하나의 모습은 이론과 실천의 거리감, 그 모순이었는데 그것이 절정에 이른 것이 '5월의 광주'(1980)였다. 이 두 가지 모순 극복의 노력은 당시로서는 장관이자 '기적'이라 표현함에 인색할 수 없다. 마르크스 말대로 지혜란 실천을 가리킴이니까. 그럼에도 그것은 또 그를 괴롭혔을 터이다.

『문학과 지성』은 안중에도 없는 것, 한국사회 자체의 정치·문화에로 향한 것이었는데, 그에겐 그럴싸한 힘이랄까 배경이 있었고 이것이 그를 괴롭혔던 것이다. 가령, 1977년 리영희 교수 필화사건 때의 에피소드 한 대목에서도 그 특권적 자리가 표나게 세계 속에서 드러났던 것.

백낙청 교수에게는 하버드 대학 졸업생이라는, 남한사회에서는 특권적인 조건이 있으니까 아마 나하고는 다른 대우를 했겠지. 미국 시사주간지 『뉴스위크』가 나의 필화사건을 상당히 크게 보도했어요. 그런데 나를 중심으로 보도한 것이 아니라 백낙청을 중심으로 했더군. 그것이 백교수에게는 결정적으로 유리한 증언의 역할을 한 셈이지요. 미국은 물론 세계 도처의 유력한 하버드 동문들의 항의서가 한국 정부에 보내졌고. 그들은 나를 잡으려고 한 거지 백낙청을 잡으려고 한 것이 아니니까.

— 리영희·임헌영, 『대화』, 한길사, 2005, 475쪽

이 특권적 자리야말로 백낙청의 자기모순의 원죄적인 인식에 해당되는 것이 아니었던가. 한동안 그가 제3세계문학 및 문화를 치세워 미국 중심의 제국주의가 빚어낸 갖가지 죄악상을 폭로하기도 했지만 그래 봤자 위의 특권적 위치에 내속(內屬)될 성질의 것이었다. 이런 의미에서 하버드는 원죄의식이자 업보에 해당되는 것이었다. 그는 이 업보를 자기모순으로 안고 살아가야 했다. 그가 깃발처럼 세계성, 인류사를 내세웠지만, 그것은 마르크스가 말하는 유적(類的)인간 및 인간·자연의 관계론과는 전혀 별개였다. 어쩌면 인류사·세계성 따위도 '하버드스러운' 사고의 틀 속에 나온 것이어서 진정한 '초근목피'와는 상응하기 어려운 것이었다. 그를 두고 당대의 한 '장관'이요 '기적'이라 한 것도 이 범주 내에서의 일이었다고 할 것이다. 결과적으로 남는 것은 인간 본성의 가능성이라 할 것이다. "자기의 경험으로 환원되지 않는 어떤 사상도 믿지 않는다"는 김현과 "추상, 이론, 주장, 논리를 내세우는 것"이야말로 인간 본질에 속하는 것이라는 백낙청. 이 인간적 본질을 확실히 보여 줬다는 점에 김현·백낙청의 문학사적 라이벌 의식이 생생히 살아 있다고 할 것이다.

5. 말꼬리잡기 식 논쟁의 대중성

문학사의 라이벌 의식의 직접성을 전형적으로 보여 주는 사례로는 김수영·이어령의 논쟁을 들 것이다. 이른바 '불온시 논쟁'이라 말해진 이 참여·순수 문학 논쟁은 말꼬리잡기 식 수사학 놀음의 겉모습을 띠었다. 말꼬리잡기의 곡예는 실로 구경거리였지만 이외에도 거기에는 보수지인 『조선일보』편집국장 선우휘, 논설위원 이어령 등과 진보적 성향의 『사상계』와의 관련성이 잠복해 있긴 했지만. 아마도 다음과 같은 평가가 이 논쟁의 얕음과 그 때문에 가능했던 대중성의 획득을 올바로 지적했다고 볼 것이다.

> 그러나 그 논쟁의 수준은 별것 아니었습니다. 두 분 다 당시 젊은 비평가들의 사회과학적 수준에 못 미쳤지요. …… 다만 그런 논의를 일간신문을 통해 정식으로 거론하여 대중화하는 빌미를 줬다는 점에서 중요한 논쟁이었다는 평가입니다. 그 무렵 수입 위주의 서구의 학문, 사상, 예술에 대한 각성에서 '한국학'이라는 말이 유행되기 시작했고, 6·25이후 금기시되었던 '민족주의'란 단어가 부활했습니다. 아시아, 아프리카, 라틴아메리카의 제3세계에 대한 연구가 발을 붙이려 할 때였지요.
>
> ─『대화』, 394쪽, 임헌영의 발언

이 증언에서 주목되는 데는 바로 일간지를 통한 대중화에 있었다. 순수·참여논쟁의 논리적 문제를 비껴감으로써 얻은 것은 말꼬리잡기에 상승작용한 대중화였다.

6. 문학사의 라이벌 의식에 가장 접근한 박상륭·이문구

지금껏 네 가지 유형의 라이벌 의식을 검토했거니와 어느 것이든 그만 한 의의와 성과가 기대 이상이었다. 당대의 '장관' 혹은 '기적'이라 부를 수 있을 만큼, 다소 굴곡은 있지만 사상적 깊이를 갖추었음에서 그런 성과가 온 것이다. 다섯번째의 라이벌 의식은 이런 사상적 무게랄까 깊이와는 전혀 별개의 유형이라 할 만하다. 나는 이 유형을 '샤머니즘의 세계화'라고 부른 바 있다(김윤식, 『다국적 시대의 우리 소설 읽기』, 문학동네, 2010).

서라벌예대 동급생인 전라도 장수면의 욕심쟁이 박상륭과 충청도 보령 관촌 마을 출신의 '독종' 이문구와의 만남의 기묘함은 소설 쓰기와 술 먹기의 절묘한 균형감각에서 왔다. 이 균형감각의 파탄을 내심으로 바라는 '키 큰 평론가'(박상륭 용어)가 있었다. 『문학과 지성』을 이끌어 나간 두목 김현이 그다. 이 계간지의 지향성은 김동리 식 샤머니즘과 참여파의 극복에 두었던 만큼 이 두 가지 심리적 복합물의 병폐를 치유하는 의사의 몫에 놓여 있었다. 김현의 안목에 따르면 박상륭, 이문구야말로 병폐의 치유를 위한 적임자로 보였다. 스승을 '배신' 혹은 극복할 수 있는 싹이 거기 움트고 있었다. 그러나 박상륭의 『칠조어론』(1994)이 나왔을 때 놀란 것은 '키 큰 평론가' 쪽이었다. 28조 달마급으로 그는 새로운 교주로 자임하고 있었다. '6조 단경'을 이은 7조라 자처한 박상륭 앞에 스승 김동리의 샤머니즘은 초라한 꼴로 전락해 있었다. 바로 말해 스승 김동리의 '자기 동네식 샤머니즘'이 박상륭에 의해 '샤머니즘의 세계화'로 나아가고 있었다. 박상륭은 노력이민(부인 간호사)으로 호서(湖西) 밴쿠버의 한 동굴에 면벽하여 9년 수행을 한 뒤에 그의 말투로 하면 '호동'(湖東)의 중생들이 하 불쌍해서 흡사 차라투스트라처럼 한 손엔 뱀, 다른 한 손엔 독수리를 들고 찾아온 것이었다. 물론 니체처럼 그는 실패하기 마련인데 호동의 눈멀고 귀 먼 중생들인 까닭이었다. 할 일 없이 다시 호서로 가서 면벽 9년을 보낼 수밖에. 이번엔 중원(中原)의 어법이 아니라, 인도 자이나교의 어법으로 나올 수밖에. 『잡설품』(2008)에 오면 그 유정물인 인류사적 발전 단계가 일목요연하여 과연 샤머니즘의 세계화가 달성되고도 남은 형국을 빚었다.

한편 스승 김동리의 직계 제자로 자처하던 보령 관촌 마을 출신의 이문구는 어떠했던가. 호동, 호서를 잇는 길목에 그는 서 있었기에 박상륭·이문구는 샴쌍생아의 형국을 빚었는데 그도 그럴 수밖에 없는 것이 스승 김동리를 배반, 극복함이 무의식 속에 자리를 잡고 있었기 때문이다. 여덟 편의 단편집 『관촌수필』(1977)이 그 징후였다. 이건 절대로 소설일 수 없다. '소설미달'이거나 '소설초월'이라고 부를 수밖에 없을 만큼 이문구는 절박했다. 「공산토월」(空山吐月)을 두고 당대의 한 시인은 비장하게 읊었다.

> 부리부리 화경눈으로
> 사람 쏘아보기는커녕 불쌍히 여겨
> 제 것 주고 나서
> 빈 몸이 보름달인 양 무던하다
> 결곡한 양친 난리에 바치고
> 네 형제 또한 난리에 목숨 무너져버리니
> —고은, 「대천 이문구」 중, 『만인보 8』, 창작과비평사, 1989

대천에 가거든 거기서 잡은 생선을 먹어서는 안 된다고 시인은 비장한 토까지 달았다. 이런 그가 쓰는 글이 어찌 지어낸 소설 나부랭이겠는가. 『관촌수필』이 『칠조어론』인 곡절이란 이에서 말미암았다. 박상륭과 이문구를 저울에 올려놓고 그 문제를 재본다면 어떤 저울이든 한 치의 어긋남 없는 균형이 이루어졌다. 그러나 그 지향성은 정반대였음에 주목하지 않을 수 없다. 스승 김동리의 '지방성' 샤머니즘을 '세계화'함으로써, 스승을 배신하면서 동시에 스승을 빛낸 야심찬 제자가 박상륭이었다면, 이문구도 꼭 같았지만 다만 그 지향성이 박상륭과 달랐다. 곧, 스승의 '지방성' 샤머니즘을 더욱 '지방성으로 특권화하기'가 그것.

　　　이 샤머니즘은 무엇인가
　　　저 1만년 전 이후
　　　오늘 아침의 나에게 이르기까지
　　　백발 성성히 와 있는
　　　이 샤머니즘은 무엇인가

　　　그토록 배척받았건만
　　　그토록 부정당했건만
　　　그토록 능멸당했건만
　　　땅 밑으로 잠겨
　　　오늘 아침 나에게 이르기까지
　　　이 샤머니즘은 무슨 피인가 무슨 피의 피인가

초사흘 저녁

나 어릴 적 연 날리고 돌아오면

어머니는

안주머니에 부적을 넣어주신다

꼭꼭 간수하라고

몇번이고 챙겨주신다

……

이런 어머니의 힘으로

나는 한국현대사 험한 고비

죽을 고비

요리조리 넘겨 살아왔다

사형에서 무기

무기에서 20년

그러는 동안

나에게는 늘상 어머니의 부적이 따라다녔다.

늘상 어머니의 기도가

세상 밖을 세상 안으로 바꾸어주었다

— 고은, 「어느 사상범의 주술」, 『만인보 23』, 창비, 2006

여기엔 김동리 식 샤머니즘은 없다. 천하 욕심쟁이(미당의 표현) 김
동리의 샤머니즘이란 한국인의 생사관 탐구였던 것. 기독교와의 싸움 따
위란 안중에도 없었으니까. 당연히도 김동리의 샤머니즘은 주체성, 부계

(父系)의 레벨에 놓인 것이었다. 그것은 "부적으로써 세상 밖을 세상 안으로 바꾸는 것"과는 비교도 안 되는 것이었다. 이문구는 스승의 이 큰 욕심을 알아차렸지만 그 경사진 면에서 샤머니즘으로 "분단시대의 벌 서기"(박태순의 지적)라는 작은 움막을 짓고자 했다. 스승의 그것(한국인 전체)에 비해 이 움막의 특권화를 겨냥한 것이었다. 정리하자면 삼각형 꼭짓점에 스승 김동리가 있었고, 양쪽 변에 박상륭과 이문구가 마주하고 있었다. 박상륭이 샤머니즘의 세계화로 치달았다면 이문구는 「공산토월」에서 보듯 움막으로서의 샤머니즘화로 향했다. 박상륭이 닿은 곳은 호동의 어법도 중원의 어법도 넘어선 자이나교의 유정물(有情物) 생성론이었다면 이문구가 닿은 곳은 '물빛 무늬'였고 그 방법론은 전(伝)의 형식에서 찾고자 했다. 이로써 서라벌예대의 두 수제자는 스승을 배신하면서 스승을 빛낸 결과를 빚었다. 이 어찌 '기적'이 아니며 '장관'이 아닐 수 있으랴.

7. 문학사란 추상인가 주체성인가

이상에서 내가 시도한 '문학사의 라이벌'의 다섯 가지 의식 유형을 보였거니와, 그렇다면 다시 문제는 원점으로 되돌아온 느낌을 물리치기 어렵다. 문학과 예술의 역사란 오랫동안 작가와 작품의 역사였다. 그렇다면 제3계급이라 할 독자, 청중, 관객을 은폐한 것으로 보지 않을 수 없다. 이 제3계급의 관여 없이는 구체적인 역사 곧 문학사(예술사)란 성립되지 않을 터이다. 이 제3계급이 작품을 수용, 향수, 판단, 거부, 선별하지 않을 수 없다고 야우스(Hans Robert Jauß)의 수용미학 측에서는 주장한다. 문학사란 구체성을 전제로 한 것인 만큼 이 범주 속에서의 라이벌 관계가 놓이지 않을 수 없다. 그러나 내가 지금껏 논의해 온 '문학사'란 주체성에서 떠난 것, 곧 추상적인 것이었다. 오직 작가(논자)를 못 견디게 자극하는 그러한 추상적인 것이었다. 작가의 의식을 알게 모르게 짓누르는 그 무엇의 명칭으로서의 문학사였던 것이다. 도남의 경우 추상으로서의 국민국가의 앙상하나 견고한 골격을 '정신과학'이라고 밀어붙였다면, 무애의 경우 실증주의의 가면을 쓴 시적 직관으로써 '경성제국대학'의 아카데미시즘과 맞섰고, 김현에 있어서는 『창작과 비평』이었고 그 결과는 독자적인 해석학이었다. "자기의 경험으로 환원되지 않는 사상이란 신용하지 않는다"가 그것. 한편 『창작과 비평』의 백낙청은 "추상, 이론, 주장, 논리의 건설"이었다. 경험주의(4·19의식)도 추상의 건설도 인간 고유의 두 영역이기에 어느 쪽도 소중하기는 마찬가지. 다만 후자에서는 보조선이 그어져 있었는데 하버드 대학의 귀족주의와 '초근목피'에 대한 죄의식·사명감의 모순성이 논리적 에너지의 원천으로 지속성을 가져왔다면, 전자에서는 '5월의 광주'사태 의식을 모르는 4·19의식이 그 모순성으로 작동, 거기서 지속성의 에너지를 얻어 내었다. 이러한 혼신의 힘을 기울인 도남, 무애, 김현, 백낙청의 경우에 비해 말꼬리채기에 함몰된 경우를 김수영, 이어령에서 볼 수 있다. 철학 빈곤의 순수·참여 논쟁이 비록 『조선일보』와 『사상계』의 뿌리를 스치고 갔다 해도 이론 빈약의 비판을 면하기 어렵지만 그 대신 일간지를 통해 대중화에 기여한 한 가지 사례라 할 것이다. 그러나 가장 극적인 문학사의 라이벌 의식은 박상륭·이문구의 경우라 할 것이다. 스승 김동리를 배신함으로써 진짜 스승을 빛낸 박상륭은 『칠조어론』의 교주로 자처했고 이문구 역시 『관촌수필』로 그 명분을 삼았다. 이는 '샤머니즘의 세계화'와 '샤머니즘의 움막 짓기'로 각각 정의된다. 스승 김동리가 문학사의 추상이자 동시에 실체이기도 했기에 문학사의 라이벌 의식의 범주이며, 『칠조어론』과 『관촌수필』이 호서(湖西)와 호동을 사이에 둔 긴장관계에서 이루어진 것이기에 문학적 라이벌 의식의 성과가 아닐 수 없다.

이상에서 살핀 다섯 가지 라이벌 의식은 이 나라 문학사의 한 가지 높고 귀한 가능성이 아닐 수 없다. 적어도 문학사를 추상으로 보든, 구체성으로 보든, 이 다섯 가지 의식은 단연 일종의 장관이자 기적이라 할 것이다. 왜냐면 우리는 이미 관객이 아니기에 그러하다. 곧 우리 자신이 하나의 '장관'이자 '기적'이니까.

2장 _ 정신과학의 유연성과 실증주의의 시적 직관

경성제대의 아카데미시즘에 도전한 무애와 도남

1. 제국 일본이 세운 6번째 대학

1929년은 국문학 연구 분야의 학문적 원점의 하나이다. 이 원점의 중요
성은 근대적 학문의 중심점인 경성제국대학의 학문적 존재성을 확인한
사건임에서 왔다. 대체 학문(과학)이란 무엇인가. 그것은 어째서 대학과
관련되는 사안일까.

　일제가 식민지에 두번째로 세운 경성제대는 물론 제국대학(제6번
째)의 편제에 입각한 것이지만, 당연히도 경성제대 특유의 성격이 갖추
어져 있었다. 초대 총장 핫토리 우노키치(服部宇之吉, 도쿄제국대학 문학
부 교수겸임)의 발언도 이를 강조하고 있다.

　　내지(內地, 일본)에 있어 제국대학은 각각 다소의 특장을 갖고 있으며
　　본 대학은 조선에 있는 고로 당연히도 가져야 할 특색이 있으리라 생각
　　한다. 그것은 조선의 땅이 예로부터 한편으로는 중국 또 한편으로는 일
　　본에 대하여 갖는 관계의 깊음에 따라 생긴 것이며, 지금 다른 점은 잠시

제쳐 두고 문화관계로 말해도 일본문화에 관한 문제의 해결에는 조선의 연구에 의해 빛을 줄 수 있는 것이 적지 않으며 조선문화에 관한 문제는 이미 중국 연구에 있어서 천명된다고 여겨지며 동시에 조선문화의 연구가 중국 연구에 빛을 줄 수 있는 경우가 있고 일본문화의 연구에도 빛을 줄 수 있다고 여겨진다. 이로써 동시에 조선문화의 연구가 물론 적지 않으리라 생각된다. 그러기에 한편으로는 중국과의 관계 또 한편에는 일본과의 관계로써 넓게 여러 방면에 걸쳐 조선 연구를 하여 동양문화 연구의 권위가 된다는 것을 본 대학의 사명이라 믿는 바이다.

—『문교의 조선』(경성제국대학 개교기념호), 1926, 3~4쪽

경성제대 초대 법문학부장 아베 요시시게(安倍能成) 역시 대학이 연구본위여야 한다는 것, 경성제대가 일개 독특한 사명을 가진 독립된 대학이라는 것, 동양 연구의 중심이 되는 독특한 사명을 갖고 있음(앞의 책, 16쪽)을 들어, 일본에 있는 제국대학의 출장소일 수 없음을 분명히 하고 있다(「경성제국대학에 부치는 희망」, 앞의 책). 여기서 주목할 것은 의과대학을 제외한 법문학부(法文學部)의 성격이다. 문학부와 법학부가 합친 개념(문학부가 독립된 곳은 도쿄제대, 교토제대 두 곳뿐)인 법문학부는 경성제대의 경우, ①법률학과 ②정치학과 ③철학과 ④사학과 ⑤문학과 등 5개 학과를 통합한 명칭이다. 이 중 조선에 관한 연구 분야는 사학과 속의 조선사 연구와 문학과 중 조선어문학 연구가 큰 비중으로 포함되어 있었다. 그것은 중국사와 일본사, 중국어문과 일본어문의 한가운데 놓여 있는 형국이었다. 이는 동양학 연구의 중심점을 설립 목표한 것에 부합한 것이라 할 것이다.

언필칭 대학이란 모든 제국대학 그것처럼 "국가에 반드시 필요한 학술의 이론 및 응용을 교수하고 또 그 깊은 연구를 목표로 하며 겸하여 인격도야와 국가사상의 함양에 유의할 것"으로 되어 있지만, 그 중 '국가의식'과 '인격함양'을 빼면 단연 '학술의 이론과 응용'에 있다. 요컨대 학문연구의 고등교육기관이 제국대학인 만큼 학문이야말로 절대성을 그 주격으로 갖는 제도적 장치로 규정된다. 그렇다면 경성제대 법문학부의 학문적 수준이랄까 업적은 어떠했을까. 이를 알아보는 방도의 지름길이 그 대학의 기요(紀要, 논문집)이다. 경성제대 법문학부 기요 제1집이 나온 것은 1929년이며 놀랍게도 여기에는 달랑 논문 한 편이 실려 있었는데, 오구라 신페이(小倉進平, 1882~1944) 교수의 「향가 및 이두의 연구」(鄕歌及び吏讀の硏究)가 그것이다. 이 논문은 "오구라 교수의 학위논문이요 경성제대 제일논문집이요 게다가 일본 학술원상 또 천황상까지 받은 대저"(양주동, 『국학연구논고』, 을유문화사, 1962, 346쪽)이다. 일본학계가 받은 이 논문의 충격의 어떠함이 엿보이거니와 그것은 그만큼 이 연구의 중요성, 곧 동양사적 사건성을 새삼 말해 주는 것이 아닐 수 없다. 어째서 그러한가. 이 물음에 천금의 무게가 실려 있었다.

두루 아는바, 중국의 고대시가집엔 『시경』이 있고, 그에 준하는 일본의 것으로는 『만엽집』(萬葉集)이 있다. 물론 조선에는 신라의 『삼대목』(三代目)이 있었다. 불행히도 『삼대목』이 유실되어 조선의 고대시가만이 공백으로 남은 형국이었다. 겨우 『삼국유사』에 14편, 『균여전』에 11편이 있을 뿐인데, 이 역시 학자들이 더러 판독을 시도한 바도 있었으나 만족할 수준에 이르지 못한 만큼, 어쩌면 그런 것은 부재함과 진배없었다. 이 『삼대목』의 발굴 및 해독에 준하는 일이 「향가 및 이두의 연구」이기에 단연 동양사적 사건이 아니면 안 되었다. 『시경』, 『삼대목』, 『만엽집』의 세 가지 위치가 어느 수준에서 확보되었기 때문이다. 그러나 무엇보다 중요한 것은 따로 있었음에 주목할 것이다. 오구라 교수의 이 논문(연구)이 경성제대 설립 목적에 제일 확실한 증거라는 점이 그것이다. 중국문화와 일본문화를 밝힘에 빛을 주는 곳이 바로 경성제대 창립 목표였기에 『삼대목』의 발굴에 버금가는 「향가 및 이두의 연구」야말로 가시적이고 또 실질적인 시범이자 한 가지 전형성이 아닐 수 없었다.

2. 경성제대 아카데미시즘에 대한 무애의 도전

1937년은 국문학 연구의 두번째 원점이다. 두번째 원점이지만 또한 그것은 정확하게 말해 첫번째 원점이기도 했다. 첫번째 원점이 학문의 보편성에 관련된 사안이라면 두번째 원점은 학문의 특수성에 관련된 사안이다. 전자가 적어도 동양사적 시각 위에서 논의될 성질의 것이라면 후자는 특수지역인 한국의 도판 위에 기울어진 것이며 따라서 개별적 사안의 범주에 든다. 이 두번째 원점은 「향가의 해독, 특히 '원왕생가'에 취하여」(『청구학총』 제19호, 1937. 1)이며 논자의 이름은 무애 양주동(1903~1977)이었다.

먼저 두 가지 점이 지적될 수 있다. 첫째 『청구학총』이라는 학술지의 성격. 재조선 일인 사학자의 연구발표지인 『청구학총』은 조선사 연구의 최고기관지이며 따라서 저절로 경성제대의 사학관계 학적 수준을 가늠하는 측도에 해당된다는 사실이야말로 표나게 지적될 사항이 아닐 수 없다. 가령 『청구학총』 제4호에는 경성제대의 강의 제목, 교수 이름 등이 상세히 소개되어 있고 역대 학생의 졸업논문 제목까지 보도되어 기관지의 풍모를 띠고 있었다.

둘째, 이 최고기관지에 무명의 조선인 양주동의 논문이 권두에 실렸다는 점. 이 두 가지 사실의 중요성은 무명의 조선인 학자와 경성제대와의 대결에 귀착되었음에서 온다. 경성제대의 학문적 성취의 최고 수준이 오구라 교수의 「향가 및 이두의 연구」인 만큼 이에 대한 조선인의 도전이 비로소 시작되었고, 뿐만 아니라 그 도전이 실로 만만치 않았음을 경성제대 스스로 인지한 사건이 9년여 만에 이루어지고 있었다. 이 장면이란 실로 드물게 보는 역사적 순간이자 정신사적 계기가 되는 이유이기도 하다. 따라서 이 글은 기품을 갖춘 명문이 아니면 안 되었다.

여(予)는 박사의 저를 읽고 비로소 향가의 내용의 대강을 알고 향가란 것에 흥미와 관심을 깨닫고, 절실히 향가 연구의 필요를 느껴 다소의 연구를 가하여 왔다. 이 점에 있어 여는 먼저 개인으로서 박사의 계몽에 감사치 않을 수 없다. 그러나 여는 정직히 말하여 연구의 보무가 나아감에 따라 박사의 해독에 적지 않은 의심과 불만을 느껴 왔다. 무론 여는 언어학도로서의 소양이 결핍하고 연구의 열력(閱歷)도 아직 해를 넘지 못하였으며 자기의 연구가 과연 얼마만큼의 자신으로써 학계에 물어질 것인지도 모른다. 그러나 천학을 돌아보지 않고 감히 비견(鄙見)을 발표하는 소이는 워낙 차종의 연구가 조선 학자에 의하여 당연히 행하여질 의무와 많은 편의가 있음에도 불구하고 아직 박사의 해저에 관한 한 줄의 비평조차도 나타나지 않았음에 애오라지 감개를 느낀 때문이다. 어떻든 여는 자기의 조그만한 연구를 통하여 박사의 해독에 불가불 정정되어야 할 수많은 개소가 있음을 보았다. 솔직히 말하면 박사의 해독은 혹 금후에 일반(一半) 이상의 개정을 요할 터이다. 그러나 그 전모적 서술은 지금 여기가 그 적당한 장소가 아니다. 여는 다만 박사의 연구가 다음의 제점에서 근본적 결함과 적지 않은 오류를 가진 것을 지적하고 그 일반(一斑)의 예를 보이려고 생각한다.

— 양주동, 『국학연구논고』, 을유문화사, 1962, 46쪽

무애가 문제 삼은 첫번째 논점은 향가의 형식문제이고(김윤식, 『한국근대문학사상연구 1』, 일지사, 1984), 둘째는 오구라 교수의 주석에 대한 많은 오류의 지적. 이에 대한 무애의 논점의 우위는 확실했는바, 곧 연구자 무애의 입각지의 우위에서 왔다. 곧 연구자 무애가 조선인이라는 사실이야말로 오구라를 저절로 능가하는 강점으로 작용했다. 무애는 곳곳에서 이 무기를 여의주 모양 휘둘러 마지않았다.

Ⓐ 여의 생각에 의하면 상례의 '惡'은 모두 '악'으로 읽을 것이요, 따라서 각기 '一念악희', '法界악잇', '나라악', '나라악이'로 그 뜻은 무릇 '內'의 뜻을 표하며 '一念內에', '法界內의', '國內', '國內가'로 된다. '內'의 훈으로서의 '악'은 반 폐어가 되었으나 지금도 흔적이 많이 남아 있다. 곧 '안악', '안악네', '뜰악', '그악' 등의 '악'이 그것인데 모두 '內'의 뜻이다.

— 『국학연구논고』, 58쪽

Ⓑ 용자 예를 귀납적으로 연구치 않고 필요에 따라서 재료를 찾아내는 것은 어떨는지. …… 지금도 충남지방에서는 음력 정월 십오야에 '정화

수'를 떠오는 것을 '얼 떠 온다'로 말한다.

—『국학연구논고』, 58~59쪽

ⓒ 대개 누술한 바와 같이 박사가 그 모어 아닌 조선어의 그 고어로 된 향가를, 가사 기다의 오류를 포함했다 하더라도, 적어도 그 전편을 읽어 내려간 것은 위관(偉觀)이라 이르지 않을 수 없다. 여가 박사의 업적을 찬앙해 마지않는 것은 실로 이러한 미의(微意)가 있기 때문이다.

—『국학연구논고』, 71~72쪽

이 장면은 학문상에서 심도 있게 음미될 성질의 것이 아닐 수 없다. 모국어 사용자가 과연 우세할 수 있을까. 학문이란 과학인 만큼 그런 구별이 있을 수 있을까. 조선어를 모국어로 하는 연구자와 조선어를 외국어로 하는 연구자의 우열에는 어떤 기준 설정도 사실상 세우기 어렵다. 전문영역의 연구 및 그 깊이에 나아갈수록 이 물음은 불가지의 것이다. 모국어 사용자의 감정유발이 사태를 망칠 수도 있기에 그러하다. 향가 연구의 경우도 사정은 같다. 다만 그 연구의 초기 단계에서는 모국어 사용자의 유리한 점이 부분적으로 드러날 수 있다면 무애의 경우가 그런 사례라 할 것이다. 바로 여기에 경성제대가 산맥처럼 서 있었다고 할 것이다.

무애가 문제 삼은 세번째 과제란 바로 이 논문의 무게가 실린 곳이거니와,「원왕생가」(願往生歌)의 작자에 관한 것이다.『삼국유사』에 실려 있는「원왕생가」의 작자란 누구인가. 광덕. 엄장인가. 광덕의 처인가. 오구라 교수는 이 향가의 작자를 광덕의 처라 했는바, 그 이유를 광덕 처가 엄장을 간언한 노래로 보았기 때문이다. 무애도 작자를 광덕의 처로 보지만 그 이유는 확연히 달랐다(작가 문제는 황패강, 「원왕생가 연구」, 『삼국유사와 문예적 가치 해명』, 새문사, 1982에서 재론됨. 여기서는 작가를 광덕으로 보고 있다). 그 다름의 이유를 무애는 실로 자신만만하게 이렇게 흥분조차 하며 외쳐 놓고 있을 정도이다.

> 전편은 광덕의 처가 평소 자기의 신앙을 '달에 부쳐' 노래한 것인바, 유래 노래에서 자기의 소회를 혹은 '달', 혹은 '기러기' 혹은 '꽃' 등에 부쳐서 노래함은 조선 시가에 관용하는 현실이다(예컨대 '달아 달아', '기럭아 기럭아' 따위로 시작함은 현금의 동·민요에도 극히 보통인 전통적 형식이다). 이 일편과 같은 노래에는 조선인으로 직감적으로 곧 점두(点頭)되는 무엇이 있다.
>
> —『국학연구논고』, 75쪽

"조선인으로 직감적"이야말로 무애의 여의봉이었다. 이 장면에서 주목되는 것은 다음 두 가지이다. 조선인으로 자국 향가 연구에 임한다는 사실이 그 하나. 다른 하나는 '직감적'이란 조선인 전부에 해당되기에 앞서 무애라는 특수 인물을 가리킨다는 사실.

3. 몰방향성의 실증주의와 시적 자질의 빛남

'직감적'이란 새삼 무엇인가. 어째서 그것이 유독 무애에게만 적용되는 것일까. 이 물음의 빌미를 캐려면 아무래도 그의 그동안의 내력을 문제 삼지 않을 수 없다.

1903년 개성에서 태어난 그는 유년기에 한문을 배웠고 1919년 신학문에 뜻을 세워 일본 와세다 대학(예과) 불문과에 들고, 시동인지『금성』(1923)에 참가하여 시인으로 활동했고, 와세다 대학 문학부 영문과(1925~1928)를 마쳤는데 졸업논문은「토마스 하디의 소설 기교론」이었고, 바로 그해 평양 숭실전문 교수(10년간 재직)가 되었으며, 시집『조선의 맥박』(1930)이 있고 잡지『문예공론』(2호, 1929, 발행자 방인근)을 주재했다. 한편 그는 비평가로도 맹렬히 활동했는바, 이른바 절충파로 자임했다. 당시 문단의 두 세력권인 민족주의 문학과 프롤레타리아 문학의 중간을 택한 그의 비평 활동은 상식적인 수준을 넘어서지 못한 것이었기에 문단의 호응을 받을 수 없었다. 문단 운동원의 실상을 떠나 있었음이 이로써 증명되었다. 대중적 취미용으로 편집된『문예공론』의 경우도 사정은 거의 같다. 염상섭과 김팔봉을 기둥 삼아 편집한 잡지란 이미 그 실효를 잃었던 것이다. 한편 시집『조선의 맥박』에서 보듯 시적 자질도 개인적 범속함에 기울어져 호소력을 얻기에는 무리였다. 시에서도 비평에서도 또한 잡지경영에서도 빛을 내지 못한 평양의 사립 전문학교 교수인 이 딱한 영문학도는 난감한 상태라 할 것이다. 어려서부터 한학의 명문에 접해 그것을 모방하기에 온갖 노력을 기울인 결과로 나온 것이『조선의 맥박』이었고 절충파 비평이었던 것이다. "더구나 어려서부터 평소의 야망은 오로지 '불후의 문장'에 있었으며 시인, 비평가, 사상인이 될지언정 학자가 되리란 생각은 별로 없었다."(『문주 반생기』, 신태양사, 1960, 286쪽) 그럼에도 그에겐 그런 '불후의 문장'에 해당하는 값진 것은 아직 이루어 낼 수 없었다. 이런 상태에 놓였을 때 눈이 번쩍 띄는 일이 벌어졌다. 그 자신의 정직한 표현에 따르면 사정은 이러했다.

나로 하여금 국문학 고전연구에 발심을 지어준 것은 일인 조선어학자 오구라 씨의 「향가 및 이두의 연구」(1929)란 저서가 그것이었다. 『문예공론』을 폐간하고 심심하던 차 우연히 어느 날 학교 도서관에 들렀더니 새로 간행된 '경성제국대학기요 제1권'이란 부제가 붙은 그 책을 빌려……

—『문주 반생기』, 286쪽

인용 부분 중 "심심하던 차 우연히"에 주목할 것이다. 훗날 같은 글을 수록한 『국학연구논고』(344쪽)에서는 다만 "우연히 어느 날 학교 도서관에 들렀더니……"로 되어 있다. '우연히'만은 절대로 포기하지 않은 무애다운 진실이었음이 묻어나는 표현이라 할 것이다. "『문예공론』을 폐간하고 심심하던 차 우연히……"에서 '우연히'만이 창공의 별처럼 또렷함이란 새삼 무엇인가. 물론 '심심하던 차'란 '우연히'와 맞물려 있긴 하나, 부차적인 것이 아닐 수 없다. 이 '우연히'가 한 문인의 전 생애를 판가름한다는, 이른바 운명적인 것으로 작동되었던 것이다. 그 자신의 표현으로 하면 일본이 총칼로 조선을 제패한 것이 아니라 학문상에서 이미 그러했다는 것. 이에 발심하여 향가 연구에 온몸으로 뛰어들어 "죽다가도 일어나" 연구를 계속했다고 했다. 그의 수사법에 따르면 "하늘이 이 나라 문학을 망치지 않으려는 한, 모는 죽지 않는다!"라는 이른바 혈원(血願)이 세워졌다. 그 혈원의 일단이 앞에서 살핀 「향가의 해독, 특히 '원왕생가'에 취하여」였다. 무려 9년의 세월이 투입된 위업이었다.

이 연구의 어려움을 저 장자의 포정해우(庖丁解牛)를 들어 설명해놓아 실로 인상적이다. 그것은 학문상으로 보아 쇄말적 실증주의의 한 전형을 가리킴이기에 그러하다.

무릇 학문의 길에 있어서는 세 가지 요소가 필요하다고 본다. — '원' (願)과 '재주'와 '끈기'. 그 중에 첫째 '원'은 그야말로 다생의 숙인이요, 셋째 '끈기'는 애초부터 천질(天質)이니 무가내하지만, '재주'는 오히려 수련에도 유관한 일이매, 나는 저『장자』의 명편 '포정해우'의 장을 미상 불 삼복하는 소이이다.

始臣之解牛之時 所見無非全牛者 三年之後 未嘗見全牛也(맨 처음 신이 소를 가를 때에 보는 바가 소 아닌 것이 없더니, 삼년 뒤에는 온전한 소를 일찍 보지 못하였나이다).

내가 맨 처음 향가를 풀 때에 눈에 보이는 것이 모조리 향가 아닌 것이 없었고 삼 년 뒤에는 일체의 차자(借字)가 모두 한번 보매 쪽쪽이 갈려 짐을 체험하였다. 이것은 진정 나의 전공으로서 내가 실감한, 좀 지나친 자부이나, 내 딴엔 속임없는 '고백'이요 '자랑'이다.

—『국학연구논고』, 353쪽

갈 데 없는 쇄말적 실증주의에 대한 '고백'이자 '자랑'이 아닐 수 없다. 이 '자랑'과 '고백' 속에 숨겨진 진실이란 과연 무엇일까. 두말할 것도 없이 '재주'가 아닐 수 없다. 이 재주의 지향성이 유년기에서부터 한적에서 익힌 '불후의 문장'에 있었음은 새삼 말할 것도 없다. 바로 이 '재주'가 경성제대의 아카데미시즘에 대한 도전에 크게 기여했음은 「원왕생가」 해독에서 여지없이 드러났다. 그것은 쇄말적 실증주의를 초극하는 잉여 부분이 아닐 수 없었다.

무애의 향가 연구의 잠재력은 이 실증주의에서 온 것이 아니라 잉여 부분인 '재주'에서 온 것이다. 그 단적인 사례는 「찬기파랑가」 해독에서 눈부시게 선연하다.

열치매

나타난 달이

흰구름을 좇아 떠나는 것 아니냐?

새파란 나리(냇가)에

기랑(耆郎)의 모양이 있어라!

이로 나리 조약(小石, 모래벌)에

낭이 지니시던

마음의 끝을 좇과저

아으 잣(佰)가지가 높아

서리를 모를 화반(화랑장)이시여

— 무애 해독

이를 해석함에 무애는 실로 논리를 포기한 채 시적 표현으로 직진했다. "우선 그 기상천외의 시법!"이라 감탄했고 또 그 문답체(달과의)를 두고 "천의무봉의 솜씨"라 못 박았다. 그러나 정말 무애의 재주가 드러난 곳은 기상천외도 천의무봉도 아니고 이 시의 끝 구절이었다.

그러나 이 노래의 최고의 묘미, 기절한 시상은 무론 저 제8구의 "마음의 끝을 좇과저"의 '마음의 끝'이란 한 구에 있다. 달이 서쪽으로 감은 거저

뜻 없이 감이 아니라 "냇가 모래 위에 기랑이 서서 지녔던 '마음의 끝'을 좇아감"이라고 달이 답하는 것이다.

—『국학연구논고』, 28쪽

이 장면에서 해독자 무애는 스스로를 잊고 이미 시인이 되어, 그러니까 천 년 전의 신라인이 되어 "하도 흥겨우니 한 폭의 기하도로 이를 표현, 설명할 수밖에"라고 했다. 그 기하도는 이러하다.

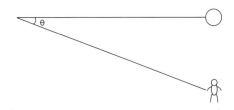

이 기하도로 말미암아 쇄말적 실증주의는 '재주'라는 일언으로 대치되었다. 경성제대의 아카데미시즘에 대한 '재주'의 도전이기에 어디까지나 무애 '개인의 재주'에 국한될 수밖에 없는 사안이었다. 이 재주의 지향성이 향가 연구에 있지 않음은 물론이다. 향가 연구가 아니라 '향가 해독'이되 그 해독은 재주가 판가름하는 성질의 것이었다. 일인 학자 오구라 교수에게는 학문의 대상인 향가가 무애에겐 한갓 시적 대상으로, 혹은 위대한 시의 해석학으로 내려앉은 것이었다. 그것은 무애의 재주만이 짊어지고 헤쳐 나가야 할 숙업이 아니면 안 되었다. 『조선고가연구』(1942)란 이 '재주'의 발현을 위한 땅고르기에 지나지 않았다. 이 대저를 간행함에 그「서」에서도 이 점이 암시되어 있음을 볼 수조차 있다.

무론 여는 이로서 감히 안심코 후인에게 전할 문자라고 운위치는 못하니까, 통편의 해석과 혹 약간조의 발명에 있어서는 애오라지 한번 고인에게 질(質)코자 하는 그윽한 자신이 없음도 아니다.

—『조선고가연구』, 박문서관, 1942, 3쪽

그러나 무애가 착각한 것은 '재주'의 성격에 대한 오해가 아니었을까. '재주'란 어떤 대상에 부딪힐 때 드러나는 것이며 또 그것은 일회적이라는 사실. 그러기에 그도 '우연히'라고 했다. 향가라는 대상은 재주가 닿은 일회적인 것이며, 그 이상 나아갈 곳은 있기 어렵다. 향가 해독 다음에 무애가 나아간 곳이 「여요전주」(1942, 『동아일보』 연재)이다. 훗날 이를 단행본으로 간행(을유문화사, 1947)하면서 그 속표지에 '고가연구 속편'이라 했다. 여요란 향가에 비해 그 고전성이 현저히 미치지 못하는 것이며, 더욱 딱한 것은 여요 다음의 연구 대상의 부재가 아닐 수 없다. 가능한 남은 분야는 향가 및 여요에 대한 문학적 해석 곧 재주발휘 영역인데, 이 점에서 무애는 어떠했는가. 딱하게도 「가시리」, 「서경별곡」 두 편에 대한 해석에서 더 나아갈 수 없었다. '재주'의 우연성 및 일회성에서 보면 이보다 자연스러운 결말은 따로 없다고 할 것이다.

무애, 그는 조선인이었기에 또 천재적 재주의 소유자이기에 능히 일인 학자 오구라 교수를 단시간에 따라 잡을 수 있었지만 이처럼 또 단시간에 대상의 지향성을 상실했던 것이다. 그렇다면 학문(과학)이란 국적이나 재주와는 무관한 곳에 놓인 지적·이성적 또는 객관적 영토일까. 이 물음 앞에 놓인 것이 바로 식민지에 세워진 제국 일본의 6번째 제국대학인 경성제대라 할 것이다.

4. 조선어문학 전공에 혼자 입학, 혼자 졸업한 도남

경성제대 법문학부의 제1회 졸업생은 혼자 입학해서 혼자 졸업한 도남 조윤제(1904~1976)이며 그의 졸업논문은 「조선소설사」(일문)였다. 『청구학총』 휘보에 실린 것에 따르면 조윤제(1929. 3 졸)·이희승(1930. 3. 졸)·김재철(1931. 3 졸, 조선 고대연극개관)·이재욱(영남민요 연구)·이숭녕(1933. 3 졸, 조선어의 히아투스 현상에 대하여)·방종현(1934. 3 졸, △자음에 대하여) 등으로 되어 있고 1935년 졸업생으로는 윤응선·정학모, 1936년에는 김형규·구자균·신원우·정형용·이환수, 1937년엔 최시고·吉川万壽夫, 1938년엔 김사엽·오영진·이재수, 1939년엔 고정옥·若松實, 1940년엔 신구현 등이며 1932년과 1941년엔 졸업생이 없다. 또 휘보에 따르면 강좌제인 만큼 제1강좌(문학)엔 다카하시(高橋亨) 교수의 조선사상사 개설, 조선문학강독 연습, 제2강좌엔 오구라(小倉進平) 교수의 조선어학사, 조선어학개론 등이었다. 혼자서 조선어문학 전공을 택한 도남의 이유는 과연 무엇이었을까. 훗날 그는 이렇게 적어 마지않았다.

나는 앞에서 나의 국문학 연구의 동기가 민족정신의 고취와 민족독립운동의 일익에 있었다고 말하였거니와 사실에 있어 나의 연구는 그러한 정신을 밟아 나왔던가, 또 나의 학문은 그러한 노선을 걸어 왔던가. 우리 민족문학에는 시가 있고 소설이 있었다고 하는 것만으로는 민족정신을 고취할 수 있는 문제인가, 또 이것으로써 민족독립을 쟁취할 원기를 북돋워 주며 민족이 살아갈 앞길을 개척할 수 있는 문제인가. 이렇게 생각한즉 나는 과거의 나의 연구와 학문에 대하여 큰 회의를 품게 되고 ……

사실 나는 여기서 솔직히 고백하면 그러한 의식을 별로 갖지 못하였다. 민족독립운동의 일환으로서 민족정신을 고취하기 위하여 국문학을 연구하였다는 것은 한 관념이었고 실제 연구하는 데 있어서는 그것 저것 다 잊어버리고 국문학을 위한 학문연구에 열중하여 나왔다.

— 조윤제, 『도남잡지』, 을유문화사, 1964, 378쪽

경성제대 조선어문학과에 단독으로 입학하고 졸업한 제1회 졸업생 도남의 포부는 보다시피 참으로 비장한 것이 아닐 수 없었다. "민족독립운동의 일환"이 그것이다. 그러나 막상 대학에 들어와 공부를 해보니 사정은 판이했다. 독립운동이란 만주벌판에서나 하는 것, 대학은 학문하는 곳이었다. 이 객관적 사실이야말로 대학생 도남이 봉착한 첫번째 관문이자 시련이었다. 물을 것도 없이 경성제대는 근대적 학문의 연구와 전수를 전문으로 하는 교육제도이며 당연히도 어느 국가나 민족에 토대를 두면서도 이를 넘어선 곳에 닿아 있었다. 보편성이 그것인 만큼 어떤 대학도 이를 비껴갈 수 없었다. 학문, 곧 과학인 만큼 어느 특정지역이나 국가에만 적용되는 것일 수 없는 것이다. 도남은 이 사실을 제일 잘, 그리고 바로 몸 가까이에서 체험할 수 있었는데 바로 은사 오구라 신페이 교수를 통해서였다.

앞에서 살핀 오구라 교수의 「향가 및 이두의 연구」가 간행되었을 때 도남은 오구라 교수의 조수(1929. 4. 촉탁, 1930. 3. 조수, 1932. 3. 경성사범 교유敎諭로 전임)로 있었거니와 그 사정을 이렇게 말해 놓았다.

은사 소창진평씨[오구라 교수—인용자]가 조선어학을 연구하여 문학박

사 학위를 얻고 그 학위논문 「향가 및 이두의 연구」가 공간되었으며 그 것이 또 문제가 되어 소창박사와 쓰치다 교손(土田杏村) 씨[「상대의 가요」의 저자—인용자] 사이에 향가의 형식에 대하여 긴 논쟁이 있었다. 아마 4, 5회의 논쟁이 있었는 듯이 생각되나 그때 나는 소창박사와 한 연구실에 있으면서 그들 논쟁에 대하여 무한한 흥미를 가지고 내다보았고, 또 그것으로 인하여 많은 자극도 받아 우리나라 시가의 연구는 내가 하여야 하겠다는 결심을 하게 되었다. 또 소창박사가 적잖이 나를 격려하여 조선의 시가에 대하여는 네가 하지 않으면 안 된다고 말하여 주었다. 소창박사는 독실한 학자로 박사는 늘 나를 이끌어 주어 나는 박사와 한 연구실에 있으면서 그분에게 배운 점이 한두 가지가 아니었다.

―『도남잡지』, 374쪽

졸업논문인 「조선소설사」 연구를 포기하고 그 대신에 시가 연구에로 방향을 바꾼 이유가 이에서 말미암았다. 도쿄제대 언어학과를 나와 조선어학 전공을 결심, 총독부 관리로 부임한 오구라 교수는 1921년부터 교통이 극히 불편한 시골길을 당나귀를 타고 다니며 방언조사에 빈번히 나아갔고, 1924년 두 해 동안 유럽에서 유학한 정통파였다(安田敏朗, 『言語の構築―小倉進平と植民地朝鮮』, 三元社, 1999 [국역 : 야스다 도시아키, 이진호 옮김, 『언어의 구축』, 제이앤씨, 2009]). 학문 그것은 민족이나 국가를 초월한 인류 보편의 것이며 따라서 조선문학 연구도 그것이 학문인 한 이 준거에 의거할 수밖에 없음을 도남은 오구라 교수 밑에서 확실히 습득한 것이다. 무엇보다 학문이란 일정한 체계와 방법론 위에서 비로소 성립된다는 것. 시가의 경우 그것은 동서고금 시가의 체계 및 규칙에

의해 성립될 수 있다는 것. 향가라고 해서 이 체계 및 규칙에서 자유로울 수 없다는 것. 이를 깨친 순간 도남은 첫번째 관문을 넘어설 수 있었고, 그 결과물이 고명한『조선시가사강』(1937)이었다. 이 첫 관문 돌파의 키워드가 체계와 규칙에서 왔음을 주목할 것이다. 향가의 형식이란 그것이 고대시가 형식의 체계 내에서 비로소 그 본질이 드러난다는 것만큼 객관적 사실은 따로 없고 보면 과연 조선고대시가의 머리에 놓인 향가의 위치는 어디쯤일까. 형식에 주목했음은 그것이 체계와 제일 접근한 추상성인 까닭이다. 수년의 고심 끝에 도남이 도달한 곳은 바로 Ⓐ반절성(半切性)과 Ⓑ전절대 후절소(前節大 後節小) 이론이다.

향가의 경우 완성체는 10구체이다. 그것은 4구체에서 8구체로 나아갔고, 여기서 다시 8구체에서 2구가 이어져 10구체를 이룰 때 8구(전절대)이며 2구(후절소)가 된다는 것.

이 발견의 중요성은 어디에서 오는가. 말할 것도 없이 체계에서 왔다. 이 Ⓐ·Ⓑ가 향가에만 적용되면 그것은 체계일 수 없다. 향가뿐 아니라「삼진작」(「정과정곡」) 등 고려가요 그리고 조선 최대의 시가인 시조에도 적용되어야만 비로소 체계라 할 수 있다. 곧, 시조의 경우가 제일 큰 고비인바, 초·중·종장을 반절하고, 전절(초·중장)과 후절(종장)로 어김없이 체계화되기 때문이다(김윤식,「이념과 형식론」,『한국근대문학사상연구 1』). 이 체계에 들지 않는 가사는 어떠할까. 무시할 수밖에 방도가 없다. 이『조선시가사강』이야말로 과학이었으며 이 체계에 따라 도남은 마침내 독창적인『국문학사』(1949)를 쓸 수 있었다.

5. 넘어야 할 세 가지 관문

이 첫번째 관문을 도남은 경성대학에서 배울 수 있었고 또 그 나름의 학
문의 발돋움을 할 수 있었다. 그 계기를 마련해 준 것이 오구라 교수의
「향가 및 이두의 연구」였다. 그러나 도남 앞에 가로놓인 두번째 관문은
오구라 교수의 영향권을 훨씬 벗어난 것이어서 실로 심각한 고민이 뒤따
르지 않으면 안 되었다.

> 나는 여기에 내가 취직해 있던 학교[경성사범─인용자]의 늙은 교장이
> 나에게 "너는 학문을 위한 학문을 하여서는 안 된다. 인생을 위한 학문
> 을 하여야 된다"라는 말이 기억되는 동시에 그때에는 나의 학문을 모욕
> 하는 말 같아서 냉소하였지만은 지금[1939년─인용자] 와서 생각해 본
> 즉 그 말에 무슨 깊은 철리가 있는 듯이 생각되었다. 나는 이 문제를 가
> 지고 학우 손진태 씨 또 내가 보성전문 연구실에 와 있게 되자 얼마 안
> 되어 뒤따라와서 한 연구실을 같이 쓰게 된 학우 이인영 씨와 논의해 보
> 았다. 우리는 모두 자기 학문에 대하여 같은 번민을 느꼈다. …… 그러니
> 까 나의 학문에 대하여 회의를 갖게 된 것은 동시에 그들의 학문에 대하
> 여 회의를 갖는 것이 되겠고 또 동시에 우리 학계의 학풍에 대하여 회의
> 를 갖는 것도 되는 것이다.
> ─『도남잡지』, 379쪽

『조선시가사강』에 대한, 그러니까 체계로서의 학문에 대한 회의 앞
에 도남도 손진태도 이인영도 함께 선 형국이었다. 훗날 이들을 '신민족

주의파'라 일컫고 학문과 무관한 육당, 춘원, 위당 등 직관적·생리적인 구민족주의파와 구분짓게 되거니와, 또 '신민족주의'가 대한민국 단독 정부의 국사이념으로 작동되거니와(이른바 민족의 행복론) 여기서 주목되는 것은 학문과 현실의 관련성이었다. "식민지 시대에 있어서의 망국민인 한국인으로서의 한국학을 하는 것"으로 통합된 새롭고 구체적인 명제가 정립된 것이다. 이를 도남은 "학문에 있어서 민족사관의 입장"이라 했는데, 이는 훗날 신민족사관의 모체에 해당된다. 대체 도남이 말하는 민족주의 사관이란 무엇인가.

> 학문은 체계를 존중한다. 체계 없는 학문은 학문이랄 수 없다. 일종의 산만한 지식이요 연맥 없는 자료의 나열에 지나지 못한다. 그런데 학문의 체계는 곧 그 연구의 입장에서 오는 것이다. …… 즉 우리의 문학 현상을 유심사관으로 볼 것인가. 유물사관으로 볼 것인가. 또 그렇지 않으면 민족사관으로 볼 것인가 하는 것을 똑똑히 조정짓지 않고서는 입장이 확립되지 않을 것이다.
>
> — 조윤제, 『국문학개설』, 동국문화사, 1968, 508~509쪽

도남은 유심사관, 유물사관, 민족사관으로 삼분했고 민족사관의 입장에 섬을 천명했는바, 그 실체를 어디에 두고 있었을까. 이 물음이야말로 두번째 관문의 결정적 대목이었다. 곧 이념(정신)과 생명체(유기체)의 관계에서 그 실체가 유도되었다. 문학의 경우 그 이념이란 이념이기에 본질적 측면이며 그것의 드러남이 개개의 작품이다. 원칙적으로 그것이 실체인 한 규정성이지만 아직도 연구의 미미한 단계에서는 비규정성이다.

정리된 국문학의 이념은 우리가 가지고 있지 않다 하더라도 국문학에는 우리를 지도하는 원리로써 강하게 흐르고 있고 또 충만하여 있다는 것을 우리는 잊을 수 없다. 그러면 연구자는 모름지기 국문학 작품을 열정을 가지고 문학의 뒤에까지 투시할 수 있도록 정독을 하여 스스로 그 가운데 흐르고 있는 이념을 감수(感受)하여 갈 것이라 할 것이다. 그러나 그 이념은 작품 중에 있다고는 하나, 그는 곧 연구자 자신의 정신생활 중에 있는 것이고 보니 공기 가운데서 공기를 모르고 내 몸의 무게를 내가 잘 모르듯이 연구자가 그것을 곧 감수하기는 여간 어려운 일이 아니다.

—『국문학개설』, 534쪽

도남이 말하는 이념이란 '선험적임'에 주목할 것이다. 한국문학의 이념은 아직 그 실체를 드러내지 않았으나 조만간에 반드시 드러나며 또 드러나야 할 그 무엇이다. 그것은 개개의 작품 속에도 있지만 "연구자 자신의 정신생활 속에도 있다"는 것. 바로 여기에서 오구라 교수를 비판한 무애와 저절로 만나게 된다. 조선문학 및 조선어 연구는 조선인이 제일 잘할 수 있다는 이가 무애였던 것이다.

바로 이 대목을 경성제대는 도남에게 가르쳤는바, 정신과학(Geistes-wissenschaften)이 그것이다. 독일 관념철학의 산물이자 신칸트학파의 학문적 계보에 속하는 정신과학은 도남의 두번째 난관을 극복하게 해주었다. 구체적으로 그것은 W. 딜타이의 생의 철학에 기초한 해석학에 다름 아니었다.

나는 국문학을 어디까지나 민족생활의 반영으로 보고 그 역사적 전개에 있어 민족정신의 발달, 소장을 주간으로 하여 각 시대의 문학 사상(事象) 상호의 관계를 주의하면서 과거에서 현재로 그리고 현대문학에 종결시켜 국문학사를 완전한 생명체로 파악하려 하였다.

—『도남잡지』, 384쪽

생명체의 개념이야말로 도남이 도달한 제3의 관문, 곧 최후의 관문과 관련된다. 그것은 개개의 작품 연구도 아니며 시가의 형식론 따위도 훨씬 넘어선 것이 아닐 수 없었다. 생명체란 생명의 '전체성'을 가리킴이기에 문학의 경우 그것은 저절로 '국문학 전체'가 전제되며 이를 다룰 경우는 '국문학사'뿐이었다. 시가사도 소설사도 연극사도 넘어선 곳, 전체성 곧 구체성이 거기 있었다. 이 생명체의 귀결이 곧 '국문학사'의 귀결임은 이 때문이다. 그의 학문적 최후 도달점인『국문학사』가 이를 잘 말해 준다. 생명체란 태동기, 성장기, 소멸기가 있을 수밖에 없기에『국문학사』의 목차도 그렇게 할 수밖에 없다. 이때 제일 중요한 것이 생명체의 연속성이 아닐 수 없다.『국문학사』의 최종장이「복귀시대」이며 3·1운동을 다루었음이 움직일 수 없는 증거이다.

그렇다면 무엇이 이 생명체를 존속시키는 것일까. 투쟁이 그 정답이다.

한민족(韓民族)은 대한민족(大漢民族)의 인근 지지에 살아 끊임없이 그들의 압박을 받아 왔으나 항시 독립 사상을 가지고 꾸준히 그들과 투쟁하여 민족을 유지하여 나왔다. 우리의 문학도 정치적인 그와 운명을 같이 하여 국문학사는 가히 한문학과의 긴 독립투쟁이라고 하여도 가

하나, 한문화라는 대 문화에 무한히 압제를 받아가면서 그래도 오늘의 문학을 유지하였다는 것은 어찌 민족정신이 아니면 안 되겠으며, 또 국문학의 끈기가 아니고서는 될 수 있는 일이겠는가. 이것이 나의 국문학사의 결론이다.

—『도남잡지』, 388쪽

'독립투쟁'이라는 점에 다시 주목할 것이다. 당초 도남의 대학 입학 동기가 독립운동의 일환에 있었다. 이제 여러 곡절을 겪어 마침내 그 출발에 닿은 것이다.

도남이 손진태 중심의 신민족주의 사관과는 일정한 거리를 둔 것은 이와 결코 무관하지 않다. 계층 구별을 넘어 '민족 전체의 균등한 행복론'을 골자로 한 손진태의 대한민국의 국사이념에 대해 도남은 '신민족주의'라는 용어를 사용하지 않음으로써 무언의 비판자일 수밖에 없었다. 민족의 생명이 우선하는 장면에서 도남은 국문학을 시작하고 또 이 틀 속에서 학문을 성취해 왔기에 생존(연속성)이 최우선 과제였다. 행복 운운 따위란 그 다음의 일이 아닐 수 없는 만큼 행복론자인 손진태와는 일정한 거리가 있기 마련이었다. 도남이 놓인 시대적 한계가 여기에서 왔다 (『도남잡지』, 381쪽).

6. 정신과학으로서의 해석학에 이른 길

경성제대의 산악 같은 아카데미시즘 앞에서 조선인 학도 도남은 최종적으로 자기의 위상을 재야 했던바, 그러니까 그가 넘어야 할 세번째이자 마지막 관문은 다시 다음의 두 가지로 정리된다.

　그 첫번째가 정신과학으로서의 국문학 연구였다. 정신과학이라 함은 신칸트학파에 속한 딜타이의 방법론을 직·간접으로 가리키고 있다. '이해'(Verstehen)의 전통과 '설명'(Erklären)의 실증주의적, 분석주의적 전통 사이의 소모적 논쟁은 독일 고전철학의 과제였거니와, 이 비생산적 대립을 어떻게 하면 극복할 수 있는가. 실로 난제가 아닐 수 없었다. 정신과학은 그 대상을 감각에 두는 현상이 아니다. 어떤 것의 의식 내의 단순한 반영이 아니고 직접적·내면적 현실 곧 그 내적으로 체험된 관련으로서의 현실이다.

　이 과정에서 자연 인식보다 뛰어났지만 그 직접적·내면적 현실이 내적 경험에 부여하는 그 방식에서 이미 대단한 곤란이 생긴다. 그 곤란은 세심을 요한다. 먼저 바깥에서 주어지는 징표에서 우리들이 내면적인 것을 인식하는 과정을 '이해'라고 한다. 이때 우리들이 찾아 마지않는 고정적·심리학적 용어법은 이미 굳게 각인되어 명확하게 국한된 표현의 모두에는 어떤 저자가 꼭 같이 고집해 주지 않는 한 실현되지 않는다. 이 이해는 여러 단계가 있거니와, 그 이해는 지속적으로 고정된 생의 표시의 기교적 이해를 '해석'(Auslegung)이라 한다. 이 '해석'이 언어를 통해 객관화되는 것이다. 딜타이에 따르면 ①감각적으로 주어진 정신적인 생의 표시에서 그 정신적 생의 인식에 이르는 과정을 '이해'라 하며 ②정신적 생의 감각적으로 파악될 수 있는 표시가 아무리 많더라도 그 정신적 생의 이해는 이런 유의 인식의 조건에 주어진 공통의 특징을 갖지 않으면 안 되며 ③문자에 의해 고정된 생의 표시의 '기교적 이해'를 '해석'이라 부른다. 이 '기준론'이 바로 해석학(Hermeneutik)이다(W. 딜타이,『해

석학의 성립』일역판(『解釈学の成立』, 以文社, 1973, 45쪽]). 이것이 이른바 세 가지 명제이다. 두루 아는바 이해의 모델은 일상회화에서 우리들이 타자의 생에 대해 품는 '직관'이며, 한편 설명의 모델은 자연과학에 있어서의 '사실의 법칙'에의 종속이어서 언어학이다. 텍스트의 구조 분석에 있어서의 체계이론이라 했다.

정신과학 곧 '해석'이란 이해와 설명의 연속된 여러 단계를 경유하는 매우 복잡한 작업이 아닐 수 없다. 이해란 설명을 포함하며 설명은 이해를 전개하는 것이니까. 여기에는 크게 세 가지 논점이 가능한데 문학의 경우 그 첫번째가 기본형이라 할 수 있다. 곧, 언어의 영역에 있어서의 이해와 설명이다. 그것은 언어에 의한 사건성이다. 어떤 사람이 누군가를 향해 무엇에 대해 무엇무엇을 말하는 것, 그것이 일체의 언술의 요체이다. 이 언술의 최소세포단위 속에는 이미 엄밀한 규칙(음운론, 어휘, 통사론, 수사학, 문체론 등)과 혁신의 능력(독자적 언술의 특징으로 되는 무엇인가 새로운 말의 능력) 사이의 근사한 대조가 인정된다. 어떤 언술도 유한한 수단의 무한한 행사(홈볼트)라 함은 이를 가리킴이다. 규칙에의 복종과 혁신 사이의 변증법이야말로 해석학의 요체가 아닐 수 없다. 이 체계란 작품 자체의 세계이지만 현실을 새롭게 보게끔 우리를 눈뜨게 하는 것이며, 해석학이란 무엇보다도 언어에 있어서 어떤 혁신이 이 새로운 비전을 낳게 하는가를 식별하는 기술이다. 또 그 기술은 텍스트의 심층구조와 작품 앞에서 자기 이해를 재는(청자의 듣기와 결부된, 작품세계를 파악하는) 기술이 아닐 수 없다(폴 리쾨르, 『해석의 혁신』일역판[『解釈の革新』, 白水社, 1978, 9쪽]).

이 해석학을 정신과학의 범주로 설정한 것이 위에서 본대로 딜타이였다. 그가 당면한 과제는 자연과학이 획득한 법칙 및 기술의 과학성에 버금가는 정신의 과학화였다. 자연과학과 동등한 방법론이나 인식론을 부여하기 위한 시도가 정신과학인 만큼, 이는 자연과학이 금과옥조(적어도 당시로서는)로 한 실증주의에 대응하기 위함이었다. 이때 딜타이가 직면한 것은 두 가지 곧, 역사성의 지적 가능성과 문화적 사실의 과학화였다. 이 두 가지는 딜타이로 하여금 자연과학적 설명을 떠나 심리적 직관에로 향하게 만드는 위험에 마주치지 않을 수 없었다. 해석학의 가장 큰 가능성이 이에서 왔다. 어떤 자기인식도 기호와 작품에 의해 매개된다는 사실에서 딜타이는 한 발자국도 떠나지 않았고 그러기 위해서는 당시에 영향력을 가진 '생의 철학'과 마주쳤다. 생은 본질적으로 창조적 활력이라는 대명제를 도입함으로써 딜타이는 활력 개념과 구조 개념의 융합을 가능케 했고, 나아가 이를 과거·현재·미래의 시간 측에서 정립고자 했다. 이 모두는 무엇보다, 기호와 작품이라는 복잡한 길을 통해서만 해석된다는 점이다. 이렇게 보았을 때 정신과학 곧 해석학의 아포리아가 분명해진다. 곧 텍스트 이해를 텍스트에 표현된 타자의 이해 법칙에 종속시킨다는 점. 이 기도가 결국 심리학적인 것은, 해석의 구극의 목표를 텍스트가 말하는 것이 아니라 텍스트에 표현된 사람으로 하기 때문이다(리쾨르, 『해석의 혁신』 일역판, 157쪽). 도남이 딜타이의 방법론을 얼마나 잘 이해했는가를 쉽사리 알아내긴 어렵다 할지라도 해석학이 정신과학으로 성립됨을 무엇보다 기본항으로 받아들였음에는 틀림없다고 할 것이다. 대학이 학문하는 곳임을 전제로 할 때, 이것만큼 중요한 것이 따로 없음을 보장한 곳이 바로 경성제대의 아카데미시즘이었다. 유물론과 유심론도 이 대학은 가르쳤고, 구체적으로는 마르크스주의도 니체도 하이데거도, 칸트와 헤겔도 가르쳤지만 그 모두는 학문이란 이름으로 가능했다(김윤식, 『임화와 신남철』, 역락, 2011).

민족주의도 학문일 수 있는가. '있음'을 정신과학이란 이름으로 가르친 곳이 경성제대였다. 해석학의 핵심은 기호와 언어로 이루어진 텍스트 해독에 있기에 이를 판독하는 쪽이 텍스트에 종속될 수밖에 없고, 또 궁극적으로는 그 텍스트에 표현된 사람에 있음이야말로 연구자의 긴장력을 유발하는 것이었다. 바로 이 대목에서 도남은 스승 오구라 교수와 결별할 수 있었다.

조선문학의 텍스트 앞에 설 때 도남은 조선인이기에 그 텍스트 속의 의미와 자기 자신 속의 의미를 증폭시킬 수가 있었다. 오구라 교수에게 불가능한 이 능력이야말로 특수성이며 이 특수성이 오구라 교수의 무기인 객관성, 보편성을 초월하고 있었다. 이 특수성을 보편성의 미달현상으로 내몰지 않은 것이야말로 정신과학이라는 해석학의 힘이었다. 정신의 '과학'인 까닭이다. 이로써 도남은 세번째 난관의 하나를 가까스로 돌파할 수 있었다.

7. 국민국가라는 절대기준

세번째 난관 돌파의 두번째 관문은 방법론으로서의 국문학상의 개념 규정에 관한 것이었다. 여러 가지 난관을 돌파하여 마침내 산정에 올랐을 때 도남 앞에 어떤 시야가 펼쳐졌을까. 그것은 고된 험로를 돌파한 자에게만 체험되는 환희가 아닐 수 없었다. 국문학사의 방법론이 큰 지도가 되어 "갈 수 있고 가야 할 길"을 비춰 주고 있지 않겠는가.

이 순간 도남은 한 치의 망설임도 없이 이렇게 썼다.

국문학은 국어로써 한민족(韓民族)의 생활을 표현한 문학이다. 그러니
까 국문학의 국문학됨의 필수조건은 국어로 표현될 것이다. 이것은 아
마 움직일 수 없는 사실일 것이다.
—『국문학개설』, 제3장 제1절, 33쪽

"움직일 수 없는 사실"로서의 "국어"란 그것을 표기하는 독자적 기
호체계인 한글(훈민정음)이 생긴 이후를 가리킴이겠지만, 이 "움직일 수
없는 사실"이 갖는 의의는 따로 있었다는 사실이다. 곧 국민국가(nation-
state)라는 대전제 위에서 비로소 성립될 수 있는 명제이다.

국어란 그러니까 국민국가가 그 강력한 폭력을 이용하여 만든 인공
적인 '국가어'의 준말이었던 것이다. 국가가 어째서 인공적으로 국가어
를 만들어 내지 않으면 안 되었을까. 여기에 이른바 근대국가 탄생의 비
의가 깃들여져 있다고 할 때 놓쳐서는 안 될 점은 당연히도 그 국민국가
라는 것이 기껏해야 18, 9세기에 성립된 역사적 산물이라는 점이다.

마르크스주의의 인터내셔널리즘 비판으로 씌어진 고명한 앤더슨의
『상상의 공동체』(1983)의 핵심사상은 국가란 "자연의 산물이 아니다"로
요약된다. 이른바 근대국가, 그러니까 국민국가란 여러 가지 역사적 힘의
교차에 의해 이루어진 '문화적 인조물'에 지나지 않지만 일단 그것이 만
들어진 뒤엔 놀라운 일이 벌어졌다고 앤더슨은 주장했다. 곧 깊은 애착
을 사람들에게 갖게 했다. 나라를 위해 수백 만의 전사자를 낼 정도로 그
러했다. 이 굉장한 인공적 허구물인 근대국가를 창출함에 있어 '국어'야

말로 그 핵심에 놓인 견인물이었다. 이 국어의 보급을 맡은 결정적인 장치가 출판어(print-language)이며 이 출판어가 소설과 더불어 '익명의 공통성'을 가져왔고, 바로 이것이 자본주의와 결합됨으로써 폭발적인 힘으로 군림했다. 이 출판자본주의가 엄청난 '언어의 힘'을 창출했던 것이다(Benedict Anderson, *Imagined Communities*, Verso, 1991, pp.44~45). 종교적 공동체가 지닌 성스러운 언어(라틴어, 한문 등)에서 이러한 인공어로서의 국어(속어 혁명)로의 전환이란, 기껏해야 자본주의와 결합된 18, 9세기의 산물에 지나지 않는다는 점이야말로 도남이 선 자리이자, 그로서도 어쩔 수 없는 국문학의 시대적 제약성이었다.

이번에도 도남은 경성제대의 빚을 진 셈이었다. 경성제대, 그것은 제국 일본이 세운 고등교육기관이었고 또 제국 일본의 근거인 천황제 국민국가의 산물의 일환이 아니면 안 되었다. 이 근거에는 저절로 국문학이란 국가를 전제로 함이었다. 국가를 떠난 국문학이란 상상도 할 수 없다. 바로 여기에 망국민 도남의 고민이 있었다. 그는 그 전제를 거부할 수도 없었는데 그렇게 되면 자기의 학문 자체가 무너지게 되며, 이를 수용한다면 '망국인의 국민문학'이란 자기모순에 닿게 된다.

이 딜레마를 도남이 뚫어내었는데, 후자에 섬으로써 자기모순을 미래를 향한 비전으로 내보낼 수 있었다. 그 비전이 '국문학사', 곧 방법으로서의 '국문학사' 집필이었다. 그의 최종적 업적 『국문학사』(1949)가 해방공간에서야 비로소 간행될 수 있었음은 이 비전의 실현에 관련된다. 도남이 '신민족주의'의 주역이면서도 이 용어쓰기를 기피한 것은 이와 무관하지 않다. 민족의 행복론이기에 앞서 민족의 생존(유기체론)에 보다 기울어졌던 까닭이다. 이는 신문학사의 방법론을 쓰는 마당에서 임화가 봉착했던 자기모순보다 훨씬 무거운 것이었다.

> 신문학사의 대상은 물론 조선의 근대문학이다. 무엇이 조선의 근대문학
> 이냐 하면 물론 근대정신을 내 몸으로 하고 서구문학의 장르를 형식으
> 로 한 조선어문학이다.
> ─ 임화, 「신문학사의 방법」, 『동아일보』, 1940년 1월 14일

임화는 의심도 없이 조선이 '국민국가'임을 전제하고 출발했기에 그
의 시야엔 내용과 형식만이 보였을 뿐이었다. 이 낙관론이 결국 『개설 신
문학사』를 신소설 중 이해조 언저리에서 중단한 이유이기도 했다. 그러
나 국민국가가 없음에도 불구하고 도남에게 이 사실을 가르친 것은 경성
제대의 아카데미시즘이었고, 이를 미래의 비전에다 둠으로써 도남은 알
게 모르게 자기에게 주어진 최종의 자기모순을 초극해 갔다. 정신과학의
힘, 해석학의 방법론을 생명체로 전용함으로써 달성해 낸 창조적 위업이
었다.

8. 경성제대 아카데미시즘에 대한 도남과 무애의 도전의 의의

경성제대란 무엇인가. 거듭 말하지만 제국 일본이 6번째로 세운 고등교
육기관이며, 따라서 교육제도의 일종이다. 그 아카데미시즘의 제1차 성
과가 경성제대 법문학부 『기요』 제1호의 전부를 독차지한 오구라 교수의
「향가 및 이두의 연구」였다. 이 연구의 위상의 어떠함은 그것이 동양사적
사건성에서 찾아진다. 『시경』, 『만엽집』 사이에 놓인 일실된 『삼대목』의

발견에 준하는 사건이었다. 오구라 교수의 학위논문이자 학술원상 및 천황상에까지 이른 이 대업적을 향해 정면으로 부딪혀 비판적 자세를 취한 것은 조선인 재야학자 무애 양주동이었다. 시인이자 비평가이며 와세다 대학 영문과 출신인 무애는 학문적 연구와는 무관한 처지에 있었지만 그의 이에 대한 도전은 심상치 않았는데, 이는 그럴 만한 자질을 갖추고 있었음에서 왔다. 「향가의 해독, 특히 '원왕생가'에 취하여」가 이 점을 증명하고도 남는다. 식민지 사학계 및 경성제대 사학과의 기관지인 『청구학총』의 권두에 실린 이 논문은 한문에 대한 Ⓐ판독력 Ⓑ조선인만이 할 수 있는 생리적 능력 Ⓒ시적 자질을 기반으로 되어 있었다. 이 중 Ⓐ의 경우에는 분명 한계가 있었는바, 방법론의 결여가 그것이다. 도남의 표현으로 하면 체계 없는 지식이란 잡동사니에 지나지 않는 것이어서, 오구라 교수의 안목에서 보면 학문적인 것일 수 없다. Ⓑ의 경우는 사정이 다르긴 해도 학문상 본질적인 것은 아니다. 그 나라의 작품 연구는 그 나라 사람이어야 한다는 식의 이해 수준은 학문상에서 보면 일차적인 접근의 용이함으로 설명될 성질의 것에 지나지 않는다. 조선인이기에 생리적 이점이 작품해석에 작동될 수 있음이란 어디까지나 초보적 접근의 수속일 뿐 그 이상의 의미를 두기 어렵다. 체계 없이 학문 없고, 객관성 없이 학문이 없기에 그러하다. 생리적이란 이 객관성 획득에 장애물이 되지 않는 한도에서 그 의의를 가질 뿐이다. 무애의 경우 그것이 접근의 용이함을 가져왔음에 그 의의가 인정된다. 이 점은 조선인이기에 조선작품 이해에 반분의 결정성이라고 주장한 도남의 경우와는 겉으로는 비슷하나, 그 본질상엔 다른 차원이라 할 것이다. 도남의 경우 그것은 정신과학(해석학)이라는 학문적 방법론에서 말미암은 까닭이다.

무애의 가장 그다운 자질은 ⓒ시적 직관력에서 왔다. 향가 연구가 겨우 출발되는 시점에서 무애는 동시에 그 해석을 시도했음이 이 사실을 잘 말해 준다. '신라 가요의 문학적 우수성'을 증명하는 중심점으로 「찬기파랑가」를 집중 조명하는 마당에서 그는 기하학적 도형을 이끌어 들였다. 이것이야말로 "마음의 끝"의 무한성을 보여 준 사례가 아닐 수 없다. 이 "마음의 끝"이란 시적 진실임에 틀림없지만 어떤 측도로도 잴 수 없는 그만의 것이 아닐 수 없다. "마음의 끝"이기에 무한한 자유분방함 그 자체일 수밖에 없다. 이를 잴 수 있는 측도의 부재란 학문과는 별개인 창조적 문학의 영역이다. 일시적 명분과 이것은 구별되는 것이다. 무애가 향가 연구에 발심하고 악전고투 끝에 대저 『조선고가연구』(1942)에 이르렀고, 이 위업은 실로 파천황의 것일지라도 시적 자질에 견줄 때 제일차적인 것일 수 없다. 그의 발심의 계기에서 보듯이 "심심하던 차 우연히"에서 온 것이었다. 이와 꼭 같이 '심심하지 않으면' 또 '우연히'가 아니면 향가 연구 따위란 헌신짝처럼 버릴 수도 있는 것이었다. 그렇기는 하나 『조선고가연구』의 위업을 염두에 둘 때 한국문학사에 형언하기 어려운 학문적 기반 형성에 기여했는바 이것을 가능하게 한 최대의 상대 세력이 경성제대였음은 움직일 수 없는 사실이다. 오구라 교수이자 동시에 경성제대고, '조선고대시가'인 향가가 아니고 그 국적 없는 대상인 '고대시가'였다.

이 경성제대의 아카데미시즘이 조선학생 도남 조윤제에게 가르친 것은 두말할 것 없이 근대적 학문의 방법론이었다. 체계야말로 학문의 기초라는 것. 그 체계란 연구의 입장에서 온다는 것. 연구의 입장이란 여러 가지가 있겠으나 하나를 택할 수밖에 없다는 것. 이 장면에서 도남이 택한 것은 유심론도 유물론도 아니고 민족주의였다. 어째서 민족주의(과학적 민족주의 곧 신민족주의)를 택했는가를 묻는 일은 무의미한데, 이를 결정하는 요인이 첫째 개인적이며 둘째 시대적인 까닭이다. 이 입장이 섰을 때 비로소 방법론이 문제된다. 민족주의를 택한 도남인지라 그 방법론은 당연히도 당시로서는 정신과학이 아니면 안 되었으며, 이 방법론이 해석학으로 구체성을 띨 때 다음 두 가지가 선명해졌다. 작품이란 Ⓐ'이해'와 '설명'으로 해석된다는 것 Ⓑ조선의 작품 속에는 조선을 지도하는 원리로서의 이념이 충만해 있는바, 이를 파악할 수 있는 것은 제3자도 가능하나 연구자가 조선인일 때 한층 증폭된다는 것. 왜냐면 연구자 자신 속에 그 이념이 생리적으로 깃들어 있기 때문이다. 이 방법론에 흐르는 기본항은 생명체이론이다. 생명체(유기체)란 지속성을 핵심으로 하는 것이기에 '망국민인 도남'은 '죽은 조선문학'을 할 수 없었다. 조선문학은 살아 있고, '나' 또한 살아 있다는 것이 바로 도남 학문의 체계요 입장이요 방법론이었다.

도남이 이룬 학문적 위업이 『국문학사』(1949)임은 새삼 말할 것 없다. 생명체란 전체여야 한다는 것, 그리하여 저절로 탄생기·성장기 등을 거쳐 쇠퇴기에 이르고, 다시 복귀시대(3·1운동 이후, 신문학) 등 총 10장으로 이 저서의 구성이 이루어졌던 것이다. 도남 스스로 끝내 '신민족주의'라는 용어를 사용하지 않았으며 남창 손진태의 '민족행복론'에 적극적일 수 없었던 이유도 이 생명체의 존속에 그만큼 큰 비중을 두었음에서 왔다.

경성제대의 아카데미시즘을 축으로 하여 무애와 도남의 대결이란 구안자의 시선이 아니더라도 한 편의 드라마라 하지 않을 수 없다. 그렇다면 대체 경성제대란 무엇인가. 이 물음을 이젠 피해 가기 어려운 장면에 닿았다.

앞에서 여러 번 언급했거니와 경성제대란 제국 일본이 세운 6번째의 고등교육기관이다. 이 규정은 그것이 '국민국가'의 소산임을 원리적으로 가리킴이다. 국민국가란 자연물이 아니라 인공물(상상의 공동체)이며, 그것도 18, 9세기에 생긴 현상에 지나지 않는다. 이 인공물이 지시하는 것은 국가어의 창설이었다. 국문학이란 국민국가의 산물인 만큼 '국가어'가 기본항이다. 국가 없는 곳에 국문학이란 생심도 할 수 없다. 이 대명제 앞에 조선인 학도 두 사람이 서 있었다. 도남이 국가어가 있다는 가공의 믿음으로 스스로를 얽매어 경성제대와 맞섰다면, 무애는 시적 상상력으로 자기 구속력 대신 자유 쪽으로 치달았다. 이 모두는 경성제대를 떠나서는 그 의의를 재기가 어렵다. 그렇다면 다시 한 번 경성제대란 무엇인가를 다른 시각에서 묻는다면 어떠할까. 이 대학 제1회 수석입학생인 법문학부의 법학전공인 유진오의 견해는 이러했다.

조선이 해방을 맞았을 때 그 새로운 조선을 건설함에 있어 경성제대의 졸업생은 기술적인 방면에 새로운 나라 만들기에 큰 기여를 했지요. …… 정치적 방면에서는 해방 직후는 눈에 띄는 활동을 했다고는 하기 어렵지요. 일반사회에서 경성제대 졸업생은 친일파이거나 공산주의자로 보고 말았기 때문이지요.
—『紺碧遙かに─京城帝国大学創立五十周年記念誌』, 耕文社, 1974, 411쪽

친일파와 공산주의의 배출지가 경성제대에 대한 일반적 견해라고

유진오가 지적했을 때, 전자는 다소 수긍될 수 있을지 모르나 후자에 대해서는 장대한 설명이 뒤따를 만한 것이다. 박문규, 이강국, 최용달 등 남로당 이론분자를 키워낸 곳이 경성제대 법문학부였다는 사실은 대체 무엇일까. 정치 이데올로기를 아카데미시즘의 수준에서 가르친 곳이 경성제대라면 이는 또 제국대학의 학문적 속성이 아니었던가. 일제가 세운 대학이기에 친일적이라 한다면 이 또한 제국대학 일반의 근거인 국민국가의 범주를 떠날 수 없는 사안이다. 유진오의 지적이 해방 직후의 견해라면 21세기인 오늘의 시점에서의 경성제대의 위상 정립은 어떠해야 할까. 이 물음에서 한 가지 분명한 것이 있다면 도남과 무애의 도전을 떠날 수 없음이다. 바로 실증주의와 정신과학(해석학)의 이상하고도 특수하고 또 휘황한 만남이 아닐 수 없다. 왜냐면 실증주의도 정신과학도 수척하지 않은 기이한 장면이었다.

3장 _ 불온시 논쟁에서 얻은 것과 잃은 것
김수영과 이어령의 경우

1. 그림자 없는 적

4·19가 가져온 문학사적 현상 중의 하나에 이른바 '불온시 논쟁'이 있다. 평론가 이어령과 시인 김수영 사이에 벌어진 이 논쟁은 그 화려한 겉모양에 비해 매우 미미한 결말에 이른 것으로 특징지어진다. 화려한 겉모양이라 했거니와 그것은 두 논자가 4·19를 대표하는 문단의 총아라는 점에 관련된 사항이며, 결말의 미미함이란 논쟁 그것이 정작 시의 논의의 진전에는 기여한 바가 많지 않음에서 왔다. 비유컨대 이 논쟁은 화려한 수사학이 모종의 진실을 은폐하고 진행되었음에서 온 결과였을 터이다.

　이 논쟁이 진행될 때 많은 사람들이 지켜보았다. 흥미롭기 때문이었다. 무엇보다 평론가 쪽의 수사학이 눈부셨다. 그것은 공격적이었지만 동시에 동화적이었다. 그것은 날카롭지만 동시에 무당의 칼날 모양 둔한 것이었다. 그것은 문화적이었지만 또한 민속적이었던 것이다. 에비가 온다, 에비가 온다고 외쳐댔던 것이다. "에비란 말은 유아 언어에 속한다"(「'에비'가 지배하는 문화」, 『조선일보』, 1967년 12월 29일자)라고 운을 뗀 비평가는 이 가상적인 어떤 금제의 힘을 총칭하는 언어로 1967년의 문화적 분위기를 비유했던 것이다. 요컨대 있지도 않은 허깨비를 향해 공격한 형국이었고 공격하면 할수록 또 예리하면 할수록 무의미해질 성질의 것이었다.

당연히도 시인 김수영 쪽에서도 이 사실을 잘 알고 있었다. "누가 에비를 두려워하랴"라고 시인은 속삭이었다. 이어령과 우리는 함께 유년기 동화 속에 있다고 시인은 직감하고 있었다. 시인인지라, 그는 4·19 직전에도 이미 그러했다.

우리들의 적(敵)은 늠름하지 않다.
우리들의 적은 카크·다글라스나 리챠드·위드마크 모양으로 사나웁지도 않다
그들은 조금도 사나운 악한이 아니다
그들은 선량하기까지도 하다
그들은 민주주의자를 가장하고
자기들이 양민이라고도 하고
자기들이 선량이라고도 하고
자기들이 회사원이라고도 하고
전차를 타고 자동차를 타고
요리집엘 들어가고
술을 마시고 웃고 잡담하고
동정(同情)하고 진지한 얼굴을 하고
바쁘다고 서두르면서 일도 하고

원고도 쓰고 치부도 하고

시골에도 있고 해변가에도 있고

서울에도 있고 산보도 하고

영화관에도 가고

애교도 있다

그들은 말하자면 우리들의 곁에 있다

우리들의 전선(戰線)은 눈에 보이지 않는다

그것이 우리들의 싸움을 이다지도 어려운 것으로 만든다

우리들의 전선은 당게르크도 놀만디도 연희고지도 아니다

우리들의 전선은 지도책 속에는 없다

그것은 우리들의 집안 안인 경우도 있고

우리들의 직장인 경우도 있고

우리들의 동리인 경우도 있지만……

보이지는 않는다

우리들의 싸움의 모습은 초토작전이나

「건 힐의 혈투」 모양으로 활발하지도 않고 보기 좋은 것도 아니다

그러나 우리들은 언제나 싸우고 있다

아침에도 낮에도 밤에도 밥을 먹을 때에도

거리를 걸을 때도 환담할 때도

장사를 할 때도 토목공사를 할 때도

여행을 할 때도 울 때도 웃을 때도

풋나물을 먹을 때도

시장에 가서 비린 생선 냄새를 맡을 때도

배가 부를 때도 목이 마를 때도

연애를 할 때도 졸음이 올 때도 꿈 속에서도

깨어나서도 또 깨어나서도 또 깨어나서도……

수업을 할 때도 퇴근시에도

사이렌 소리에 시계를 맞출 때도 구두를 닦을 때도……

우리들의 싸움은 쉬지 않는다

우리들의 싸움은 하늘과 땅 사이에 가득 차 있다

민주주의의 싸움이니까 싸우는 방법도 민주주의식으로 싸워야 한다

하늘에 그림자가 없듯이 민주주의의 싸움에도 그림자가 없다

하…… 그림자가 없다

하…… 그렇다……

하…… 그렇지……

아암 그렇구 말구……그렇지 그래……

응응…… 응…… 뭐?

아 그래…… 그래 그래.

—「하…… 그림자가 없다」, 『김수영전집 1』, 민음사, 1981, 136~138쪽

"하…… 그림자가 없다"는 것, 그것은 '에비'가 아니었던가. 그림자가 없는 세계, 그것이 동화이자 민속의 세계가 아니었던가. 시인의 이러

한 직관은 4·19와 아무런 관련이 없다. 있지도 않은 곡두와의 싸움하기 그것이 시작(詩作)임을 그는 생리적으로 알고 있었다.

불온시 논쟁을 관전하는 독자 측에서 볼 때 흥미의 초점은 두 사람이 놓인 좌표가 너무도 같았음에서 왔다. 말을 바꾸면 같은 좌표 위에 서 있지만 제발 좀 어긋나 보라. 제발 거짓이라도 좋으니, 어긋난 척하는 포즈라도 취해 보라는 곳에 있었다. 평론가도 시인도 멍석을 깔아놓은 곳에 나온 선수인 만큼 입장료를 내고 들어온 독자를 위해 봉사해야 했다. 좋다. 그래 보마라고 두 선수는 눈짓을 마주했다. 이것이 불온시 논쟁의 겉모습이다.

그렇다면 그 본모습은 어떠했던가. 수사학을 걷어 낸 현실의 참모습은 얼마나 드라이했던가. 이 물음은 60년대 이래 문화 및 문학계에 종사하는 사람들의 계층적 의식 탐구에로 향하지 않으면 안 된다. 불온시 논쟁의 중요성은 따라서 시의 논의보다 훨씬 사회학적 계층적 과제에 속함에서 온다.

2. 사르트르를 오해한 시적 비유법의 빛남

6·25를 겪은 전후세대는 일찍이 본 적 없는 아주 기묘한 아이를 탄생시켰다. 이 아이의 목소리는 이러했다.

엉겅퀴와 가시나무 그리고 돌무더기가 있는 황료(荒寥)한 지평 위에 우리는 섰다. 이 거센 지역을 찾아 우리는 참으로 많은 바람과 많은 어둠 속을 유랑해 왔다.

저주받은 생애일랑 차라리 풍장해 버리자던 뼈저린 절망을 기억한다. 손 마디마디와 발바닥에 흐르던 응혈(凝血)의 피, 사지의 감각마저 통하지 않던 수난의 성장을 기억한다.

그러나 우리가 이대로 패배하기엔 너무나 많은 내일이 남아 있다. 천치와 같은 침묵을 깨치고 퇴색한 옥의(獄衣)를 벗어 던지지 않고는 견딜수 없는 유혹이 있다. 그것은 이 황야 위에 불을 지르고 기름지게 밭과 밭을 갈아야 하는 야생의 작업이다. 한 손으로 불어 오는 바람을 막고 또한 손으로는 모래의 사태를 멎게 하는 눈물의 투쟁이다.

그리하여 우리는 화전민이다. 우리들의 어린 곡물의 싹을 위하여 잡초와 불순물을 제거하는 그러한 불의 작업으로써 출발하는 화전민이다. 새 세대 문학인이 항거해야 할 정신이 바로 여기에 있다.

— 이어령, 「화전민지대」, 『경향신문』, 1957년 1월 11일

이 목소리는 누가 들어도 시인의 숨결이자 목소리가 아닐 수 없다. 엉겅퀴, 가시나무, 돌무더기의 그 날카로움을 보라. 바람, 어둠, 유랑의 저 아득함을 보라. 풍장, 응혈의 절망을 보라. 그리고 마침내 화전민과 불의 이미지를 보라. 누가 보아도 이것은 조금도 과장되지 않은 비유의 수사학이다. 주의 깊은 독자라면, 그 비유가 그대로 '시적인 현상'임을 직감했을 터이다. 왜냐면 이 비유의 수사학 속엔 리듬이 동반되었기 때문이다. 이 수사학적 리듬의 싱싱함은 다음 두 가지 점에서 왔다. 문학을 시적인 현상으로 우겼음이 그 하나.

지게꾼은 지게질 것을 거부했다. 그래서 그는 시를 썼다. 정치가는 정사

에 권태를 느꼈다. 그래서 그는 시를 썼다. 군인은 어느 날 총탄이 무서웠다. 그래서 그는 시를 썼다. 또는 목걸이 없는 부인은 그의 허영심을 메우기 위해서 시를 썼고 왕족이 될 수 없는 인간은 그의 권력에의 동경을 위해서 시를 썼다.

그러나― 그러나 우리들은 우리들의 생명이 차압될 것이라는 위협을 받았다. 그리하여 우리들은 시를 썼다. 시대가 우리의 행동을 구속했기 때문에 이 문명이 우리의 내일을 차단했기 때문에 우리는 시를 쓰고 산문을 썼다.

침입하는 외적을 향하여 총을 들듯 언어의 무기를 든 것이 바로 문학이라는 우리들의 직(職)이다. 견딜 수 없는 분노, 헤어나올 수 없는 체념, 그리고 모든 억압에서 해방하려는 마음의 평화, 또한 자유 그것이 우리들의 숨은 언어들을 찾아내라 한다. 그러므로 써도 좋고 안 써도 좋은 그런 글을 새 세대의 문학인은 경계한다.

이슬을 마시고 울음 우는 한 마리 매미처럼 그리고 철을 따라 고장을 옮기며 우짖는 후조(候鳥)의 무리처럼 우리는 그렇게 덧없는 노래를 부를 수가 없다.

우리들은 우리들의 노래가 그대로 허공 속에 소실되기를 원하지 않는다. 하나의 메아리를 요구하는 우리들의 노래는 옛날 바람을 부르고 산을 움직인 신비한 무녀의 주언(呪言)과도 같이 대상을 움직이게 하는 능동적인 투쟁이다. 모든 것은 언어에 의하여 표현되어야 하고 그 표현은 하나의 '에코'를 가져야 한다. 그러므로 우리는 우리의 현실을 그려, 그 현실을 변환(變幻)시키려 하고 우리의 비극을 노래하여 그 비극에서 탈피하려 한다.

'주어진 모든 것'을 받기만으로는 부족하다. '주어진 것'을 모두 가질 수 있는 것으로 만드는 그 노력이 중요하다. 그리하여 우리들의 노래는 '메아리'를 위한 노래다.

―「화전민지대」, 『경향신문』, 1957년 1월 11일

글쓰기란 그대로 시를 가리킴이라는 것. 문학이란 그러니까 '시'가 전부라는 것. 설사 '시와 산문'이라 했을 때도 그 '산문'이란 리듬을 위한 군말에 지나지 않는다는 것. 이 놀라운 비유는 얼마나 이어령의 선 자리가 원시적인 곳인가를 웅변하고 있다. "유사한 것은 동일하다"는 대원칙 위에 놓인 비유법이 유아기적 사유의 소치임에 주목한다면 얼마나 이것이 위험하며 동시에 어미의 자궁 속처럼 안온한가도 함께 알아차릴 수 있다. 그 안온함의 정도는, "사람은 생물이다"에서 "사람은 동물이다"에로 내려오면 그만큼 줄어든다. "사람은 이성적 동물이다"에로 오면 더욱 줄어든다. 이때 위험성의 정도는 점점 증대된다. 「비유법론고」(『문학예술』, 1956. 11~12)로 백철의 추천을 받아 비평가로 등장한 이어령은 누구보다 이 점을 잘 알고 있었다고 보는 것이 자연스러운 것처럼 그가 몰랐던 것이 따로 있었다고 보는 것도 자연스럽다. 그가 몰랐던 것은 무엇이었을까. 정작 그가 신주 모시듯 메고 나온 사르트르가 아니었을까. 참여문학의 세계적 선봉장 사르트르는 첫줄에 이렇게 썼다. "'당신이 스스로 구속하고 싶다면 어째서 바로 공산당에 가담하지 않습니까', 이렇게 어떤 똑똑치 못한 젊은이가 쓴 것을 보았다"(『문학이란 무엇인가』)라고. 사르트르는 이어서 명쾌히 또 단호히 썼다. "아니다. 우리는 회화 조각 그리고 음악도 '역시 구속'하려 하는 것이 아니다. 적어도 같은 방법으로는 구속

하려 하지 않는다"라고. 이어서 사르트르는 똑 부러지게 이렇게 말한다.

이상 말한바, 화가나 음악가의 경우와는 반대로 작가는 '의미'와 관계가 있는 것이다. 그런데 그 안에서도 또 구별이 필요하게 된다. '의미'를 가지는 '기호'가 지배적인 힘을 누리는 영역 ──그것이 산문이다. 그러나 시는 차라리 회화나, 조각이나 음악 편이다. 사람들은 내가 시를 싫어한다고 비난한다. 그 증거로는 내가 주재하는 『현대』지가 시를 거의 발표하지 않는다는 것이다. 이것은 실은 그와 반대로 우리가 시를 사랑한다는 증거인 것이다. 내 말을 믿으려면 오늘날의 시작들을 일별하면 충분하다. 비평가들은 의기양양해서 말한다──"적어도 당신은 시를 구속하려고는 꿈에도 생각할 수 없는 일이오"라고. 과연 그렇다. 그러나 어째서 내가 시를 '구속'하려 하겠는가? 시도 산문같이 말[語]을 사용한다고 해서? 천만에. 시는 산문과 똑같은 방법으로 말을 사용하는 것은 아니다. 차라리 시는 전혀 말을 '사용'하지 않는다고 하는 편이 옳을 것이다. 오히려 시는 말에 '봉사한다'고 하고 싶다. 시인들은 언어를 '이용'하기를 거부하는 사람들이다. 그런데 어떤 종류의 도구로 여기고 있는 언어활동 속에서, 그리고 그 언어활동을 통해서, 진리탐구가 진행되는 것이지만, 그렇다고 해서 시인들이 진실을 가려내거나 또는 그것을 진술하기를 목적으로 삼고 있다고 생각해서는 안 된다. 그들은 외부 세계를 '명명하려'고도 생각지 않으며, 또 사실상 전혀 아무것도 명명하지를 않는 것이다. 왜냐하면 이름짓는다는 것은 필연적으로 이름지어진 대상에게 그 '이름'을 영원의 희생으로 바치는 것을 의미하며, 또는 헤겔의 말을 따르자면 "이름이란 본질적인 것인 사물에 대면하여 스스로 비본질

적인 것으로 드러나기 때문"이다. 시인들은 말하는 것이 아니다. 그렇다
고 그들은 침묵하는 것도 아니다. 그것은 문제가 다르다.

— 사르트르, 『문학이란 무엇인가』, 김붕구 옮김, 신태양사, 1959, 21~22쪽

참여문학이란 이처럼 산문의 글쓰기에만 국한된다는 것, 따라서 시
란 당연히도 제외됨을 사르트르는 분명히 했다. (훗날 그는 이 생각을 수
정하거니와) '저항의 문학'을 깃발로 내세운 이어령의 경우는 사르트르와
는 거의 역방향에 서 있는 형국이다. 모든 저항의 문학은 시라고 그는 외
쳤던 것이다. '시=산문=문학'이라고 이어령이 외칠 때 그가 몰랐던 것은
사르트르의 참여문학의 성격이었다. 아무도 이 6·25를 겪은 화전민의 아
이에게 이 수심(水深)의 깊이를 가르쳐 주지 않았기에 아이는 스스로 그
깊이에 빠져들어 개헤엄을 칠 수밖에 없었다. 이처럼 정직한 길이 달리
있겠는가.

4·19가 일어났을 때 저는 사르트르의 말대로 언어를 총탄과 같은 것이
라고 생각했고 글쓰는 발화행위 자체가 바로 표적을 향해 방아쇠를 당
기는 것과 같은 것이라 믿었지요.

— 김윤식 외, 『상상력의 거미줄—이어령 문학의 길찾기』, 생각의 나무, 2001, 553쪽

이 화전민의 아이가 제일 잘 알았던 것. 그것이 비유의 수사학이었
다. 이 아이가 제일 몰랐던 것이 무엇이었던가. '시=산문=문학'의 미분화
였다. 여기에서 탄생된 것이 '시적 비유법'이었다.

3. 시적 비유법으로서의 저항의 문학

이 '시적 비유법'이 한동안 무지개처럼 화려하게 동쪽 하늘에 걸려 있었고 그 울림 또한 천둥소리를 방불케 함에 모자람이 없었다. 왜냐면 우리는 너 나 할 것 없이 전화가 휩쓸고 간 황막한 땅의 주민이었으니까. 화전민의 사상이란 무엇인가. 너무나 자명하다. '불로 태우고 곡괭이로 길을 들이고 씨를 뿌리는 영토' 그것이 아닐 수 없다. 불의 작업이 먼저 거기에 있었다. 신개지를 개간하는 이 창조의 혼이 다름 아닌 저항의 문학이었다. 이 화전민의 사상에 주목되는 것은 '모조리 불태움'에 있었다. 불로써 모든 것이 타고 없는 황량한 들판, 그러니까 제로(영)에서 출발할 수밖에 무슨 방도가 있었으랴. 황량한 들판에 불의 작업을 통해 화전을 일구는 방식이 아님에 주목할 것이다. "불로 태우고 곡괭이로 길을 들인 이 지역"이라고 이어령이 외칠 때 그는 잠시 착각을 한 것이 아닐 수 없다. 6·25란 이미 전쟁이라는 '불의 작업'이 휩쓸고 간 황막한 들판이 아니었던가. 그러니까 '화전민의 사상'이란 무중력상태 또는 제로에서 출발하기로 요약된다. 이때 화전민에게 있는 것이라고는 몸뚱이뿐이었다. 손과 발로 황무지에 씨뿌리기에 나설 수밖에 무슨 방도가 있었겠는가. 이 화전민의 몸뚱이 그것이 바로 언어였다. 낫이나 곡괭이, 그것이 언어였다. 가진 것이라고는 이것밖에 없었기에 언어만큼 절대적인 것이 따로 있을 수 없었다.

이 언어를 이어령은 시라고 불렀다. 이 비유법이 언어=시=문학의 도식을 낳았다. 이 비유법의 위력, 그 마술에는 사르트르조차 그의 부하 만들기에 모자람이 없었다. 언어로써 황야에 씨뿌리기, 이를 두고 이어령은 저항의 문학이라 불렀다. 그것은 생존을 위한 저항이기에 생존의 유일한 방도의 문학, 몸부림의 문학이 아니면 안 되었다. 이 비유법의 위대한 힘을 보라. 분석을 거부하고, 유사한 것을 동일하다고 하는 마술에는 '근소한 차이'의 인식 따위란 안중에도 없다. 이 비유법의 마술이란 그 자체가 '시적 현상'이다. '저항의 문학'이란 그러니까 이 '시적 현실'의 다른 명칭이었다. 그런데, 어떤 현상도 그러하듯 이 '시적 현상'도 유효기간이 있는 법. 6·25의 초토화가 현실로 주변에 버티고 있었다는 것이, 그 직접성, 절박성이 그것이다. 그런데 화전민이 뿌린 씨앗이 제법 자라고 꽃 피워 열매를 맺을 무렵이면 그 시효는 사라진다. 왜냐면 이미 화전은 옥토로 변해 가는 도중이니까. 아무도 화전민일 수 없는 시점이 필시 오게 마련인 것. 이 시기의 도래를 알게 모르게 이어령 자신이 깨닫기 시작한 것은 언제였을까. 4·19가 일어나고 8년이 지난 시점에서 이어령은 이렇게 큰 목소리로 외쳐 마지않았다.

성서(聖書)의 백합화는 신의 은총과 사랑 속에서 아무런 근심 없이 피어나는 것으로 되어 있다.

그러나 현실의 들판에서 자라는 진짜 백합화는 감미로운 이슬보다는 폭풍이라든가 가뭄이라든가 하는 자연의 위협을 더 많이 받고 피어난다. 그러므로 백합화의 순결한 꽃잎과 그 향기는 외부로부터 받은 선물이 아니라 자신이 싸워서 얻은 창조품이라는 데에 그것의 현실적인 의미가 있다.

어떠한 역사, 어떠한 사회에서도 문예적 창조가 할렐루야의 은총 속에서만 피어난 예란 드물다. 중세의 화가들은 아담의 배꼽조차도 그리지 못하게 하는 극성스러운 승려들과 싸우면서 성화(聖畫)를 그렸고, 가까운 예로 우리들의 불행했던 선배들은 사전(辭典)보다도 일본 관헌의 까만 수첩을 더 근심하여 문장의 어휘들을 창조해 갔다.

그 당대의 집권자나 대중들에겐 한낱 미치광이나 범법자(犯法者)라고밖에 보이지 않았던 그런 인간들의 손에 의해서 인류 문화의 대부분이 창조되어 왔다는 사실을 잊어선 안 된다. 기존 질서의 순응이 아니라 새로운 질서를 추구하고 창조하는 운명을 선택한 이상, 그 시대와 사회가 안락의자와 비단옷을 갖다 주지 않는 데에서 불평을 한다는 것은 결국 자기모순에 빠지는 일이다. 창조할 말 속에는 이미 필연적으로 외로움이라든가 싸움이란 말이 내포되고 있기 때문이다. 그러므로 문화의 위기는 단순한 외부로부터 받는 위협과 그 구속력보다는 자체 내의 응전력(應戰力)과 창조력의 고갈에서 비롯되는 것이라고 할 수 있다. 즉 문예의 조종(弔鐘)은 언제나 문예인 스스로가 울려 왔다는 사실에 좀 더 주목해 둘 필요가 있다.
— 이어령, 「누가 그 조종을 울리는가」, 『조선일보』, 1968년 2월 20일

'오늘의 한국문화를 위협하는 것'이라는 부제를 단 「누가 그 조종(弔鐘)을 울리는가」의 첫 대목을 본 독자라면 이것이 '화전민의 사상'을 소리높이 외치던 그 비유법의 재판임을 직감했을 터이다. 저 성서 속의 백합화의 비유를 보라. 저 일제하의 검열의 시선을 보라. 저항이야말로 창조력의 다른 명사라는 언명을 보라. 그러나 매우 딱하게도 이번의 백합화 비유는 화전민의 비유와 견주어 보면 거의 생기를 잃고 있다. 굳이 말해, 수사학의 껍데기만이 가까스로 체면을 유지하고 있는 형국이다. 이유

는 자명하다. 화전민 시대로부터 무려 15년, 또 4·19로부터 8년의 세월이 그 주범이었다. 이 세월 속에서는 화전에 뿌린 씨앗이 꽃피고 열매 맺을 차비를 하고도 남는 시점이었다. 화전민이 절망감, 그 직접성에서 벗어났을 뿐 아니라 미증유의 옆으로부터의 혁명까지 이루어 낸 역량을 가진 현실이었다. 비록 5·16군사 쿠데타로 사태가 다시 경직되었다고는 하나, 4·19혁명 체험으로 사람들은 이미 화전민일 수 없었다. 그들은 누구보다 통렬한 정신적 귀족이 아니면 안 되었다. 5·16에 패배한 4·19, 그래서 주인, 노예의 변증법의 구도가 이루어졌고 바로 그로 인해 노예의 주인화가 치열히 전개되지 않을 수 없었다. "피라미드를 만들어라!"는 주인의 명령 아래 놓인 노예는 이를 거부할 수 없었다. 죽음이 기다리고 있기에 그러하다. 피라미드를 만들 수밖에. 피라미드를 만들고자 한 노예는 이미 노예일 수 없다. 설계도가 요망되었기에 그러하다. 설계도를 그리는 순간 노예는 주인으로 둔갑한다. 설계도, 그것은 원래 주인의 것인 까닭이다. 한편 원래의 주인은 어떠했던가. 설계도를 돌보지 않고 향락에 빠졌고, 따라서 노예 신세로 전락할 수밖에. 이 헤겔 식 도식이 4·19를 계기로 하여 벌어졌을 때 이를 드러내는 방식은 비유법으로는 역부족이다. 당연히도 변증법으로 표현하는 수사학이 따로 요망되었던 것이다. 이 주인·노예 변증법의 헤겔 식 논리는 비유법과는 무관하다. 그것은 의식이 자기의식(부정)을 거치며 정신으로 발전하고, 또 그 발전의 최후단계인 절대정신에 이르는 과정에 대한 서술논리이다. 이 논리가 자아 내부에서 일어나는, 단일 논리임에 주목한다면 비유법이 스며들 틈은 없다. 따라서 이 주인·노예 변증법엔 4·19가 끼어들 틈은 아주 제한적이거니와 거의 없다고 할 것이다.

4. 전전세대, 전후세대 그리고 4·19세대의 4·19관

문제의 핵심은 그러니까 4·19에 대한 인식에서 왔다. 전후세대인 이어령에 있어 6·25는 초토(제로상태)였고, 또 출발점이었다. 씨뿌리기 그 자체가 저항의 몸짓이고 문학이었다. 따라서 4·19란 그 연장선상에 있는 것일 뿐 그 이상의 의미가 주어질 수 없는 성질의 것이다. 그러나 전전세대인 김수영에 있어 6·25에 대한 인식은 제로지점이 아니었다. 전쟁이 있었고 이데올로기가 있었고 포로수용소의 체험이 있는 생생한 역사의 공간이었다. 4·19도 어김없이 그 연장선상에 있었다. 그에 있어 4·19는 이미 4·19 이전과 이후와는 무관하게 이렇게 있었다. 「하…… 그림자가 없다」(1960. 4. 3)라고. 그는 또 이렇게 읊조렸다.

제2공화국!

너는 나의 적이다.

나는 오늘 나의 완전한 휴식을 찾아서 다시 뒷골목을 들어간다.

그리고 거기에는 어제의 나는 없어!

나의 적,

나의 음식,

나의 사랑,

나는 이제 일체의 사양을 내던진다.

적이여

그대에게는 내가 먹고 난 깨끗한 뼉다귀나 던져주지,

반짝반짝 비치는, 흡사 보석보다도 더 아름다운 뼉다귀를……

오오, 자유. 오오, 휴식.

오오, 허망.

오오, 그런 나의 벗들.

제2공화국!

너는 나의 적이다. 나의 완전한 휴식이다.

광영이여, 명성이여, 위선이여, 잘 있거라.

―「일기초」(1960. 6. 30), 『김수영전집 2』, 민음사, 1981, 333쪽

김수영에 있어 4·19란 그 이전에도 그 이후에도 이처럼 한결같았다. 역사 그것이 쉴 새 없이 작용하는 그런 한복판이었다. 이는 저 4·19세대라 자처한 김현의 4·19 인식과는 판이하다.

내 육체적 나이는 늙어 가지만 내 정신의 나이는 언제나 1960년의 18세에 멈춰 있었다. 나는 거의 언제나 사일구세대로서 사유하고 분석하고 해석한다. 내 나이는 1960년 이후 한 살도 더 먹지 않았다. 그것은 쓸쓸한 인식이지만 즐거운 인식이기도 하다. 쓸쓸한 것은 내가 유신세대나 광주사태세대의 사유 양태를 어떤 때는 이해하지 못한다는 데서 생겨나는 것이고 즐거운 것은 나와 같이 늙지 않은 사람들이 많다는 것을 확인한 데서 생겨나는 것이다.

― 김현, 『분석과 해설』, 문학과지성사, 1988, 머리말 중에서

그렇다면 화전민세대라 자처하고 출발한 이어령에 있어 4·19는 어

떠했던가. 다음 대목에서 이를 잘 엿볼 수 있다.

지금까지 한국 문화의 위기의식은 정치적 기상도에 따라 좌우되어 왔다. 한국의 작가들은 옛날이나 오늘이나 원고지와 백지를 대할 때마다 총검을 든 검열자의 어두운 그림자를 느껴야 했다. 창조의 자유가 작가의 서랍 속에 있지 않고 관의 캐비닛 속에 맡겨져 있다는 것은 사실이다. 정치권력으로부터 배급받은 자유의 양만으로 창조의 기갈이 채워질 수 없다는 것도 또한 우리는 알고 있다. 그러나 참된 문화의 위협은 자유의 구속보다도 자유를 부여받고 누리는 그 순간에 더욱 증대된다는 역설(逆說)이다.

―「누가 그 조종을 울리는가」

이런 발언은 이어령이 4·19를 제3자의 시선에서 바라보고 있는 한 가지 징후라 할 터이다. 4·19란 그러니까 방관자의 시선에서 보면 '자유'가 주어진 공간이다. 4·19 이전의 한국문학은 자유가 없어 제대로 성장하지 못했다. 4·19로 자유가 거의 무한대로 주어진 만큼 문학은 단연 마음껏 펼쳐져야 한다. 그런데, 그 실상은 어떠한가. "그러나 언론의 자유가 무한대였다는 해방 직후와 4·19 직후의 두 시기에선 아이러니컬하게도 몇 개의 격문과 몇 장의 삐라 같은 어휘밖에는 추려낼 것이 없을 것 같다"(이어령, 앞의 글)라고 이어령이 주장할 때 그는 비평작업과는 무관한 폭언을 한 것으로 된다. 왜냐면 구체적 사례 분석 없이 싸잡아 격문과 삐라로 요약했기 때문이다. 4·19가 자기의 절실한 체험적 대상이 아니었음에 대한 정직한 태도 표명이라 할 것이다.

그렇다면 어째서 그 대단한 자유의 4·19가 창작의 불모지로 되고 말았는가? 이에 대해 이어령은 다음과 같이 문인들의 탓으로 돌렸다. 창작의 빈곤이란, 외부의 압력에서 오는 것이 아니라 내부의 빈곤에서 온다는 역설이 그것이다. 이 역설은 후진국 특유의 것이라 본 곳에 이어령 논리의 특유성이 있다. 그는 망설임도 없이 이렇게 단언했다.

해방 직후와 4·19 직후의 문인들이 우리에게 보여 준 것은 한국의 문화는 관보다도 대중의 검열자에게 더 약했다는 증거였으며, 갑작스런 정치적 자유를 누리기 위해서 도리어 문화를 정치 활동의 예속물로 팔아넘겼다는 증거였다.

후진 사회에서 흔히 볼 수 있듯이 미약하나마 관권과 투쟁해 온 전통은 깊어도 자유를 행사할 줄 아는 경험은 매우 적었기 때문이다.

—「누가 그 조종을 울리는가」

5. 불온시 논쟁 전말

1967년을 두고 이어령은 '에비'가 지배한 문화계라 비판했다. 있지도 않은 '정치 에비', 있지도 않은 '상업주의의 에비', 있지도 않은 소피스티케이트(sophisticate)해진 '대중의 에비'를 설정해 놓고 그것에 겁먹고 주눅 들어, 이런 반문화적 풍토와 싸워 그 '에비'의 가면을 벗기지 않고 주저앉아버렸다고 이어령은 진단했다(「'에비'가 지배하는 문화」, 『조선일보』, 1967년 12월 28일). 이를 읽은 김수영의 반응의 일부가 「지식인의 사회참여」(『사상계』, 1968. 1)였다. 두 가지 점이 지적된다. 첫째, 김수영이 문제 삼은 것은 이어령의 글에 앞서 『조선일보』에 실린 사설 「우리 문화의 방향」에 초점이 놓였다는 점. (둘째는 자영인自營人 김수영과 직장인 이어령 사이의 계층적 논의였다는 것. 다음 절에서 논함) 다음과 같은, 김수영의 개입 이유를 자세히 모르면 이 논쟁의 핵심을 놓치게 될 터이다.

금년 들어서 C신문의 사설란에 「우리 문화의 방향」이란 문화론이 실린 것을 읽은 일이 있는데, 이런 논조가 바로 보수적인 신문의 문제의 핵심을 회피하는 가장 전형적인 안이한 태도다. 그것은 서두에서 "경제성장을 서두르는 단계에서는 문화가 허술하게 다루어지기 쉬운 것도 어쩔 수 없는 경향인지 모른다. 그러나 경제생활을 도외시하고 문화발전을 생각할 수 없듯이 문화를 무시한 경제적 안정이나 정치적 안정이 우자(愚者)의 낙원을 만들어 그 사회가 지니는 취약성이 끝내는 그 사회의 존재를 위태롭게 한다는 것은 동서의 흥망사가 증명하고 있다. 그러므로 모든 발전의 템포를 빨리 해야 하는 우리 사회는 경제건설 다음에 문화발전을 이룩한다는 서열을 매기지 말고 발전의 표리로서 문화를 생각해야 한다"는 너무나도 당연한 전제를 내세우고 나서 다음과 같은 알쏭달쏭한 암시로 문제의 초점을 수박 겉핥기 식으로 몽롱하게 얼버무려 넘어가고 있다. 즉 그것은 본론으로서 이렇게 말하고 있다. "문화의 방향의 문제에 있어서 잊을 수 없는 것은 동백림 공작단 사건이다. 그것이 비극적인 것은 문화인이 관련된 사건이면서 그 학문이나 작품이 문제되지 않고 간첩 행위가 치죄(治罪)의 대상이 되었다는 것은 이미 지적한 점이지만, 상당수 문화인이 그 사건에 관련되었다는 자체는 간첩 행위 이상의 사건이 아닐 수 없다. 그 행위의 밑에 만의 일이라도 인터내셔

널한 생각이 깔린 소치였다면 이는 관련자에 국한할 것이 아니라 일반 문화인의 성향과 관련시켜 심각히 생각해 볼 일이라는 말이다. 그것은 문화인이 우리의 현실 상황을 어떻게 생각하느냐는 관건으로서 '문화의 주체성' 확립과 밀접히 관련되어지는 것이다······". 우리는 여기서 우선 "인터내셔널"이란 말이 무슨 뜻인지 모르겠다. 따라서 이것이 "일반 문화인의 성향"과 어떻게 "관련시켜 심각히 생각해" 봐야 할지 알 도리가 없다. 또한 따라서 그 다음의 "문화의 주체성 확립"과 어떻게 "밀접히 관련지어"져야 할 것인지도 모르겠다. 대체로 추측해서 이 "인터내셔널"이란 말을 세계주의나 인류주의로서 생각하고 문화를 정치에서 독립된 (혹은 우월한) 가치로서 인정해야 한다는 원칙을 강조한 것이라고 생각할 수 있겠는데, 그렇게 되면 "문화인이 관련된 사건"이라고 해서 "그 학문이나 작품의 문제"되어야 한다는 동사(同社)의 사설의 그 전날의 지적은 어디에 기준을 두고 한 말인가. 문화와 예술의 자유의 원칙을 인정한다면 학문이나 작품의 독립성은 여하한 권력의 심판에도 굴할 수 없고, 굴해서는 안 되는 것이다.

따라서 "그 학문이나 작품이 문제"되어야 한다는 지적부터가 자가당착에 빠진 너무나 어수룩한 모독적인 발언이다. 학자나 예술가의 저서나 작품의 내용을 문제 삼고 간섭하고 규정하는 국가가 피고에 유리한 경우에만 그들의 저서나 작품의 내용을 문제 삼고, 그들에게 불리한 경우에는 그것들을 문제 삼지 않았다는 실례를 우리들은 일찍이 어떠한 독재국가의 판례사에서도 찾아볼 수 없다. 실제는 오히려 백이면 백이 번번이 그와는 정반대였던 것이 통례이다.

무식한 위정자들은 문화도 수력 발전소의 댐처럼 건설하는 것이라고 생각하고 있는 것 같지만, 최고의 문화정책은 내버려 두는 것이다. 제멋대로 내버려 두는 것이다. 그러면 된다. 그런데 그러지를 않는다. 간섭을 하고 위협을 하고 탄압을 한다. 그리고 간섭을 하고 위협을 하고 탄압을 하는 것을 문화의 건설이라고 생각하고 있다. 「우리 문화의 방향」의 필자는 "문화를 무시한 경제적 안정이나 정치적 안정"이 나쁘다고 했지만, 나는 논법으로는 오히려 문화를 무시라도 해주었으면 좋겠다. 원고료 과세(課稅)나 화료 과세를 포함한 문화의 무시보다도 더 나쁜 것이 문화의 간섭이고 문화의 탄압이다. 그리고 이러한 문화의 간섭과 위협과 탄압이 바로 독재적인 국가의 본질과 존재 그 자체로 되어 있는 것이다.

문화의 문제는 언론의 자유의 문제와 직결되는 것이고, 언론의 자유는 국가의 정치의 유무와 직통하는 문제이다. 그런데 이런 단순한 이치를 몰각하고 무시하는 버릇이 신문뿐이 아니라 문화인 자체 안에도 매우 농후하게 만연되어 있는 것은 말할 수 없이 서글픈 일이다.

— 김수영, 「지식인의 사회참여」, 『사상계』, 1968.1, 91~92쪽

C신문(『조선일보』) 사설이 동백림 사건을 두고 이렇게 발언한 것에 대하여 비판한 김수영은 그러니까 어디까지나 『조선일보』를 대상으로 한 것이었다. 그 연장선상의 부록 같은 것으로 이어령의 글을 논한 형국이었다.

이어령의 글에 대해서 김수영은 단지 신문사설과 연결시켜 논의했음이 다음 인용에서 잘 드러난다.

지난 연말 「우리 문화의 방향」이 실려진 같은 신문에 게재된 「'에비'가

지배하는 문화」(이어령)라는 시론은 우리나라의 문화인의 이러한 무지 각과 타성을 매우 따끔하게 꼬집어 준 재미있는 글이었다. 그런데 이 글은 어느 편인가 하면, 창조의 자유가 억압되는 원인을 지나치게 문화인 자신의 책임으로만 돌리고 있는 것 같은 감을 주는 것이 불쾌하다. 물론 우리나라의 문화인이 허약하고 비겁한 것은 사실이지만 그들을 그렇게 만든 더 큰 원인으로, 근대화해 가는 자본주의의 고도한 위협의 복잡하고 거대하고 민첩하고 조용한 파괴 작업을 이 글은 아무래도 지나치게 과소평가하고 있는 것 같다. 내가 생각하기에는 오늘날의 '문화의 침묵'은 문화인의 소심증과 무능에서보다도 유상무상(有象無象)의 정치권력의 탄압에 더 큰 원인이 있다. 그리고 그 괴수(怪獸) 앞에서는 개개인으로서의 문화인은커녕 매스미디어의 거대한 집단들도 감히 이것을 대항하지 못하고 있는 것이 현 실정이다. 이 글에서도 "막중한 정치권력에도 한계라는 것이 있는 법"이라고 하면서, "학원을 비롯하여 오늘날의 정치권력이 점차 문화의 독자적 기능과 그 차원을 침해하는 경향이 있다"고 '더 큰 원인'을 지적하고는 있지만, 그렇다면 오늘날의 문화계의 실정이 월간잡지의 기자들의 머리의 세포 속까지 검열관의 금제적(禁制的) 감정이 파고들어가고 있다는 것쯤은 알고도 남음이 있을 것 같다.

이 글의 첫머리에서 필자는 '에비'라는 말의 비유를 이렇게 말하고 있다. "'에비'란 말은 유아(幼兒) 언어에 속한다. 애들이 울 때 어른들은 '에비가 온다'고 말한다. 그러나 그 말을 사용하는 어른도, 그 말을 듣고 울음을 멈추는 애들도, '에비'가 과연 어떻게 생겼는지는 모르고 있다. 즉 '에비'란 말은 어떤 구체적인 대상을 가리키는 명사가 아니다. 이것이 지시하고 있는 의미는 막연한 두려움이며 꼬집어 말할 수 없는 불안, 그리고 가상적인 어떤 금제(禁制)의 힘을 총칭한다. 어렸을 때와 마찬가지로 인간들은 복면을 쓴 공포 분위기로만 전달되는 그 위협의 금제감정에 지배되는 경우가 많다." 우리의 문화를 지배하는 '에비'를 이 필자는 이렇게 말하고 있지만, 오늘날의 우리들의 '에비'는 결코 "구체적인 대상을 가리키는 명사가 아닌" "가상적인 어떤 금제의 힘"이다. 8·15 직후의 2, 3년과 4·19 후의 1년 동안을 회상해 보면 누구나 다 당장에 알 수 있는 일이다. 물론 이 필자가 강조하려고 하는 점이 우리나라의 문화인들의 실제 이상의 과대한 공포증과 비지성적인 퇴영성을 나무라고 독려하려는 데 있다는 것을 모르는 바가 아니다.

그러나 이 필자의 말대로 "이러한 반문화성이 대두되고 있는 풍토 속에서 한국의 문화인들이 창조의 그림자를 미래의 벌판을 향해 던지기 위해서" "그 에비의 가면을 벗고 복자(伏字) 뒤의 의미를 아무리 명백하게 인식해" 보았대야 역시 거기에는 복자의 필요가 있고 벽이 있다. 그리고 이 마지막의 복자의 벽을 문화인도 매스미디어도 뒤엎지 못하기 때문에, 일이 있을 때마다 번번이 학생들이 들고일어나는 것이다.

또한 이 필자는 끝머리에 가서 "우리는 그 치졸한 유아 언어의 에비라는 상상적 강박관념에서 벗어나 다시 성인들의 냉철한 언어로 예언의 소리를 전달해야 할 시대와 대면하고 있는 것"이라고 말하고 있지만, 소설이나 시의 예언의 소리는 반드시 냉철할 수만은 없다. 오히려 그것은 예술의 본질을 생각해 볼 때 필연적으로 "상상적 강박관념에서 벗어나지" 않은 "유아 언어"이어야 할 때가 많다. 특히 오늘날의 이곳과 같은 '주장'도 '설득'도 용납되지 않는 지대에 있어서는 더 말할 것도 없다.

사실은 나는 이 글을 쓰면서 최근에 써 놓기만 하고 발표를 하지 못하고 있는 작품을 생각하며 고무를 받고 있다. 또한 신문사의 '신춘문예'의 응모작품 속에 끼어 있던 '불온한' 내용의 시도 생각이 난다. 나의 상식으로는 내 작품이나 '불온한' 그 응모작품이 아무 거리낌 없이 발표될 수 있는 사회가 되어야만 현대 사회라고 할 수 있을 것 같고, 그런 영광된 사회가 반드시 멀지 않아 올 거라고 굳게 믿고 있다.

그러나 나를 괴롭히는 것은 신문사의 응모에도 응해 오지 않는 보이지 않는 '불온한' 작품들이다. 이런 작품이 나의 "상상적 강박관념"에서 볼 때 땅을 덮고 하늘을 덮을 만큼 많다. 그리고 그 안에 문호와 대시인의 씨앗이 숨어 있다.

이렇게 생각할 때 위기는 아득한 미래의 70년대에 있는 것이 아니라 지금 당장 이 순간에 있다.

이런, 어찌 보면 병적인 위기의식이 나로 하여금 또한 뜻하지 않은 엄청나게 투박한 이 글을 쓰게 했다. 역시 비평은 나에게는 영원히 분에 겨운 남의 일이다.

—「지식인의 사회참여」, 93~94쪽

이것으로 김수영은 할 말을 다한 셈이다. 5·16군사혁명이 일어나 군부독재가 7년이나 강제한 언론통제 속임을 염두에 둔다면 창작의 빈곤을 문화인 자신 쪽으로 돌리는 것은 누가 보아도 썩 일방적이다. 군부독재에 일방적으로 그 책임을 돌릴 수는 없지만 그렇다고 그 반대쪽에다 논리를 세우는 것은 부당한 것이기에 김수영은 '서랍 속에 든 불온시'라는 비유로 할 말은 다한 것이었다. 논리적 처지에서 보면 김수영의 이 불온시 논쟁은 여기서 끝난 것이다. 그럼에도 이어령은 멈추지 않았음에 이 논쟁의 성격이 규정된다. 이어령은 「누가 그 조종을 울리는가」(『조선일보』, 1968년 2월 20일), 「문학은 권력이나 정치이념의 시녀가 아니다」(『조선일보』, 1968년 3월 10일), 「논리의 현장검증 똑똑히 해보자」(『조선일보』, 1968년 3월 26일), 「서랍 속에 든 '불온시'를 분석한다」(『사상계』, 1968. 3) 등으로 진솔하게 나아갔다. 이에 대해 김수영은 「실험적인 문학과 정치적 자유」(『조선일보』, 1968년 2월 27일), 「불온성에 대한 비과학적인 억측」(『조선일보』, 1968년 3월 26일) 등으로 대응했지만 어디까지나 첫번째 글인 「지식인의 사회참여」에 대한 부록 또는 보충설명에 지나지 않았다. 이 점을 놓치면 이른바 '불온시 논쟁'의 핵심에 이르기 어렵다.

당초 김수영이 「지식인의 사회참여」에서 문제제기한 것이 C신문 사설란에 실린 「우리 문화의 방향」에 있었음은 누가 보아도 자명하다. 이어령의 「'에비'가 지배하는 문화」는 같은 C신문에 실린 것이었음에 주목할 것이다. 김수영의 처지에서 보면 C신문 사설논조나 이어령의 논조가 거의 같은 범주로 인식되었다. 김수영은 이 글 끝부분에서 "불온한"이라는 표현을 세 번 썼다. ①신춘문예 응모작 속에 끼어 있던 '불온한' 내용의 시 ②나의 작품이나 '불온한' 응모작 ③신춘문예 응모에도 응해 보지 않는 보이지 않는 '불온한' 작품들이 그것. 다시 정리하면 ①나(김수영)의 불온시 ②신춘문예 응모작 속의 불온시 ③세상에 미만해 있는 불온시로 된다. 이들이 김수영의 "상상적 강박관념"에 의하면 "땅을 덮고 하늘을 덮을 만큼 많다"는 것이다. 문제의 중요성은 바로 이 "상상적 강박관념"에 있었다. 군부독재 아래 세칭 동백림 사건이 터진 마당이라 이 "상상적 강박관념"이란 다분히 김수영의 선 자리에서 보면 현실적이다. 대체 김수영의 선 자리는 어떤 곳인가. 또 이어령이 선 자리는 어떤 곳인가. 이 물음을 떠나면 불온시 논쟁의 의의는 거의 상실되기 쉽다.

4·19 이후 우리 문화인들이 창작의 치열한 저항문학(창작 속엔 이미 저항이 포함됨)을 전개하지 못하고 무능과 무력을 드러내었다는 이어령의 질타는 원리적으로 보아 거부할 수 없는 타당성을 지닌다. 참된 창조는 풍우 속에서 싹트는 것이기에 그러하다. 군부나 일제 또는 어떤 정치적·사회적·종교적 탄압 속에서도 진정한 창작은 끊임없이 이루어졌음도 사실인 까닭이다. 이에 비추어 볼 때 4·19 이후의 우리 시인은 무능하고 무력하다는 비판은 시인을 격려함에도 유효한 질책이라 할 수 있다. 그러나 이것이 일면적임도 사실이 아닐 수 없다. 시인의 무능이나 무력함을 시인 내면에서 찾을 때는 타당하지만 그 무능이나 무력이 정치적·사회적 조건에서 온다는 것도 사실이 아닐 수 없다. 이어령이 내적인 곳에서 논의했다면 김수영은 외적인 곳에서 논의했다고 볼 때 둘 다 일면적임을 넘지 못한 것으로 된다. 요컨대 '불온시 논쟁'은 이 둘을 동시에 고려할 때 비로소 그 생산성이 획득될 터이다. 김수영은 이 점을 일원론으로 파악하고 있어 주목된다.

다시 말하자면 그[이어령─인용자]는 모든 진정한 새로운 문학은 그것이 내향적인 것이 될 때는─즉 내적 자유를 추구하는 경우에는─기존의 문학형식에 대한 위협이 되고, 외향적인 것이 될 때에는 기성사회의 질서에 대한 불가피한 위협이 된다는, 문학과 예술의 영원한 철칙을 소홀히 하고 있거나, 혹은 일방적으로 적용하려 들고 있다. 얼마 전에 내한한 프랑스의 앙티로망의 작가인 뷔토르도 말했듯이 모든 실험적인 문학은 필연적으로는 완전히 세계의 구현을 목표로 하는 진보의 편에 서지 않을 수 없게 되는 것이다. 모든 전위문학은 불온하다. 그리고 모든 살아 있는 문화는 본질적으로 불온한 것이다. 그것은 두말할 것도 없이 문화의 본질이 꿈을 추구하는 것이고, 불가능을 추구하는 것이기 때문이다. 그런데 「오늘의 한국문화를 위협하는 것」의 필자의 논지는, 그것을 다듬어 보자면, 문화의 형식면에서만은 실험적인 것은 좋지만 정치사회적인 이데올로기의 평가는 안 된다는 것이다.

— 김수영, 「실험적인 문학과 정치적 자유」, 『조선일보』, 1968년 2월 20일

김수영에 있어 시작(詩作)이란 내용/형식의 분리적 사고와는 거리가 멀었다. 내용/형식은 분리불가능한 일원론 위에 선 것이었다. 시인이자 비평가인 김수영에 있어 시작이란, 내용과 형식의 동시적 진행에 있었다. "시작은 '머리'로 하는 것이 아니고 '심장'으로 하는 것도 아니고 '몸'으로 하는 것이다. '온몸'으로 밀고 나가는 것이다. 정확하게 말하자면 온몸으로 동시에 밀고 나가는 것"이라 하여 아래와 같은 단호한 일원론 위에 서 있었다.

그러면 온몸으로 동시에 무엇을 밀고 나가는가. 그러나 ─ 나의 모호성을 용서해 준다면 ─ '무엇을'의 대답은 '동시에'의 안에 이미 포함되어 있다고 생각된다. 즉, 온몸으로 동시에 온몸을 밀고 나가는 것이 되고, 이 말은 곧 온몸으로 바로 온몸을 밀고 나가는 것이 된다. 그런데 시의 사변에서 볼 때, 이러한 온몸에 의한 온몸의 이행(履行)이 사랑이라는 것을 알게 되고, 그것이 바로 시의 형식이라는 것을 알게 된다.
그러면 이번에는 시를 논한다는 것이 무엇인가를 생각해 보자. 나는 이

미 '시를 쓴다'는 것이 시의 형식을 대표한다고 시사(示唆)한 것만큼, '시를 논한다'는 것이 시의 내용을 가리키는 것이라는 전제를 한 폭이 된다. 내가 시를 논하게 된 것은——속칭 '시평'이나 '시론'을 쓰게 된 것은——극히 최근에 속하는 일이고, 이런 의미의 '시를 논한다'는 것이 시의 내용으로서 '시를 논한다'는 본질적인 의미에 속할 수 없다는 것을 알면서도 구태여 그것을 제일의적(第一義的)인 본질적인 의미 속에 포함시켜 생각해 보려고 하는 것은 논지의 진행상의 편의 이상의 어떤 의미가 있을 것 같기 때문이다. 구태여 말하자면 그것은 산문의 의미이고, 모험의 의미이다.

　　　　　　　　　　　—「시여, 침을 뱉어라」, 『김수영전집 2』, 250쪽

　　김수영의 선 자리는 다듬어 말해 보면 "모든 전위문학은 불온하다"의 명제 위에 섰음이 판명된다. 또 그것은 "모든 살아 있는 문화는 본질적으로 불온하다"의 명제 위에 선 것으로 된다. 이에다 대고 '불온시'가 과연 좋은 시냐 아니냐를 문제 삼는 것은 차원이 다른 논의라 할 것이다. 따라서 '서랍 속에 있는 불온시'에 대한 시비보다도 그들이 선 자리에 주목할 때 이 논의는 좀더 생산적일 수 있다.

6. 사상계와 조선일보 틈에 낀 자유인의 초상

'불온시 논쟁'에서 주목되는 것은 이 논쟁이 종합지 『사상계』와 저널리즘의 대표 격인 『조선일보』를 무대로 했음이다. 민족주의적 문화교양지 『사상계』가 지닌 래디컬하고도 진취적인 성격이 문학 쪽에서 튕겨져 나

온 것의 하나가 김수영의 불온시론이라 할 수 있다.『사상계』가『조선일보』에 비해 비교적 자유로운 문화매체라면 이 편에 선 김수영은 문자 그대로 '자유인'이었다. 현상유지를 원본성으로 하는 저널리즘의 대표 격인『조선일보』와 비교적 몸 가벼운『사상계』의 대립구도를 암암리에 읽어내는 쪽은 이어령도 김수영도 아닌 독자 측이었을 터이다. 이 '자유인'으로서의 김수영은 동시에 '자영인'(自營人)으로 규정된다. 그 자신의 기술을 따라 자영인의 자격을 정리하면 다음과 같다.

Ⓐ 날더러 양계를 한다니 내 솜씨에 무슨 양계를 하겠습니까. 우리 집 여편네가 하는 거지요. 내가 취직도 하지 않고 수입도 비정기적이고 하니 하는 수 없이 여편네가 시작한 거지요. 그걸 세상은 내가 양계를 하는 줄 알게 되고 나도 어느 틈에 정말 내가 양계를 하느니 하고 생각하게 되었지요. 이걸 시작한 게 한 8년 가까이 되나 봅니다. 성북동에서 이곳 마포 서강 강변으로 이사를 온 것이 그렇게 되니까요. 먼저 우리들은 돼지를 기르면서 닭을 한 열 마리가량 치고 있었지요. 몇 마리 되지 않는 닭이었지만 마당 한 귀퉁이에 선 돼지우릿간 옆에 집을 짓고 망을 쳐주었지요. 그놈이 한 마리도 죽지 않고 잘 자랐어요. 겨울에는 망사 칸막이 위에서 자는 닭 등에 아침이면 눈이 소복이 쌓여 있었습니다. 그래도 알을 잘 낳았어요. 하루 여덟아홉 개는 꼭 낳은 것 같아요. 그런데 돼지는 되지 않았어요. 경험이 없어서 여편네가 가을돼지를 사지 않았겠어요. 돼지는 봄에 사서 가을에 파는 거라는데 우리는 가을에 사가지고 한겨울 동안 먹이를 길어 나르느라고 죽을 고생을 하고 봄에 팔았지요. 이익금이 (지금 돈으로) 4백 원가량 되었던가요. 그래서 그때부터 돼지는 단념하고

닭을 시작했던 것입니다.

—「양계변명」, 『김수영전집 2』, 42쪽

⑧ 번역을 부업으로 삼은 지가 어언간 10년이 넘는다. 일본의 불문학자 요시에 다카마쓰(吉江喬松)는 제자였던 고마쓰 기요시(小松淸)를 보고 번역을 하는 사람은 10년 안에는 단행본 번역에 손을 대서는 안 된다고 호령을 했다고 하지만, 나는 분에 넘치는 단행본 번역을 벌써 여러 권 해 먹었다. 물론 일본과 우리나라와는 번역만 하더라도 비교가 안 되고, 나는 무슨 영문학자도 불문학자도 아니니까 번역가라는 자격조차 없고, 도대체 비난의 대상조차 되지 않을지도 모른다. 사실 나는 수지도 맞지 않는 구걸 번역을 하면서 나의 파렴치를 이러한 지나친 겸허감으로 호도해 왔다.

한번은 'Who's Who'를 '누구의 누구'라고 번역한 웃지 못할 미스를 저지른 일이 있었고, 이 책이 모 대학의 교재로 사용되고 있다는 말을 듣고 나는 담당 선생한테 부랴부랴 변명의 편지까지도 띄운 일이 있었다.

그 책은 재판이 되었는데도 출판사에서 정정을 하지 않은 모양이다. 아무리 너절한 번역사이지만 재판이 나오게 되면 사전에 재판이 나온다고 한마디쯤 알려주었으면 아무리 게으른 나의 성품에라도 그런 정도의 창피한 오역은 고칠 수 있었을 터인데, 우리나라 출판사는 그만 한 여유조차 없는 모양이다. 나는 또 나대로 한 장에 30원씩 받고 하는 청부 번역 ——번역책의 레퍼토리 선정은 물론 완전히 출판사측에 있다—— 이니 재판 교정까지 맡겠다고 필요이상의 충성을 보일 수도 없다. 그러면 나보다 출판사 측이 더 싫어하는 것만 같은 눈치이고 자칫 잘못하면 비웃음까지도 살 우려가 있다. 그러나 재판이 나와도 역자가 이것을 대하는 심정은 마치 범인이 범행한 흉기를 볼 때와 같은 기분나쁜 냉담감뿐이다.

—「번역자의 고독」, 『김수영전집 2』, 79쪽

ⓒ 10월 6일

시 「잠꼬대」를 쓰다. 나는 아무렇지도 않게 썼는데, 현경한테 보이니 발표해도 되겠느냐고 한다.

이 작품은 단순히 '언론자유'에 대한 고발장인데, 세상의 오해 여부는 고사하고, 『현대문학』지에서 받아줄는지가 의문이다. 거기다가 거기다가 조지훈도 이맛살을 찌푸리지 않는가?

10월 18일

시 「잠꼬대」를 『자유문학』에서 달란다. 「잠꼬대」라고 제목을 고친 것만 해도 타협인데, 본문의 〈xxxxx〉를 〈xxxxx〉로 하자고 한다.

집에 와서 생각하니 고치기 싫다. 더 이상 타협하기 싫다.

하지만 정 안 되면 할 수 없지. 〈　〉부분만 언문으로 바꾸기로 하지.

후일 시집(詩集)에다 온전하게 내놓기로 기약하고.

한국의 언론 자유? Goddamn이다!

싸르트르의 「순교와 반항」을 대충 독료(讀了)하다.

내일부터 어서어서 삼중당(三中堂) 일이나 해치우자.

—「일기초」, 『김수영전집 2』, 339~340쪽

ⓓ 이런 때를 나는 지일(至日)로 정하고 있다. 지일에는 겨울이면 죽을 쑤어먹듯이 나는 술을 마시고 창녀를 산다. 아니면 어머니가 계신 농장으로 나간다. 창녀와 자는 날은 그 이튿날 새벽에 사람 없는 고요한 거리를 걸어나오는 맛이 희한하고, 계집보다도 새벽의 산책이 몇 백 배나 더 좋다. 해방 후에 한 번도 외국이라곤 가본 일이 없는 20여 년의 답답한 세월은 훌륭한 일종의 감금생활이다.

누가 예술가의 가난을 자발적 가난이라고 부른 것을 기억하고 있는데, 나의 경우야말로 자발적 감금생활, 혹은 적극적 감금생활이라고 할 수 있을 것 같다. 그래서 나는 한적한 새벽 거리에서 잠시나마 이방인(異邦人)의 자유의 감각을 맛본다. 더군다나 계집을 정복하고 나오는 새벽의 부푼 기분은 세상에 무엇 하나 부러울 것이 없다.

이것은 탕아(蕩兒)만이 아는 기분이다. 한 계집을 정복한 마음은 만 계집을 굴복시킨 마음이다. 자본주의의 사회에서는 거리에서 여자를 빼놓으면 아무것도 볼 게 없다. 머리가 훨씬 단순해지고 성스러워지기까지도 한다. 커피를 마시고 싶은 것도, 해장을 하고 싶은 것도 연기하고 발내키는 대로 한적한 골목을 찾아서 헤맨다. 이럴 때 등교길에 나온 여학생 아이들을 만나면 부끄러울 것 같지만, 천만에! 오히려 이런 때가 그들을 가장 있는 그대로 순결하게 바라볼 수 있는 순간이다. 격의 없이 애정으로 바라볼 수 있는 순간. 때 묻지 않은 순간. 가식 없는 순간.

— 「반시론」, 『김수영전집 2』, 257쪽

ⓔ 내가 아름답다고 생각하는 말들은 아무래도 내가 어렸을 때에 들은 말들이다. 우리 아버지는 상인이라 나는 어려서 서울의 아래대의 장사

꾼의 말들을 자연히 많이 배웠다. '마수걸이', '에누리', '색주가', '은근짜', '군것질', '총채' 같은 낱말 속에는 하나하나 어린 시절의 역사가 스며있고 신화가 담겨 있다. 또한 '글방', '서산대', '벼룻돌', '부싯돌' 등도 그렇다.

—「가장 아름다운 우리말 열 개」, 『김수영전집 2』, 281쪽

Ⓐ에서 보듯 양계를 했다고 하나, 그에게 그것이 직업일 수 없었다. Ⓑ에서 보듯 번역을 부업으로 삼았다고는 하나 이 부업은 양계업에 비해서는 단연 본업에 가까웠다. 혼자서 하는 작업이었고 그만이 할 수 있는 사업이었다. 그는 스스로를 이렇게 규정한 바도 있었다. "일본말보다도 더 빨리 영어를 읽을 수 있게 된 / 몇 차례의 언어의 이민을 한 내가 / 우리말을 너무 잘해서 곤란하게 된 내가"(「거짓말의 여운 속에서」, 『김수영전집 1』, 274쪽)라고. Ⓒ의 경우는 어떠한가. 양계도 번역도 아닌 시의 사업이 거기 있었다. 시라는 자기가 만든 물건을 들고 팔아먹기 위해 애쓰고 있는 형국이 손에 잡힐 듯하다. 누가 시켜서도 아니고 자기가 하고 싶어서 만든 시작품을 어째서 그는 팔아먹기 위해 전전긍긍하고 있는가. 양계는 자기 말대로 여편네가 하는 것이니까 자기와는 무관하다. 번역은 물론 자기만이 하는 것이지만 거기엔 자유가 없다. 원전대로 해야 하며, 또 출판사에 구속되어야 하는 작업이다. 이중으로 구속된 행위에 지나지 않는다. 그러나 Ⓒ에서는 사정이 크게 다르다. 자기 의지로 만든 물건을 팔기는 해도 상당한 흥정을 할 수 있는 세계였던 것이다. 타협을 한다는 것은 노예가 아니라 주인의 자리일 수 있다. 구속과 자유의 중간에 설 수 있는 곳, 거기에 놓인 사업이 시작이라는 것이었다. 훗날 그는 이 사정을 잘

다듬어 아래와 같이 우아하게 말했다.

> 너무나 많은 자유가 있고 너무나 많은 자유가 없다. 그런데 여기에서 또
> 똑같은 말을 되풀이하게 되지만, "내용의 면에서 완전한 자유를 누리고
> 있다"는 말은 사실은 '내용'이 하는 말이 아니라 '형식'이 하는 혼잣말이
> 다. 이 말은 밖에 대고 해서는 아니 될 말이다. '내용'은 언제나 밖에다 대
> 고 "너무나 자유가 없다"는 말을 해야 한다. 그래야지만 "너무나 많은 자
> 유가 있다"는 '형식'을 정복할 수 있고, 그때에 비로소 하나의 작품이 간
> 신히 성립된다. '내용'은 언제나 밖에다 대고 "너무나 많은 자유가 없다"
> 는 말을 계속해서 지껄여야 한다. 이것을 계속해서 지껄여야 한다. 이것
> 을 계속해서 지껄이는 것이 이를테면 38선을 뚫는 길인 것이다.
> ─「시여, 침을 뱉어라」, 『김수영전집 2』, 251쪽

시 창작 원론에 지나지 않는 내용/형식의 변증법이 ⓒ에서 보듯 그
대로 발표문제에 투영되어 있었다. 모든 진정한 문화 및 문학이란 이 점
에서 '불온한 것'이 아닐 수 없다. 내용과 형식 그것을 잇는 끈이 바로 자
유인 만큼 시 그것은 갈데없이 자유인의 소산이지만 그것의 발표를 문제
삼을 땐 타협이 불가피하다. 시의 창작에도 내용/형식의 타협이지만 그
러니까 제한된 자유의 영역이지만 발표에도 사정은 같다. 그렇다면 '완
전한' 자유인은 없는가. 그런 영역은 따로 없는가. '있다!'라고 김수영은
ⓓ에서 보여 주고 있어 인상적이기까지 하다. 이방인 되기, 탕아 되기가
그것. 완전한 자유인의 초상이 거기 있었다. 김수영, 그는 이를 일시적이
나마 실천해 보이고 있었다. 비록 일시적이나마 완전한 자유인으로 나아

간 시인은 김수영 말고는 실로 찾기 어려웠다는 곳에 그의 시의 남다름이 있었다. 그리고 그는 ⓔ에서처럼 자기의 뿌리도 담담히 말할 수 있었다. 서울 하류층 상인의 아들이 지닌 약삭빠른 도시적 언어감각이 영어와 일어의 언어감각을 만나, 무서운 속도를 내었다.

"풀이 눕는다 / 바람보다도 더 빨리 눕는다 / 바람보다도 더 빨리 울고 / 바람보다 먼저 일어난다"(「풀」)라고. "폭포는 곧은 절벽을 무서운 기색도 없이 떨어진다" "높이도 폭도 없이 떨어진다"(「폭포」)라고. 이것이 자유인의 표상이지만 그것은 '자영인'의 자리에 설 때 비로소 가능한 영역이었다. 60년대 이후 글쓰기라는 자영업에 종사하는 모든 문인에게 김수영이 표준 또는 선구자로 보이는 것은 이와 무관하지 않다. 일정한 직장 없이 글만 써 온 문인들의 초상이자 이상적 선구자였던 것이다.

7. 시인·비평가의 얻은 것, 비평가의 잃은 것

불온시 논쟁이란 무엇인가. 결론을 맺기로 하자.

Ⓐ 논쟁이 벌어진 자리를 문제 삼기

이때 주목되는 것은 『사상계』와 『조선일보』를 먼저 고려할 수 있다. 이 두 저널리즘의 이데올로기적 성격을 심도 있게 분석할 때 비로소 그 심층에 놓인 정치적 감각이 문제점으로 부각될 것이다. 4·19에서 비롯된 자유의 문제가 5·16 군사쿠데타로 무산된 지 7년 만에 이른바 동백림 사건이 일어났다. 이 군부독재에 대한 저널리즘의 태도는 문화(문학)와 정치의 균형감각 모색에 있었다고 볼 것이다. 이 균형감각에 둔감한 쪽도 아주 민감한 쪽도 있을 수 있다면, 『사상계』가 후자에 속했다고 볼 것이다. 불온시 논쟁의 시발점이 『사상계』였음은 이를 가리킴이다. 김수영이 『사상계』에서 먼저 문제 삼은 것은 『조선일보』 사설 「우리 문화의 방향」이었고 그 논의 끝에 이어령의 「'에비'가 지배하는 문화」를 논했음에서도 이 점이 확인된다. 그러므로 불온시 논쟁은 단순한 김수영, 이어령 두 사람의 힘겨루기에 앞서, 『사상계』와 『조선일보』의 이데올로기적 분석 없이는 생산적 논의에 나가기엔 일정한 한계가 주어질 터이다. 또 그것은 글만 쓰면서 생계를 유지하는 이른바 '자영인'과 '직장을 가진 문사'(현상유지적 개인—헤겔)와의 차이에 관련된 계층적 문제이기도 했다.

⑧ 문학의 원리적인 것을 문제 삼기

「'에비'가 지배하는 문화」에서 이어령의 문제 삼은 곳은 4·19 이후 문학의 무력 및 무능이었다. 그 무력, 무능의 이유를 이어령은 문인의 창조력의 부족, '탓으로 돌리는 것', 곧 문인의 태만으로 돌렸다. 5·16 군사쿠데타 이래, 문인들은 "가상적인 어떤 금제의 힘"에 질려 창작에 무능, 무력한 꼴을 보이고 말았다는 것이다. '에비'란 없는 것인데도 아이들은 이 에비라는 괴물이 무서워 울음을 그치는 꼴에다 이어령은 비유했다. 있지도 않은 '공포의 대상'을 미리 내세워 놓고, 창작을 못하는 유아기적인 사고에 빠져 있는 이 나라 문인을 독려하고 용기를 주기 위해 이어령이 그 글을 썼겠지만, 이를 읽는 『사상계』측 독자 김수영의 처지에서 보면 어불성설이다. 이어령의 논법은 자칫하면 일제 시대의 그 탄압 속에서도 명작이 나왔다는 식으로 들릴 수도 있는 것이다. 그러니까 5·16 이후 아무리 언론탄압이 심해도 작가들은 능히 이를 극복, 명작을 낳아야 한다는 논법으로 오해될 소지가 있었다. 탄압이 심해도 창작이 가능하다는 것은 군부독재의 탄압을 옹호하는 것으로 오해될 소지조차 아주 없다고는 하기 어려웠다. 그러나 설사 오해될 소지가 있었지만 원론적으로는 이어령의 주장이 일면적이긴 해도 결코 틀린 것은 아니었다. 이에 대한 김수영의 주장은 어떠했던가. 에비의 가면을 벗기고 복자 뒤의 의미를 캐는 데로 나가라고 이어령이 권했지만 그 복자 뒤에는 또 다른 벽이 있다는 것. 이 벽은 문화인도 매스미디어도 뒤엎지 못하기에 번번이 학생들이 나선다는 것이라고 김수영은 보았다. 이는 원리적으로는 시의 내용 곧 시인이 마주치고 있는 외적 현실을 일방적으로 가리킴이다. 이 외적 현실을 드러내는 궁극적인 표현은 '에비스러운 것'에로 귀착된다고 김수영은 보았다. 이를 다듬어 보면 아래와 같다. 이어령은 문인의 내면의 치열성을 문제 삼았고, 따라서 있지도 않은 외면의 괴물에서 벗어나라고 했다면 김수영은 외면이 갖고 있는 '상상적 억압'을 전제하고 이와 싸우는 방법은 '에비스런 것'이어야 한다는 것으로 된다. 원리적으로 보아 양쪽 모두 일면적이라 할 것이다. 이어령이 창작의 내부문제를 거론했다면 김수영은 창작의 외부문제에 기울어졌다. 참된 창작은 이 둘의 결합에서 비로소 가능해진다고 볼 때 이 점을 환기시켰음에 불온시 논쟁의 문학적 의의가 자리 잡고 있다고 할 것이다. 이 논쟁으로 이어령은 별로 얻은 것이 없다. 뿐만 아니라 비평가로서의 그의 소임도 여기서 끝나게 된다. '저항의 문학'의 기수이며 이것에 그의 비평가적 힘과 권위가 발휘되었다면 불온시 논쟁 이후 그는 적어도 그의 간판 격인 '저항의 문학'에서 벗어났다. 뿐만 아니라 오히려 보수주의자로 후퇴한 형국을 빚어 놓았기에 그러하다. 이를 고비로 그는 저항의 문학비평가에서 문화인류학 에세이스트로 성큼

다가섰다. 그러나 김수영에 있어 이 논쟁은 그의 전위주의적(아방가르드)인 뚜렷한 깃발을 잃는 대신 그의 시와 시론의 발전에 아주 새로운 진전을 가져왔다. 「시여, 침을 뱉어라」(1968. 4)가 그가 이른 최고도달점이었다. 그것은 내용과 형식의 동시적 결합에서 온 창작의 원론에 비로소 닿는 것이었다.

현대에 있어서는 시뿐만이 아니라 소설까지도 모험의 발견으로서 자기 형성의 차원에서 그의 '새로움'을 제시하는 것이 문학자의 의무로 되어 있다. 지극히 오해를 받을 우려가 있는 말이지만 나는 소설을 쓰는 마음으로 시를 쓰고 있다. 그만큼 많은 산문을 도입하고 있고 내용의 면에서 완전한 자유를 누리고 있다. 그러면서도 자유가 없다. 너무나 많은 자유가 있고, 너무나 많은 자유가 없다. 그런데 여기에서 또 똑같은 말을 되풀이하게 되지만, "내용의 면에서 완전한 자유를 누리고 있다"는 말은 사실은 '내용'이 하는 말이 아니라 '형식'이 하는 혼잣말이다. 이 말은 밖에 대고 해서는 아니 될 말이다. '내용'은 언제나 밖에다 대고 "너무나 많은 자유가 없다"는 말을 해야 한다. 그래야지만 "너무나 많은 자유가 있다"는 '형식'을 정복할 수 있고, 그때에 비로소 하나의 작품이 간신히 성립된다. '내용'은 언제나 밖에다 대고 "너무나 많은 자유가 없다"는 말을 계속 지껄여야 한다. 이것을 계속 지껄이는 것이 이를테면 38선을 뚫는 길인 것이다. 낙숫물로 바위를 뚫을 수 있듯이, 이런 시인의 헛소리가 헛소리가 아닐 때가 온다. 헛소리다! 헛소리다! 헛소리다! 하고 외우다 보니 헛소리가 참말이 될 때의 경이. 그것이 나무아미타불의 기적이고 시의 기적이다. 이런 기적이 한 편의 시를 이루고, 그러한 시의 축적이 진정한 민족의 역사의 기점이 된다. 나는 그런 의미에서는 참여시의 효용성을 신용하는 사람의 한 사람이다.
—「시여, 침을 뱉어라」, 『김수영전집 2』, 252쪽

죽기 두 달 전에 쓴 김수영의 최종도달점은 자기 말대로 자유(내용)와 부자유(형식)의 길항 속에서 "간신히" 시 한 편이 이루어진다는 사실의 발견에 지나지 않았다. 이를 두고 그는 '참여시의 옹호'라 했다. 그러니까 원리적으로 참여시란, 간신히 시 한 편 쓰기를 가리킴인 것. 내용과 형식을 제대로 갖춘 시 한 편 쓰기 그것이, '참여시'가 되는 셈이다. 이를 두고 그는 시 「미인」에서 숨구멍을 뚫기라고 했다. 여기까지 오면 '불온시' 논쟁은 간곳없고, '에비'로 표상된 이어령의 민속적 유아기적 비유법과 김수영의 간신히 시 한 편 쓰기로서의 참여시의 뜻만 남은 형국이다. 그렇지만, 한국문학을 기리고 또 논의하는 마당에서라면 '에비'라는 비유법의 참신함을 기리고 논의해야 한다. 동시에 간신히 '시 한 편 쓰기로 표상된 참여시'도 기리고 논의해야 맞다. 그렇다면 대체 우리가 말하는 그 한국문학이란 무엇인가. 그것은 아마도 '한국문학사'를 가리킴이 아니겠는가. 이 사실의 발견을 김수영은 아주 겸허하게 "작은 나의 즐거움"이라 했다. 또 "지극히 시시한 발견"이라 했다. 이 '즐거움'과 '발견'이 '불온시 논쟁'의 끝에 열린 값진 열매가 아니었을까.

지극히 시시한 발견이 나를 즐겁게 하는 야밤이 있다
오늘밤 우리의 현대문학사의 변명을 얻었다
이것은 위대한 힌트가 아니니만큼 좋다

또 내가 '시시한' 발견의 편집광이라는 것도 안다
중요한 것은 야밤이다

우리는 여지껏 희생하지 않는 오늘의 문학자들에 관해서
너무나 많이 고민해 왔다
김동인, 박승희 같은 이들처럼 사재를 털어놓고
문화에 헌신하지 않았다
김유정처럼 그밖의 위대한 선배들처럼 거지 짓을 하면서
소설에 골몰한 사람도 없다……

그러나 덤삥 출판사의 이십원짜리나 이십원 이하의 고료를 받고 일하는
십사원이나 십삼원이나 십이원짜리 번역일을 하는
불쌍한 나나 내 부근의 친구들을 생각할 때
이 죽은 순교자들을 어떻게 생각해야 하나
우리의 주위에 너무나 많은 순교자들의 이 발견을
지금 나는 하고 있다

나는 광휘에 찬 신현대문학사의 시를 깨알같은 글씨로 쓰고 있다
될 수만 있으면 독자들에게 이 깨알만한 글씨보다 더
작게 써야 할 이 고초의 시기의
보다 더 작은 나의 즐거움을 피력하고 싶다

덤삥 출판사 일을 하는 이 무의식대중을 웃지 마라
지극히 시시한 이 발견을 웃지 마라

비로소 충만한 이 한국문학사를 웃지 마라

저들의 고요한 숨길을 웃지 마라

저들의 무서운 방탕을 웃지 마라

이 무서운 낭비의 아들들을 웃지 마라

—「이 한국문학사」, 『김수영전집 1』, 251~252쪽

4장 _ '실증주의 정신'과 '실존적 정신분석'의 어떤 궤적
책읽기의 괴로움과 책쓰기의 행복론

1. 『문학과 지성』의 창간사

1970년 어느 가을에 창간된 계간지 『문학과 지성』의 창간사는 이렇게 시작된다.

> 이 시대의 병폐는 무엇인가? 무엇이 이 시대를 사는 한국인의 의식을 참담하게 만들고 있는가? 우리는 그것이 패배주의와 샤머니즘에서 연유하는 정신적 복합체라고 생각한다. 심리적 패배주의는 한국 현실의 후진성과 분단된 한국 현실의 기이성 때문에 얻어진 허무주의의 한 측면이다. 그것은 문화·사회·정치 전반에 걸쳐서 한국인을 억누르고 있는 억압체이다. 정신의 샤머니즘은 심리적 패배주의와 밀접한 관련을 맺고 있다. 그것은 현실을 객관적으로 정확히 파악하여 그것의 분석을 토대로 어떠한 결론을 도출해 내는 것을 방해하는 모든 것을 말한다.
>
> ─『문학과 지성』 창간호, 1970, 5쪽

집필자인 김현의 조심스러움이 한눈에 들어오는 장면이 아닐 수 없다. 심리적 패배주의란 통칭 참여파를 가리킴이며 정신의 샤머니즘이란 순수파를 지시하는 것임에도 불구하고, 김현은 이 두 용어를 피하고자 했던 것이다. 세칭 참여파와 순수파의 복합체가 한국인의 의식을 참담하게 만들고 있다는 진단은 단연 의사의 태도가 아닐 수 없다. 의사 김현의 처방전은 두 가지로 요약된다. 하나는 외국과 비교하는 탐구적 노력. 외국 이론들을 "정확하게 소개·제시"하여 그것의 약효를 탐구하겠다는 것. 다른 하나는, 이 점이 중요한데, 아래와 같다.

한국을 정확히 이해하기 위해서 한국의 제반 분야에 관한 탐구의 결과를 조심스럽게 주시하겠다는 것이다. "조심스럽게"라고 우리는 썼는데, 그것은 우리가 지나치게 그것에 쉽게 빨려 들어가 한국 우위주의란 패배주의의 가면을 쓰지 않기 위해서이다.

—『문학과 지성』 창간호, 6쪽

외국이론 곧, 그들이 탐구한 성과의 "소개·제시"란 너무나 당연한 것이어서 이를테면 감초와 같은 것이다. 이에 비해 "한국의 제반 분야의 탐구"는 사정이 조금 다르다. 감초 이전의 필수사항인 만큼 결코 있으나마나한 것일 수 없는 사안이다. 그렇기에 "조심스럽게" 접근할 필요가 있는데, 그도 그럴 것이 환자를 치유하려다 의사 스스로도 그 병에 감염될 수도 있음을 경계한 것이었다.

이 진단서 속에 겉으로는 드러나지 않은 썩 중요한 사안이 잠복되어 있음을 아는 일은 문학사적 사건성이라 할 만하다. 여기서 '문학사적'이

라는 큰 단위의 범주를 내세운 것은 계간 『창작과 비평』(1966)과의 대타
의식에 관련되었음과, 그 의식의 긴장이 향후 20년에 걸친 1970~80년대
동안 지속되었음과, 이 긴장과 지속성이 새로운 도식의 유파를 남겨 양쪽
모두에게 커다란 성과를 내었음이 이 나라 문학의 일각을 이루었음에서
온 것이다.

2. 영문학도 백낙청의 『창작과 비평』의 창간사

사르트르의 『현대』지 창간사인 「현대의 상황과 지성」을 깃발처럼 내세운
계간 『창작과 비평』(1966, 겨울)이 나왔을 때 이를 두려움과 부러움으로
지켜보면서 가장 민감히 그것의 감도를 재고자 한 사람이 김현이었다. 우
선 그는 사르트르에 주눅 들었지만, 다른 한편 창간사 격인 글 속의 다음
대목에서 모종의 자부심을 가질 수 있었다.

「날개」(1936)와 「오감도」(1934)의 이상(李箱)을 목표로 하여 스스로
이상이라 자부하며 동인지 『산문시대』(1962)를 내었음에 이 사정이 관여
되었다. 이상이 있는 한 문학은 가능하며 그를 우상으로 내세움으로써 한
국문학은 그 가능성이 입증된다는 것. 이러한 김현의 처지에서 보면 백낙
청의 이상에 대한 인식은 물음 자체가 달랐다.

이 향토는 이 향토이기 때문인 이유만으로 초근목피로 목숨을 잇는 너
무도 끔찍끔찍한 이 많은 성가신 식구를 가졌다. 또 그 응접실에 걸어놓
고 싶은 한 장 그림을 사되 한 꿩 맛있는 꼴뚜기를 흠뻑 에누리 끝에야
사듯이 그렇게 점잖을 수 있는 몇 되지도 않는 일가(一家)도 가졌다. 이

어 중간에서 그 중에도 제일 허름한 공첨(空籤)을 하나 뽑아들고 어름어
름 하는 축이 이 향토에 태어난 작가다.

—『이상선집』제3권, 고대문학회 엮음, 태성사, 1956, 162쪽

이 대목은 창간사 격인 장문의 평론 백낙청의 「새로운 창작과 비평
의 자세」의 제3장과 「한국의 문학인은 무엇을 할까?」에서 인용된 것이
다. 과연 이 땅의 작가됨은 당초에서부터 '공첨'을 뽑은 족속이라는 이상
의 입론에 맞서기 위한 방편으로 인용된 것임이 판명된다.

문학한다는 것은 따지고 보면 자기에게 주어진 삶을 가장 충실히 살아
가는 한 가지 방법이다. 인류 전체에게 무한히 귀중한 방법이요 자기 개
인에게는 그것밖에 없는 방법일지도 모르나 다른 조건이면 또 다른 것
이 나을 수도 있는 한 가지 방법일 따름이다. 그렇게 볼 때 남들이 남긴
위대한 작품은 자기 삶에 없어서 안 될 양식이 되고 자기가 문학하는 동
안 영원히 따르고 싶은 길잡이일 수도 있으나 자기가 써야 하는 글, 자
기만이 쓸 수 있는 글을 대치할 수는 없는 것이다. 자기가 뽑아든 제비가
셰익스피어인지 헤밍웨이인지 아니면 무명인사인지, 그것은 그렇듯 큰
문제가 아니다.
남만큼 위대하지 못할 뿐 아니라 제 할 일도 제대로 못한다면 이야기는
물론 달라진다. 그러나 문학에 대한 그릇된 선입견에서 출발하지 않는 한, 그
리고 주어진 삶을 산다는 일에 전혀 성실을 안 보이지 않는 한, 완전한
'공첨'이란 있을 수 없다(죽는 것은 그것마저 면하는 것일 테니까). 우리
처지가 남달리 가난하고 고되면 고된 그대로 그 나름의 문학하는 처지

가 되는 것이다.

— 『창작과 비평』 창간호, 1966, 25쪽

'공첨'이란 없다는 것, 물론 이는 「오감도」의 문인을 비판한 것이지
만 동시에 그 뜻을 존중한 것이기도 했다. '완전한 공첨'을 부인한 백낙청
은 이 초근목피의 박토 속에서도 문학은 할 수 있고, 오히려 그 조건에서
성실하면 된다는 것. 이 사실을 말함에 이 논자는 셰익스피어이든 헤밍웨
이이든 혹은 또 누구든 "그렇듯 큰 문제가 아니다"라고 못 박고 있었다.
벌써 이 언급 속에는 초근목피의 풍토이든 아니든, 더 큰 단위인 세계와
인류에로 문을 열어 놓았음이 감지된다. '공첨'을 뽑은 이상은 「날개」를
쓰지 말아야 맞다. 「날개」나 「오감도」를 써버린 건, 이상이 '공첨'에 목숨
을 걸고 저항한 결과였다. 이에 비할 때 월남전 한국 참가(1966)에 임한
이 땅의 문인지망생은 결코 '공첨'을 뽑을 수 없다. 이미 셰익스피어가 있
었고 헤밍웨이가 있었고, 『반항하는 인간』의 카뮈가, 또 『무기의 그늘』(황
석영)이 눈앞에 있었다. 한일국교가 기정사실화되었을 뿐 아니라 월남전
파병이 이루어지고 있는 이 시점에서 한국인의 문학하기란 어떤 것인가.
다음과 같이 주장함으로써 백낙청은 이 글을 결론짓고 있었다.

이러한 마당에 한일국교로 열리는 우리 현대사의 새로운 시기가 창작과
비평을 위한 무슨 행운의 전기를 마련해 주려니 하고 비는 것처럼 허망
한 짓은 없다. 그러나 한일경제유대로 비록 일시적이고 피상적인 경제
사정의 호전이라도 이룩된다면, 어느 정도의 물질적 여유를 전제하는
문학으로서는 새로운 행동반경을 얻는 것이 사실이며, 자극된 민족감정

은 문학인의 헝클어진 방향감각을 바로잡아 줄지도 모른다. 한일국교에 임하여 불만과 뉘우침과 두려움이 많은 대로 우리 문학은 또 하나의 기회를 내다보게 되었다.

이것은 물론 어떤 주체적 노력이 있을 때만 가능한 이야기다. 이상(理想)이 메마르고 대중의 소외와 타락이 심한 사회일수록 소수 지식인의 슬기와 양심에 모든 것이 달리게 되는 것을 우리는 알고 있다. 지식인이 그 소임을 다하기 위해서는 그들이 만나 서로의 선의를 확인하고 힘을 얻으며 창조와 저항의 자세를 새로이 할 수 있는 거점이 필요하다. 작가와 비평가가 힘을 모으고 문학인과 여타 지식인들이 지혜를 나누며 대다수 민중의 가장 깊은 염원과 소수 엘리트의 가장 높은 기대에 보답하는 동시에 세계문학과 한국문학 간의 통로를 이룩하고 동양 역사의 효과적 갱생을 준비하는 작업이 이 땅의 어느 한구석에서나마 진행되어야 하겠다.

―『창작과 비평』 창간호, 37~38쪽

이 장문의 창간사는 ① 한일회담 ② 지식인 ③ 세계문학과의 통로 등으로 요약된다. 이때 먼저 주목되는 것은 한일회담의 현실정치에 전면적으로 노출되었다는 점이다. 이것은 현실정치 이데올로기에 대한 민감한 반영이 아닐 수 없다. 그것은 막연한 현실이 아니라 행동과 관련된 현실성을 가리킴이다. 두번째로 주목되는 것은 지식인 엘리트라야 한다는 점이 아닐 수 없다. 이때 놓쳐서는 안 될 것은 작가와 비평가를 지식인=엘리트로 보고, 이들이 민중을 깨우쳐야 한다는 점인데 이는 사르트르의 『현대』지 창간사와 어떤 면에서는 궤를 같이 한다. 끝으로, 내세운 세계문학과의 관련성이 지적되어 있지만, 실상 이 점은 계간 『창작과 비평』의 저류에 흐르는 큰 지하수라 할 것이다.

주간 백낙청에 있어 세계문학이란 한국문학보다는 훨씬 친근하게 피부에 와 닿는 것이었다. 동부의 아이비리그인 브라운과 하버드 정규 영문과에서 D. H. 로렌스를 공부한 그로서는 최소한 한국문학의 상대화가 가능했을 터이다. 그가 아는 한국문학이란 소불하 이런 것이었다.

> 여하튼 이광수의 첫 소설 『무정』에서부터 그가 역사소설로 돌기 전 마지막 장편인 『흙』에 이르기까지가, 우리의 신문학이 사회기능다운 기능을 지녔던 유일한 시기였다. …… 이제 우리 문학이 그 사회기능을 되찾고 문학인이 사회의 엘리트로서 복귀하려는 것은 이광수에서 멎었던 작업을 새로 시작하는 일이라 할 수 있다.
>
> ―『창작과 비평』 창간호, 37쪽

그가 아는 한국문학이란 이광수류의 계몽주의였고, 이를 문학의 "사회적 기능"이라 했고, 문학인을 "사회의 엘리트"라고도 불렀다. 백낙청은 심퍼사이저(sympathiser)인 염상섭도 잘 몰랐거나 관심을 두고자 하지 않았고, 카프문학은 물론 계급문학에 관해서는 문인들 간의 '집안싸움'이라 볼 정도였다. 이러한 수준으로써 계간 『창작과 비평』을 내세워 제2의 이광수임을 자임코자 했다. 틀림없이 주간 백낙청의 세계문학에 대한 지식이나 이해의 수준은 당대 어느 지식인보다 우위에 있었겠지만 바로 그 때문에 그의 한국문학에 대한 인식의 정도는 그에 비해 초라함을 면하기 어려웠다. 그 나라 문학의 이해란 상식적으로도 대학 수준의 안목이 요망되는 것이라면 대학 교육을 미국에서 받아 버린 그로서는 이 이상 정직할 수 없는 사안이 아니었을까. 사르트르와 이광수 사이에 놓인 갖가지 문제점들의 이해를 위해 그는 혼신의 노력을 기울여야 했지만, 그럴수록 이 문제는 물 위의 기름처럼 융합되기 어렵지 않았을까. 『창작과 비평』이 지닌 이 문제점에 유독 민감히 반응하며 주시한 인물이 동인지 『산문시대』의 김현이었다.

3. 프랑스 문학도가 아는 한국문학사의 한계

동인지 『산문시대』(1962), 『사계』(1965), 『68문학』(1968)의 중심에 놓여, 그동안 그 조직력과 문학적 자질을 부추기며 이끌어 온 김현이 기성문단에 김승옥(「생명연습」, 『한국일보』 신춘문예, 1961)과 더불어 비평가로 진출(「나르시스 시론」, 『자유문학』, 1962. 3. 이헌구, 양주동, 이어령 추천)한 것은, 어찌 보면 구세대와의 일종의 타협인 셈이었다. 구세대를 샤머니즘 및 참여의 합작물이라고 매도한 그였기에, 이러한 그의 문학적 행보는 힘없는 책상물림의 주체성의 빈약이라 할 만한 것이려니와, 그럼에도 그는 일관되게 동인·계간지를 꿈꾸면서 성숙해 갔는데, 그 과정에서 『창작과 비평』(1966)의 출현을 맞이한 그에게 초조함을 물리칠 방도가 당장은 없었다. 자금도 없었고, 그의 주변의 4·19세대도 모두 무직으로 빈약한 원고료 신세에 매달려 있는 형편이었다. 두번째 타협이 불가피했다. 『창작과 비평』과의 타협으로 이 사정이 요약된다.

타협의 기본 원리는 어느 경우에나 단순명쾌한 것. 적의 강점을 피하고 그 약점을 공격하는 것. 김현의 첫번째 시도가 「한국문학의 양식화

(樣式化)에 대한 고찰」(『창작과 비평』 6호, 1967년 여름)이다. 이른바 『68 문학』이 나오기 한 해 전이다. 『문학과 지성』 간행을 세 해 앞둔 시점에서 김현은 눈부시게 등장한 『창작과 비평』에 '종교와의 관련 아래'라는 부제를 단 한국문학의 양식화(stylisation)를 들고 쳐들어갔다. 그는 레이몽 아롱, 막스 베버, 레비-스트로스, 루카치, 퐁피두 등을 두서도 없이 이끌어들여 양식화된 '현실=사실형'이라는 도식을 이끌어 냈다.

그러기 위해서는[상대주의와 독단주의를 피하기 위해 ─ 인용자] 몇 개의 사실형(事實型)을 추출해 내고 그 사실형의 배후를 흐르는 진실을 파악해 내는 길밖엔 없다. 문학사에 나타난 몇 개의 사실형 ──현실을 양식화하는 능력의 표현된 형태를 찾아내고, 그것을 하나의 장(場)으로 파악하여, 그 장을 통찰하고 그 장이 다른 장으로 전이되는 것을 이해함으로써, 각 장의 사고체제를 정당히 흡수하고, 동시에 그 전이의 과정에 내재해 있는 공통된 진실을 파악하는 길만이 상대주의와 독단주의를 벗어나는 길이라 생각된다. …… 한 장(場)을 사실형으로 이해하기 위해서는 우선 양식화에 대한 같은 인식을 필요로 한다. 사실형이라는 것 자체가 양식화(stylisation)의 딴 말이라 생각된다. …… 양식화를 문제 삼는 것은 그러므로 그 양식화가 행해진 현실들을 사실형으로 파악하고 그 양식화의 내부를 흐르는 질서를 파악하기 위해서이다. 그러기 위하여 나는 우선 향가(鄕歌)와 여요(麗謠), 시조(時調)와 장가(長歌) 그리고 현대시와 소설 등으로 사실형을 정하고 그 사실형의 내부를 흐르는 진실을 탐구해 봄으로써 한국문학을 전체적인 면에서 파악해 보려 한다.
─ 김현, 「한국문학의 양식화에 대한 고찰」, 247~248쪽

사실형=양식화의 도식이 불투명하지만 요컨대 김현이 겨냥한 것은 한국문학사이다. 여기서 주목할 것은 한국문학사이지 '한국근대문학사'가 아니라는 점에서 온다. 실로 막연하기 짝이 없는 개념이 아닐 수 없다. 향가, 시조 등은 엄연히 '장르'의 일종으로 이해되어 온 것이며 거기에는 조윤제, 양주동, 이병기, 고정옥, 백철 등의 방대하고도 정치한 문학사의 연구들이 기왕에 있어 왔던 것이다. 대학교육을 받은 문과생이라면, 모르려야 모를 수 없는 사실들이었다. 가령「처용가」나「찬기파랑가」,「서경별곡」,「쌍화점」 등은 무애 박사의 눈부신 해석과 평가가 나와 있고, 향가와 고려가요 및 시조를 꿰뚫어 흐르고 있는 형식(10구체, 전절대 후절소前 節大 後節小)론은 그 길이와 정밀도에서 선구적인 일본학자 오구라 신페이(小倉進平)의 수준을 넘어선 것으로 정평이 난 것이었다. 누구나 아는 이 상식 중의 상식을 대체 김현은 누구에게 보여 주기 위해 썼을까. 이 물음의 답은 말할 것도 없이 한국문학사에 대한 상식이 거의 없거나 극히 희박한 사람, 바로『창작과 비평』의 주간을 위한 것이었다. 아마도 백낙청은 미국 명문대학에서 미국 및 서양문학사(세계문학사)를 공부했을 것이다. 사르트르, 헤밍웨이, 셰익스피어 그리고 로렌스에 대해서는 그를 능가할 만한 사람이 주변엔 없었을 터이다. 김현의 판단으로는 백낙청이 관심을 덜 둔 영역이 '한국문학사'라고 보았을 터이다. 이런 추론의 근거는 이 글을『창작과 비평』에 실었다는 사실에서 온다.

두번째 시도가「한국문학의 가능성」(『창작과 비평』, 1970년 봄)이다. 이 글은 다음 세 가지 점이 고려된다. ①「한국문학의 양식화에 대한 고찰」의 연장선상에 있다는 점, ②『문학과 지성』 간행 수개월 전에 발표되었다는 점, ③ '한국근대문학사'에 국한된 논의라는 점.

①에서 김현의 우위성 확보가 ②에서 구체화될 수밖에 없었는데, 그 방도가 ③이었다. 이 ③이야말로 김현 및 그의 계간지의 지향성이었음이 판명된다. 그것은 곧 '근대문학'이란 양식화 따위로서는 잴 수 없는 복잡한 과제(이식문학론)라는 사실에서 왔다. 물론 기존의 백철이나 조연현, 임화의 근대문학사(신문학사)가 방대하게 씌어졌지만 그렇더라도 거기에는 무수한 허점이나 모순성이 널려 있었다. 식민지 시대의 전 기간에 해당되는 이 신문학사란 개인적 자질이나 능력과는 별로 관계없이 누가 써도 사정은 비슷했을 터이다. 바로 이것이 한국근대문학사의 함정인데, 김현이 바로 이 함정에 빠져들지 않으면 안 되었다. 왜냐면 여기에다『문학과 지성』의 목표를 세웠기 때문이다.

자기만은 영원히 "파멸당하지 않을" 이념형(理念型)을 추출해 내었다고 믿고, 그것을 극도로 경직화시켜 그 외의 모든 것을 사갈시하는 태도는 순수문학과 참여문학의 대립에서 여실히 드러난다. 순수문학과 참여문학의 대립이 최근에 갑작스럽게 첨예화한 것은 저질의 비평가들의 새것 콤플렉스 덕분이다. 순수문학과 참여문학은 원래 분리될 성질의 것이 아니다. 그것은 서로 대립되는 개념이 아니라, 상호보완하는 성격을 띤 개념이다. 문학에서의 정적인 측면과 동적인 측면은 상호보완하면서 하나의 의미를 획득한다.
— 김현, 「한국문학의 가능성」, 『창작과 비평』 16호, 1970년 봄, 51쪽

여기서 "파멸당하지 않을"이란 김종삼의 시 「앙포르멜」에서 따온 것이다. 말라르메의 곰방대를 훔치고 세자르 프랑크가 살던 사원 주변을 헤

매다 사르트르가 경영하는 연탄공장에 취직한 시인 김종삼은 사장 사르트르에 의해 곧바로 파면되었다는 것.『창작과 비평』이 이념형으로 내세운 사르트르에 대한 김현의 통렬한 아이러니가 아닐 수 없다. 이것이『문학과 지성』창간사에서도 그대로 복창되어 있다. 그러나 딱한 것은 순수문학과 참여문학의 상호보전인 제3의 진짜 문학에 대한 어떤 구체적 방안도 없었다는 점이다. 막연히 그 종합체를 꿈꾸었음의 반증이 아닐 수 없다. 말을 바꾸면 아무런 주장(이념형)도 갖고 있지 않았음을 선포한 형국을 빚었다. 왜냐면 그가 구하는 이념형이란 이기백(고대사), 김용섭(근대사), 김삼수(경제사) 등 한국 사학계에서도 찾아내지 못했다고 본 김현이 믿은 것은 문학 쪽이었다. 그것은 새것 콤플렉스를 배격하고 한국문화(文化)의 "고고학적 태도" 또는 "의식인의 윤리"라 부르고, 최인훈, 김승옥, 이청준, 이승훈, 정현종 등을 포괄했다. 이런 작품이 어째서 '고고학적 태도'인가를 실로 어수룩하게 이렇게 주장했다.

한국문학의 가능성은 이 의식인의 윤리에서 어떠한 이념형을 추출해 낼 수 있느냐에 매달려 있다. 의식인의 윤리에서 어떤 이념형을 추출해 내는 것이 가능하다는 증거를 우리는 서정주 씨와 최인훈 씨의 불교적 인생관에서 어느 정도 찾아볼 수 있다. 이 태도는 한용운의 불교적 인생관과도 맥락이 닿는 태도인데, 더욱 멀리 소급한다면「찬기파랑가」의 초월적 태도와도 연결이 된다.「찬기파랑가」와「님의 침묵」그리고 서정주의「동천」은 불교적 이념, 신분적 불평등을 진리로서 수락함으로 그것을 뛰어넘는 어려운 정신적 곡예를 보여 준다는 점에서 일치한다. 그것들은 불교적 이념이 샤머니즘화함으로써 얻게 되는 체념, 허무 등을 다

같이 극복하고 있다.

—「한국문학의 가능성」, 55쪽

향가에서 서정주에로 막바로 이어 놓은 이 고고학은 종교(불교)로 귀착되거니와 이는 전작 논문 「한국문학의 양식화에 대한 고찰」의 연장 선상에서 크게 벗어난 것은 아니다.

4. 한국문학사는 실체일까

향가에서 서정주까지에 이르는 과정을 고고학적인 관점에서 고찰하고자 한 김현의 야망이 지향한 곳은 한국문학사의 총체성이다. 그러한 총체성 이란 것이 과연 있을 수 있을까를 그는 먼저 검토해야 했을 터이다.

문학사를 쓰는 것이, 즉 문학적이며 동시에 역사일 것 같기도 한 것 을 쓰는 것이 가능할까라고 스스로 묻고, 대부분의 문학사는 사회사나 문 학 속에 예시되어 있는 사상의 역사나 혹은 다소간 연대순으로 배열된 특정의 작품에 관한 인상과 판단이라고 하는 것을 시인하지 않을 수 없 다고 르네 웰렉은 밝힌 바 있거니와, 이어서 그는 다음과 같이 결론짓고 있었다.

결국 우리들은 예술작품을 그 통합된 모습에서 분석하는 방법을 이제 겨우 배우기 시작하고 있는 따름이다. 우리들은 그 방법에 있어서 아직 도 대단히 서투르다. 그리고 그 방법의 이론상의 기초는 아직도 끊임없 이 변종하고 있는 현상이다. 이처럼 우리들 앞에는 많은 것이 미해결인

채로 그대로 있는 것이다.

— 르네 웰렉·오스틴 워렌, 『문학의 이론』, 백철·김병철 옮김, 신구문화사, 1961, 373쪽

이런 정황에 비추어 볼 때 김현의 문학사에의 도전은 출발부터 난제를 안고 있었다고 볼 것이다. 불교를 찾고자 한다든가 그 연장선상에서 향가와 서정주를 일직선으로 연결함으로써 "고고학적 태도"라고 불렀던 것도 크게 나무랄 사안이라 하기는 어렵다. 그만큼 김현의 이른바 총체성에의 열망의 강도를 이 장면에서 가히 엿볼 수 있다.

그렇다면 대체 무엇이 이 불문학도로 하여금 저러한 야심과 거기에 따르는 초조감을 야기시킨 것일까. 그 근본 동기란 무엇인가. 이 물음은 김현론에서는 원초적인 것이다. 그것은 4·19의식과는 별개여서 구분해서 논의돼야 하는 성질의 것이다. 그에 있어 4·19의식이란 일종의 자의식에서 온 것이기에 원초적인 것과 혼동될 수 없다.

1960년에 문리대 불문과에 입학한 김현이 졸업논문 「초현실주의 연구」로 졸업한 것은 1964년(22세)이었다. 그 사이에 4·19와 5·16이 잇달았다. 그의 첫 평론집 『존재와 언어』(1964)의 중심부는 말라르메론이었다. 문단데뷔 평론 「나르시스 시론」(1962. 3)도 발레리에 기초를 둔 것이었고, 지드에 기초한 「이상에 나타난 만남의 문제」(1963. 11)도 한결같이 프랑스문학에서 바라본 것이었다. 그가 배우고 익힌 것이 프랑스문학이었고, 당연히도 프랑스문학만이 '문학'이란 인식을 갖고 있었다. 훗날 그는 이런 사정을 실토한 바 있다.

하여튼 20세기의 초기에 얻어진 유럽대륙의 불온한 공기를 나는 내 자

신의 내부 속에 **선험적**으로 존재하는 것으로 받아들이지 않을 수 없었고, 거기에 추호의 의심도 품지 않았다. 불안이라든가 절망 같은 것은 도처에 있었고, 특히 내 마음속에 있었다. 그것은 **선험적**으로 있었다. 나의 오랜 주저와 혼돈은 바로 이 점에 그 기반을 두고 있다. 유럽문학, 특히 내가 도취되어 있었던 프랑스문학을 나는 나의 **선험적** 상태로 받아들였고 그 상태 속에서 모든 것이 되어 나야 한다고 믿고 있었기 때문이다. 대학을 다닌 몇 해 동안도 그러한 정신태도의 연장이었다. 학교에서 나는 보들레르와 랭보, 말라르메와 브르통, 그리고 프루스트와 줄리앙 그것들을 읽었고 그들의 정신세계를 나는 나의 내부에서 거의 **선험적**인 것으로 받아들였다. 그런 의미에서 나는 프랑스문학을 공부하는 학생이 아니라 프랑스문학을 피부로 느낀다고 믿는 정신의 불구자였다. 정신의 불구자라고 나는 감히 말할 수 있다.

— 김현, 「한 외국문학도의 고백」, 『상상력과 인간』, 일지사, 1975, 8~9쪽. 강조는 인용자

"선험적"이란 말이 무려 네 번이나 사용되고 있지 않겠는가. 이러한 정신의 불구상태를 극복하여 정상적 상태로 되기 위해서 할 수 있는 길은 오직 하나, '경험적'이 아닐 수 없다. 김현의 총명성과 훌륭함의 근거는 이 '경험적'을 '선험적'과 같은 비중으로 최소한 네 번은 복창함에서 왔다.

"나는 가령 말라르메와 서정주가 다른 언어를 가지고 시를 쓰고 있다는 사실을 까맣게 잊고 있었다"라고 김현이 고백했을 때, 이 사실을 깨우쳐 준 것은 아이러니컬하게도 이오네스코의 희곡 『수업』이었다. "나의 조국은 프랑스다"를 이탈리아어로 번역하면 "나의 조국은 이탈리아다"

가 되는 이치를 까맣게 모른 채 여태껏 살아온 셈이었다. 여기에서 온 충격이 얼마나 컸던가를 재는 방도는 논리이기에 앞선 성급함, 급진성이었다. 급진성이되 이 래디컬한 성질은 아무도 따를 수 없는 김현 특유의 '경험적'인 것의 탐구에로 직행했던 것이다.

> 썩지 않고, 경험적인 것을 선험적인 것으로 받아들이지 않고 어떻게 우리의 착란된 문화를 이끌어 나갈 수 있을까? 나는 우선 솔직히 한국문화의 지저분함을 인정하는 데서 시작해야 하리라고 생각한다. ……그러고는 한국문화의 전통적 기반을 과거의 문화 작품 속에서 추출해 내는 오랜 작업이 필요하다. 그 작업이 어느 정도의 성과를 올렸을 때 그 행복한 결과 위에서 우리는 우리의 착란된 문학을 올바른 방향으로 지양시키지 않으면 안 된다.
>
> ―「한 외국문학도의 고백」, 15쪽

이러한 작업을 '고고학적 태도'라 규정했고, 또한 문학이 문화의 하위 단위인 만큼 문화의 지속성으로 종교를 끌어들였고, 거기에서 양식화를 도모코자 했다. 향가와 서정주를 막바로 잇는 과격성도 이에서 말미암았다.

5. 『산문시대』·『68문학』·『문학과 지성』

이 과격성에 이르는 과정을 일단 검토해 볼 필요가 있는데, 동인지 『산문시대』(1962~65)는 바로 그 발단이었다. 이 동인지가 대학 이학년생의 산물이라는 것, 김승옥과 김현의 문단 진출과 더불어 기획되었다는 것, 또 가림출판사와 김현 부친(목포 약종상)의 물적인 도움에 의해 이루어졌다는 것은 잘 알려져 있다. 다만 어째서 하필 '산문시대'인가에 대해서는 새삼 음미될 성질의 것이다.

> 시를 제외하기로 결정하면서 불란서의 사르트르가 발간하는 『현대』지 얘기도 나왔으나 사르트르가 주장하듯 시는 문학일 수 없다는 그런 문학관에 의하여 우리 동인지에서도 시를 제외하기로 한 것은 아니었다. 오히려 최하림이나 김현은 이 동인지를 통하여 시정신에 의한 산문을 써보려고 하였다. 그것이 비록 과거에 소설이라고 부르는 것과 같지 않다 하더라도 동인지라는 실험실에서는 한번 시도해 볼 만한 한국어 작업으로 생각하였다. 이 '시정신에 의한 산문'이라는 주제는 계속해서 『산문시대』의 주제 역할을 하게 된다
> ― 김승옥, 「산문시대 이야기」(1973), 『내가 만난 하나님』, 작가, 2004, 214쪽

이 사실을 간과하면 어째서 김현이 「잃어버린 처용의 노래」, 「인간서설」을 창간호에 간판 격으로 실었는가를 해명하기 어렵다. 또한 창간호의 선언에서 "태초와 같은 어둠 속에 우리는 서 있다. 그 숱한 언어의 난무 속에서 우리의 전신(全身)은 여기 이렇게 초라한 모습으로 서 있다"를 첫 줄로 삼고, 이 모두를 "슬프게 살다간 이상(李箱)에게 이 책을 드린다"라고 한 뜻을 가늠하기 어렵게 된다.

백낙청이 초근목피의 현실에 절망하면서도 글쓰기로 나아간 이상을 내세웠고, 『산문시대』 역시 이상을 그 조상으로 삼았는데 이는 또 훗

날 월간『현대문학』에 맞서 등장한 이어령의『문학사상』에서도 복창되었음을 본다. 여기에 군이 4·19의식이 끼어들 틈은 별로 없다. 훗날 김현이 비장한 어투로 "내 정신의 나이는 1960년의 18세에 멈춰 있었다. 나는 거의 언제나 사일구 세대로서 사유하고 해석한다. 내 나이는 1960년 이후 한 살도 더 먹지 않았다"(「서문」,『분석과 해석』, 문학과지성사, 1988)라고 했지만 공들인『문학과 지성』지가 5월의 광주사건(1980) 이후『창작과 비평』과 함께 폐간된 지 무려 8년이 지난 시점임에 주목할 것이다. 이른바 광주사태세대와 4·19세대의 차이가 크게 드러나면서 김현은 과거로 퇴행한 형국이었다. 백낙청이 자연스럽게 광주사태세대 의식에로 나아갈 수 있었던 것과 비교하면 김현이 얼마나 순수·정직했는가를 말해 주는 대목이라 할 것이다. 적어도 김현이 "자기 경험에 환원되지 않는 사상이란 신용하지 않는다"라는 쪽에 섰다면, "추상, 논리, 원리의 확립이 얼마나 대단한 것인가" 쪽에 백낙청이 서 있었다고도 볼 것이다. "나는 거의 언제나 사일구 세대로서 사유하고 해석한다"라는 김현의 발언이란 세대감각의 정직성이긴 해도, 5월 광주세대의 등장에 대한 이질감의 다른 표현에 다름 아니며 동시에 폐간된『문학과 지성』에 대한 형언할 수 없는 그리움이라 할 것이다. 이러한 퇴행적 사고는 따지고 보면, 김현 자신의 확고한 주장(논리, 추상, 원리)의 부재와 맞물려 있었다.

ⓐ 토속적이며 비합리적인 세계에 흡수되어 샤머니즘의 미로를 만들어도 안 되었고, 관념적 유희를 즐기게 되어 현실 밖에 우리와는 상관없는 제국을 만들어 내어도 안 되었다.
—『68문학』편집자의 말

Ⓑ 이 시대의 병폐는 무엇인가? 무엇이 이 시대를 사는 한국인의 의식을 참담하게 만들고 있는가? 우리는 그것이 패배주의와 샤머니즘에서 연유하는 정신적 복합체라고 생각한다. 심리적 패배주의는 한국 현실의 후진성과 분단된 한국 현실의 기이성 때문에 얻어진 허무주의의 한 측면이다. …… 현재 살고 있는 한국인으로서 우리는 이러한 병폐를 제거하며 객관적으로 세계 속의 한국을 바라볼 수 있는 여건이 형성되기를 희망한다.

—『문학과 지성』 창간사

Ⓐ에서도, 그 복창인 Ⓑ에서도 분명한 것은 자기들의 주장(논리, 추상, 원리)의 부재가 아닐 수 없다. 샤머니즘과 참여파를 적으로 삼아 이 둘을 향해 싸우겠다는 것은 따지고 보면 김동리로 대표되는 기성세력의 비논리성과 참여파의 심리적 허무주의를 향해 포문을 연 것이지만, 정작 자기의 목표나 비전이 결여된 막연한 이러한 싸움이란 자칫하면 일종의 또 다른 심리적 허무주의를 방불케 한다.

그럼에도 김현의 저러한 초초함이란 어디에서 온 것일까. 금방 해답이 나오는데, 바로 『창작과 비평』의 솟아오름을 염두에 둔 것이 아니었을까. 샤머니즘 쪽은 무시해도 상관없지만 『창작과 비평』의 등장은 결코 무시할 수 없었다. "그는 어떻게 방안을 세워 『창작과 비평』에 맞설 만한 좋은 계간지를 함께 내어보지 않겠느냐고 진지한 얼굴로 상의해 왔다"(김병익, 「계간지 문화의 의미」, 『김현 문학전집』 16 자료집, 446쪽)라고 한 사실이 이를 간접적으로 말해 주고 있다.

김현은 여기에서 스스로 의사라 자처한 셈이다. '이 시대의 병폐'를 치유하기 위해서는 당연히 그 병폐의 원인을 알아야 했다. 그는 샤머니즘과 참여파의 복합물이라 진단했다. 병폐의 원인을 안 이상 그 치유방도는 무엇인가. 두 가지를 들었다. 하나는 외국에서 추구된 인간정신의 확대에 대한 것이고 다른 하나는 '한국의 제반 분야에 대한 탐구'이다. 여기에는 다음과 같은 비판도 응당 가능하다. 곧, 샤머니즘 비판을 할 수 있고 참여파 비판도 능히 할 수 있는 것은 비판의 속성인 만큼 조금도 탓할 성질이 못 된다는 점, 그러나 이러한 비판은 어디까지나 진실을 밝힘에 유효하지만 그 치유에까지 이르기는 어렵다는 사실이다. 비판이란 의사가 아니라 투사인 쪽에 가까운 까닭이다. 적절하지 않을지 모르나 여기서 한 번쯤 이른바 중론파로 고명한 용수(龍樹)의 견해를 들어볼 필요가 있다. 그가 기존의 어떤 이론도 여지없이 격파할 수 있었던 것은 자기의 주장(학설)이 없음이기에 가능했다. 다른 파들(특히, 일체유부론一切有部論)의 주장을 극력 논파할 수 있었던 것은 자기주장을 승인케 함을 의미하지 않았다. 이를 프라산가[귀류법reductio ad absurdum]라 하거니와, 만일 김현이 비평가로 샤머니즘을 논파하거나 참여파를 논파하기란 가능했을 것인데, 단 자기의 주장이 없어야 했었다. 당초 김현은 이 점을 마음먹었지만 저도 모르게 의사의 입장에 서고 말았지 않을까. 병폐를 고치겠다는 비장하고도 고상한 주장이 그것이다. 그는 그런 주장을 접고 허무주의자처럼 냉정히 공격만을 일삼아야 했을 터인데 그렇지 않았을 때 샤머니즘 격파도 참여론 타파도 이룰 수 없었다.

　김현으로 하여금 시대적 병폐 치유의 탐구를 믿게 하는 곳이 따로 있었음에 주목할 것이다. 그것은 '한국문학의 가능성'에 대한 믿음에서 왔다. 최인훈, 김승옥, 박태순, 박상륭 등 이른바 의식인을 다룬 신진 작가의 일군을 김현이 알게 모르게 자기를 돕는 우군세력으로 전제했기 때문이다. "순수문학(샤머니즘)과 참여문학은 원래 분리될 성질의 것이 아니다"(「한국문학의 가능성」,『김현 문학전집 2』, 58쪽)라고 김현이 주장한 것은 일군의 의식인의 작가들이 주변에 있기에 그 실감이 온 것이다. 그것은 김용섭, 이기백, 김철준 등의 사학자나 박종홍 등의 철학자, 노재봉 등 정치가들의 주장보다 훨씬 구체적이자 확실한 것이었고, 이 발견이야말로 김현 힘의 최대 원천이자『문학과 지성』의 우월성이었다.

6. 4K의『현대 한국 문학의 이론』의 위상

의사 김현의 처방전이 얼마나 막연한가를 한 눈에 알 수 있다. 이기백, 김철준, 김용섭 등의 처방전이란 실로 문학과 거리가 먼 것이었고, 외국의 이론에 대한 처방전은 더욱 역부족이었다. 서서히 죽어가는 환자를 치유하겠다는 의사로서는, 실로 무력함을 물리치거나 멈추기 어려웠다. 이러한 절망은 따지고 보면 김현이 진단한 '심리주의적 허무주의'에 다름 아니었다. '심리주의적 허무주의'라는 병폐를 고치겠다는 의사 자신이 이 병에 걸린 형국이었다. 이 사실에 생각이 미치자 의사 김현은 자신의 병부터 고쳐야 했다. '선험적 문학'을 과감히 포기하기로 이 사정이 요약된다. 곧, '문학'의 울타리를 넘어서면 모든 것이 너무 걷잡을 수 없다는 것, 한국어로 쓴 문학이 현실성을 갖는다는 '프랑스문학의 포기'가 그것이다. '서정주의 시가 문학이다'에로 나아가기, 그것은 용기이기 이전에 과격성이 아닐 수 없었는데 자기의 병을 진단하고 처방한 데서 온 것이기 때문이다. 그는 이 과격성으로 다름 아닌『창작과 비평』에로 쳐들어갔다.

「한국문학의 양식화에 대한 고찰」과 「한국문학의 가능성」이 의사의 처방전에서 벗어나 용감한 전투적 선언인 곡절은 여기에서 온 것이다.

『창작과 비평』의 최대 약점을 공격하는 김현은 의사가 아니라 투사에 다름 아니었다. 투구를 쓰고 손에 긴 창을 든 이 돈키호테는 "한국문학은 한국문학이다!"라고 외쳐 마지않았다. 그러나 이 외침에 심리적 허무주의가 스며들고 있었음을 또 그는 깨치지 않으면 안 되었다. 「한국문학의 양식화에 대한 고찰」에서 「한국문학의 가능성」에로 범위를 좁힌 것이 이를 잘 말해 준다. 전자에서 돈키호테의 사도였다면, 후자에서는 아직 미정형이긴 해도 서정주와 향가를 맞세울 정도로 스스로를 구속해 보였다. 이 사실의 중요성은 아무리 강조해도 모자람이 없는데, "한국문학은 한국근대문학이다!"로 이 사정이 요약된다. 그 거대한 성과가 이른바『문학과 지성』의 초창기 전투성이었고, 그 성과가 『현대 한국 문학의 이론』이다.

『문학과 지성』이 한만년 씨(일조각), 황인철 씨(변호사)의 재정적 후원으로 간행된 지 두 해 만에 출판계의 막강한 기구인 민음사에서 간행된 『현대 한국 문학의 이론』(1972)은 그 큰 부피와 내용 쪽보다는 서문에 밝힌 선언에 실로 지울 수 없는 도전성이 잠복되어 있었다. 그 도전성은, 큰 틀에서 보면 『문학과 지성』의 폐간에 이르기까지 한결같았음은 특기할 일이 아닐 수 없다. 물론 그 중반기에 이르면 그 도전성이 싸울 대상을 잃을 만큼 평정된 마당이어서 당시 문학문단의 전체성을 정리하는 단계에까지 이르렀지만 또 그 때문에 스스로 쳐놓은 도전성에 구속된 형국을 빚었음에도 불구하고, 한국문학에 뿌리를 내리고자 했음은 지울 수 없는 문학사적 사건성이다. 뒤에 다시 언급되겠지만 당초부터 사르트르를 대표하는 지식인의 문학, 곧 한국과는 차원이 다른 세계성으로 수미일관한 『창작과 비평』의 지향성과는 뚜렷한 선을 그었던 것이다. 물론 『창작과 비평』쪽도 초기엔 김승옥, 홍성원, 최하림, 정현종 등을 참가시키지 않을 수 없었는데 『분례기』, 『장한몽』 등의 발굴만으로는 '창작'란을 다 채울 수 없었다. '비평'란은 넘쳐나는 데 비해 '창작'란의 이러한 불균형이 어느 정도 해소된 것은 황석영, 송기원, 현기영 등의 수용 이후라 할 것이다.

이 불균형을 『창작과 비평』은 아주 그럴 법한 장치를 개발함으로써 극복하고자 했는바, 곧 '좌담회' 형식이 그것이다. 이 형식의 중요성은 강조되어도 지나침이 없는데, 지금(2012년)까지 이 형식이 원형 그대로 유지되어 옴에서 새삼 확인된다. 이에 견줄 때 『문학과 지성』은 이미 기성 문단에서 발표된 창작을 재수록하는 소극적 형식을 취했는바, 이는 '창작'란에 대한 자신감의 표출이었다. 『문학과 지성』의 최대 강점의 노출이 이 '재수록'이라는 형식을 낳았다면, 『문학과 지성』의 균형감각이 놓인 곳을 알아낼 수도 있겠다. 곧, '문학' 속에 창작과 비평을 포함시켰다는 점이 그것인데 이를 포함하는 방식을 '지성'이라 했음이 그것이다. 이 경우 '지성'이 뜻하는 것은, 실상은 한국사의 이해에 다름 아니었다. '정확한 사관의 도움'을 받아야 창작과 비평은 균형을 취할 수 있다는 것. 이것이 『문학과 지성』이 일관해 온 방법론이라 할 것이다. 중요한 만큼 한번 더 이 점을 검토해 보기로 한다.

재수록 형식을 취함으로써 『문학과 지성』은 문단의 창작의 신국면을 한손에 장악했다는 것, 이 자신감이 넘쳐흐른 기세를 보였는데, 그렇다면 그것을 '비평'하는 쪽은 어떠했을까. 따지고 보면 실상인즉 가장 자신 있다는 비평 쪽이 명목상 확보되었다고는 하나 매우 취약한 부분이었음을 그들 스스로 알고 있었다. "나의 조국은 프랑스다!"를 이탈리아어로 옮기면 "나의 조국은 이탈리아다!"임을 깨치긴 했지만 또, "향가나 서정주의 시가 한국문학이다"까지는 알고 있었지만 그것들이 정말 '문학' 축에 드는 것인지, 또 든다면 어떻게 평가·지배·조직해야 할 것인가에 대해서는 속수무책이었다. 최대의 강점이 따지고 보면 최대의 약점, 빈 강정임을 김현이 알아차렸을 때 그는 분명 식은땀이 등골을 타 내림에 직면했을 터이다. 더구나 논적인 『창작과 비평』에다 대놓고 "너희들은 사르트르 식 문학이라 하지만, 한국문학을 아느냐"고 몰아세우지 않았던가. 이들 사르트르 앞에서 김현은 '한국문학의 양식화', '한국문학의 가능성'을 외쳤다. 그러나 따지고 보면 한국문학의 가능성이라는 방향만 있었지 정작 그는 한국문학에 대해 의외로 아는 것이 별로 없었다. 방법은 하나, 한국문학 공부하기가 필수불가결한 것이었다. 김현의 순발력이야말로 그의 총명성이라 하지 않을 수 없다. 그 이유는 목표가 정해진 이상 저돌적으로 매진함이 아니라, 이성적으로 천착고자 했음이다. 곧, 한국의 문화풍토 혹은 사회·정치풍토 등에 대한 '정확한 사관의 도움'에 기대고자 했다. 앞에서 이어 언급한 사학자 김용섭, 이기백, 김철준 등에 대한 논문을 『문학과 지성』이 흡사 지남침이거나 스승을 대하듯 싣곤 했음도 이 사실을 잘 말해 준다. 그러나 이런 지남침은 따지고 보면 그 나름의 한계가 있었는데, 그것은 문학과 역사의 차이에서 왔다. '사관의 도움'이 요망되긴 해도 문학은 그 독자성이 따로 있는 것인 만큼, 그것은 사르트르, 말라르메, 헤밍웨이, 셰익스피어를 대전제로 하는 작업이 아니면 안 되었다.

한국문단의 신시대 창작 분야를 장악한 것이 지성의 힘이었고 또 창작과 비평의 균형감각을 이루는 저울이 '사관의 도움'이었음을 김현이

구상했을 때 그가 통렬히 깨친 것은 '사관의 도움'에 대한 제약성이었다. 이를 극복하는 길은 단 한 가지뿐이었는데, 동인 전체가 일사분란하게 한 국문학, 정확히는 '한국근대문학'에 대해 학습하기였다. 그는 다음처럼 이를 힘주어 밝혔는데, 이 점을 놓치면 이른바 4·19세대의식과 한국문학 의 관계를 제대로 이해하기 어렵다.

> 1960년대 초기의 열기와 감동, 우리들의 문학적 충동은 이 시대의 들끓 는 분위기와 깊은 관계를 가진다. 대학에서 독문학, 불문학, 정치학 등 국문학이 아닌 학과에서 수업한 우리들이었으나 이 메마른 땅의 현실과 언어는 우리들의 문학 활동을 그렇게 낯설게 하는 것이 아니었다. 그보 다는 오히려 우리는 우리의 사고를 황폐하게 하는 것들, 우리들의 행동 을 무력하게 하는 것들, 우리의 언어를 공허하게 하는 것들에 깊은 관심 을 갖게 되었다. 4·19의 거센 흥분이 지나고 난 뒤, 우리는 이렇게 하여 역사의 의미와 만났다. 자유의 의미와도 만났다. 무엇을 어떻게 할 것인 가, 비록 우리가 갖고 있는 지식은 빈궁하고 우리들이 쓰고 있는 언어는 조야하지만 바로 그렇기 때문에 우리는 지식과 언어에 대한 무한한 사 랑을 지니고 있다. 이 사랑은 역사의 의미, 자유의 의미를 탐구하고 현실 의 괴로움을 극복할 수 있는 가장 큰 힘임을 우리는 자부한다.
> ─『현대 한국 문학의 이론』서문 중에서

두 가지 점이 지적된다. 4·19세대라는 점이 그 하나. 김현은 이를 역 사와 자유의 만남이라고 했다. 역사의 의미란 한국인으로서의 모종의 사 명감이겠지만 '자유'의 의미에는 현실의식이 무겁게 실려 있었는데, 5·

16군사혁명에 대한 저항감이 그것이다. 문학을 통해 이 두 가지를 수행하겠다는 것이「한국문학의 가능성」을 쓴 김현의 의지로 볼 것이다. 또 다른 문제점은, 실로 이 점이 바로 김병익, 김주연, 김치수, 김현 등 이른바 줄곧 4K로 통용된 동인들의 인간적 결속력의 근거였다. 다시 말해 국문학 출신 쪽을 완전무결하게 배격했는데 이는 특별한 의도에서 나온 것이기보다 인간관계에서 말미암은 것인 만큼 다른 어떤 관계보다 확실한 것이었다. 판을 그리기 위해 조직적으로 바둑돌을 하나씩 모은 의도적인 것이 아니었다는 사실은『문학과 지성』의 최대 강점이었다. 국문학 출신이 필요하다고 해서 생판 낯선 사람을 뽑아 넣었더라면 필시 그 부작용은 논리 이전의 문제를 빈번히 야기하고 말았을 가능성을 현명하게도 피해 간 것이라 할 만하다. 이 점은 처음부터 수재급인 '문제적 개인'(루카치의 용어, 헤겔 식으로 하면 '세계사적 개인') 백낙청 한 사람에 의해 출발한『창작과 비평』에 비견할 때 한눈에 띄는 강점이 아닐 수 없다. 독불장군인 백낙청도 역부족을 실감하여 가까스로 염무웅 등을 참여시켜『창작과 비평』을 준(準)동인적 성격으로 발전해 나가지 않으면 안 되었는데 그 신중한 방식이 좌담회 형식이었다. 다시 말해 준동인적 성격을 확인하는 형식이 좌담회라는 장치의 개발이었다. 이에 비할 때 당초부터 4K로 출발한『문학과 지성』의 경우는 그런 장치의 개발이 필요하지 않았는데, 설사 그 중심부에 북극성처럼 김현이 놓였고 뭇별들이 그것을 중심으로 돌듯 했지만 각자의 개성이 없을 수 없다. 이것이 강점인 바는 설사 개성을 발휘하더라도 4·19라는 현실과 시대에 대한 고민과 초조와 열정만은 공유하고 있었던 까닭이다. 그것이『현대 한국 문학의 이론』이라는, 440여 페이지에 육박하는 공저로 나타났다. 이는 백철, 조연현, 가람 등의 구세대에 의해 기술된 한국근대문학사에 대한 도전적 성격을 띤 것이었다. 이 저술을 놓치면 두 계간지의 성격묘사에 치명적 결함이 아닐 수 없을 만큼 주목할 현상이었다.

7. 맞서기 위한 방편으로서의 한국문학사

『현대 한국 문학의 이론』은 한국근대문학사의 쟁점에 대한 논의로 규정된다. 이 책의 제1부는 「한국문학 이론의 기본」, 제2부는 「방법론의 실제」, 제3부는 「작가와 가능성」으로 구성되어 있으며, 4K의 개성이나 취향이 다양한 표출로 넘쳐나지만 한 가지 점에서 일치되어 있다. 기성 선배들이 쓴 문학사와의 차이점 드러내기가 그것이다. 이 진술이 지닌 참뜻은 '문학사'라는 점에서 왔다.

문학사란 무엇인가. 그것은 두말할 것 없이 한국근(현)대문학사다. 어떤 작가나 유파나 시대에 대한 논의가 아니라 한국근대문학사의 총체성을 논의함이란 그 성과나 가능성 여부를 떠나 새로운 시도가 아닐 수 없는데, 두 가지 점에서 이들의 안목이 의미를 가질 수 있었다. 4·19세대라는 점과 외국문학과 출신이라는 점이 그것이다. 그들이 대학에서 배운 것이란 전공까지는 아닐지라도 괴테나 셰익스피어, 카뮈나 사르트르, 말라르메나 헤밍웨이 언저리였을 터이었던 만큼 한국문학에 대해서는 실로 강 건너 불 보듯 외국의 것처럼 낯설었다고 볼 것이다. 이 낯섦이 국문과 출신이 미처 볼 수 없는 새로움이었다. 거듭 말하지만 4·19 이후의 한국문단을 점령하고 세력을 키울 수 있기 위해서는 문제적 개인인 김현을 먼저 검토하지 않을 수 없다.

문학사 자체에 대한 일반론인 「문학사와 문학비평」(김주연), 「사회과학과 문학」(김병익) 등과는 달리 김현은 「한국문학의 양식화에 대한 고찰」과 「한국문학의 가능성」을 제1부에 뚜렷이 걸었는데 이 두 논문은 앞에서 밝힌 대로 『창작과 비평』에 실은 것이다. 전자에서 그는 불교를 끌어들여 향가, 고려가요 등을 논의했는데, 그 의의는 사르트르나 세계문학이 아니라 한국문학에로 향한 의지의 표명이지만 그 이론 자체 수준은 국문과 대학생 수준의 상식의 나열에서 벗어난 것은 못 되었다. 그러나 후자에 오면 한국근대문학사에로 한 단계 내려왔음이 드러나 있다. 이광수에서 서기원, 향가에서 한용운, 서정주, 김동리에서 최인훈을 끌어들여 어떤 이념형을 세우고자 했는데, 세번째로 김현은 「한국 소설의 가능성」을 들고나왔다. '리얼리즘론 별견'이란 부제를 단 이 글의 머리에서 김현은 문학사에서 소설사로 향하는 길목을 이렇게 적었다.

리얼리즘의 승리라는 도식적인 요청이 현재 한국문학에 주어지고 있는 것은 새로운 각도에서 새것 콤플렉스의 발로를 확인케 해준다. 서구문학의 문맥 속에서 리얼리즘이 차지하고 있는 위치에 대하여 정직하게 편견 없이 접근해 가기를 포기하고 리얼리즘과 혁명이라는 괴이한 이원론을 선험적인 진리로서 받아들이려는 태도는 당연한 결과로서 한국문학과 리얼리즘이라는 어려운 문제를 미리 해결된 해답으로 유도한다.
— 김현, 「한국 소설의 가능성—리얼리즘론 별견」, 『현대 한국 문학의 이론』, 민음사, 1972, 88쪽(『김현 문학전집 2』, 70쪽)

알게 모르게 참여파로 출발된 『창작과 비평』을 겨냥한 의도가 읽혀

지거니와, 김현은 이 글에서 마르크스를 위시 사회주의적 리얼리즘, 카프 문학 등을 훑어 내리며 그 오류를 들춘 뒤에 새로운 길을 보여 주고자 했다. 곧, "한국의 현실의 기묘함을 그대로 정확히 파악하여, 그 실체를 작가의 상상력을 통해 재구성하기"(『김현 문학전집 2』, 91쪽)라고 결론지었다. 한국사회의 정확한 진단을 떠난 세계문학이나 리얼리즘, 혁명 등등은 공염불이라는 것, 그렇다면 김현은 무슨 수로 한국 현실의 기묘함을 파악하겠다는 것인가. 두 가지 길이 있다.

하나는 사학자, 사회학자 등의 한국 현실 파악의 도움이며, 다른 하나는 작가의 상상력에 맡기겠다는 것. 전자는 『문학과 지성』의 창간사에 밝힌 대로 사학자의 동원이거니와 이는 물론 간접적인 보조수단의 일종일 뿐이었다. 문제는 후자 쪽인데 작가의 직관에 의한 상상력에 맡길 수밖에 없다는 것. 그러한 사례로 『삼대』(염상섭), 『태평천하』(채만식), 『회색인』(최인훈), 「60년대식」(김승옥), 「낮에 나온 반달」(박태순) 등을 들었는데 이들을 격려함이 비평가의 몫이며 이러한 계보를 이끌어 세우는 것이 새로운 4·19식 문학사라 주장한 형국이었다.

『삼대』가 중산층 보수주의의 가치중립성에 의거한 것이며 『태평천하』가 허무의식에 빠져 있음을 간과한 것은 어쩔 수 없는 한계라 하겠지만, 「60년대식」이나 『회색인』에 오면 작가의 직관과 상상력으로 파악된 한국 현실의 성과이긴 해도, 전자는 어떤 시각에서 보면 자의식에 빠진 대학생의 심리에 지나지 않으며 후자는 월남한 지식인의 남한에서의 망명객 의식의 표현에서 크게 벗어난 것은 아니었다.

이렇게 보아 본다면 확실해지는 것은 다음의 한 가지 사실뿐이다. 김현이 내세운 것에는 뚜렷한 목표가 없다는 점. 요컨대 '운동으로서의 문학'에서 벗어나 '순문학주의'에 귀착되었음을 가리킴이 아닐 수 없다. 뚜렷한 자기의 주장이 없다는 것이 바로 주장으로서의 커다란 무기로 작동된 것이었다. 여기에서 나올 수 있는 것이 바로 '탐색'이다. 작가의 직관, 상상력의 촉수를 지켜보며 이를 끊임없이 점검하고 그때그때 알맞게 평가하기로 이 사정이 요약된다. 이 소극적 자세를 두고 적정한 용어를 찾는다면 정직성이 알맞다. 혁명대열의 앞에 서서 깃발을 흔드는 것에 비해 대열 속에서 벗어나 그들의 흔적 찾기로 비유될 수도 있음직한 현상이다. 이 소극적 '탐색'만은 변할 수 없는 최선의 무기였다. 누구도 찌르지 못하는 무기이기에 스스로도 해를 입지 않았다고 볼 것이다.

김현의 그 다음 행보는 「한국 비평의 가능성」이다. '새것 콤플렉스'로 점철된 한국 비평을 정리하는 이 글의 의의는 4·19세대 이전과 이후로 선을 긋고자 했음에서 찾아진다. 4·19세대 이전의 비평가란 이어령의 전통단절, 중용주의에서 하우저(Arnold Hauser)류의 비평으로 길을 바꾼 유종호, 실존주의를 고민한 이철범 등이겠고 4·19 이후엔 염무웅, 백낙청, 조동일, 김주연, 김치수 등을 들었다. 그 차이는 전자가 증언/행동/휴머니즘 등 상투성에 빠졌음이라면 후자는 이 상투성을 극복하고 구체성을 찾고자 함에서 왔다.

> 염무웅의 「선우휘론」, 조동일의 「전통의 퇴화와 계승의 방향」, 백낙청의 「역사소설과 역사의식」, 김주연의 「시에 있어서 의미의 문제」, 김치수의 「일월의 문제점」이라는 황순원론 등이다. 물론 이들 역시 사회학적 관점과 미학적 관점의 둘로 나눌 수 있으리라.
> ―『현대 한국 문학의 이론』, 195쪽

염무웅, 조동일, 백낙청이 사회학적 관점에 섰다면 김주연, 김치수 등은 미학적 관점이라 했다. 만일 미학적 관점이 『문학과 지성』이 선 자리라면 『창작과 비평』 그것은 사회학적 관점인 셈인데, 4·19세대라는 점에서 이들을 동류라 본 것이다. 샤머니즘적인 순수란 이들 논의의 외각에 있었지만 참여파란 따지고 보면 김현으로서는 아무리 4·19세대의식을 동원해도 밀어내기 어려운 현실성을 인정한 셈이다. 김현이 이 책에서 제일 공들인 것은 다른 동인들과 마찬가지로 작가론인 제3부이다. 특히 김현의 이청준론과 정현종론이 이를 잘 말해 주거니와 이는 김현의 지론인 '탐색'의 일환, 즉 해석학의 도입이며 김현이 가장 잘할 수 있고 또한 현실적 과제이기도 했던 것이다.

8. 선험적 문학 선험적 가난 ― 이청준이라는 벽

이청준론에서 김현이 시도한 것은 정신분석학이었고 그 적용방식에서 김현은 이중적 성격을 구분했는바, 이는 그의 총명성과 더불어 해석학의 강점이기도 했다. 사르트르의 작가론이 실존적 정신분석인바, 바로 이 점에서 독보적이었음을 김현은 직감적으로 알아차렸을 터이다. 이 점에서 김현은 사르트르의 순종 제자였다고 할 수 있다. 잠시 그 저변을 검토해 보기로 한다.

이청준의 그동안의 소설의 인물은 대부분 가족관계에서 불행한 위치에 있다는 것, 전망이 좋은 직업을 갖고 있지 않다는 것, 소설지망생이나 결국 한 편의 소설도 쓰지 못한 상태에 있다는 것 등을 살핀 김현의 방법론은 이러했다.

위에서 든 몇 개의 단서는 이청준적 인물의 특성을 이해하는 데 중요한 열쇠가 된다. 우선 정신분석학적인 입장에서 위의 단서를 종합하자면 이청준적 인물은 유년시절에 가족관계의 비정상성 때문에 정신적 외상을 입어 타인과의 관계를 원활히 이끌어 나가지 못한 인간의 분신들이다. 그러나 그러한 협소한 개인적 정신분석학이 그의 소설에 적용되기 위해서는 이청준 자신의 유년 시절에 대한 전기적 연구와 자료조사가 선행되지 않으면 안 된다. 그렇지 않으면 그것은 단순한 추측과 희망의 심리학에 떨어질 우려를 갖는다. 그렇다면 위의 단서를 에리히 프롬이나 카렌 호니 식의 사회적 정신분석에 적응시킬 수밖에 없게 된다. 이청준적 인물들은 사회생활에 적응하지 못하며 대인관계에서도 심한 간극을 보여 준다. 그러한 이청준적 인물의 특성은 유년시절에 형성된 '기본적 불안'에서 기인하는데 그 불안은 극심한 사회적·문화적 변동의 영향 밑에서 형성된다. 그러한 것을 입증하는 단서를 그는 몇 개 보여 준다.

— 『현대 한국 문학의 이론』, 404쪽

그 몇 개가 「소문의 벽」(이데올로기), 「병신과 머저리」(6·25), 「가수」(4·19) 등이다. 위의 인용에서 김현이 내세운 정신분석학의 의의는 그 적용방식에 있었다. 그와 동시대의 최고 작가이자 친구이기도 한 이청준을 정신분석학에 맡긴다면 사회적 현상으로 추상화되고 만다는 점을 김현은 잘 알고 있었다. 그렇게 되면 「소문의 벽」이나 「가수」 등이란 한갓 추상화된 사회학적 과제 속으로 함몰되어 굳이 이청준이 아니더라도 누구나 할 수 있고 또 하고자 하는 영역으로 되는 셈이다. 그렇다면 이청준만의 고유영역은 어디서 찾아야 된단 말인가. 왜냐면 당초 김현에게 있어 뚜렷한 '주장'이나 목표가 없고, 있더라도 소극적인 만큼, 있는 것이란 작품뿐이다. 그 작품이란 현실에 직관적으로 반응한 상상력의 산물인 만큼 이것보다 확실하고 또 가치 있는 것이란 없다. 그 작품을 에리히 프롬 식으로 사회학적 정신분석으로 다루면 추상화를 면치 못한다. 이청준의 고유성은 어디 있는가. 김현의 해석학이 놓인 곳은 바로 여기에 있었다. 이 최량의 해석학이 이루어지기 위해서는 이청준의 유년기의 전기적 사실이 밝혀져야 했다. 하지만 매우 유감스럽게도 그 자료를 본인이 함구하고 있는 한 찾기에 난감했다. 추상화(사회적인 것)에로 치달을밖에 없었을 법한 것은 이런 곡절에서 왔다.

그러나 이청준의 『작가의 작은 손』(1978)이라는 산문집의 간행과 더불어 20년간 친구로 지내온 김현이 판독한 것은 이청준의 지독한 '가난'이었다.

그것은[가난을 말하는 것을 증오하는 것—인용자] 가난을 내놓고 자랑할 만한 특권이 아니라 오히려 어떤 원죄적 부끄러움으로 여긴 때문으로 생각할 수도 있으리라. 하지만 오해를 해서는 안 된다. 그들은 [그와 그의 동료 친구—인용자] 그럼 정말로 그렇게 가난의 기억이 싫어서였던가. 그리고 정말로 가난에 찌들었던 자신의 과거가 그토록 밉고 혐오스러웠던가. 아마도 그렇지는 않을 터이다. 그들은 그것을 너무도 소중스럽게 아끼고 있었기 때문이었을 터이다. 그것이 너무도 절실하고 소중스러운 것이기 때문에 함부로 그것을 입에 담고 나서기가 두려워지고 있었기 때문이었을 터이다. 그리고 그 점을 그토록 아끼고 있는 동안에 그것을 팔고 나서는 사람들의 서툰 수작이 그들에게 너무도 못마땅했기 때문이었을 터이다.

— 김현, 『문학과 유토피아』, 문학과지성사, 1980, 248쪽

위의 인용에서 주목되는 것은 "원죄적 부끄러움"에 놓였다. 김현의 문학의 뿌리가 '선험적 문학'이라면 이청준의 그것은 '선험적 가난'이 아니었던가(김윤식, 「선험적 문학과 선험적 가난」, 『문학의 문학』, 2009년 가을). 김현을 골탕 먹이기 위해서라면 이청준은 이런 고백체 산문집을 내지 말았어야 했다. 아마도 이청준 자신이 더 이상 견딜 수 없는 수위에까지 올라왔기 때문이겠지만, 세상에 대고 보란 듯이 가난을 자기의 선험적인(원죄적) 것으로 고백하기에 이른 것이다. 이것이 고백의 제1단계라면 그 제2단계는 「키 작은 자유인—가위 밑 그림의 음화와 양화 5」(이청준 창작집 『키 작은 자유인』)이다. 여기에 이르면 아예 대놓고 가난, 체험을 대대적으로 선전하고 있었다.

1954년 4월 3일 오후. 고향 마을 산모퉁이의 한가한 바닷가 개펄 바닥. 어머니와 나는 썰물진 개펄을 헤매며 게를 잡고 있었고, 나는 그 해 이른 봄 광주의 한 중학교 입학 시험에 합격하여 그 개학날이 이틀 뒤로 다가와 있었다. 내일이면 나 혼자 고향집과 어머니를 떠나 광주의 한 친척집으로 기식살이를 가야 하였다. 어머니는 빈손에 아이를 맡기러 보낼 수가 없어, 일테면 그 미안막이 선물로 갯가에 지천으로 기어 다니는 게라도 한 자루 잡아 보내려는 것이었다.

— 이청준, 『키 작은 자유인』, 문학과지성사, 1990, 121쪽

그것을 매고 광주 친척집에 갔을 땐 이미 게들이 죽어 악취를 풍겼다는 것, "친척과 사람들 앞에 자신이 그토록 남루하고 창피스럽게 느껴질 수가 없었다"라고 고백하고 있었다. 선험적 가난이야말로 글쓰기의 원점이라는 점을 분명히 한 셈이다. 목포의 약종상이자 기독교인 집안 출신이며 불문학을 공부한 김현으로는 이 선험적 가난을 결코 심정적으로는 이해할 성질의 것이 아니었다. 『당신들의 천국』을 논할 때 중요인물인 보건과장 이상욱을 심도 있게 분석한 김현이지만 원장 조백헌을 이해할 수 없었던 것도 이런 문맥에서이다. 이를 정돈하면 아래와 같은 결과를 빚는다.

창작 제일이 이청준이라면 비평 제일은 김현이라는 것. 이청준과 김현의 균형감각이야말로 해석학을 낳게 된 원점이라는 것. 이 균형감각을 위해 김현도 필사적이지만 이청준 역시 필사적이었음이야말로 당대 문학의 장관이자 깊은 곳이라고 불러 마땅하다. 창작이 아예 없거나 잡동사니 혹은 추상성에 지나지 않고 『분례기』 출현 이전까지 비평 쪽만이 기세등등한 『창작과 비평』과 근본적 차이점이 여기에서 왔다.

김현에 있어 이청준의 선험적 가난은 일종의 넘어서야 할 벽이 아닐 수 없었다. 1981년 정부의 알선으로 문인 해외연수 때의 일. 이청준은 이런 저런 이유로 빠지고자 했을 때 이 소문을 들은 김현과의 대화 한 토막을 자랑스럽게 소개했다.

"그래? 네놈 안 가면 나도 안 가는 거지 뭐. 난 이미 다녀온 곳이 많지만, 이번에 네가 간다길래 함께 따라가보려 했더니!"

"내가 안 가는데 귀하까지 왜?"

......

"내가 지금까지 네놈 글을 좀 아는 척해 왔지만 네 본바탕이나 엉큼한 속내는 대강밖에 별로 아는 게 없었잖아. 그래 이번 길을 함께 하면서 네 놈이 어떤 인간 족속인지 곁에서 좀 살펴볼 참이었지. 그런데 네가 안 간 다면 나도 뭐……"

— 이청준, 『그와의 한 시대는 그래도 아름다웠다』, 32쪽

이것은 김현의 해석학에 대한 결의를 모르는 사이에 드러낸 것이어서 주목하지 않을 수 없다. 헤겔의 변증법과는 달리 진짜 해석학이란 이해하기 곤란한 것(텍스트, 타자 등)을 이해하고자 할 때 일어나는 문제들을 해명하는 수법이거니와 현상학적 해석학자 가다머는 '지평'이란 개념을 내세워 '해석학적 순환'의 무한성을 주장함으로써 헤겔적 변증법과는 선을 그었다. 결코 절대정신에 이를 수 없기 때문이다. 김현과 이청준의 관계도 이런 차원에서 논의될 성질의 것이기에 그만큼 '탐색'의 무한성에로 향해 있었다. 훗날 김현이 『제네바 학파 연구』(1986) 중 특히 리샤르에 대해 큰 관심을 보인 것도 이런 문맥에서이다. 김현의 해석학은 그의 정신의 유연성이 빚어냈고, 또 선험적 문학에서 배운 것이라 할지라도 라이벌인 이청준 없이는 이루어질 수 없는 것이기도 했다. 이러한 해석학은 '전체성에의 통찰'이라는 문단 공통정리의 수준과는 그 범주가 다르다. 이 점은 정현종론에 오면 현상학적인 상상력으로 미끄러짐을 볼 수 있다. 「바람의 현상학」이라고 제목을 단 정현종론은 이청준의 만남과 비슷하다. 김현은 출신학교가 다른, 가출하여 혼자 시만 죽어라고 쓰고 있는 그를 신촌의 한 구석방에서 처음 만났기 때문이다. 이 개인적 체험을 김현

이 그토록 소중히 하는 것은, 앞에서 보아 왔던 정신분석학 곧 해석학의 입구를 열어 놓기 위함이었다. 이 단계를 미비한 데로 열어 놓고 문학적 분석으로 들어갔을 때, 정현종의 시적 운영방법이 김춘수류의 내면탐구의 시에 대한 저항과 분노임을 발견했다. 과연 김현이 후설이나 가다머의 현상학적 해석학을 얼마나 이해했는지는 헤아리기 어려우나 '바람'으로 상징되는 청각적 기능을 가리킴에 멈춘 것이 아니었던가. 실로 그것은 막연하기 짝이 없는 것이어서 시에 대한 해석학은 공허하지 않으려야 않을 수 없었다. 김현이 쓴 수많은 시론 및 시인론은 그 나름의 일정한 소임을 다했음에도 때때로 그것은 실체가 없는 공허한 수사학에 가까운 것도 사실이었다. 이에 비해 이청준의 경우는 사정이 크게 달랐다. 이청준을 거의 이해할 수 없다는 것, 이청준 쪽도 사정은 마찬가지였을 터이다.『창작과 비평』과의 균형감각 모색이야말로 해석학의 가능성이자 또 성과이기도 했다. 그렇지만, 이 균형감각은 어느 쪽도 일방적으로 이길 수가 없었다. 해석학의 본질상 그것은 영원한 순환성에서 온 것이다.

9. '실증주의적 정신'과 '실존적 정신분석'의 만남—『한국문학사』

김현이 해석학 수립에 그만의 독보적 경지를 이룩한 것은 아무도 부인할 수 없는 비평사적 사건성이다. 그러나 한국문학사에 대한 과도한 관심은 어떻게 평가할 것인가. 결론부터 말해 그것은 주장, 목적을 위한 방편의 성질을 띤 것이어서 그가 이룬 해석학의 한 단초를 이루었을 뿐 성과를 이룬 것이라 하기에는 무리다. 당초 의도랄까 목적이 앞서 있었기에 그러하다. 거듭 말하지만 라이벌 격인 『창작과 비평』에 우위를 점하기 위한 한 가지 방편이었기 때문이다. '주장', '목적'이라는 점에서 김현은 백낙청과 크게 다르지 않았다고 할 성질의 것이었다.

그 첫번째 시도가 4K를 총동원한 『현대 한국 문학의 이론』이었다면 두번째 단계가 국문학자이자 평론가인 김윤식과의 공저 『한국문학사』(1973)이다. 『문학과 지성』(1972년 봄~1973년 겨울)에 연재된 이 책이 기획된 것은 1970년경이니까 『문학과 지성』의 간행 무렵부터이다. 김현은 그 경위를 이렇게 적었다.

> 같은 직장에서 같이 한국문학에 깊은 애정을 갖고 한국문학을 이해하려고 애를 쓰는 도중에 우리는 새로운 문학사를 써야 한다는 의무감 같은 것을 느꼈고, 그것이 실현화된 것이 1972년이다. 그 2년 동안의 준비과정에서 우리는 서로의 이견(異見)을 조정하고 문학사의 목차를 세웠다. 우선 전통 문제와 이식문화 문제, 식민지 치하의 문학의 위치 문제, 해방 후의 분단 문제 등을 문학적으로 이해하는 데에 우리의 모든 노력을 집중시켰으며, 그 결과 조선후기의 문학에서부터 근대 문학사를 서술하는 것이 가장 타당하다는 결론을 얻었다. 원칙이 세워지고 기술이 시작되었음에도 불구하고 작업이 재빠른 속도로 진행되지 못했다. 또 다른 난점들이 속속 제기되었기 때문이다. 그 난점들은 사상사, 풍속사, 분류사, 장르사 등과 공간된 자료의 미비 때문에 야기된 것들이었다.
>
> ─ 김현, 「서언」, 『한국문학사』, 민음사, 1973

시기(조선후기에서 근대까지)와 방법론이 확정되었음에도 불구하고, 속도가 진행되지 못한 이유 또한 밝힌 바 그대로이다. 사상사, 풍속사 등의 분류사에 대한 공간된 자료의 미비가 그것이다. 이 사실은『문학과 지성』의 숨은 공적이 아닐 수 없었는데, 공간된 자료의 미비를 극복하는 길은 이를 발굴하는 장(場)을 이 계간지가 과감히 실행코자 했다는 사실이다. 15호까지 그 발굴현장은 김철준, 김영모, 김용섭, 신용하, 이기백, 이광권, 홍이섭, 최창규, 임종철, 차하순 등의 사학자들의 동원이 이를 잘 말해 준다. 창간사에서 밝힌 대로 한국 현실을 이해하기 위한 방편이었던 것이지만 그렇다고 해서 그 결과가 금방 나타나는 것은 아니었다. 문제는 이것보다 더 중요한 것에 있었는데 용케도 김현은 눈썰미 있게 적었다.

> 이 책은 서로 개성이 상이한 두 사람의 공저이다. 서로는 서로의 개성을 가능한 한 극복하려고 애를 썼고 그런 의미에서 어느 정도의 행복한 일치를 볼 수 있었다. 그 작업을 통해 한 사람의 실증주의적 정신과 한 사람의 실존적 정신분석의 정신이 상호 보족적인 것임을 확인하게 된 것은 우리로서도 크나큰 즐거움이다. 이 책의 책임은 그러므로 두 사람이 다 같이 진다.
> ― 김현, 「서언」, 『한국문학사』

김윤식을 '실증주의적 정신'이라 했을 때 김현은 자신을 '실존적 정신분석의 정신'이라 했다. 이는 바로 자신의 선 자리가 사르트르의 방법에 의거했음을 가리킴이다. 『보들레르』를 비롯『성 주네』, 최후작 『가문의 백치』에 걸쳐 보여 준 사르트르의 방법론. 김현의 비평행위 전체에서 이 정신만큼 빛나고 독보적인 것은 일찍이 없었는데 그것은 그의 유작 『행복한 책읽기』에서 새삼 확인되는 사안이었다.

한편 '실증주의적 정신'이라 본 김윤식은 어떠했을까. 실증주의자라 하나 무엇보다 그는 4·19세대가 아니었음을 빼놓을 수 없다. 그는 『광장』의 작가 모양 4·19와 선을 그은 이른바 전후세대에 속했음을 실증주의 이전에 인식해야 했다. 작은 항구도시의 상업학교를 나와 글쓰기 위해 대학에 온 그는 대학 2년 만에 학보병으로 입대하고 말았는데, 대학이란 글쓰기와는 무관한 곳, 바로 과학으로서의 학문하는 곳임을 깨달았을 땐 견디기 어려웠던 것이다. 제대를 하고 복학하자 외톨이가 될 수밖에 없었는데, 갈 수 있는 곳은 도서관뿐이었다. 그 무렵 동숭동 문리대 도서관 이층은 개가식이었는데 미국의 계간지들이 모두 갖추어져 있었으므로 아침부터 어두워질 때까지 사전 하나에 매달려 읽기에 전력했다. 그러다 보니 주변에 그런 친구들이 분야는 달랐으나 여러 명 있었고, 그들은 토론을 거쳐 이른바 '인문·사회학'의 한국적 사명감을 통렬히 깨침에 의견일치를 보였다. 그 사명감이란 바로 국가적 요청이라 여겼는데 바로 '식민지 사관'의 극복과제가 그것이었다.

그것이 어째서 국가(민족)적 사명감인가, 이에 대해서는 보조선이 필요하다. 조선이 일제의 식민지로 된 것이 민족적 능력부족이라는 것, 따라서 우수 민족의 지배를 받을 수밖에 없다는 식민지 사관이란 과연 사실일까. 다시 말해 학문적(과학적)인 것일까. 두루 아는바 대한민국(1948. 8. 15 건국)과 조선민주주의인민공화국(1948. 9. 9 건국)이 이루어졌지만 식민지 사관이 성립되는 한 말짱 헛것인 것이다. 식민지화되는 것은 시간문제일 터이다. 만일 그것이 제국주의자들이 만든 자기정당화의 기만술이라면 논의의 여지도 없지만 엄밀한 과학(학문)이라면 어떠할까. 이를 밝히는 것이 남북을 통틀어 인문·사회학의 사명감이었던 만큼 이

보다 중요한 것이 따로 있을까 보냐. 문제는 학문에서 왔다. 식민지 사관은 자본제 생산양식(mode of capitalist production)과 국민국가(nation-state)라는 두 기둥에 의해 이루어진 것이라는 점. 이를 근대라 한다는 점. 만일 한국사 속에서 근대의 맹아를 찾아낼 수만 있다면 어느 수준에서 식민지 사관의 허구성이 입증될 수 있지 않겠는가. 북한 쪽이 이 점에선 앞서 있었는데, 18세기 후반 광산경영에서 자본제 방식의 존재가 확인되었고, 그들이 지푸라기라도 잡을 초조감에 놓여 있을 때 기적처럼 나타난 것이 김용섭의 『조선후기 농업사 연구』(1970)였다. 양안(量案)분석에서 그는 김석형, 시카다 히로시(四方傳, 경성대 교수)의 논문을 원용하면서 이른바 자본제 생산방식의 맹아를 18세기 후반까지 이끌어 올렸다. 바로 이 점이 『한국문학사』를 가능케 한 기본항이었는데 김현은 이를 두고 "그런 의미에서 어느 정도의 행복한 일치"라 하여 이렇게 적었다.

중인계급의 대두와 청구문명(清歐文明)의 영향이라는 상관관계와는 다른 측면에서 농촌 지식인의 현실파악과 계층이동은 주목의 대상이 된다. 농민층의 신분이동에 대한 자세한 고구에서 김용섭은 농민층의 신분이동은 중세 봉건사회의 위기를 나타내는 것이라 진단하고, 그 계층변화의 구체적 내용을 다음과 같이 적시하고 있다. ①신분제의 변화가 격화되는 것은 영·정조 이후이다. 상민층의 급격한 변화는 정조조 이후이며 노비층의 그것은 영조조 이후이다. ②신분제 동요의 계기는 임진란 이후의 국가 기구를 재건, 유지하기 위해서 관직 매매를 국가가 공식으로 인정한 것에서 찾을 수 있다. ③그 방법은 납속수직·면천·모속 등이다. ④신분의 이동자는 대개 잉여생산물의 축적이 가능한 중농층 이상에 집중되고 있는데, 그들의 부의 축적은 '차지경영이나 상업적 농업의 방법'에 의한 것이다. 그들을 김용섭은 경영형 부농이라 부르고 있다. ⑤경영형 부농의 합리적 경영방식은 조선사회의 신분 재구성의 밑바탕이 되고 있다. 농민의 신분이동은 조선후기 사회의 구조적 모순, 갈등을 ·자생의 힘으로 극복하려 한 시도라고 할 수 있다. 그 신분 이동이 정당하게 이념화되지 못한 것이 조선후기 사회의 치명적 약점이다.

—『한국문학사』, 40~41쪽

학문 중 생산기반인 토지 그것에 바탕을 둔 사회경제사만큼 과학적인 것이 따로 없다면, 조선사 속에서도 '자생의 힘'으로 사회의 구조적 모순을 극복할 맹아가 18세기 후반 사회에 있었다는 것, 이 시기는 왕조사로 바꾸면 영·정조 때라는 것. 그렇다면 한국사의 '근대'의 기점은 이 언저리가 아닐 수 없다. 한국문학의 근대성이란, 그러니까 영·정조 언저리에까지 끌어올려 『한중록』, 『열하일기』, 『춘향전』과 『구운몽』, 판소리의 대두, 시조형식의 붕괴 등이 김윤식의 집필 부분이었는데, 실증적 자료 검토에 어느 정도 익숙했기 때문이다. 조금 과장해서 말하면 『한국문학사』를 가능케 한 보이지 않는 손은 김용섭이었을 터이다. 신소설이나 육당, 춘원의 일본문학 및 문명의 세례를 담뿍 받은 이들보다 『한국문학사』는 무려 두 세기나 위로 이끌어 올림으로써 자생적 문학사 집필이 가능했다. 이 주체성은 식민지 시대의 임화가 정직하게 고백한 '이식문학론'에 대한 비판을 망설임 없이 부정해야 했고 일제에 대한 문학적 응전력의 동력이 됨에 모자람이 없었다. 이 일관성이 최인훈, 이문구, 방영웅, 김수영, 송욱, 고은 등에까지 뻗어 내릴 수 있었다.

이상이 전후세대와 4·19세대의 행복한 만남일까. '실증주의적 정신'과 '실존적 정신분석 정신'의 그럴싸한 만남일까. 어느 편이든 그 만남이 행복한 것이었다면 그것은 『한국문학사』한 권이 70년대 초반에 씌어졌다는 사실에서 온다.

그러나 김윤식도 김현도 그 결과에 만족하지 않았다. 무엇보다 그들은 야심찬 젊은이였고 시대 또한 황무지와 흡사한 상황이었다. 김윤식은 『한국근대문예비평사 연구』(한얼문고, 1973)를 내놓았다. 677면에 걸친 이 큰 책은 그 성과여하에 앞서 분류사가 거의 전무한 황무지에 세워진 돌무더기 같은 이정표의 표정을 짓고 있었다. 여기서 돌무더기라 한 것은 많은 사람들이 외면하기에 족할 만한 실증주의적 정신으로 혹은 그런 방식으로 구축되었기 때문이다. 페이지마다 많은 각주가 촘촘히 달렸고 방대한 양의 문헌이 열거되어 있었다. 그렇기는 하나, 이 저서를 꿰뚫고 있는 원동력을 놓치면 그야말로 돌무더기에로 전락할 것이다. 그 원동력이란 '정신', 곧 실증주의적 정신이 아닐 수 없었다. 3부작인 이 저서의 제1부가 프롤레타리아문학 곧 카프(KAPF)문학으로 되어 있음이다. 순종한글세대인 4·19세대와는 달리 전후세대 끝에 속하는 김윤식은 일제 때의 군국주의 교육, 해방 후의 미국식 자유주의 교육을 받고 6·25와 군대 체험을 거쳐 이른바 식민지 사관 극복을 위한 국가·민족적 사명감에 나아간 세대였다. 국가와 민족이 의식의 전체 상위에 전제되어 있지만 진정한 근대란 마르크스의 『자본론』과 무관한 것일 수 없다는 것이 당시의 시대적 판단이었다. 중도 보수주의자 염상섭조차 심퍼사이저(동조자)의 처지에 설 정도였다. 민족주의의 이데올로기로서는 이미 시효상실임을 3·1운동 실패에서 익히 경험했던 것이었다. 근대문학이란 카프문학에서 비롯된다는 판단은 여기에서 온 것이다. 이러한 판단은 '정신'의 일종이 아닐 수 없다. 그러나 이 정신이 그 힘을 발휘하기 위해서는 '주장'만으로는 설득력을 가질 수 없다. 학문적 근거 곧 실증주의적 장치가 요망된 것이었다. 요컨대 김윤식은 적어도 이 무렵 스스로를 '실증주의적 정신'이라 믿었던 것처럼 보였고 그 이후에도 이런 태도를 버리지 않은 것처럼 움직였다. 그가 게오르그 루카치에 빠져 동화적 세계를 헤맨 것도 이와 무관하지 않아 보였다.

10. '문학사'는 하나의 작품이어야 한다 —『한국문학의 위상』

한편 김현의 행보는 어떠했을까.『한국문학사』와『한국근대문예비평사연구』가 나온 지 4년 뒤에 김현은『한국문학의 위상』(1977)을 내놓았다.『문학과 지성』(1975년 겨울~1977년 여름)에 연재한 이 저서의 후기에서 그는 이렇게 적었다.

> 김윤식 씨와『한국문학사』를 같이 쓴 이후에 나는 우리가 내세웠던 가설이 가설로만 끝나지 않으리라는 행복스러운 느낌을 갖게 되었다. 그러나 문학사란 각주가 한쪽 붙어 있는 논문이 아니라 누구나 가까이 할 수 있는 쉬운 개설서이지 않으면 안 되겠다라는 자각이 곧 나에게 생겨났고 그래서 이왕이면 고대에서 현대에 이르는 한국문학사를 쉽게 써야겠다는 의무감 같은 것에 사로잡히기 시작하였다. 그 의무감은 그 이전에 쓴 나의 글 여기저기에 산재해 있는 나로서는 좀 지나치게 과장한 대목이라든가 덜 설명이 되어 있는 대목을 교정해야 된다는 생각과 겹쳐

져서 점차 나를 강하게 짓누르는 압력이 되었다.

— 김현, 『한국문학의 위상』, 문학과지성사, 1977, 199~200쪽

세 가지 점이 특권적으로 지적될 수 있다. 첫째는 개설서에 대한 집착. 각주가 잔뜩 붙은 문학사가 전문가용이라면 대중용 개설서가 요망된다는 것은 따지고 보면 그 이면엔 실증주의에 대한 김현 식의 생리적 거부감의 표출이 아니었을까. 생리적 거부감이라 했거니와 당초 김현에 있어서는 '한국문학사'에 대한 욕망이란 일종의 의무감인 추상성에 있지 않았던가. 『창작과 비평』에 맞서기 위한 방편의 성격을 이제는 넘어선 것이 아니었겠는가.

둘째, "이왕이면 고대에서 현대까지"라고 한 점. "이왕이면"이라 한 점에서 필연성의 결여를 읽어낼 수 있으며 "고대에서 현대까지"에서는 문학사를 한 개의 실체(작품)로 본 증거라고도 할 성질의 것이다. 김현에 있어 이는 처음으로 『창작과 비평』(1967년 여름)에 실은 「한국문학의 양식화에 대한 고찰」, 「한국문학의 가능성」(동지, 1970년 봄)에로의 환원이라 할 수 있다.

김현에 있어 '문학사'란 연대기적 기술이라든가 사회상의 반영론이라는 따위엔 궁극적인 관심이 없었다. 왜냐하면 문학사란 그 자체가 하나의 '작품'(실체)이라고 그는 보고자 했기 때문이다. 이는 바로 그의 생리적 측면인 작품의 '뿌리를 만지고 싶은 충동'에서 왔다. 이를 '실존적 정신분석'이라 했다. 그러나 이것은 그의 희망사항이다. 누가 말해도 문학사는 하나의 '역사' 영역인 까닭이다. 그는 이 사실을 이론적으로는 알았으되 생리적으로는 알고자 하지 않았다.

셋째 "고대에서 현대까지"라 했을 때 이른바 김윤식이 출발점으로 삼은 '근대'가 깡그리 무시되었음이다. 실상 종전 『한국문학사』의 기본 틀도 '근대'의 확정에 있었음을 염두에 둔다면, 김현의 자기주장이 알게 모르게 드러난 형국을 빚은 셈이다.

"어쩌다가 유년시절을 회고할 때마다 생각하는 것이 몇 가지 있다"라고 첫 줄을 삼은 『한국문학의 위상』은 『무정』을 읽다가 모친에게 야단 맞았던 일, 「벌레 먹은 장미」, 「실락원의 별」 등이 그렇게 재미있었지만 곧 일종의 사기술임을 알게 되었다는 등, 이른바 자기고백에서 출발하여 향가, 서정주를 거의 동시적 자리에서 파악고자 했는데, 그 이유는 문학사 자체를 작품이라 본 데서 나온 것이다. 이를 김현은 간략히, 그러나 힘있게 규정했다. "나 자신은 한국문화, 더 좁게는 한국문학의 후진성을 그것이 외국문학을 모방하기 때문에 생겨난 것이 아니라, 잘못 그것을 이해했기 때문에 생겨난 것이라고 생각한다"(『한국문학의 위상』, 194쪽)라든가 "나의 단견으로 현대에서 가장 중요한 철학적 논의는 인간은 억압 없는 사회를 이룩할 수 있는가 없는가에 관한 것"(같은 책, 195쪽)이라고. 유년기 체험의 고백에서 여기에까지 이르면 김현의 서구문학 이해의 독보성이 조금은 드러난다. 철학과 문학의 교차선상에서 하나의 문학을 어느 누구의 소유일 수 없는 '텍스트'로 간주하겠다는 의지가 뚜렷하다. 그는 이것을 사르트르의 실존적 정신분석에서 배운 것이었다. 그렇다면 사르트르의 깃발을 들고 등장한 『창작과 비평』과 이에 맞서고자 한 『문학과 지성』의 김현은 이 점에서만은 같은 뿌리에서 나온 것이 아닐 수 없다. 다양한 사르트르의 활동 중 전자가 '주장'을 선험성으로 내세운 경우라면, 후자는 작품분석의 방법론인 탐구의 선험성인 실존적 정신분석이었다(김현, 「사르트르에 대하여」, 『두꺼운 삶과 얇은 삶』, 나남, 1986, 92쪽). 이 두 가지는 사르트르 자신도 끝내 통합하지 못한 것이기도 했던 만큼 평행선 긋기에 치달을 수밖에 없었다. "자기경험으로 환원되지 않는 사상이란 신용하지 않는다"(고바야시 히데오小林秀雄) 쪽에 가깝게 김현이 섰다면, 이에 비해 "논리·추상·원리를 확립하고자 하는 인간의 또 다른 본성을 무지와 경멸이 잠자고 있는 묘지"(요시모토 다카아키吉本隆明)라고 보는 쪽에 초창기의 『창작과 비평』이 섰다고 비유될 수 있다. 곧 그것은 '선험적 문학'의 신념에 대한 '논리의 선험성'이라 말해질 수도 있다.

지금까지 김현의 생리적 측면을 검토했거니와 이 점이 황홀하게 드러난 것은 비평집 『분석과 해석』이다. 『문학과 지성』이 광주의 5월 사건을 계기로 『창작과 비평』과 더불어 폐간된 지 8년 만에 씌어진 이 비평집 서론은 자기의 심정을 그대로 드러내고 있다. "내 나이는 1960년 이후 한 살도 먹지 않았다"는 것. 어떤 분석과 해석도 '이 잣대로 했다는 것'은 누가 보아도 과장이지만 광주사태세대를 의식하고 그들을 이해할 수 없음을 드러내는 방편이란 점에서 정직성이다. 그러나 김현은 제일 중요한 고백을 아래와 같이 적었는데 이는 그의 글쓰기의 결벽성 저 너머에 놓인 '원점'에 해당한다.

나는 변하고 있지만 변하지 않고 있었다. 리듬에 대한 집착, 이미지에 대한 편향, 타인의 뿌리를 만지고 싶다는 욕망, 거친 문장에 대한 혐오……등은 거의 변하지 않은 내 모습이다. 변화는 그 기저 위에서의 변화이다.
— 김현, 「책머리에」, 『분석과 해석』, 문학과지성사, 1988

욕망——타인의 뿌리를 만지고 싶다는 것——이야말로 김현의 평생에 거친 방법론이요 생리이며 불변성이다. 대체 그 욕망이란 무엇일까. 이를 음미하기 전에 짚어둘 것이 있다. 광주사태세대 등장 이후, 다시 말해 『문학과 지성』의 폐간 이후 그는 어떻게 행동해야 했을까. 곧 무엇을 '탐구'해야 했을까. 어쩌면, 범박하게는 출발점인 '선험적 문학'에로의 환원이라 볼 것이다. "나의 조국은 프랑스이다"를 한국어로 번역해도 여전히 "나의 조국은 프랑스이다"라는 것. 그럴 수밖에 없는 이유란 문학사 탐구가 선험적, 생리적인 것이 아니라 문단 지배의욕에서 나온 것이었던 까닭이다. 그 지배욕망이 강할수록 래디컬해질 수밖에 없었는데 그 초조감이 『한국문학사』에로 뻗었고 이로써도 모자란 듯 『한국문학의 위상』에로 뻗었다. 김윤식이 '근대'에 모든 것을 걸었고, 그것이 전후세대의 특징이라면, 거듭 말하지만 김현은 '한국문학사' 자체를 하나의 작품으로 본 것이었다.

그러나 이러한 '한국문학사'에 대한 지배욕망도 5월 광주사태세대의 등장으로 말미암아 4·19세대의 한계감각에 직면하지 않으면 안 되었다. 그가 할 수 있는 것은 4·19세대에 대한 형언하기 어려운 애착이었는데, "내 나이는 18세에서 더 먹지 않는다"의 표현으로 나타내었다. 이는 벌써 과거형이어서 현재형의 역사 전개, 또 말해 문단 지배욕망에 대한 전의 상실을 알게 모르게 표명한 것이었다. 그렇다면 나아갈 곳은 어느 쪽인가. 원점회귀가 그것이었다. "나의 조국은 프랑스이다!"를 이탈리아어로, 한국어로 번역해도 변함이 없는 자리. 『프랑스비평사』(1981~1983), 『문학사회학』(1983), 『제네바 학파 연구』(1986), 『르네 지라르 혹은 폭력의 구조』(1987), 『미셸 푸코의 문학비평』(1989), 『시칠리아의 암소』(1990)

등은 엄밀하게는 프랑스문학사 및 비평사의 계몽서이며 소개의 차원에서 벗어난 것은 아니었다. 다른 말로 하면 김현이 아니더라도 그런 여건을 갖춘 사람이면 능히 할 수 있을 뿐 아니라 어쩌면 더 잘할 수도 있는 성질의 것이다. 가령 바슐라르에 대한 김현의 소개(『프랑스비평사』, 현대편 제3장)는 바슐라르 전문가에 따르면 "학문 연구의 기본이라고 할 회의적이고 비판적인 태도의 결여를 상징적으로 보여 주는 듯하다"(곽광수, 『가스통 바슐라르』, 민음사, 1995, 229쪽)라는 비판에 직면하고 있었다. 물론 김현의 프랑스문학이론 소개가 한국 비평계에 끼친 공적에 비하면 위의 비판이란 미미한 것일지는 모르나, 그것은 한국문학사 전체를 지배하겠다는 욕망에 비하면 매우 뚜렷한 것이었다. 그만큼 김현은 회심(回心), 곧 원점회귀에로 조용히 내려앉은 형국이었다.

여기까지 이르면 누구나 김현의 글쓰기의 뿌리를 만져 보고 싶은 욕망을 물리치기 어렵게 된다. 곧 김현의 최량(最良)의 부분, 그리고 그 남다른 비평적 글쓰기.

11. 『책읽기의 괴로움』이 실존적 정신분석인 곡절

김현이 숨진 것은 1990년 6월 27일 오전 2시 50분. 향년 48세였다. 그의 유서에 해당되는 것이 유고일기 『행복한 책읽기』이다.

그럼에도 불구하고, 유고의 보관을 부탁받는 순간까지도, 나는 아직 선생의 마음가짐에 대해 어떤 단언을 내리지 못하고 있었다. 왜냐하면, 내가 시간을 걸고 묶여 있던 일이 끝나면 뭔가 원고 문제로 상의할 일이 있다는 말을 그 전부터 두세 번 들었던 터라, 그것을 '유고'로서 맡기는 것이라고는 미처 생각지 못하고 있었던 까닭이다. 아니다. 그보다는 그렇게 생각하고 싶지 않았다는 말이 더 정확할지 모르겠다. 약간 이상한 낌새를 느끼기는 했었으니까 말이다. 선생 댁의 침대 옆 서랍에 넣어둔 원고를 찾아 읽고 그대로 출판해도 괜찮을지를——특히 이름들을!——숙고해 달라는 선생의 말을 듣고, 나는 그것이 예사 원고와는 다른 것이란 암시를 받았다. 그런데도 나는 그것이 다름 아닌 일기일 거라고는 예감치 못한 채로 멍청하게 "예, 예, 알았습니다" 소리만 하다가, 옆에 있던 정과리가 내 옆구리를 치며 "어떻게 출판하시려는지 물어봐야지" 하는 바람에, "검토 후에 곧 출판을 추진할까요?"라고 물었다. 선생은 고개를 가로저었다. 그러고는 "아니, 그냥 가지고 있다가……" 하며, 어떤 무언의 이해를 구해 왔다. 나는 어떤 속 깊은, 복잡한 이야기를 막연히 알아들은 기분이었다. 그러나 머릿속은 안개로 자욱했다.

— 이인성, 『식물성의 저항』, 열림원, 2000, 202~203쪽

여기는 숭산 소림사. 28조 달마의 면벽 9년의 장면. 이를 잇는 수제자가 혜가, 승찬, 도신, 홍인(弘忍), 혜능이었다. 이른바 「6조 단경」의 계보. 김현이 홍인이라면 그 수제자는 위에서 보다시피 소설가이자 교수이며 프랑스문학 전공의 이인성이었다. 유고를 전수받았음이란, 달리 표현하면 의발(衣鉢)의 전수를 가리킴인 것. 어째서 수많은 제자들을 제치고 이인성에게 의발을 전수했는가를 속인들이 알아차릴 방도는 없지만 그렇다고 사실 자체는 의심될 수 없는 사안이 아닐 수 없다. 이인성의 선 자리가 한국어로 소설을 쓰지만 그것들이 실은 한국어가 아니라 프랑스어

이기 때문이라 하더라도 사정은 마찬가지다. 한결같이 전위작가(실험성)로 자타가 공인해 온 이인성의 소설은 한국소설의 겉모양과는 달리 프랑스소설이었을지도 모른다. 그렇게 생각하지 않고서는, 달마가 법(法)을 위해 형(形)을 버린 혜가를 받아들이었을 이치가 없다. 이인성, 그는 소설이라는 장치를 통해 한국어와 프랑스어 사이를 향해 외줄타기를 한 줄타기꾼이었을 터이다. 바로 김현 자신의 오랜 꿈이 거기 있었다. 그 꿈을 논리적 용어로 하면 '실존적 정신분석'이었다.

1980년 사르트르가 죽었을 때 김현은 이렇게 썼다.

> 그가 제시한 실존적 정신분석은 바슐라르의 문학적 정신분석, 마르쿠제의 사회학적 정신분석, 모롱의 심리분석과 함께 정신분석을 작품분석(인간분석)에 적용한 탁월한 예이다. 그의 실존적 정신분석에서 제일 중요시되고 있는 개념은 책임성·자기기만 등이며 보들레르, 플로베르에 적용되어 『보들레르』, 『가문의 백치』 등의 주목할 만한 연구서들을 낳았다.
>
> ─『두꺼운 삶과 얇은 삶』, 92쪽

이러한 지적은 소개서인지라 관심이 있는 사람이면 누구나 할 수 있는 사안이다. 그러나 어째서 미학을 배제하고 개인의 책임성, 자기기만 등, 곧 자유(선택)를 중요시한 사르트르의 실존적 정신분석에 김현이 매몰되었는가를 묻는 일은 여전히 불투명하다. 그 불투명성이 걷히는 것이 바로 유서 격 유고인 『행복한 책읽기』 속에서이다. 여기서 실존적 정신분석(existential psychoanalysis)의 일반론을 잠시 엿볼 필요가 있다. 사르

트르가 인간의 '근원적 투기(投企)'를 연구하기 위해 생각해 낸 현상학적 방법을 실존적 정신분석이라 했다. 그 목표는 '그가 만든 최초의 투기 속에 개인을 발견함'이다. 또 그 디테일은 존재를 향해서의 그의 충동의 전체 또는 자기 자신, 세계, 타자와의 근원적 관계, 나아가 내적 관계와 근원적 투기의 통일 속에 드러나는 것이다. 자기의 전체가 하나의 작품으로 나타난다. 곧 자기란 하나의 전체성이 되는 프로이트의 생각을 받아들이고 또 개인은 자기를 이해하기 위한 특권적 위치에 있지 않다는 프로이트의 생각도 동의한다. 그러나 그 근거는 프로이트와 크게 다르다. 프로이트에 의하면 나의 진실은 무의식 속에 있고, 무의식은 나를 떠날 수 없다. 나아가 사르트르는 무의식의 진실에 대해 무의식적인 반발을 갖는다. 훗날 이것이 사르트르의 걸림돌이었다고 지적된 바 있는데, 거대한 프로이트의 사상체계의 영향력을 고려할 때 더욱 그러하다(베르나르 앙리-레비, 『사르트르의 세기』 일역판[『サルトルの世記』, 藤原書店, 2000, 342~343쪽]). 그러나 사르트르는 『존재와 무』에서 무의식이라는 가설을 이론적 자기기만을 구성하는 것이라 하여 거부했다. 데카르트와 같이 사르트르에 있어서는 "심적 현상은 의식과 같이 넓힘을 갖는다"라고 본다. 따라서 무의식적 심적 사실이라는 관념은 모순이 아닐 수 없다. 숨겨진 수수께끼 따위란 없다. 모든 것이 의식 속에 있고 모든 것이 빛을 받고 있다. 곧 실존적 정신분석에 의해 대자, 즉자 존재(존재 또는 신이 되고자 하는 시도)와 대타존재가 근원적 유사성임을 이해한다. 그러니까 실존적 정신분석의 목표는 프로이트와는 달리 '치유'에 있지 않고 자기를 그 전 가능성 속에서 포착하는 것이며 과거에로 도피함이 아니라 이 자리가 늘 존재한다는 것을 인식하는 것이다. 당초 자유엔 쇠사슬이 없었다. 있었던 것은 자기가 만든 쇠사슬이었다(D. Palmet, *Sartre For Beginners*, 1995[『サルト ル』, 筑摩書房, 2003, 114~117쪽]).

사르트르가 말하는 실존적 정신분석이 프로이트와 어떻게 다르며 의식과 자유 그 속에서 개인의 선택이 가장 소중하다는 것. 그렇다면 그 개인의 자유를 입증하는 것은 각자가 전인간적인 투기의 산물이 곧 작품 이 아닐 수 없다. 전쟁 중 저항노선에 설 것인가, 아닌가는 이런 상황 속에 서 오직 개인의 결단에 달린 것이며 누구의 강요가 아닌 이상 책임도 자 기가 진다는 것. 그러고 보면 오해가 생길 법하다. 가령 절박한 상황의 의 미를 알기 어려운 『보들레르』의 영역자가 그런 경우이다. 곧 작품이란 그 작가의 실존을 밝히기 위한 한갓 자료(work as a mere case-book)에 지 나지 않는가라고 묻고 있을 정도였다(J. P. Sartre, *Baudelaire*, tr. Martin Turnell, New Directions Pub., 1950, p.10). 그만큼 영어권에서는 당시만 해도 이해되기 어려운 용어였음을 드러낸 사례라 할 것이다. 유서 격에 해당되는 유작 『행복한 책읽기』에서 김현은 이렇게 실존적 정신분석을 이해했음을 드러냈다.

사르트르에게 있어 인간을 움직이는 기본 동력은 욕망이다. 욕망은 인 간을 관계 속에 집어넣으며, 그 관계의 의미들 속에 집어넣는다. 그 관계 를 인간과 인간의 관계, 인간과 사물의 관계로 나눌 수가 있겠는데, 사르 트르는 앞의 것을 실존적 정신분석이라 부르고, 뒤의 것을 사물과 그것 의 질의 정신분석이라고 부른다. 그 두 개의 정신분석은 서로 다른 것이 아니라, 하나의 정신분석의 안-밖을 이루는데, 인간과 인간의 관계가 인 간과 사물의 관계와 따로 있을 수는 없기 때문이다. 그러나 실존적 정신분석은 선택이 자기기만인가 아닌가를 드러내는 것을 목표로 하게 되며, 사물의 정신분석은 사물의 존재 양태——끈끈함·미끈미끈함·메마름 따위——를 드러내는 것을 목표로 하게 되어, 한쪽은 윤리학에 기울고, 한쪽은 존재론으로 기운다. 물론 윤리학과 존재론은 붙어 있는 것이지만, 붙어 있지 않는 것으로 잘못 인식될 수도 있다.

— 『김현 문학전집 15』, 72쪽

인간과 인간의 관계를 실존적 정신분석, 인간과 사물의 관계를 질의 정신분석이라 구별하고, 윤리학과 존재론을 이에 대응시켰지만 이 둘은 안과 밖의 관계여서 나눌 수 없음을 지적했다. 그러나 김현에 있어 이런 구별은 별다른 의미를 갖는 것은 아니었던 것으로 보인다. 한 인간이 어째서 상황 속에서 자유를 찾아 나갔는가를 탐구하는 데 실존적 정신분석이 필요했는가가 사르트르가 문제 삼았던 중점이었음에 비해, 김현은 작가만을 문제 삼고 그 작가 및 작품 이해의 방편으로 실존적 정신분석을 이해한 것처럼 보인다. 실존적 정신분석을 설명한 바로 직후에 그가 이렇게 썼기 때문이다.

우리가 문학작품을 읽는 것은 무엇 때문일까? 내 생각으로는, 자기의 욕망이 무엇에 대한 욕망인지가 분명하지 않기 때문인 것 같다. 그것이 무엇에 대한 욕망인지가 분명하면, 그것을 얻으려고 노력하면 된다. 그러나 그것이 무엇인지 분명하지 않다면, 무엇을 왜 욕망하는지를 우선 알아야 한다. 그 앎에 대한 욕망은 남의 글을 읽게 만든다. 남의 이야기나 감정 토로는 하나의 전범으로 그에게 작용하여, 그는 거기에 저항하거나 순응하게 된다. 저항할 때 전범은 희화되어 패러디의 대상이 되며, 순응할 때 전범은 우상화되어 숭배의 대상이 된다. "나는 누구처럼 되겠다"가 아니면, "내가 왜 그렇게 돼"가 된다. 그 마음가짐은 그의 이름 붙이기 힘든 욕망을 달래고, 거기에 일시적인 이름을 붙이게 한다. 왜 일시적인가 하면, 전범은 수도 없이 많이 나타나기 때문이다. 세상에는 수없이 많은 이야기가 있는 것이다. 물론 그 구주는 그렇게 많지 않겠지만.

— 『김현 문학전집 15』, 72~73쪽

이것이 바로 김현의 마지막 선 자리라고 할 수 있을 듯한데, 그는 이러한 것의 표준으로 최인훈을 든 바 있다. 김현 비평에서 가장 집중적으로 또 심도 있게 논의된 작가가 바로 최인훈임을 안다면 위의 인용의 뜻이 분명해질 터이다. '책읽기의 괴로움'이란 바로 최인훈에서 왔던 것이다.

책읽기의 문제는 글쓰기의 문제와 마찬가지로 문화 활동을 규명하려면 한 번쯤은 맞부딪혀야 하는, 아니 반드시 맞부딪히게 되는 문제이다. 나는 독창적인 사유인이 아니고, 거의 언제나 타인의 글에서 사유의 발단을 이끌어내기 때문에, 이번에도 최인훈의 글에 의지해서 책읽기의 문제가 제기하는 것들의 의미를 밝혀 볼 작정이다. 내가 분석의 대상으로 선택한 것은 최인훈의 『회색인』(문학과지성사, 1977)의 초반부이다『회색인』의 초반부는 최인훈의 소설 중에서 최인훈을 가장 잘 드러내고 있으며, 아주 서정적인 문체로 씌어져 있어 되풀이 읽기에 좋은 대목이다.

— 김현, 『책읽기의 괴로움』, 민음사, 1984, 214쪽

어째서 하필 최인훈인가. 이렇게 묻는 사람이 있다면 김현은 대번에 『광장』(1960) 해설을 읽어 보았느냐고 반문할 것이다. "플로베르나 사르트르 그리고 생텍쥐페리 등의 작가들이 그러했듯이 최인훈 역시 어렸을 때부터 문학에 대해 거의 종교적인 경건성을 지니고 있었던 듯이 보인다"로 첫 줄을 삼은 이 해설문에서 전적(典籍)에 대한 깊은 신앙심, 곧 책들 속에 표현되어 있는 것들은 한때 그에게는 현실보다 더욱 강렬한 현실성을 부여했던 것이다. 왜 책을 읽는가. 독고준(『회색인』)을 사례로 든다면 책읽기란 괴로움을 이기기 위해, 곧 결핍의 충족, 행복에의 약속과 결부되어 있다. 그 책 속에는 원형들이 있다. 이 원형을 믿는 한 그것에로 달려감은 현실도피가 아니다.

책 속의 원형들은 이 세계에 무엇이 결핍되어 있으며, 우리는 왜 불행한가 하는 것을 반성케 하는 표지들이다. 그 원형들이 어둠 속에서 밝게 빛나고 있으면, 그 원형들을 생활할 수 없다 하더라도, 삶은 최소한도의 초월성을 간직할 수 있다. 그것을 도피주의라 비난해서는 안 된다. 도피란 거짓 화해의 세계로 숨어 버리는 것을 뜻하지만, 삶의 원형들을 지금의 삶 속에서 계속 찾아보려 하는 것은 도피가 아니라 차라리 싸움이다. 그 싸움을 통해 짐승스럽고 더러운 것들은 조금씩 조금씩 극복된다. 그런 의미에서 책읽기는 결핍의 충족이며, 행복에의 약속이다. 결핍을 결핍으로 못 느끼게 하고 불행을 불행으로 못 느끼게 하는 책은 그런 의미에서 좋은 책이 아니다. 그것은 가짜 행복으로 이 세계를 감싸, 세계를 가짜로 조화롭게 만들기 때문이다. 책읽기는 결핍이나 불행의 몸짓을 연습하는 움직임이 아니라, 자기가 책을 통해 불행하거나 결핍이 되어, 충족이나 행복을 싸워 얻게 하는 움직임이다. 그런 의미에서 책읽기는 매우 고통스러운 작업이다.

책읽기가 고통스러운 것은 책읽기처럼 세계를 살 수가 없기 때문이다. 그것은 이중의 의미를 띠고 있다. 우리는 책을 읽듯 세계를 읽을 수가 없다. 세계라는 책은 너무 크고 복잡하여, 그것의 구조를 곧 선명하게 드러낼 수 없다. 옛날에는 무당이라든가 점쟁이, 교사들이 세계라는 책의 의미를 분명하고 확실하게 해석해 주었지만, 지금은 그런 무당, 점쟁이, 교사들이 없다. 아니 아주 드물다. 아니 더 정확히 말하자면 오늘날은 거의 모든 사람이 저마다 무당이며 점쟁이며 교사이어서, 어느 해석이 올바른 해석인가를 알 수 없다. 또한 우리는 책 속에서 읽은 대로 세계를 살 수가 없다. 책 속에서 읽은 대로 세계를 이해할 수는 있지만, 그 결과가 반드시 행복스러운 것은 아니다. 보바리 부인의 경우에서처럼 책 속에서 본 대로 살려 하다가는 파멸하기가 더 쉽다. 그렇지 않은 경우에는 돈키호테처럼 우스꽝스럽게 보인다. 왜 그렇게 되었는가를 밝히는 것은 쉬운 일이 아니지만, 한 가지 분명한 것은 세계가 책 속에서 이야기되는 것처럼 선명하지 않다는 것이다. 분명하지 않은 세계 속에서 분명하게 살 수는 없다. 우리는, 아니 적어도 나는 다만 방황할 따름이다. 그 방황을 단순히 책상물림의 지적 놀음이라고 폄하할 수 있을까? 그런 질문을 근본적인 질문으로 받아들인다는 점에서, 나도 최인훈의 회색인에 가깝다. 나는 내 자신이 불행이고 결핍이다.

—『김현 문학전집 15』, 224~225쪽

'김현=독고준=최인훈'의 도식도 선명히 했을 때 책읽기는 영락없는 괴로움이 아닐 수 없다. 독고준처럼 김현은 방황할 수밖에 없는데, 책 속에 있는 원형이란 현실에서는 찾을 수 없음에서 왔다. 그렇다고 가만히 주저앉거나 절망할 수도 없다. 계속 현실 세계와 책 속의 원형의 낙차를 줄이기 위해 노력하지 않을 수 없다. 읽으면 그럴수록 괴로울 수밖에 다른 도리가 없다. 김춘수, 전봉건, 김수영에 대한 두 개의 글을 비롯 『관촌수필』의 이문구, 『무기질 청년』의 김원우, 이인성, 최인훈, 이청준 등을 논하면서 '책읽기의 괴로움'이라 했다. 시도 소설도 아닌 '기호로서의 책'이었던 것이다. 세계=책의 낙차를 읽어 내기로 위의 일들은 모두 포함될 성질의 것이다. 문제는 이 괴로움이 어떤 곡절을 겪어 기쁨으로 바뀔 수 있는가에서 온다.

12. '책읽기의 괴로움'과 '행복한 책읽기' 사이

유고의 보관을 부탁받은 인물이 작가이자 불문학 교수인 관악산의 이인성이었음을 앞에서 보였거니와 그 유고가 다름 아닌 일기임에 제일 당황한 쪽은 의발을 전수받은 이인성이었다. "출판할까요?"라고 묻자 김현은 "아니 그냥 가지고 있다가……"라고 했기 때문이다. 그 일기 속에 있는 것들을 "그대로 출판해도 괜찮을지를——특히 이름들을!——숙고해 달라는 선생의 말에 나는 그것이 예사 원고와는 다른 것이란 암시를 받았다"라고 했음에서 한층 여실하다. "특히 이름들을!"이라고 감탄사를 덧붙인 것은 물론 이인성이었다. 이 일기를 출판하는 마당에서 이인성은 오자를 바로 잡는 것 외에는 선생의 유고 일기를 원문대로 아무런 삭제도 가하지 않고 그대로 출판한다고 했고, 김현이 유고 부탁 시에 삭제하는 게 나을 부분, 특히 사람 이름들과 관련한 것이 있다면 판단해서 지워 달라는 부탁을 남겼음을 상기시키고, "나는 어디서도 그래야 할 부분을 발견하지 못했다"라고 이인성은 결론지었다(『김현 문학전집 16』, 390쪽).

여기서 잠깐 언급할 것이 아주 없지는 않다. 이 일기 속에는 이인성에 관한 부분이 한 곳 있는데 이인성이라 쓰는 대신 김현은 "그"라고 표기했음이다(『식물성의 저항』, 213쪽). 그렇기는 하나, 이것 역시 그대로 출판하면 되었기에 조금도 무리가 아니다. 이인성은 이 일기에 있는 대로 출판했던 것인데, 그것은 그의 판단에 옳았음을 증거하는 것이기도 하다. 그 일기 속에 아무리 어떤 사람을 비판 공격했더라도 그만 한 이유가 있다고 이인성이 판단했던 것이다. 그렇다면 어째서 김현은 '이름의 삭제 여부'에 신경을 썼을까.

이 물음이야말로 김현 글쓰기의 최종 결론이 아닐 수 없는데 바로 회심(回心)이 그것이다. 무엇이 '책읽기의 괴로움'에서 '책읽기의 행복' 으로라는 정반대의 현상을 빚었을까. 이 물음은 신비주의에 함몰될 수밖에 없지만 굳이 논리를 빗댄다면 '죽음'에 대한 인식이 아니었을까. 말을 바꾸면 죽음 앞에서는 괴로움도 행복도 같은 것이다. 귀동냥으로 듣건대 지혜 제일의 사리자(舍利子)에게 세존께서 말씀하셨다고 한다, "색불이 공(色不異空) 공불이색(空不異色)"이라고. 김현의 일기가 설사 1988년 1 월에서 1989년 12월까지이긴 해도 이미 그는 죽음을 의식하고 있었다고 볼 것이다. 따라서 『행복한 책읽기』 속에 특정인에 대한 과도한 비판이 있더라도 그것은 사랑 속에서의 일이 아닐 수 없다. 왜냐면 그 비판 역시 김현 자신에로 향해 있다고 여겼을 터인즉, 이를 '사랑'이라 하지 않고 달리 무엇이라 부를 수 있었겠는가. 굳이 이것을 '행복한 책읽기'라고 했으니까. 잠깐, 만일 그렇다면 어째서 이인성에게 그 판단을 미루고자 했을까. 세속적인 평가를 아마도 잠시나마 염두에 두었기 때문이었을 터이다. 출판이란 세속의 일인 만큼 그것은 죽음, 그것만큼 '색즉시공'의 현상이었을 터이다. 여기까지 오면 이 일기에서 제일 많이, 또 집중적으로, 그리고 비판의 화살을 쏜 곳이 바로 김윤식 쪽이었음이 판명된다. 구체적으로 보이면 아래와 같다.

Ⓐ 김윤식의 『우리 문학의 안과 바깥』(성문각, 1986)에는 예전에 표명한 태도들이 거칠게 되풀이 되고 있다. 『이광수와 그의 시대』에 대한 회고 담이 제일 진솔하고 읽을 만하다. 그의 내면의 무의식은 작가와 세계가 부딪치는 자리에 있지, 그 앞이나 뒤에 있는 것이 아니다. 그것이 그의 문체를 이상하게 과잉-서정적으로 만드는 요소이다. 그의 실증주의는 그것을 숨기기 위한 가면이다.

—『김현 문학전집 15』, 21쪽

Ⓑ 김윤식의 『우리 소설과의 만남』(민음사, 1986)을 공들여 읽다. 그의 가장 빛나는 대목은 자기 직관에 그가 유보 없이 매달릴 때이며, 그가 가장 어설픈 대목은 원론에 집착할 때이다. 원론을 지탱하고 있는 원칙들의 의미는 설명하지 않고 실증적인 사실들만을 나열할 때, 원론은 그 관여성을 잃기 쉬운데, 그의 경우가 때로 그러하다. 남의 이론을 공들여 읽지 않고 몇 개의 이론적 개념들만을 감각적으로 이용하려 할 때, 이론은 휘청댄다.

김윤식 비평의 본질은 "열정이란 재능을 가리킵니다. 열정 없는 재능이란 없지요"(201쪽)라는 말 속에 자리 잡고 있다. 그 말이 되돌아가야 하는 것은 그 자신에게로이다.

—『김현 문학전집 15』, 29쪽

ⓒ 김윤식의 『염상섭 연구』(서울대 출판부, 1987)는 945면의 대작이다. 그러나 그의 『이광수와 그의 시대』만 한 깊이도 열정도 보여 주지 않는다. 서울 중산층 출신의 보수주의자의 문학적 행로 자체가 밋밋했다고 할 수 있겠지만, 그가 "원처럼 둥글고 완결된 것"(896쪽)이라고 하는 삶과 문학을 직선적으로 그리고 통시적으로 뒤쫓고 있기 때문에 생긴 현상이라고 하는 것이 더 올바른 진술일 것이다. 평전은 심리적 깊이를 드러내야만 그 의미가 사는데, 작품 분석의 경우 장르적 특성에 지나치게 유의하고 있어, 작품 분석인지 평전의 자료 분석인지가 때로 불분명하다. 가령 염상섭의 소설에서 편지 쓰기가 중요한 역할을 맡고 있다면, 그의 편지 쓰기는 어떠했으며, 그것은 왜 생겨난 것인가가 밝혀져야 할 것인데, 그렇지가 못하다.

고수, 암수…… 등의 게임이론적 어휘들이 계속 출몰하고 있다. 대가의 거작이라는 것에 그 자신이 들린 것은 아닐까? 아깝다. 때로 그는 한 줄로 표현할 수 있는 것을 열 줄로 표현하고 있다. "『삼대』란 무엇인가. 『조선일보』(1931년 1월 1일~9월 27일)에 215회 연재된 연재소설이다"(511쪽)식의 늘리기는 이제 지양되어야 하지 않을까 한다. 그런 늘리기는 수수께끼의 묘미인 놀라움이 없기 때문에 진부하고 지겹다.

—『김현 문학전집 15』, 65쪽

두 가지 점이 쉽사리 지적된다. 첫째, 김현이 얼마나 남의 글을 열정적으로 읽었는가 하는 점. 시와 소설을 가리지 않고 대하소설인 박경리의 『토지』는 물론, 신인, 중견, 대가를 막론하고 월평류에까지 육박했음이 드러나 있어, 비록 그때만 해도 두 계간지, 월간지 셋 및 『신동아』, 『사상계』 종합지 등등 통틀어 빈약한 저널리즘의 발표지가 대상이긴 했다손 치더라도 누가 보아도 그 열정적 독서력에 탄복하지 않을 재간이 없을 정도이다. 그야말로 작품 발표 직후 따끈따끈할 때의, 작품 고유의 '아우라'가 이렇게 포착되기는 이 나라 문학사 이래 처음이라 할 만하다. 가히 문학대통령인 셈. 그 이후 아무도 이런 일을 해내지 못한 것은 출판계의 다른 사정이 없지도 않았지만 김현의 민첩함에 미칠 수 없다는 점에서 가히 독보적이라 함에 그 누가 감히 인색하랴. 아니 일종의 문학사적 '기적'이라 할 것이다. 특히, 이 해석학은 하버드 대학 안마당에서 서구 문학의 정통성을 공부한 백낙청이 수준 높은 세계문학들을 이 향토에 소개한 또 하나의 '기적'과 맞먹는 것이기도 했음에 그 누가 감히 인색하랴.

둘째, 김윤식의 글에 대한 저러한 비판이란, 또는 16사단 육군중위인 형과 함께 지낸 염상섭의 중학시절 하숙집을 찾아 두 번씩이나 교토를 방문하고 쓰여진 『염상섭 연구』에 대한 비판이란, 역설적으로 말해 김현 자신에 대한 애증의 표시가 아니었을까. 만년에 이르기까지 김현의 한국문학사의 총체적 파악에 대한 욕망은 얼마나 강하고 집요했던가. 혹 그것에 대한, 욕망의 좌절에 대한 회한과 원망의 표출을 김윤식을 통해 분출한 것은 아니었을까. 이는 '실증주의적 정신'과 '실존적 정신분석'의 행복한 만남으로 이루어졌던 공저 『한국문학사』 이래 어긋나기 시작하여 그 후 계속 서로 멀어져 갔음에 대한 자책감이랄까 모종의 윤리적 감각이

드리워졌던 결과였을 터이다. 김윤식이 지라르의 『낭만적 거짓과 소설적 진실』의 제8장을 『소설의 이론』(1977)이라 하여 영역판을 대본으로 번역했을 때 그 오류를 지적한 바 있는데, 이것에도 엿보이듯 국문학도이자 한국 실증주의자인 김윤식의 무모한 짓에 대한 전문가의 경고문의 성격을 띤 것이 아니었던가(김현, 『르네 지라르 혹은 폭력의 구조』, 나남, 1987, 22~23쪽).

김윤식의 글쓰기가 "그의 실증주의는 그것을 숨기기 위한 가면"이라는 것, 또 "원칙들의 의미는 설명하지 않고 실증적인 사실들만을 나열"한다든가, "열정이란 재능을 가리킴"이라는 말에 주목, 그 '열정=재능'이 김윤식에겐 없다는 것, "그의 내면의 무의식은 작가와 세계가 부딪치는 자리에 있어 그 앞이나 뒤에 있는 것이 아니다, 그것이 그의 문체를 이상하게 과잉-서정적으로 만드는 요소이며 그의 실증주의는 그것을 숨기기 위한 가면"이라 했고, "그의 늘리기는 수수께끼의 놀라움이 없기 때문에 진부하고 지겹다"라고 매몰차게 몰아붙였다. "진부하고 지겹다"에 주목할 필요가 있다. 김윤식이 진부하고 지겨운 것은 곧, 한국문학사가 진부하고 지겹다는 것. 그동안 진짜 문학인 듯 가면을 써온 한국문학사에 대한 가면을 이제 벗겠다는 것.

이에 대해 김윤식은 어떻게 반응했을까. 죽은 자에 대한 도리로 침묵했을까. 요컨대 김윤식은 침묵으로 일관했는데 이는 사자에 대한 예의는 갖추긴 했지만 그보다 앞서는 것이 따로 있었기 때문인데 곧, 그러한 비판이 바로 김윤식 자신의 글쓰기의 참모습이었던 것. 변명의 여지없는 그러한 것이었던 것.

13. 어떤 때늦은 변명

김현의 비판을 통해 김윤식은 비로소 속으로 어렴풋하게 느끼고 있었던 자기의 참모습을 투명체로 이해할 수 있었다는 것. 김윤식의 내면에 잠복한 '짐승'(자연)을 모르는 자리에서도 김현은 능히 이를 꿰뚫고 있었다는 것.

김윤식에게 저러한 가면을 쓰게 하고, 열정 곧 재능이라 하고, 서정적 문체를 일삼은 행위에 대한 변명의 기회가 주어진다면 김윤식은 어떠한 변명을 늘어놓을까. 그 변명이 『내가 살아온 20세기 문학과 사상』(2005)이다. 654면에 걸친 이 책에서 김윤식은 1936년 윤3월 12일(음력) 정오 무렵에 시골 농촌에서 세 누님이 있는 집의 막내로 태어났고, 쥐띠였음을 밝혔고, 마을과 떨어진 강변 포플러 숲속에서 자랐다고 적었다. 윤달이며 정오에 난 쥐띠라니, 대낮에 속수무책인 아이. 누나들이 소학교 가고 나면 혼자서 까마귀와 붕어, 잠자리와 여치를 벗 삼아 유년기를 보냈다. 저녁이면 호롱불 아래에서 누나의 교과서를 엿보며 큰 세계가 있음을 보고 가슴 벅차오름을 꿈에 보며 물리치기 어려웠다. 엄격한 아버지는 책력으로 계절에 따라 씨를 뿌리고 거두었고 어머니는 혼자서 베를 짰다. 마침내 벼르고 벼른 날이 드디어 왔다. 10리 길 국민학교에 누나들을 따라 가게 된 것이었다. 일본어, 일본국기, 일본 군가를 뜻도 모른 채 외웠다. 산을 넘고 연못을 돌아 혼자서 걷는 길엔 산새들이 벗삼아 주었다.

이 소년이 드디어 집을 떠나는 날이 왔다. 소년은 까마귀와 붕어와 메뚜기를 속이고 강변 포플러 숲을 떠났다. 등에 몇 권의 책을 짊어지고 서울 유학에 나아간 것이었다. 그는 글을 쓰고자 했었다. 항구도시 상업학교를 마치자 부모의 희망대로 교장선생이 되기 위해 교원양성대학에 갔다. 당연히도 대학은 학문하는 곳, 그 학문이 도무지 생리에 맞지 않아 대학 이학년 때 자진해서 군에 입대했고, 29사단 수색대에 근무했고, 제대했을 때 다시 복학할 수밖에 없었다. 복학한 그가 할 수 있는 길은 도서관 서고에 들어가 자료읽기였다. 학문적 이론 공부도 독학으로 겨우 얻어낸 단편적인 것이었고, 제일 잘할 수 있는 것은 제일 하고 싶은 것과는 별도인데, 아무것도 가진 것 없는 그는 두더지 모양 '자료 뒤지기'뿐이었음을 통렬히 깨친 것이었다. 선배도 선생도 없이 학문을 할 수 있었겠는가. 훗날 그가 이 학문이 얼마나 무모한 짓이었는가를 깨쳤을 때, 이미 그의 어깨에는 주체할 수 없는 자료더미가 지워져 있었다. 까마귀와 붕어를 속인 결과였다. 그는 붕어와 까마귀와 함께 살아야 옳았지만 이젠 진퇴양난이었다. 바로 실존적 위기, '실증주의적 정신'이라 했거니와 이는 가면을 쓴 붕어와 까마귀의 모습이 아닐 것인가. 잘할 수 있는 도서관 자료수집이란 '정신'의 관여영역이 아니라 육체, 본능의 관할이 아니었던가. 요컨대 '짐승스런 영역'이었다.

위에서 본 김현의 저러한 견해가 여기에서 왔지 않았을까. '짐승스러움', '자연'을 '정신'으로 착각한 것. 김윤식의 그 내면 속엔 까마귀와 메뚜기에로 되돌아가기 위한 지향성이 숨어 있어 틈만 나면 분출해 오르고자 했다. 이것은 굳이 말해 김윤식의 실존적 위기감이 아니었던가. '문체의 서정성'이 그것이며 '열정=재능'의 도식이 그것이다. 김현은 죽음의 시기에 와서야 김윤식의 내면을 분석해 냈다. 그 방법은 '실존적 정신분석'이 아니라 김윤식에 대한 '사랑'이었다. 사랑하지 않고는 저토록 지속적으로 '실증주의적 정신'의 궤적을 추적해 왔을 이치가 없다. 외국 문학자인 김현의 아킬레스건이 '실증주의'였던 증거치고 이보다 솔직한 것은 따로 찾기 어렵다. 실상 김현이 한동안 라이벌인 『창작과 비평』에 우위를 잡고 자 한 한국문학사에의 도전에 절대적으로 실증주의가 요망되었는데, 자 신은 그것을 갖고 있지 않았다. 김윤식의 『한국근대문예비평사 연구』까 지의 겉모습만 보았고 김윤식의 내면에 꿈틀거리는 '자연', 곧 짐승스런 까마귀와 붕어를 못 보았던 것이다. 아무 이론도 공부한 바 없는 김윤식 이 할 수 있는 것이란 열정뿐이었다. 유년기의 서정적 외로움뿐이었다. '열정=재능'이라 우길 수밖에 무슨 방도가 있었으랴. '서정적 문체' 이외 에 무슨 방도가 있었으랴. 그렇다면 혹시 김현의 '행복한 글쓰기'란 김윤 식의 실존적 위기 분석을 통해 김현 자신의 위기의식을 분석한 것이 아 니었을까. 그는 이를 실존적 정신분석이라 하지 않았을까. '행복한 글쓰 기'란 어쩌면 생리적 결벽성의 다른 표현이 아니었을까. '글 읽기의 괴로 움'에서 '글 읽기의 행복'에로의 회심이란, 죽음을 앞둔 인간의 정직성이 아니었을까. 귀동냥으로 듣건대 지혜 제일의 사리자에게 세존께서 말씀 하셨다고 한다. "색불이공(色不異空) 공불이색(空不異色)"이라고.

김윤식이 김현에 바치는 찬사이기에 다른 방도가 없어 두 번씩 석가 세존의 말씀을 옮겼다. 이 '회심'에 김현이 이르렀음이란 이미 구원이 아 니고 무엇이었을까. 그것은 목포 약종상의 기독교 가문과 무관한, 또 낙 타의 다리를 씹는(「레위기」 10장 11절) 가파른 윤리감각에서 해방된 경지 에 닿은 것이 아니었을까. 『행복한 책읽기』란 따라서 '행복한 글쓰기'에 닿은 것이 아니었을까.

여기까지 오면 『창작과 비평』에 대한 라이벌 의식은 안중에도 없다.

정작 폐간된 『문학과 지성』의 복간이 허용되었을 때 김현은 미련 없이 새로 복간했음이 그 증거이기도 했다. 『문학과 사회』(1987. 6)가 그것. 『창작과 비평』이 복간(연속성 통권 57호, 1985)으로 일관했음에 비하면 새삼 분명한 사안이었다.

5장 _ '논리'로서의 문학, '해석'으로서의 문학
『창작과비평』의 초기 위상론

1. '초근목피'에 대한 죄의식·사명감

객 1966년 겨울호로 백 페이지가 조금 넘는 계간지 『창작과 비평』이 나왔을 때 이것이 지닌 폭약장치의 위력을 알아차린 사람은 거의 없지 않았나 싶습니다. 아마도 이 무렵 선생은 평론가로 문단에 데뷔(1961)는 했지만, 대학원을 마치고 학위논문에 열중했거나 모 국립대학교 교양과정부의 전임강사쯤이 아니었을까요. 두더지처럼 도서관 서고의 자료더미 속을 헤매는 처지인지라 세계 초강대국 미국의 인문학 전위지로서의 계간지의 모습을 알 턱이 없었을 테니까. 제 표현이 좀 뭐합니까. 후배의 응석쯤으로 받아주셨으면 합니다만.

주 맞는 말이오. 제대하여 복학했을 때 도서관에서 공부하며 『케넌 리뷰』, 『예일 리뷰』, 『파티잔 리뷰』 등을 구경은 했습니다만 그야말로 구경이었을 뿐. 『창작과 비평』은 모르긴 해도 미국식 인문학의 한국식 등장이라 할 수 없을까요. 초강대국 미국의 인문학이 황야와 같은 박토에 들어오는 장면을 주간 백낙청은 장문의 창간사에서 이렇게 적었지요.

이 향토는 이 향토이기 때문인 이유만으로 초근목피로 목숨을 잇는 너무도 끔찍끔찍한 이 많은 성가신 식구를 가졌다. 또 그 응접실에 걸어놓고 싶은 한 장 그림을 사되 한 꿩 맛있는 꼴뚜기를 흠뻑 에누리 끝에야 사듯이 그렇게 점잖을 수 있는 몇 되지도 않는 일가(一家)도 가졌다. 이어 중간에서 그 중에도 제일 허름한 공첨(空籤)을 하나 뽑아들고 어름어름 하는 축이 이 향토에 태어난 직가다.

— 『이상선집』 제3권, 162쪽

식민지 수탈용으로 총독부가 세운 고등공업 교육에서 '근대'를 배워버린 '초근목피' 집안 출신의 이상 김해경(金海卿)은 또한 유클리드 기하학과 비유클리드 기하학의 동시적 성립(제5공리)까지 알아내고 말았지요. 그가 문학을 택한 것을 스스로 '공첨'이라 했거니와 그런 사실을 알고도 '빈 제비'를 뽑은 것은 웬 까닭이었을까. 이 점을 건너뛸 수 없지 않겠습니까.

객 문학이란, 그러니까 이상이 배운 근대문학이란 뭔가 대단하다는 생각이 앞섰겠지요. 선생이 공들인 『기하학을 위해 죽은 이상의 글쓰기론』(역락, 2010)에서 강조했듯, 일본의 근대문학이겠는데요. 일본 근대문학이 최고조에 이른 것이 1930년대 무렵이지요. 이상은 당초부터 일어로 썼으니까, 그의 용어, 비유, 수사학이 일본의 그것이 아니었던가요. 그야 어쨌든 백낙청에 있어 중요한 것은 '초근목피'의 이 땅에서 이상이 문학을 택했을 때의 고절감, 뿌리를 내릴 수 없음에서 오는 절망감이지요. 그 절망감은, 선생 식으로는 일본문학의 높이에 대한 그것이기도 했을 테고. 이상의 이런 절망이 초강대국의 최고 학부(브라운대, 하버드대 영문과)에서 진짜 그쪽 문학을 배운 백낙청 자신의 절망감이 아니었을까요. 1977년에는 시사주간지 『뉴스위크』가 크게 관심을 가질 만한 존재였던 것.

주 좋은 지적. 알려진 바에 따르면 그는 한국에서 고교만 마치고 도미, 『헤럴드 트리뷴』의 '국제 영어웅변대회'에 첫해 한국에서 간 고등학생 백낙청은, 미국 유학을 끝내고 군복무를 마친 귀공자 타입의 백면서생이었지요(임헌영·리영희, 『대화』, 396쪽, 리영희 증언). 아이비리그인 브라운 대학에서 문학을 공부했고, 나아가 하버드 대학에서 영문학을 정식으로 공부했다 하오. 전공은 D. H. 로렌스. 하버드 대학 내의 각종 연구소에서 학위를 받은 경우와는 구별되는 진짜 영문과의 학위라는 것. 그런 그가 귀국하여 최고학부 문리과 대학 영문과에 전임강사로 들어왔을 때 그의 앞에 놓인 것은 이상의 절망감과 크게 다르지 않았을 터. 이 땅은 6·25 이후 초토화되었고, 이어령의 표현으로 하자면 국민 모두가 화전민이었던 것. 가까스로 한일회담(1965)이 기정사실이 되었고, 휴전선을 가운데 둔 분단의 향토, 군부독재, 반공이 국시(國是)로 된 향토. 이상이 절망한 1930년대와 어디가 달라졌단 말인가. 이미 백낙청은 세계를 보아 버렸습니다. 그것도 최고, 최선으로 간주하는 문명감각, 이를 형상화한 문학을 배워 버린 것. 그렇기 때문에 1960년대의 이 땅이 극단적 사례로 너무도 선연해서 견디기 어려웠겠지요. 이상은 진짜 근대를 배우고 나름대로 해답을 모색하고자 제국의 수도 도쿄에로 갔으나, 다만 죽음이 기다리고 있었을 뿐. 이 사실을 백낙청이 몰랐을 이치가 없습니다. 방도는 하나, 이상처럼 순진하거나 어리석지 않고 지혜로워야 한다는 것. 지혜롭게 뭔가를 해야 한다는 것. 지식인의 역할이 따로 있다는 것. 뭔가를 어떻게 해야 한다는 것. 바로 무지한 민중들을 각성시켜야 한다는 도도한 귀족주의적 사명감이 아니라 역사와 진보에 대한 우위성이 그것. 그 구체적 방도가 계간『창작과 비평』이었고 하버드에서 배운 문명의 세계성이 그 대전제였습니다. 적어도 최선진국 하버드에서는 인류사, 곧 인간이 논의의 대상이지 기타 지역성의 문제 따위란 안중에도 없었지요. 이 대전제와 '초근목피'의 한국적 향토 사이를 헤매기, 이 모순성의 고뇌와 사색과 행동의 지속성이 『창작과 비평』의 위대성. 지속성, 바로 그것의 치열성을 백낙청은 한 번도 소홀히 하거나 중단한 바 없었습니다.

객 선생은 시방 자칫하면 냉정을 잃을 지경이네요. '모순성'이라? 참 좋은 말이군요. 또 행동이고요. 인간 그 자체가 모순성이기도 하겠는데, '초근목피'와 '하버드', '민중'과 '지식인'의 이중성, 삼중성의 고민이 『창작과 비평』의 지속성의 원천이고 그 의의라고. 그렇다면 우리의 대담이 이 모순성의 탐구로 향하겠습니다그려.

주 그렇소. 이 한 가지만으로도 우리의 대담이 벅찰 테니까요.

2. 사르트르의 『현대』지 창간사의 사정권 속에서

객 『창작과 비평』 창간호에서 주간의 재(再)도미까지를 일차대상으로 보고 검토해 볼까요. 먼저 창간호의 차례.

> 백낙청,「새로운 창작과 비평의 자세」
> 창작 : 이호철,「어느 이발소에서」 / 김승옥,「다산성」(연재)
> 사르트르(정명환 옮김),「현대의 상황과 지성」
> 밀즈(백낙청 옮김),「문화와 정치」

유종호, 「한국문학의 전제 조건」

서평 : 조가경, 「현상학적 미학」 / 김우창, 「감성과 비평」 / 이정식, 「정치 분석의 제문제」

어떻습니까. 한눈에 세속적으로 보아 특징적인 것이 눈에 띄지 않습니까. 백낙청, 유종호, 김우창 및 조가경, 이정식 등 영문과 출신이거나 미국에서 활동하는 철학자와 정치가들이라는 점. 불문학자 정명환이 끼어 있긴 해도, 역자일 뿐이지요. 그러니까 단 한 명의 국문학자도 끼지 못했지요. 국문학 전공자들이 워낙 폐쇄적이고 또 자기 울타리를 뛰어넘을 만한 문제적 개인이 없었다고, 주간이 판단한 결과라 볼 것입니다. 요컨대 세계와 인류를 대상으로 했다는 것, 그것이 미국이라는 것, 그런 인류사의 목표를 향하고 있었다는 증좌이겠는데요, 쩨쩨하게 '초근목피'의 한국, 지역성 등과는 별개의 차원이라는 것. 그 때문에 '초근목피'의 현실과의 모순성에 내내 시달리게 되는 것은 필연적일 수밖에요.

주 시 장르가 철저히 배격되었다는 점도 창간호의 특징이지요. 시란 창작이 아니니까. 그럼 뭐냐.

객 선생께서 무엇을 겨냥한 지적인지 알 만합니다. 창간호의 기본 노선이 사르트르에 있었다는 지적 아닙니까. 사르트르의 『현대』지 창간사(1945)를 그대로 옮겼다는 것은 적어도 미국식 계간지의 그 큰 뿌리와는 감히 비교할 수 없다 할지라도 『현대』지 창간이 갖는 의의는 프랑스의 보수적 진영에 대한 통렬한 비판이었던 것. "부르주아 출신의 모든 작가는 무책임이라는 유혹을 받아 왔다"를 첫 줄로 삼은 「현대의 상황과 지성」은 무책임을 가장한 위선자들을 고발함이었기 때문이지요.

그러나 이 무책임의 유산은 많은 사람들에게 불안을 안겨주었다. 그들은 문학을 꺼림칙한 것이라 느끼고 글을 쓴다는 일이 훌륭한 짓인지 혹은 망측한 짓인지 잘 모르게 되었다. 예전에는 시인은 스스로 예언자라고 생각했다. 그것은 매우 고귀한 것이었다. 그 후 시인은 천하고 저주받은 사람이 되었다. 하지만 그만해도 또 괜찮았다. 그러나 오늘날에는 그는 전문가의 지위로 떨어졌다.

— 사르트르, 「현대의 상황과 지성」, 정명환 옮김, 『창작과 비평』 창간호, 120쪽

이 대목에서 시인이란 문인 일반을 가리킴이겠지만 『문학이란 무엇인가』에서는 서두에서부터 시를 배격해 놓았더군요.

당신네 잡지에는 문예에 대한 경멸이 안하무인 격으로 도처에 널려 있소. 어떤 소견 좁은 작자는 나를 '사납고 모진 녀석'이라고 부른다. …… 그래서 시는? 그림은? 음악은? 당신은 그런 것들도 구속하고 싶다는 거요? …… 아니다. 우리는 회화, 조각 그리고 음악도 '역시 구속'하려고 하는 것이 아니다. 적어도 같은 방법으로는 구속하려고 하지 않는다.

— 사르트르, 『문학이란 무엇인가』, 김붕구 옮김, 문예출판사, 1972, 10쪽, 13쪽

지식인의 사회참여(구속)의 목적에 적어도 시란 간접적이라는 것. 사르트르는 이 점에서 투철했다고 보겠지요. 장 주네론, 플로베르론, 카뮈론 등이 증거로 넘치니까. 그렇다면 사르트르의 참여의 목표란 무엇이었던가. '전체적'인 인간이라 했군요. 이 개념이 바로 지식인의 직접성이겠지요. 또 지성의 그것이기도 했고.

그렇다면 여러분은 물을 것이다. 당신들이 찾아내 보이겠다는 그 인간 개념이란 도대체 무엇이냐고. 우리는 그 개념이 세상에 널리 퍼져 있으며 그것을 찾아내려는 것이 아니라 다만 그 규정을 위해서 일조가 되려고 할 뿐이라고 대답하고자 한다. 그 개념을 나는 '전체적'인 개념이라 부르려고 한다.

— 「현대의 상황과 지성」, 124쪽

'전체적'이란 사회·가족·물건 고르기 등등, 어떤 선택에 대해서 책임이 있다는 것을 가리킴이라 했군요.

주 『존재와 무』의 대단한 현상학자이자 실존주의를 휴머니즘이라 외친, 또한 2차 세계대전의 상황 속에서 자유의 선택의 마당에 담금질 당한 사르트르인지라 이전 참여론, 곧 생체조직, 경제적·정치적 조건, 성적 여건에서 해방되어야 함을 가리킴이지요. 싸울 수밖에요. 여기엔 프랑스적인 조건이 있습니다. 지하운동에 참여할 것인가의 여부는 강제사항이 아니라 각자의 자유의사(결단)에 달린 것, 가령 지하운동에서 체포되었을 때 조직체를 실토하라는 고문에 굴하든가 거부하는 것도 강요사항이 아니라 각자의 자유에 속하는 것. 모든 것이 국가·민족이 결정, 그 명령하는 대로 따르는 곳과는 전혀 다른 상황이지요. '상황'이야말로 사르트르의 기본항인 셈, 위선이나 변명이 무용한 세계.

객 거기까지는 대충 알겠는데 주간은 또 『파워 엘리트』, 『사회학적 상상력』으로 저명한 미국의 사회학자 C. 라이트 밀즈의 「문화와 정치」를 사르트르 글의 앞에다 직접 번역해 놓았는데요.

주 밀즈는 초강대국 미국과 소련의 장래를 크게 걱정하고 있었지요. 이른바 제4시대(the Fourth epoch)가 오고 있다는 것, 미국도 소련도 자칫하면 실수하여 인류사를 망칠 수 있다는 것.

객 인류사라? 그야 미국과 소련만이 장악하고 목표삼아 해결할 수 있다는 것. 다른 제3지역이나 나라들이란 안중에도 없습니다그려.

주 『창작과 비평』의 주간이 말하고자 한 메시지는 다음 대목에 있지 않았을까.

> 역사 창조의 정치적 문제에 관련된 가치는 역사를 인간이 만든다는 프로메테우스적 이상에 구체화되어 있다. 이 이상에 대한 위협은 두 가지나 있다. 한편으로 역사 창조의 임무가 기피로 낙착되어, 인간은 역사를 의지적으로 만드는 일을 계속 저버리며 단순히 표류하게 될 수 있다. 반면에 역사를 만들기는 만들되, 소수 엘리트 집단만이, 그들의 결정 또는 결정 포기의 결과를 견디고 살아남으려 노력해야 될 대다수 인간에 대한 아무런 효과적 책임 관계없이 만들고 말 수도 있다.
>
> 우리 시대에 있어 정치적 무책임의 문제와 '유쾌한 로봇'의 문화적, 정치적 문제에 관한 해답을 나는 알지 못한다. 그러나 문제를 적어도 똑바로 대해 보기 전에는 아무 해답이 안 나올 것이 분명하지 않은가? 그리고 이 문제를 바로 대해 볼 사람이란 누구보다도, 부유한 사회의 지식인·학자·성직자 및 과학자들임이 명백하지 않은가? 이 가운데 많은 사람들이 도의적 정역과 지적 역량을 기울여 그 일을 하지 않고 있다는 사실이야말로 오늘날 혜택받은 인간들이 저지르고 있는 가장 큰 인간적 기피행위가 아닐 수 없다.
>
> — 밀즈, 「문화와 정치」, 백낙청 옮김, 『창작과 비평』 창간호, 117~118쪽

사르트르와 같은 글재주의 자유자재로움은 없지만 이 사회학자의 논법의 중요성은 미국, 소련을 문제 삼았다는 것과 인류사의 '제4시대'를 열기 위해 무엇보다 '혜택 받은 인간들'의 책임감을 강조한 점입니다.

객 혜택 받은 인간이라 했을 때, 앞의 장에서 살핀 대로 이 계간지의 주간도 포함된다는 것. '초근목피'의 이 땅에 와 보니, 그 책임감이 인류이기는커녕 바로 발등의 불이라는 것. 바로 '초근목피' 속의 상황이라는 것.

주 이제 비로소 그 '초근목피'에 절망한 주간이 이를 타개하기 위한 방도를 경청할 차례에 이르렀습니다. 그 장단점을 비판하기보다, 인내심을 가지고 거기에 배어 있는 열정 읽기 말이외다. 사르트르의 중요하지만, 다소 경박스러워 보이는 거침없는 주장들을 언제나 『존재와 무』가 보장하고 있듯이, 백낙청의 '초근목피'도 영문학사 최고의 실력이 보장했던 것이니까.

3. 비대한 비평, 빈곤한 창작

객 『창작과 비평』 창간호는 앞에서 보았듯 '비평'만 무성하고 '창작'은 거의 불모지대인 셈인데, 가까스로 이호철, 김승옥이 흡사 장식물 모양 끼어 있는 형국. 그도 그럴 것이 지식인의 사명감이 워낙 컸기 때문인데, 여기서 그 지식인 즉 혜택받은 계층의 사명감(공부한 자의 자의식으로서의 죄의식)을 '초근목피'에서 다시 살펴보아야 하겠습니다. 이 계간지가 줄곧 비평 비대증의 지속성 속에서 자부심과 죄의식의 모순성에 시달렸다면 거기에 자부심과 인간다움이 있었으니까.

주 좋은 지적입니다그려. 그 지적을 내 나름으로 새긴다면 아마도 이렇다고 할 수 없을까요. 곧, 저러한 비평논의와 증대현상 자체 속에 '창작'이 깃들어 있다는 것. 왜냐면 문학의 논의가 현실 정치와의 접점이랄까 경계선으로 끌어내렸던, 혹은 올렸던 것이니까요. 이 경계선 모색 또는 확보란 1920년대 이 나라 카프문학에서 시도한 이래 처음이자 그보다 더 나아가 훨씬 유연성 있고, 어찌 보면 심오하기까지 한 것이니까(백낙청은 카프문학을 집안싸움이라고 폄하했다). 일종의 새 영역이며 이 지체의 논의이기에 '창작'의 일종이 아닐 수 없지요.

> 문학한다는 것은 따지고 보면 자기에게 주어진 삶을 가장 충실하게 살아가기 위한 한 가지 방법이다. 인류 전체에게 무한히 귀중한 방법이요 자기 개인에게는 그것밖에 없는 방법일지도 모르나 다른 조건이면 또 다른 것이 나올 수도 있는 한 가지 방법일 따름이다. 그렇게 볼 때, 남들이 남긴 위대한 작품은 자기 삶에 없어서 안 될 양식이 되고 자기 문학하는 동안 영원히 따르고 싶은 길잡이일 수도 있으나 자기가 써야 하는 글, 자기만이 쓸 수 있는 글을 대체할 수는 없는 것이다. 자기가 뽑아든 제비가 셰익스피어인지 헤밍웨이인지 아니면 어떤 무명인사인지 그것은 그렇듯 큰 문제가 아니다.
>
> ─ 백낙청, 「새로운 창작과 비평의 자세」, 『창작과 비평』 창간호, 25쪽

문학이 제일 소중하다든가, 인류의 가치라든가, 또 무엇무엇이라 하며 위대한 작가나 작품을 들먹거리는 것은 상관없지만, 중요한 것은 '자기만의 글쓰기'에 있다는 것. 그것은 '다른 조건이면 또 다른 것이 나올 수도 있다는 것'.

객 바로 '초근목피'에 대한 반론이군요. '초근목피' 그대로 그 나름의 문학하는 처지가 된다는 것. 곧 새로운 유형의 문학이 나타날 가능성이 '초근목피' 속에 있다는 것. 이를 논의하는 일 자체가 창작에 준하는 것이 아닐 수 없다는 것. 선생의 안목으로는 당초 이 계간지의 제목은 '창작과 비평'이 아니라 '비평과 비평', 곧 앞의 것은 '세계 속의 비평'이고 뒤의 것은 '한국 속의 비평'이었을 터인데, 그냥 편의상 혹은 부주의하게도 『창작과 비평』이라 이름 지었다고 보는군요. 그렇게 보니까 세계 속의 비평 쪽은 주간 백낙청의 박식과 열의가 큰 비중을 가졌는데 비해 한국 속의 비평 쪽은 그러한 심도가 보이지 않고 뭔가 자신 없는 말투입니다그려. 가령 『문학과 지성』의 창간사에서 심리적 패배주의(참여파)와 샤머니즘의 복합체가 이 시대의 병폐라 규정, 의사의 처지에서 이를 치유해야 한다는 것이라면 『창작과 비평』 쪽은 이렇게 진단하고 있을 뿐이지요.

문학하는 기반의 유무는 생각 않고 '질 높은' 작품만 쓰겠다는 고집과, 문학하는 여건이 갖춰지기까지 작품의 질을 운운한다는 것조차가 사치라고 윽박지르는 두 가지 독단론 사이에서 한국문학은 희생되어 왔는지도 모르겠다.
—「새로운 창작과 비평의 자세」, 26쪽

이 두 개의 독단론은 심리적 패배주의와 샤머니즘이라는 병의 치유를 위한 의사의 주체성보다는 훨씬 추상적이고 막연하다고 보겠습니다그려. 혹은 논법이 다르다고나 할까요. 좌우간 그 논법의 실천을 위해 제시된 방법론은 Ⓐ언론의 자유를 위한 싸움 Ⓑ대중에게 널리 읽혀야 한다는 것 ⓒ남북통일의 소임을 다할 것. 이 대목은 특히 인용이 요망되겠지요.

동족상잔과 끔찍한 핵전쟁의 대가를 치르지 않고 한국의 분단을 군사적으로 해결하는 길은 없을 것 같다. 동시에 냉전이 계속되고 우리 법률에 반국가 단체로 명백히 규정된 정권이 북한을 지배하고 있는 동안, 정치적·외교적 해결 역시 막막한 것이며 이 문제를 구체적으로 검토하려다가도 자칫하면 반국가단체를 찬양 고무하거나 이에 동조하는 결과를 빚어내기 쉽다. 이처럼 무자비한 국제정치의 현실과 복잡한 국내사정 속에서 그래도 우리가 단일민족이요 통일국가가 되어야 함을 거리낌 없이 주장하는 첩경은 문학을 통해 민족 감정을 표현하는 것이며 같은 언어, 같은 풍습의 소유자들임을 거기서 재확인하는 길이다.

— 「새로운 창작과 비평의 자세」, 29쪽

바로 '초근목피'에 뿌리 내린 언어에의 귀환의 근거를 여기에 두고 있습니다. 자기모순의 징조라고나 할까요.

주 ⓓ에서 창간사는 '여백'을 내세웠지요. "역사를 위해 맡을 것을 다 맡고도 문학은 여백을 지닌다"(백낙청, 『창작과 비평』 창간호, 31쪽)라고 했지요. Ⓐ, Ⓑ, ⓒ들이 역사에의 사명감(의무)이라면, 이 여백은 대체 무엇인가. 예술의 고유성(가치)을 이끌어 들였습니다. 여백이란 여유를 말하는 것. 예술이 요구하는 여유란 삶에서 면제된 여유가 아니라 삶 자체가 요구하는 여유인 것. 이는 예술이란 '왕자적' 위치에 있어야 한다는 헤겔의 명제에 닿아 있다고 보겠지요. ⓓ에서 주간은 자기 특유의 박식과 깊이를 보여 준다는 점에서 주목될 특권적 대목입니다. 가령 이런 식으로 주간은 말할 수 있었으니까.

> 카뮈의 '반항'으로서의 예술이나 로렌스의 '섬세한 깨달음과 구원'으로서의 예술이 모두 전통적 종교나 부르주아적 순수예술론과는 전혀 다른 것이나, 사르트르의 태도와 비한다면 협의의 역사적 행위에 대해 훨씬 비관적인 셈이며 현대인의 정치적·사회적 욕구를 대변하는 것보다도 그에 대한 교정 내지 견제 효과를 발하는 것을 예술의 더 큰 임무로 삼고 있는 것 같다.
> ─「새로운 창작과 비평의 자세」, 34쪽

이처럼 백낙청은 예술의 여유까지를 사정권 내에 두고 논의를 펼쳤지요. Ⓐ, Ⓑ, Ⓒ만으로도 벅찬데 Ⓓ까지도 염두에 두었음이란, 그만큼 세계의 문학과 예술, 설사 그것이 서구중심주의일지라도 곧 인류사를 사정거리에 두었음이지요. '시민문학'이라는 용어로써 말이지요. 이 계간지에 하우저의 명저 『문학과 예술의 사회사』를 염무웅과 공역으로 『창작과비평』(1966년 가을)에서부터 실었고, 훗날 창비신서 제1번으로 간행했던 것도 이와 깊은 관련이 있습니다.

객 그에 비해 정작 백낙청의 한국근대문학에 대한 견해가 얕았다고나 할까요. 서구문학에 대한 박식함에 비해서 말이외다. 기껏해야 이광수를 표준적 작가로 규정했을 정도. 하기야 '초근목피'에서는 이것뿐이기도 했지만.

여하튼 이광수의 첫 소설 『무정』에서부터 그가 역사소설로 돌기 전 마지막 장편인 『흙』에 이르기까지가, 우리의 신문학이 사회기능다운 기능을 지녔던 유일한 시기였다. …… 이제 우리 문학이 그 사회기능을 되찾고 문학인이 사회의 엘리트로서 복귀하려는 것은 이광수에게 멎었던 작업을 새로 시작하는 일이라 할 수 있다.

—「새로운 창작과 비평의 자세」, 37쪽

'이광수스러운' 계기가 찾아올지도 모를 조짐을 백낙청은 하나의 커다란 희망사항으로 보았던 것. 곧 한일국교(1965)가 기정사실로 되어 버렸다는 것. 2억 불의 식민지 보상금과 경제원조 1억 불, 도합 3억 불의 도움으로 모종의 가능성이 문학에도 기대된다는 이 희망사항. 가만있자, 그러고 보니 이 계간지의 창간(1966)이 이 희망사항에 발맞춘 것은 아니었을까요.

주 깊이 보았습니다그려. 문제는 이 계간지의 모순성에 있겠지요. 세계의 문학과 예술에 대해서는 꽤 깊은 통찰이 있지만, 물론 '세계'라고 해도 미국과 서구 중심이며 자기 나라의 문학(예술은 아예 언급조차 없음)에 관해서는 이광수 정도라는 것.

4. 4K의 『현대 한국 문학의 이론』과 하우저의 『문학과 예술의 사회사』의 맞섬

객 대학과정을 브라운에서, 대학원을 하버드에서 공부한 백낙청으로는 이광수나 만해 정도의 이해도, 당시 국문학 쪽의 연구 성과도 다소 낯설었다고 하겠지요. 그렇더라도 이것은 약점임에 틀림없습니다. 사르트르,

밀즈, 그리고 세계문학을 논급함에 망설임 없었던 것에 비하면 특히 그런 약점이 쉽사리 눈에 띄지 않았을까요. 더욱이 이 계간지에 선망과 질투의 눈길을 던지고 있는 쪽에서 볼 때는 말입니다. '초근목피'에서 살아남은 이상(李箱)에게 헌사한 『산문시대』, 『사계』, 『68문학』의 두목 격인 김현이 바로 그러한 문제적 개인인 셈.

주 좋은 지적. 김현이 이 계간지를 호시탐탐 노리다가 그 약점을 치고 들어온 것은 바로 한국문학사. 「한국문학의 양식화에 대한 고찰」(『창작과 비평』, 1967년 여름, 통권 6호)이 그 첫번째 화살. '종교와의 관련'이라는 부제를 달았는데 향가, 고려가요, 시조 등을 주로 불교와 연계해서 논의했기 때문. 두번째 공격은 「한국문학의 가능성」(『창작과 비평』, 1970년 봄, 통권 16호). 여기서는 향가에서 최인훈의 「열반의 배」까지를 무리하게 연결시키고 있지요. 아마도 근대한국문학에 대한 초조감의 드러냄이 아닐까요. 김현의 한국문학사에 대한 지식이란 의욕만 앞섰지 백낙청보다 깊었다고 하긴 어렵지 않았을까. 왜냐면 "나의 조국은 프랑스다"를 한국어로 번역해도 "나의 조국은 프랑스다"였을 테니까. 백낙청처럼 김현 역시 선험적으로 문학=서구문학의 출발선에 섰으니까. 김현의 총명함이랄까 가능성이란 바로 여기에서 온 것(이를 넙죽 실은 백낙청도 총명하긴 마찬가지). 기껏 향가, 「쌍화점」, 시조 등을 아는 수준에서 김현은 '이래서는 안 된다, 본격적으로 내가 한국문학사를 공부해야겠다'라고 한 사실이 바로 그것. 『문학과 지성』을 창간한 후, 경쟁지에 놓인 『창작과 비평』과 겨루기 위해서는 이 길밖에 없다고 판단했으니까.

객 그 증거가 4K(김현, 김치수, 김병익, 김주연)가 총력을 기울여 달려든 『현대 한국 문학의 이론』이겠는데요. 가령 이 책에는 이런 대목도 서슴없이 표출되어 있을 지경입니다.

백낙청에 의하면, 한용운의 '님'은 바로 그가 추구하는 시인정신이자 새로운 이성력(理性力)이며 「님의 침묵」은 그러므로 그 당시 상황과의 조우에서 시인이 표현한 높은 시민문학이 아닐 수 없다는 것이다. 여기에 이르면 기왕의 민족문학론을 보는 느낌이다. 실상 그는 문학사에서 최초로 의식의 개척, 심리학을 개발한 이상(李箱)까지도 자기류의 시민문학론에 편입하고 이런 식으로 60년대 김승옥까지도 포함해 버리는 야심을 나타내고 있다. 아마 그는 역사비판론으로서의 시민문학론을 의도적으로 의식하였는지도 모른다. 그것은 그가 「시민문학론」의 서두에서 시민과 소시민의 개념을 제기해 놓고 이 둘을 반대 개념으로 이해하려 들지 않았다는 점으로도 설명된다.

— 김주연, 「역사비판론과 시민문학론」, 『현대 한국 문학의 이론』, 176쪽

만해, 이상, 김승옥까지를 시민문학론에 포함시켜 버리는 '야심'이라고까지 몰아붙였는데, 4·19세대의 주축인물의 하나인 김승옥을 백낙청이 창간호에서부터 머리에 얹어 놓았음에 대한 비판을 직설적으로 드러냈다고 하겠지요.

주 4K들이 이어서 한국문학, 그것도 수위를 낮추어 '한국근대문학'에로 내려앉은 것은 그만큼 구체성을 갖추었다고 볼 것입니다. 고대문학과 향가 등이란 시적 현상이지 근대의 논리에서 벗어난 것이니까. 이 점은 『문학과 지성』이 행한 커다란 공적으로 평가되겠지요. 물론 그들이 근대성의 두 기둥인 국민국가(nation-state) 쪽은 강조했지만 자본제 생산양식

(mode of capitalist production)에는 조금 무지했거나 거부반응을 보였다 할지라도.

객 4K의 공격 앞에 정작 백낙청은 혼자서 무슨 수로 맞설 수 있었을까. 다행히도 그는 『산문시대』의 동인이자 4·19세대의 독문학과 출신 염무웅을 맞이했고, 두 사람의 힘으로 4K에 맞서고자 했는데 그 방법은 과연 백낙청다운 것이었지요. 곧, 하우저 번역이 그것. 백낙청의 하우저 번역은 「영화의 시대—20세기의 사회와 예술」(1966년 가을), 「제2제정기의 문화」(1967년 겨울~1968년 봄), 「러시아의 사회소설」(1968년 겨울) 등이며, 염무웅의 그것은 「1830년의 세대」(1967년 봄), 「인상주의」(1969년 봄) 등으로 중심과제는 러시아 혁명 직전의 사회와 문학의 관계에 속하는 부분들만을 골랐음이 판명됩니다. 어쩌면, "들어라, 이 우물 안 개구리들아!"라고 백낙청이 먼저 외쳤고, 이에 맞서 "들어라, 이 허황한 국적 없는 코스모폴리틱들아!"라고 김현이 맞받아쳤다고 보겠지요. 이 싸움이 구경거리인 것은 둘 다 선험적으로 서구문학에 젖은 사람들이라는 사실에서 오지요. 자기내분이라고나 할까요. 그런데 어째서 그 아옹다옹하는 구경거리가 슬며시 사라졌을까요.

주 나도 잘은 모르겠소만, 염무웅의 존재와 깊은 관련이 있지 않을까 싶습니다. 다시 말해 백낙청은 불가피한 일로 이 대단한 계간지를 4·19세대인 염무웅에게 잠시 맡겼던 것. 당초 백낙청은 하우저의 「영화의 시대—20세기의 사회와 예술」을 권두논문으로 실으면서 이렇게 주석을 달았지요.

위의 글은 하우저 저 『문학과 예술의 사회사』(1953)의 마지막 장 "Im

Zeichen des Films"를 완역한 것이다. …… 이 책의 영역본은 Vintage판
(전4권)의 페이퍼백으로도 나와 있으며 일역도 간행된 것으로 알고 있
으나 우리나라에서 그 일부가 소개되는 것도 이번이 처음이다. 번역에
영역본을 참조하였고, 원주는 되도록 간편을 기하여 선택 정리하였음을
밝혀둔다.

—『창작과 비평』 제4호, 1966년 가을, 416쪽

영역을 참조할 정도로 독일어 실력의 어떠함을 내비치고 있지 않습
니까. 독일어 쪽이기에 염무웅이 적격으로 선택되지 않았을까. 「1830년
의 세대―19세기의 사회와 예술」을 번역하는 마당에서 「편집자의 말」이
실로 거창하여 놀랐습니다.

본지는 지난 호에 아르놀트 하우저의 명저 『문학과 예술의 사회사』
(*Sozialgeschichte der Kunst und Literatur*, München : C. H. Beck, 1953)
의 제8장 「영화의 시대―20세기의 사회와 예술」을 번역 소개한 바 있
는데, 많은 독자들의 호평에 응하여 이 책의 제7장 「19세기의 사회와 예
술」을 몇 회에 걸쳐 완역 연재하기로 하였다. …… 도합 1,500장(200자
원고지) 가량 되는 이례적 규모의 연재를 시작하면서 역자의 건필과 독
자 여러분의 성원을 빈다.

—『창작과 비평』 제5호, 1967년 봄, 89쪽

이런 선언을 대하고 기가 죽지 않을 수 있겠는가. 반대하면 세계를
모르는 우물 안 개구리일 테니까. 그렇다고 순순히 따를 수도 없는 쪽이

김현 등 이른바 4K. 이제 그들 역시『문학과 지성』의 존립근거에 이 문제가 걸렸던 것. 하늘만 알고 땅을 모르는 바보들이라고, 땅의 똥구더기에 빠질 수도 있는 희랍인 탈레스 같은 어리석은 자들이라고 비판하면 될까. 어림도 없는 일이지요.

객 하늘이냐 땅이냐, 세계문학예술이냐 한국문학이냐, 이 둘은 결국 하나이겠지만 좌우간 초기에 맞서고 있어 승부를 겨루게 되었다, 거기까지는 알겠는데 그렇다고 전후세대인 백낙청이 세대감각이 크게 다른 4·19세대의 염무웅과 결탁한 것은 웬 까닭일까. 하우저의 역자로 염무웅이 선택되었다는 것도 짐작이 되지만, 독어 독파력은 둘째 치고 그렇더라도 백낙청 혼자서 다 해치우면 되지 않았을까요. 김승옥까지 서슴없이 시민문학으로 포함시킨 '야심'이 뭘 못하랴.

주 잘 모르긴 하나, 아마도 백낙청의 재도미와 관련된 것은 아니었을까요. 연보에 따르면 백낙청이 브라운 대학을 졸업하고 하버드 대학 석사과정을 끝낸 것은 1959년으로 되어 있습니다. 석사과정만 마치고 귀국하여 서울대 문리과대학 영문과에 전임강사로 취직이 되었던 것입니다. 주지하는바 대학은 특히 미국식의 경우에서처럼 학위가 요망되는지라 재도미는 이와 무관하지 않았을 터. 백낙청이 하버드 대학 영문과에 로렌스 소설 연구로 학위를 받은 것은 1972년. 적어도 이 논문을 쓰기 위해 그의 재도미가 요망되었는데, 그렇다면 모처럼 '초근목피'의 향토에 대한 혜택 입은 자의 죄의식·사명감에 불타올라 어렵게 간행한 계간지『창작과 비평』을 어떻게 할 것인가. 잠시 중단하는 길이 아니면 믿을 만한 동기나 후배에게 위탁하게 하는 길이 열려 있었는데 백낙청은 후자를 택한 셈입니다.

객 겉으로는『창작과 비평』의 출판사가 '문우(文友)출판사'에서 '일조각'으로 바뀐 것이 1967년 겨울호부터이군요. 또 무슨 일이 있었는지(『문학과 지성』이 처음부터 '일조각'에서 낸 것과 관련이 있지 않았을까) 1970년 봄(제16호)부터는 '창작과 비평사'로 독립되고 발행인·편집인은 신동문(辛東門)으로 되어 있습니다. 그렇다면 백낙청은 어디로 갔을까. '일조각'에서 '신구문화사'로 물꼬를 튼 것일까요?

주『창작과 비평』이 시를 싣기 시작한 것은 아마도 신인 방영웅의 처녀 장편『분례기』(1967년 여름)의 대성공에서 말미암지 않았을까요.『분례기』제3부를 끝내고 비로소 김현승의 시「미래의 날개」등을 실었고(1968년 봄) 그 다음 호엔 김광섭, 신동엽 등의 시를 싣기 시작했음이 그 증거.『분례기』가 어째서 진짜 예술적 소설인가를 D. H. 로렌스의 세잔의 사과를 사례로 들어 백낙청은 장문의 편집후기「"창작과 비평"의 2년 반」(1968년 여름)에서 거의 흥분상태로 평가하고 있었지요. 그도 그럴 것이 하버드에서 공부하며 예술로서의 소설의 미학을 몸에 익힌 그에게,『창작과 비평』은 주장, 외침, 투쟁(경직성)의 깃발로 인식되었으며, 이 모순성(경직성)의 고민에서 빛을 비추어 준 것이 바로『분례기』인 까닭입니다. 토착어로 쓰여진 이 작품이 지닌 강렬한 예술성을 본 백낙청은 그동안 자기가 처한 곤혹스러운 모순성이 잠시나마 일단 해방되는 느낌을 가졌던 것. 그는 아직 그 모순성이야말로 이 계간지 및 그 자신의 위대성임을 깨치지 못한 상태라 하겠지요(그 모순의 긴요함을 두고 작가 선우휘는『분례기』를 평가하지 않았다. 주인공 똥예가 풀밭에서 똥을 싸고 풀잎으로 밑을 씻어버리는 대목이 나오는데 이는 동서 문학에 없는 미의식의 결여라는 것.「작가와 평론가의 대결」,『사상계』, 1968. 2, 161쪽). 김수영을 높이 평가한 것도 고도의 모더니즘과 토속적 현실을 동시에 담고자 했기 때문이었을 터이니까. 이 모순성 말이외다. 또 1973년 봄호부터는 발행인으로 신동문, 편집인으로 백낙청이 복귀하고 있습니다그려. 『창작과 비평』이 품절될 정도로 인기가 있었다고 편집후기(1973년 여름)에 적혀 있거니와 그동안 백낙청은 잠적했다가 나타난 것이겠지요. 어림잡아 1969~1970년 사이에 그는 도미하여 학위획득에 몰두하지 않았을까. 외국인으로 그것도 본바닥 로렌스의 소설 연구라는 지난의 관문을 돌파한 이 수재는 '초근목피'의 향토로 되돌아온 것. 이번의 죄의식·사명감은 또 어떠했을까. 그것은 그가 석사논문만으로 가졌었던 때의 죄의식·사명감과 어떤 편차를 보이는 것일까. '시민문학론'에서 이번에는 무슨 무슨 문학론으로 나서고자 했을까. 또 이 행보가 한국민중문학에 어떤 빛과 그림자를 드리웠을까.

5. 인간적인 것, 인류적인 것 ─ 양지(良知)와 양심(良心)

객 어느 출판사의 도움 없이 독자적인 '창작과 비평사'로 일관했고, 27호의 경우 품절사태를 빚을 정도의 『창작과 비평』은 '만해문학상'까지 제정하였으며 『베트남 전쟁』(리영희)에 관한 논의와 『양주 별산대놀이 연희본』(김성대), 『이조후기 상업 자본에 의한 수공업지배』(송찬식) 등에도 폭을 넓혔으며, 장편 『분례기』(방영웅)의 히트작 발굴에 이어 중·장편 발굴에도 과감했습니다. 이만하면 '비평' 쪽과 '창작' 쪽과의 균형감각이 어느 수준에서 이루어졌다 해도 과언일 수 없어 보였지요. 그러나 백낙청 자신의 내면은 어떠했을까요.

주 그러니까 세계 최고의 대학 하버드에서, 그것도 본바닥 영문학의 학위를 받은 희유한 수재인 그의 내면에는 틀림없이 로렌스 소설의 미학이 깔려 있었다고 보겠는데요, 이 높은 수준의 순수한 소설미학(소설과 사회의 관계)에의 지향성과 '초근목피'의 현실에 대한 죄의식·사명감 사이에서 겪는 자기모순성이야말로 이 계간지를 이끌고 나갈 동안의 추진력이 아닐 수 없었겠지요. 창작 쪽도 비평 쪽도 균형감각 모색을 겨냥하면 그럴수록 아마도 자주 흔들리고 깨지고 한쪽으로 치우치고 하는 현상에 직면해야 했을 터입니다. 그럴 적마다 그가 느낀 바를 실마리나마 진솔하게 고백한 것은 학위를 받고 귀국한 뒤에 발표한 「문학적인 것과 인간적인 것」이 아닐까 싶습니다.

이 장문의 글은 호세 오르테가의 『예술의 비인간화』와 톨스토이의 『예술이란 무엇인가』를 중심과제로 삼아 전문가와 민중의 관계를 집요히 논의한 것이지만, 따지고 보면 하버드 대학 학위를 가진 전문가 중의 전문가인 백낙청 자신의 심정고백이라 할 만한 것입니다.

> 전문가의 권위를 빌리지 않고는 인간 본연의 양심(良心)과 양지(良知)를 믿어야 좋을지 어떨지조차 결정 못하겠다면 전문지식과 분업화된 기능에 선행하는 '사람구실'을 논하고 만인공유의 본마음으로서의 양심에 호소한다는 것이 애초부터 허무한 노릇이기 때문이다.
> ─ 백낙청, 「문학적인 것과 인간적인 것」, 『창작과 비평』 제28호, 1973년 여름, 429쪽

서두에 걸어놓은 이 말은 백낙청 자신의 '양심'이고 '양지'의 표백이 아닐 수 없지요. '초근목피'에 대한 죄의식·사명감을 어떻게든지 합리화

하는 것에 대한 자기모순의 아픈 고백이지만 그것은 또한 논리적 고백이 아니면 안 되었던 것이지요.

객 잠깐, '양심', '양지'라 했을 때, 인간으로서의 '양심'과 '양지'이자 동시에 한국인으로서의 '양지'와 '양심'이겠고 그 사이의 모순, 자기 갈등의 문제제기이겠는데요. 선생은 입버릇처럼 하버드를 들먹이는데요, 대화를 이끌기 위한 한 방편임을 모르진 않지만, 여기에서 중요한 것은 하버드 대학 학위가 걸려 있지 않았을까요. 이를 건너뛰면 죄의식이고 사명감이고 최고가 물거품이 될 우려가 있는 것. 말을 쉽게 해버리면, 한국 현실의 절박함에 대한 많은 '양지'와 '양심' 세력들이 목에 핏대를 세우고 주장하는 것과는 달리 하버드 대학의 '양지'와 '양심'의 수준에서 사명감·죄의식을 드러내야 한다는 것. 그 때문에 한국 현실의 부조리에 대한 고발의 직접성에다 백낙청은 서구 세계 문명권에 대한 정확한 지식으로 간접화를 시도해야 한다는 것. 여기에서 비로소 백낙청다운 논리의 신중성이 깃들여 있다는 것. 하우저의 『문학과 예술의 사회사』의 번역 및 오르테가나 톨스토이의 『예술이란 무엇인가』에 대한 이해도를 백낙청은 당대 최고의 수준에서 소개, 전달했던 것이겠지요.

주 좋은 지적. 막강한 서구 문명권의 최고의 이론으로서의 문학과 사회의 관계를 이해하고 이를 '초근목피'의 향토에 적어도 당대 최고의 수준에서 소개하기인 것. 이것은 처음부터 지속적으로 유지해 온 백낙청만이 할 수 있는 자부심이자 '양심'이고 '양지'였던 것. 놀라운 것은 그가 이 양심과 양지를 중단 없이 지속해 왔음이죠.

객 잠깐, 그러니까 백낙청의 자기모순의 훌륭함이란 이 지속성에서 온다, 맞습니까. 그 지속성은 우리 시대의 장관의 하나가 아닐 수 없다, 기막

힌 하나의 기적이다라고 선생은 주장하고 싶은 모양인데요. 적어도 이 향토의 문학이론사에 있어서는 또 하나의 기적인 최재서 이래 처음이라고. 물론 칭찬이 아니라 비유법이라고. 맞습니까.

주 나를 그렇게 막다른 골목으로 몰아붙이지 않기를 바라오. 우리는 시방 그 '기적'을 음미하고 그 속에 담긴 죄의식·사명감을 탐색하는 길목에 와 있지 않은가요.

자신의 과거 문학의 후신도 아니요, 현재 세계문학의 일부도 아니며 그렇다고 20세기 한국이라는 소우주가 따로 있어 그 속에서 자기 나름의 완벽한 기능을 가진 것도 아닌 문학——이것을 한 나라 한 사회의 문학이라고 부르는 것부터가 억지인 듯도 하다. 그렇다고 홀가분히 '문학부재'를 선포하기에는 어떤가? 그런대로 한국인 아니고는 쓸 수 없었고 한국독자 아니고는 알뜰한 값을 알기 어려운 몇몇 시와 소설이 있고 한국인이 쓰는 한국어문학이 아니고는 속속들이 살아보지 못할 삶과 현실이 있다. …… 그러나 그 정도의 자긍심에 배부르지 않고 몇 가지 재산이나마 힘껏 늘려 세계문학의 일원이 되는 길은 없는 것일까?
— 「새로운 창작과 비평의 자세」, 22쪽

'기적'을 믿는 자의 목소리가 아닐 수 없지요. 이 문학사적 '기적'(행운)의 자기 실천을 위해서는 백낙청 자신이 '기적'적 존재가 되지 않을 수 없지 않았을까.

객 세계문학에 정통함으로써 얕은 직접적 외침보다 그 강도가 약하기는 하나 또한 이 세계문학의 간접화로 말미암아 백낙청의 외침은 지속성이 요망되었고, 또 그 지속성은 독자(민중)를 위해서도 참아내는 힘이 요망되었고 동시에 자기 자신에 있어서도 그러했음이 「문학적인 것과 인간적인 것」 속에서 감지됩니다.

주 잠깐, 유의할 것은 그것이 아무리 대단한 일일지라도 어디까지나 이론(논리)상의 문제라는 점.

객 무슨 뜻인지 알겠소. '실천'과는 무관하거나 적어도 지식인의 '실천'이라는 의미와는 일정한 거리가 있다는 것. 그렇더라도 얼마나 대단한 일인가요, 선생도 이를 문학사적 '기적'(문제적)이라 불렀으니까.

주 '실천'이란 말이 의식화된 것은 동아일보 기자들의 「자유언론실천선언」(1974. 10. 24), 이어서 '자유실천문인협의회'(1974. 11. 18)가 성립되고 이를 중심으로 무크지 『실천문학』(1980. 3)의 간행을 보게 되지요. 두 번째 실천의 계기는 1980년 광주의 5월 이후이겠고, 그 해 7월 『창비』, 『문지』의 폐간에 이르지요. 지식인의 죄의식·사명감의 입장에서 특히 생생한 실천에 직면한 형국이니까 자기모순이 잠겨 있지요. 물론 아직 '노동자문학'의 등장 이전이긴 합니다만, 노동자문학과 지식인문학의 갈림길은 『실천문학』(제4호, 1983. 12)에 와서야 뚜렷해지지요. 백낙청은 이 기간에 걸쳐 자기모순을 어떻게 소화해 내었을까. 유신헌법 개헌을 위한 문인 61인 선언(1974. 1. 7)에 교육공무원으로 김병걸(경기전문대), 백낙청(서울대 문리대), 김윤식(서울대 교양과정부) 등이 있었고, 그 중 백낙청은 해직이 아니라 파면된 바 있지요. 적어도 그는 이론과 실천에 대한 원론(철학적 근거 및 논의)도 높은 수준에서 파악하고 있었을 터이지요. 하버드가 가르쳤을 테니까.

적어도 백낙청은 "지혜가 실천이다"라는 마르크스의 주장도 몰랐을 이치가 없다고 할 수는 없지요. 가령 지식인은 계몽적 지식인처럼 민중을 선도하는 선동자일 수 없다는 것, 민중과 더불어 인간의 완전한 재획득에 의해 인간상실을 극복한다는 것, 변혁이란 더불어 변할 수밖에 없다는 것 등은 굳이 마르크스를 읽지 않더라도 '양지', '양심'의 과제이기 때문입니다. 이를 '자기모순'의 자각에 뿌리 내려 그를 수시로 반성케 한 가치 있는 걸림돌이 아니었을까요. 적어도 백낙청은 "이론 곧 실천"이라는 명제가 자기모순임을 알튀세르에서 보고 있을 정도였으니까. 그렇더라도 실천을 바라보는 백낙청의 처음의 시선이 헤매는 과정을 잠시 살펴볼 필요가 있겠지요.

Ⓐ 예컨대 순수주의적 입장에서 예술을 하는 경우, 예술인은 비예술인들에 대해 은연중에, (또는 공공연하게) 일종의 속물적인 경쟁의식을 갖게 됨을 본다. 비교적(秘敎的)인 예술에 종사한다는 자부심으로써 개인적인 악의 없이도 다른 모든 사람들의 심기를 불편하게 만들기도 하고, 속인들이 가진 것을 못 가진 데 대한 심리적 보상작용으로서 원래 어느 정도 근거 있던 자부심이 병적인 오만으로 변하거나 숫제 속인을 뺨 치는 현실주의로 전신(轉身)하기도 한다. 반면에 참여주의적 결단에서 예술을 하는 경우도 작품의 질적 수준에 민감한 사람이면 사람일수록 그 나름의 소심한 타산과 불안에 시달리지 않을 수 없다. 즉, 그가 설정한 정치적·사회적 목적을 위해서 우수한 작품이 질적으로 저급한 작품보다 더 효율적일는지, 그 한없이 복잡 미묘한 계산을 끊임없이 해봐야 되고, 반드시 그렇지 못할 때—이런 경우는 순수주의자들이 주장하는 것만큼 빈번하지는 않지만 얼마든지 있을 수는 있는 터인데—그는 혹은

문학의 '무력함'을 탄식하기도 하고 혹은 자기 개인의 역부족에 절망하기도 한다. 이렇게 동분서주, 노심초사하다 보면 끝내는 이런 절절한 고생을 몰라주는 민중에 대한 원한이 쌓이고 마는 것도 예상할 수 있는 결과 중 하나다.

—「문학적인 것과 인간적인 것」, 453~454쪽

Ⓑ 이것은 혹시 도저히 민중의 것이 될 수 없는 난해한 문학에 대한 필자 자신의 취미를 완전히 청산 못해서 억지로 갖다 붙이는 이야기처럼 들릴지도 모르겠다. 그러나 민중 자신은 일부 민중주의자 내지 민중문학론자들보다 훨씬 관대하다고 보아야 한다. 이것은 물론 무슨 앙케트 같은 것으로써 입증될 수 있는 이야기는 아니다. 실재하는 민중의 의식은 특수층의 기존 문화에 현혹되어 필요 이상의 관용을 보일 수도 있고 이에 대한 당연한 반발로 옥석을 가리지 않고 태우려는 충동을 나타낼 수도 있다. 민중이 더 관대하다는 것은 그들이 그들의 현실적 욕구에서 출발하지 "일체의 난해한 예술은 반민중적이다"라는 단정이나 "민중을 위해 평이한 작품만 쓰련다"라는 이상주의에서 출발하는 것이 아니라는 뜻이며, 인간의 본마음에 담긴 어떤 넉넉함을 유지함으로써만 그들이 하나의 각성된 집단을 이루고 참으로 '인간적'인 것을 이룩하는 역사에 제대로 기여할 수 있다는 뜻이다. 역사에 이름을 남긴 민중지도자들 가운데 예술에 대해서도 남다른 이해와 관용을 보일 줄 알았던 인물들을 보곤 하는데, 이것은 결코 그들 개인의 특출함만으로 설명되는 현상이 아니다. 오히려 그들의 성장과 활동을 밑받침해 준 민중의식 자체의 수준과의 연관에서 평가되어야 할 일인바, 그들의 백절불굴의 투지와 냉

철한 두뇌가 민중 자체의 전투성에 기인하듯이 지식인, 예술가에 대한 그들의 관용과 이해 역시 각성된 민중의식의 포용성을 반영하고 있는 것이다.

민중의식의 전투성과 포용성이란 결코 모순된 개념이 아니다. 오히려 표리일체를 이루면서 둘 다 민중의식의 각성도에 정비례하고 있는 것이다.

인간의 평등과 우애를 막고자 하는 사람들도 싸움에 이기기 위한 방편으로 온갖 아량을 베푸는 마당에, 역사의 발전에 기여하겠다는 쪽에서 그들보다 포용력이 모자라 대세를 그르친다면 그런 전투성은 무책임한 저돌성이지 원숙한 역사의식과 관계없는 것이다. 더구나 우리가 민중과 더불어 역사에 기여하자는 것은 궁극적으로 누구나 형제 같은 사랑으로 뭉쳐서 살자는 것이요 다른 일체의 작업이 어디까지나 사랑의 실현을 위한 한 방편임을 기억할 때, 같은 방편이라도 관용과 온정의 행사는 훨씬 원래의 사명에 밀착된 것이며 민중의 체질에 맞는 것이라고 말할 수 있다.

난해한 작품이 민중의 것으로 받아들여질 수 있는 여지도 거기서 나온다. 민중 자신은 민중을 위한 문학을 해야겠다는 집념에 차 있는 일부 지식인들과는 달리, 읽어서 잘 모르겠는 글이라도 그것이 동지나 맹방의 글이라는 증거만을 직접 또는 간접으로 얻을 수 있으면 그 이상 개의치 않고 문외한으로서의 막연한 호의와 애정이나마 아끼지 않을 수 있는 어떤 넉넉함을 지닌다. 그런 넉넉함을 바탕으로 하지 않고서는 결코 승리할 수 없다는 역사적 필연에 부닥쳐 있기 때문이다.

—「문학적인 것과 인간적인 것」, 456~457쪽

ⓒ 이렇게 민중의 참다운 각성이 생래적인 너그러움과 애정을 떠나 성립될 수 없는 것이기 때문에, 난해한 예술보다 막연한 인정에 알기 쉽게 호소하는 문학이 어떤 면에서는 더 위험한 함정이 될 수 있다. 시인 신경림 씨도 우리 문단의 한 원로작가의 작품을 두고, 그 등장인물들이 "사회와의 관계 속에서 통찰되는 것이 아니라, 사회와 인간의 관계에 있어서의 막연한 인간성 또는 인정의 우위를 연역하기 위해서 등장할 뿐"임을 지적하면서 "체제에 대한 애매한 인정주의의 우위, 집단에 대한 감상주의적인 개인의 우위"라는 입장을 날카롭게 비판한 바 있다(본지 27호 소재, 「문학과 민중」 참조). 그런데 인정을 빼놓고서는 참으로 인간적인 것도 민중적인 것도 있을 수 없다는 데서 문제는 복잡해지는 것이다. 더욱이, 앞서도 보았듯이 우리에게서 '인간주의'라는 낱말은 애매한 인정주의를 정당화하는 일면이 있는 것만이 아니라 몰인정하고 반민족적인 서구추종 사상 및 정책의 도구가 되는 면도 지니고 있다. 이러한 역사적 상황에서는 우리 한국 생활 전래의 온정과 의리, 아무런 이념도 체계도 갖추지 못한 서민들의 소박한 인정, 이런 것들이 결코 양보할 수 없는 우리 삶의 일부임이 한층 명백해진다.

— 「문학적인 것과 인간적인 것」, 457쪽

객 선생이 길게 인용한 Ⓐ, Ⓑ, ⓒ에서 소중한 것은 지식인과 민중의 관계로 수렴될 법합니다. 지식인이 높은 곳에서 무지한 민중을 호령하는 구식 계몽주의를 무수히 보아 왔고, 또 그런 주장이 판을 치고 있는 마당에 백낙청 역시 지식인의 죄의식·사명감에 몰려 계몽주의 측에 서 있긴 마찬가지이지만 다른 점이 있다면 '유연성 있는 계몽주의'라 하겠지요. 지식인의 한계와 가능성을 숙지하면서도 동시에 조심스럽게 민중의 한계와 가능성도 공평하게 파악한 데서 출발했다는 점. 이른바 간접화의 길.

'유연성 있는 계몽주의'란 그러니까 원점 확인, 인간적인 것과 문학적인 것의 본래적 바탕을 확인, 계몽했다는 뜻이겠는데요. 백낙청은 이를 화이트헤드의 용어일 법한 '양지' 혹은 '양심'이라 했지요. 이를 눈 가리게 한 것이 오늘날의 전문가들의 기술적 주장들이었지요. 이를 물리치게 하여 '원점' 확인으로 출발점을 삼아야 한다는 것은 대단한 원점 계몽주의가 아닐까요.

주 오히려 그것은 지식인의 죄의식·사명감에 짓눌린 하버드 대학 출신의 희망사항이 아니었을까요. '초근목피'의 향토에 씨앗을 뿌려보겠다는 희망사항.

문학이 이처럼 참다운 시민의식·민중의식의 각성에 힘입을 뿐 아니라 그러한 의식의 성장과 승리에 직접적으로 기여한다는 사실은 문학에 종사하면서 인간적인 것을 구현하는 역사의 싸움에도 한몫을 하고자 하는 이들에게 새로운 자신을 안겨다 준다. 그리고 역사 발전에 기여한다는 것이 온갖 희생을 요구하는 힘든 작업이긴 하지만, 우리가 소중히 여기고 또 소중히 여겨 마땅한 여러 가지, 문학의 즐거움이라든가 인정의 따스함이라든가 우리 자신에게 주어진 목숨의 고귀함이라든가, 이런 어느 것과도 본질적으로 위배되지 않는다는 안도감도 가져다준다. 그런데 참다운 평안함이란 타고난 양심(良心)과 양지(良知) 그대로 사는 데서만 얻을 수 있는 것이니만큼, 이런 안도감 자체가 우리의 삶에 그 본연의 빛남을 다소나마 더해 주고 인간 역사의 발전에 얼마간 보탬이 될 수 있으리라는 희망을 필자는 감히 품어 보는 터이다.

—「문학적인 것과 인간적인 것」, 459쪽

참여파나 순수파를 원점에로 되돌리고자 하는 유연한 계몽주의가 참신한 느낌을 주는 것은 지식인, 전문가에 의한 '인간적인 것'의 원점 확인에서 온 것입니다.

6. 두 계간지 문학사의 라이벌 의식

객 잠깐, 여기까지의 논의라면 사람들의 오해가 생길 법도 하겠습니다. 하버드와 '죄의식·사명감', '양심과 양지', 이론과 실천의 모순성으로까지 나아갔으니까요. 다분히 추상적 논의에 해당되겠지요. 당초 우리의 의도와는 달리 너무 먼 곳으로 빠져 버린 형국이니까.

주 맞는 말이오. 우리의 대화가 겨냥한 것은 '문학사의 라이벌 의식'이었고 그것이 상대방을 어떻게 고무시켰고, 그 결과 문학사의 풍요로움이랄까 유연성이 어떻게 획득되었는가를 살피는 것이었지요.

객 그러니까 라이벌 관계에 있는 당사자에 대한 논의와 문학사의 논의라는 두 마리 토끼 쫓기에 해당되는 것이지요. 선생 식으로 말해 카프 서기장 임화와 경성제대에서 철학을 배운 신남철의 경우가 그러한 한 가지 전형이겠지요. 임화의 처지에서 보면 카프가 전주감옥에 수감 중인데, 외부인사인 신남철이 문학사적 과제를 들고 개입했지요. 그것이 카프를 아무리 고평했더라도 임화의 처지에서 보면 용납하기 어려웠지요. 임화를 고무케 한 것은 이 참에 경성제국대학의 아카데미시즘에 대한 공격함이었던 것. 30년을 쌓아온 이 나라 신문학사에 겨우 10년도 안 된 경성제대 (1926)의 '백면서생' '책상물림'이 끼어든다는 것은 용납키 어려웠지요. 이는 아마도 오기라 할지 모르나 식민지에 세워진 제국대학에 대한 날카로운 심정의 발로라 하겠지요. 그러나 8·15 이후엔 사정이 역전됩니다. 임화는 다른 것 다 제쳐놓고 새 민족문학의 방향모색에 임하자 그 아카데미시즘에 매달릴 수밖에요. 지도자로 모실 수밖에. 문학사의 큰 굴곡이 이로써 열렸던 것이었지요(김윤식, 『임화와 신남철』, 역락, 2011). 문학사의 라이벌 의식이 이런 것을 지칭하는 것이라면 『창작과 비평』과 『문학과 지성』의 관계항, 특히 백낙청과 김현의 관계란 어떠할까. 문제는 여기에 있지 않겠습니까. 그런데 딱한 것은 서로 이 점에 관해 극히 언급을 삼가고 있다는 점인데요, 아마도 바로 이 점이 그 라이벌 의식의 내면적 뜨거운 연소라 할 수 없을까요.

주 김현이 공식적으로 『창작과 비평』이나 백낙청에 대한 언급이 없음은 사실 중의 사실. 이 점 백낙청 역시 비슷하긴 해도, 그러나 딱 한 번 백낙청은 라이벌 의식과 이에 대한 야심을 드러낸 바 있습니다.

객 「1983년의 무크운동」(1988)을 두고 하는 지적이겠는데요. 이 장문의 평론은 『창작과 비평』과 『문학과 지성』이 신군부에 의해 폐간된 뒤에 왕성해진 무크(매거진+북의 합성어, 일어에서 온 것)지의 등장과 그것이 '무크운동'으로 발전해 온 4, 5년 동안의 과정을 구체적으로 또 열정적으로 살핀 글입니다. 구체적, 열정적 글이란 단연 백낙청에겐 일찍이 없었던 것이지요.

주 두 계간지가 폐간되자 그 뒤를 이어 각지에서 벌떼처럼 무크 바람이 불었다고 백낙청은 말하지 않습니다. 실상 자유실천문인협의회가 무크지『실천문학』을 창간했을 때는(1980. 3) 광주의 5월 이전이었지요. 그만큼 이 실천 운동은 두 계간지의 한계를 스스로 인정했다고 하겠지요. 바로 이 '자리'에 백낙청이 섰을 때,『문학과 지성』에 대한 그간의 라이벌 의식도 별것이 아님을 시인한 셈이니까 대놓고 말할 수도 있지 않았을까요.

객 그러고 보니 사태가 조금 분명해지는군요. 드디어 백낙청은 '자기고백'을 감행하고 있습니다그려. 그것은 심층적이자 표층적인 양면에서. 가령 이렇게 말입니다.

> 필자 자신으로 말하건대, 60년대 중엽부터 평론활동을 했음에도 요즘 곧잘 '70년대 평론가'의 한 사람으로 꼽히는 데 대해, 그래도 60년대보다 70년대에 나은 글을 썼다고 인정받는 고마움을 느끼고 있다. 그러나 개인적 욕심으로는 80년대에 좀더 글다운 글을 써서 1990년 이후에 등장하는 문인들로부터 '80년대 평론가'로 꼽혀봐야겠다는 생각이며 언젠가 '90년대 평론가'로 지목받을 야심도 사실은 아주 없지 않은 터이다. 하지만 무엇보다도 절실한 바람은 당장은 10년 단위 혹은 5년 단위로 뚝뚝 잘리는 듯해도 약간의 시간만 흐르고 나면 오히려 하나의 문학 세대로 기록되기 쉬운 우리시대의 문인들이 그날그날을 진정으로 보람 있는 창조의 작업에 온힘을 쏟는 점에서 일치했으면 하는 것이다.
> ― 백낙청,「1983년의 무크운동」,『민족문학과 세계문학 II』, 창작과 비평사, 1985, 111쪽

주 두 가지 점을 지적하고 싶군요. '야심'이란 말을 두 번씩 사용한 점이 그 하나. 이 거대한 인물이 '자기 야심'을 막바로 드러내기란 이 글 외에

는 거의 찾기 어렵지요. 다른 하나는 그 '야심'의 정체인데 바로 '영원한 현역'을 가리킴이지요. "나 백낙청은 세대론 따위와 무관하다. 그따위 사소한 문제를 뛰어넘은 곳에 서 있다!"라는 야심. 늘 한국 현실, 시민문학, 민족문학, 민중문학 또 무슨 문학 등 변화하는 현실에 대응하며 반응하고 주장하고 있다는 것.

객 과연 대단한 '야심'이겠는데요. 이 야심에 비추어 볼 때 라이벌 관계에 있던 『문학과 지성』은 어떻게 보였을까. 대놓고 이렇게 말하고 있습니다. 실로 의외라고나 할까.

> 70년대의 문학에 관한 논의에서 나 자신이 언급하기가 다소 거북스러운 대목을 여기서 한 번 짚어 보려는 것도 이러한 동료의식[세대초월성—인용자]에서다. 80년대의 문학 또는 문학적 상황에 관한 논의는 불가피하게 70년대와의 대비를 시도하게 되는데 이 과정에서 이른바 '양대 계간지'에 대한 언급은 지금쯤 꽤 귀에 익은 이야기가 되었다. 심지어 1970년대가 곧 『창작과 비평』, 『문학과 지성』 두 계간지의 시대였다는 발언도 없지 않으며 이와 직접 또는 간접으로 관련해서 '70년대식 이분법'이라는 표현도 들린다. 70년대 말에 간행되던 네 개의 문학계간지 중 80년대 들어와 폐간당한 그 둘이 가장 개성이 뚜렷하고 연조도 오래되었다는 점에서 70년대의 문학을 논하면서 이들의 역할에 주목하는 것은 당연한 일이고 그 역할이 약간 과대평가되는 수가 있더라도 계간지 사업에 깊이 관여했던 나로서는 고마워해야 옳을 것이다.
> —「1983년의 무크운동」, 111쪽

주 여기까지 자기고백체이었지만, 실상은 『창작과 비평』도 『문학과 지성』도 그 나름의 한계가 있다는 것. 이것을 그냥 둘 수 없다는 것입니다. 왜냐면 『문학과 지성』과는 달리 『창작과 비평』은 세대의식을 초월하고 있으니까. 백낙청은 여기서 자기 비평을 용감하게도 '구체적·실천적'으로 감행하고 있으니까, 그것은 크게 나누면 다음의 세 가지입니다.

첫째, 70년대를 양대 계간지 시대라고 규정하는 이면에는 문학 위주의 편협함이 작용했겠지만 이는 좀 오해라는 것. 『창조』, 『다리』 등의 계간지도 있었다는 것. 폐간된 두 계간지가 문학 위주에서 벗어나 문화전반에로 확산된 배경에는 다른 계간지 및 무크운동이 있었음을 간과할 수 없다는 것. 그럼에도 『창작과 비평』과 『문학과 지성』은 소집단 운동인 무크운동과는 다른 점이 있었다는 것. 어떤 점에서 그러한가. 고백체, 그대로 보이면 이러합니다.

필자가 직접 관여했던 『창작과 비평』에 관한 한, 적어도 70년대 중반 이후로는 요즘 말하는 기준에서의 '소집단운동'이 아니었음을 밝혀 두고 싶다. 일 년에 네 번 나올 때마다 수만의 독자가 읽어 주었고 그 편집진과 주요 필자들에게 수시로 국가기관의 직접적인 보살핌이 따르기도 했던 계간지 사업은 결코 그렇게 부를 수는 없는 것이다. 이는 무슨 지난날의 형세 자랑을 하려는 게 아니라 오늘의 소집단운동이 그 원심적 저변 확대는 그것대로 유지하면서 좀더 큰 규모와 구심력을 갖춘 운동 형태를 동시에 겨냥할 것을 바라는 말이다.

— 「1983년의 무크운동」, 112쪽

둘째, 두 계간지가 극단적·배타적으로 대립하여 화해롭게 만나지 못했다는 비난에 대한 답변(자기고백).

'70년대식 이분법' 내지 '전 시대의 경직된 문학관'을 극복하여 새로이 '변증법적 종합'을 이루겠다는 포부는 무크운동에서 흔히 피력되는 터인데, 무릇 변증법적 종합이라는 것이 세값을 하려면 극복 이전의 대립항들이 자의적으로 설정되어서도 안 되려니와 무난한 절충을 거부하고 참다운 딛고 일어섬을 쟁취할 인식의 치열함이 있어야 한다. 사실 문학에서의 '만남'이란 바로 이러한 인식과 극복의 과정으로서만 의미 있는 것이다. 그렇지 않고 단지 편집진 간의 인간적 친교라거나 필진의 교류 같은 것으로 말한다면 실제로 『문지』와 『창비』 사이에 '극한적 대립' 운운할 만큼 그런 만남이 없었던 적도 없거니와 그것이 많았느냐 적었느냐를 이제 와서 굳이 문제 삼을 일도 못 된다. 반면에 진정한 의미에서의 만남, 곧 문학적 성과를 통한 논리와 논리의 치열한 다툼에 있어 『창비』가 『문지』와의 어우러짐을 충분히 수행하지 못했다는 비판이라면, 적어도 나 개인으로서는 과연 그랬노라고 인정할 수밖에 없다. 다만 개인이 아닌 『창비』 전체를 위해 한 마디 변명을 하자면, 사실 그때 우리는 만나야 할 사람, 만나고 싶은 사람이 너무 많았다는 것이다. 이런 저런 만남에 숨가쁘다 보니 『문지』와의 만남이 소홀해지기도 했고 그러한 '문단 외적'인 다양한 만남의 추구 자체가 '폐쇄성'과 '경직성'으로 불려지는 일도 있었다. 그러나 이런 의미의 경직성에 관한 한 필자는 아직껏 개전의 정이 없으며, 80년대의 논의들이 70년대의 움직임을 간단히 양극화해 버림으로써 손쉬운 '종합'과 '개방성'에 도달하기보다 『창비』의 소문난 경직성을 좀더 개방적으로 검토해 주기를 바란다.

—「1983년의 무크운동」, 113쪽

객 이론가의 드물게 보인 고백체이군요. 스스로도 '경직성'이라 인정하고 그것의 자랑스러움을 느낌으로 고백하고 있군요. 『문지』와도 대화를 했다는 것. 그것은 많은 만나고 싶은 부류의 하나에 지나지 않는다는 것. 곧 『문지』를 대수롭게 여기지 않았다는 것. 그게 백낙청의 자존심이자 『창비』의 자존심이라는 것.

주 『창비』란 백낙청 개인의 것이 아니라는 것.

7. 독백으로서의 고백체

객 『창비』란 백낙청의 것이 아니라는 것은 그러니까 다른 말로 하면 문단 나부랭이, 문학주의 나부랭이와는 일정한 거리가 있는 것. 그보다 큰, 적어도 일차적으로는 '초근목피'(한국적 현실)를 겨냥한 계간지라는 것. 그 목표는 곧 인간다움의 보편성, 세계성에 있다는 것. 이게 '열림'이라는 것. 이를 두고 '경직성'이라 비난한다면 즐겨 그 비난을 감수하겠다는 것. 『문지』란 별로 안중에 두지 않았음을 암시하고 있는데, 잠깐, 그렇다면?

주 자기모순이겠는데, 주간은 창간사에서부터 시종일관 이 모순성을 해명하는 일에 바치고 있지요. 문학을 선택(제비뽑기)했다는 것, 그 제비가 뽑고 보니 '공첨'이었다는 것, 이를 통해 문학과 사회(인류라는 보편성의 세계)를 연결시키는 방도 모색이 그것이었지요. 『창비』의 '기적'은 여기에서 오지 않았을까요. 문학사에서는 이런 모색은 찾기 어려우니까.

객 이 자기모순성의 걸림돌이랄까 시선은 결국 『문지』에서 왔던 것이 아니었던가요.

주 좋은 지적. 셋째로 백낙청은 이 문제를 좀더 검토했군요.

『문지』와 『창비』 사이에 문학관이나 시국관의 차이가 실제로 존재했던 한에서 그 대립의 성격에 대한 필자 나름의 이해를 천명할 의무를 느낀다. 이에 대해 아직도 제법 흔한 해석 가운데 하나는 그것이 '순수'와 '참여'의 대립이었다는 것이다. 이는 두 잡지의 편집자들 자신이 한 번도 수긍해 본 적이 없는 분류법이며 『창비』로 말하면 그 창간호(1966) 권두 논문에서 바로 순수, 참여 논쟁의 지양을 내세웠었다. 물론 두 잡지의 성격을 60년대 또는 그 이전의 문학사적 흐름과 연관시켜 이해하고자 할 때 그러한 개념들이 전혀 무모한 것이 아닐 것이다. 그러나 70년대의 중요한 문학적 논의가 곧 '참여' 대 '순수' 심지어 '문지=순수' 대 '창비=참여'였다는 주장은 사실과 다를뿐더러 80년대의 문학논의를 70년대의 수준보다 오히려 후퇴시켜 놓기 쉽다.

—「1983년의 무크운동」, 114쪽

객 『문지』의 김현 역시 순수, 참여의 복합체를 심리주의적 병폐라고 규정, 이를 치유하겠다고 창간사에서 선언했음을 상기한다면 백낙청의 위의 발언은 너무도 당연한데, 그렇다면 80년대에 와서도 '『문지』=순수', '『창비』=참여'라는 도식을 만들고 이를 믿는 독자들은 대체 누구일까요. 궁금하지 않을 수 없는데, 만일 그런 도식을 만들고 믿는 독자층이란, 바로 그토록 존중해야 할 '민중'이 아니겠습니까. 왜냐면 영리한 지식인들은 그런 도식 따위를 믿는 축이 아니니까요.

주 백낙청은 이 점을 건너뛰고 있는 형국입니다. 지식인 중심 『창비』의 자기모순성이 여기에도 숨겨져 있었다고 볼 수 없을까 싶네요. 모른긴 해도, 그 '『창비』=참여', '『문지』=순수'의 도식이 백낙청은 『문지』 쪽에서 온 것인지도 모른다는 암시로 다음 대목을 읽을 수 있을 법도 합니다.

> 『문지』의 발행인이기도 한 평론가 김병익은 일찍이 계간지에 관해 쓴 어느 글 「계간지가 이 땅에 뿌린 씨앗」(『뿌리 깊은 나무』, 1977. 12)에서 두 잡지 중 『문지』는 '자유', 『창비』는 '평등'을 보다 중요시한다는 차이가 있다고 하면서 두 계간지의 상호보완적 관계를 강조하고 이에 곁들여 『창비』의 업적에 대한 너그러운 찬사를 아끼지 않았다. 그런데 이런 원만, 관대한 제안에조차 흔연히 동의하지 못하는 것이 예의 창비적 경직성이다. 70년대 문단의 자유실천운동에서 나름대로 땀 흘리고 상흔도 남겼다고 자부하는 『창비』로서 여느 잡지보다 자유에의 집념이 덜했다는 판정에 승복하기도 힘들거니와 우리의 평등사상은 자유보다 평등을 중시하는 사상이 아니라 오히려 자유를 위한 평등사상이었고 자유와 평등을 결코 떼어 생각할 수 없다는 것이 우리의 완강한 입장이었다. 그러나 이런 입장을 좀더 설득력 있게 전개하는 작업은 미흡했던 게 사실이고 이제 80년대의 숙제로 넘어온 셈이다. 이와 더불어 '시민의식' '시민문학' 등의 문제도 새로 한번 깊이 있게 연구할 때가 되지 않았나 싶다.
>
> ―「1983년의 무크운동」, 117쪽

객 여기에도 백낙청의 자기모순성이 담겨 있어 보입니다그려. 자유와 평등이 분리불가능하다는 논법 말이외다. 문학과 사회, 문학과 이데올로기, 문학창작과 작가의 행동 등등이 결국은 분리불가능하다는 것.『독일이데올로기』에서 "사람은 가슴마다 라파엘을 갖고 있다"는 마르크스의 주장을 방불케 합니다그려. 자본주의 사회의 병폐란 분업에서 온다는 것. 전문 영역이 설정되어 그 담을 넘을 수 없다는 것. 그러니까 순수·참여, 자유·평등, 좌·우 등이 원래 없다는 것. 이를 향한 '황금시대' 꿈꾸기가 그것. 도스토옙스키가『미성년』에서 또『악령』에서 복창한 클로드 로랭의 그림 「아시스와 갈라테아」의 세계가 그것.

주 잠깐, 그쪽에서 지레 흥분할 일은 못 되고 구체적, 실천적 문제로 돌아와야 되겠습니다그려.

객 왜 제가 못할 소리를 했습니까.

주 그런 뜻이 아니라『창비』주간의 심정고백의 구체성, 실천성에 준하는 『문지』쪽의 심정고백은 없는가의 여부이겠는데요.

객 그러고 보니『문지』쪽의 그 누구도 자기 고백체를 들고 나온 경우가 없는 것 같은데요. "문학은 비억압적이어야 한다"는 김현의 명제가 숨겨져 있긴 하지만, 김병익의『문지』변호론이 없지는 않지요. 김병익은 백낙청, 염무웅으로 대표되는『창비』가 참여론에서 출발했다고 조심스러운 어투로 주장했지요. 그것이 ①민족문학론 ②민중문학론 ③분단시대문학 ④제3세계문학으로 발전했다고 보고 이러한 네 가지 성격을 높이 평가하면서도『문지』의 입장을 이렇게 내세웠군요.

이러한 민족주의 문학론에 대한 김현, 김주연 등의 비평은 그 자체의 당위적 성격에 대한 부정에서 나온다기보다 그것의 너무나 당위적인 성격에서 빚어지는 또 달리 생각될 수 있는 위험에서 나타난다. 즉 그 문학론이 지나치게 윤리적이고 명제적이며 따라서 문학의 초월적 기능, 그 초월을 통해서 가능해지는 보다 넓은 차원에서의 현실 비판력이 홀대되고 상상력의 빈곤으로 말미암아 근원적 부정력이 약화될 우려가 그것이다.

— 김병익, 「두 열림을 향하여」, 『실천문학』 창간호 1980. 3. 234쪽

선생께선 아마도 고백체를 염두에 두었다면 실망하겠습니다그려. 문학사의 라이벌 의식의 측면에서 본다면 말입니다.

주 나로서는 김병익의 다음과 같은 발언에 무게를 두고 싶소.

김현은 그런 나의 바람을[계간지 간행] 촉발한 것이다. 다만 계간지에 대한 그의 기대는 문학 쪽으로 더 기울어져 있었다. …… 참여론을 주창하는 『창비』에 맞서 문학적 자율성을 견지할 새로운 동인지가 있어야 한다는 생각을 강하게 가지고 있었다.

— 김병익, 「김현과 '문지'」, 『문학과 사회』, 1990년 겨울, 자료집(16), 321쪽

『문지』가 『창비』와 함께 당국에 의해 폐간된 것이 1980년 7월이었고 김현도 백옥루의 주민이 된 마당에 씌어진 진술하면서도 추도적인 분위기까지 풍기는 이 글은 준고백체의 일종이긴 해도 그것은 '문학사의 라이벌 의식'에서 벗어난 것이지요.

객 선생은 시방 『문지』 쪽엔 어째서 백낙청의 고백체에 맞서는 그런 것이 없는가를 따지고자 합니다그려. 어째서 진짜 실력자 김현은 침묵했는가, 그것이 가시처럼 마음에 걸리는 모양입니다.

주 지금 이 항목에서는 '문학사의 라이벌 의식'을 문제 삼고 있는 만큼 '경직성'의 내력을 밝힌 백낙청의 고백체는 값진 것이라고 하겠습니다. 그것이 없는 『문지』 쪽의 수세적 자세도 소중하지만, 그 소중함은 김현이 이룬 해석학이 보증해 주긴 하겠으나 그것은 간접화를 거쳐야 하는 것이니까 시간이 걸리는 것이지요.

객 선생께선 백낙청이 오히려 정직하달까 소박하달까 또 인간적이라고 말하고 싶은 모양인데, 『문지』의 김현 쪽은 너무 비현실적, 비인간적 작품중심주의라는 '초월성'에 빠졌다고.

주 '문학사의 라이벌 의식'의 측면에서 볼 때 두 계간지는 그 소임을 철저히 내면화시켰다는 점에서 일치했다고 말하고 싶습니다. 하나의 뚜렷한 '사례'로 말입니다.

8. 대담으로서의 고백체

객 앞장에서 드물게 백낙청의 『문학과 지성』에 대한 라이벌 의식의 한 편린을 살폈거니와, 동시에 그것은 『창작과 비평』의 주간 일인체제의 의식구조를 드러낸 것이기도 합니다. 이런 일인체제의 의식구조의 드러냄이 위기의식에서 나왔기에 주목할 것으로 보이는데요.

주 좋은 지적. 위기의식이란 시기상 두 단계로 살펴볼 수 있지요. 첫번째 단계는 『창작과 비평』이 아직 폐간되기 수개월 전인 1980년 3월이겠지요. 부정기 간행물 무크지인 『실천문학』을 들 것입니다. 고은 등의 이름으로 도서출판 '전예원'에서 간행된 이 무크지는 물론 자유실천문인협의회의 기관지입니다. 5월의 광주를 몇 달 앞선 시기에 나온 『실천문학』 창간호에서 특집으로 「70년대의 문학과 80년대의 문학」을 마련했는바 언론인 송건호를 제하면 백낙청과 김병익을 나란히 내세운 형국이지요. 『창작과 비평』과 『문학과 지성』의 위기 극복의 견해를 묻는 것이었음이 한눈에 들어옵니다. 위기의식이란 1979년 10월 26일의 박대통령 시해사건을 가리킴인 것. "앞날을 구체적으로 내다보는 일은 며칠 전하고 크게 다른 작업이 되었"고, 따라서 너무도 변수가 많았지요. 그동안 7·4 공동성명을 대전제로 나름대로 내세운 민족문학론은 중대 고비에 이른 것이니까요. 제3세계문학, 민중문학 등으로 향한 모색 등등.

객 선생은 그 글에서 백낙청의 실천문제를 지적했지요.

주 그렇소, 백낙청은 이렇게 말했으니까.

> 작품 쓰는 것이 최고의 실천일 수 있음을 원칙으로 인정한다고 하더라도 민족문학의 담당자들이 작품 이전의 행동적 참여를 결코 회피해서는 안 되리라는 것이다.
>
> ─『실천문학』 창간호, 228쪽

문인으로서 살아남기 위한 일종의 자구책이라고 주장하고 있지요. '이론과 실천의 통일'이라는 원론 따위를 논의할 단계를 넘어선 지점이니까.

객 당초부터 『창작과 비평』의 위치가 그러했는데 이 첫번째 위기의식에서 그것이 한층 분명해졌다, 그런 뜻이겠습니다. 곧 문학 내적인 것과 문학 외적인 것의 경계선에 서기가 그것입니다.

주 두번째 위기는 5월의 광주 이후입니다. 『창작과 비평』과 『문학과 지성』두 계간지의 폐간(1980. 7), 『민중교육』, 『민족문학』(5호) 사건 그리고 『실천문학』의 폐간(1985. 8. 23), '창작과 비평사'의 출판사 등록취소(1985. 12. 9) 등. 전국 18개 무크지 및 '창착과 비평'사 구출 노력은 계속되기는 했으나 단독체제인 '창작과 비평'사의 상황은 풍전등화의 형국이었을 터.

주 이러한 거대한 문인들의 저항세력을 고려한 당국이 『실천문학』(1985년 봄, 발행인 이문구)을 허가했지요. 이문구, 송기원이 예뻐서 내준 것이 아니라 일종의 무마용이랄까 타협책이랄까 좌우간 그런 계기가 아니었을까.

객 그러니까 『실천문학』은 전기와 후기로 나눌 수 있겠군요. 전기엔 무크지로 제1권(1980)에서 제2권(1981), 제3권(1982), 제4권(1983), 제5권(1984) 등이며, 이제 제6권에 해당될 차례인데, 이를 창간호(1985년 봄)로 출발합니다. 계간지로 출발했으니까. 그러나 전기와는 구별하고자 했음을 드러낸 셈이지요. 바로 자유실천문인협의회의 대표 이문구의 체제라고나 할까요. 선생은 이 후기 『실천문학』을 13호(1989)까지 검토했더군요. 『전환기의 민족문학』(1987. 8), 『녹두꽃』(1988. 9), 『노동문학』(1989. 3), 『사상문예운동』(1989년 가을), 『노동해방문학』(1989) 등등. 무엇이 제일 중요하게 보였던가. 노동문학의 등장, 북한문학의 본격적 소개 등은 아닐 터인데요. 역시 백낙청의 행보가 아니었을까 싶소이다.

주 「노동의 새벽」(박노해, 1984)이나 김지하의 「대설」(1982) 등은 이미 문학사적 사건으로 굳어진 마당이니까 내가 나서서 덧붙일 것이 따로 없지요. 그러나 백낙청의 문학과 사회에 대한 기본 태도를 엿보는 일은, 짐작이 아니라 본인 육성으로 듣게 되었으니까.

객 후기 『실천문학』에서 이번엔 백낙청은 육성으로 자기의 삶의 방식을 들려준다고 했는데 김지하와의 권두 대담 「민족, 민중 그리고 문학」을 가리킴입니까. 이 장면의 대담이 '육성'이라고 보는 근거는 대담이 갖는 형식에서만이 아니라 가면을 벗은 표정을 가리킴이겠습니다그려. 아직 『창작과 비평』의 복간(1987)을 앞둔 때가 아닙니까. 1980년에 석방된 「오적」의 시인 김지하와 백낙청의 대담은 당시로서는 문학운동사에서 하나의 장관이었을 터.

주 이 대담의 방식은 백낙청이 주도하고 김지하가 이에 응수하는 것이었습니다.

백낙청 70년대에는 그야말로 민족문학이나 민중문학의 이념을 주장하고 그걸 전파하고 거기에 대한 기본적인 정당성을 획득한다고 할까. 그런 데다가 힘을 쏟았던 것 같아요. 그 무렵 김시인이 감옥에서 버텨준 것이 남은 문인들에게는 어떤 상징처럼 되어서 우리 문학운동에 큰 힘이 되기도 했는데, 이제는 민족문학이나 민중문학 논의의 기본적인 여건은 충족되었다고 보고, 김형 말씀대로 그러한 양적 신장이나 일반적 관심을 바탕으로 어떻게 하나하나 문제점들을 정리해 나갈 것인가 하는 과제가 우리에게 안겨졌다고 보겠습니다.

김지하 문학이나 다른 예술 분야의 연행 양식, 마당굿, 탈춤, 연극, 현장에서 이루어지는 촌극 등에서 나타나는 현실과 그 현실을 놓고 분석하는 과정에 차이가 나더군요. 특히 젊은 후배들 사이에 심해요. 문학과 마찬가지로 문화와 예술 전반에서도 민족 내지는 민중에 대한 집중도 양적으로 대단히 신장되어 왔고 앞으로도 더욱 넓어져 갈 텐데 이 연행양식 분야에서도 문제점이나 쟁점이 없지 않습니다. 문화운동 전반에 걸친 몇 가지 문제점을 지적한다면 첫째 지식인 그룹의 작가 및 예술가와 현장 민중 및 민중 자체의 기술자(記述者)들 사이의 괴리에 대한 문제를 어떻게 해결할 것이냐에 대한 쟁점. 둘째 소위 예술성과 운동성에 대한 문제인데 예술성과 운동성은 공존할 수 있는 것이냐 공존할 수 없는 것이냐 아니면 공존하면서 공존할 수 없는 것이냐에 대한 쟁점. 셋째가 세대론인데 4·19 전환시대에 극성을 떨었던 그 세대론이 형태를 달리해서 나타나고 있어요. 이러한 여러 가지 문제점들은 일반적으로 보아서는 역사의 반복성으로 보일 수도 있으나 엄격하게 보면 민중문화운동의 커다란 적신호 같아요. 왜 내가 적신호라는 용어까지 쓰느냐 하면 원래 민중운동은 대다수 민중들의 각기 다양한 조건과 개성, 취향과 입장, 상황 등에 차이가 있음에도 불구하고 민중들의 기본적인 진리나 기본적인 진실로 함께 연대해서 나아가는 그런 총체적인 운동이 바람직한 것인데, 요즈음 나타난 문제점들은 민중운동 진영의 분열, 운동 내부에 있어서의 여러 가지 섹티즘, 종파주의의 가능성까지 다분히 포함하고 있어요. 그 원인이 어디에 있을까 하는 것을 저 혼자도 생각해 보고 여럿이 논의도 해보고 같이 토의도 해보았습니다만······.

—『실천문학』, 1985년 봄, 13쪽

이 서두에서 김지하의 문제제기 발언에 대해 백낙청이 동의도 하면서 조목조목 비판하는 형태를 취합니다. 그 중 한 가지가 김지하의 「오적」, 「밥」, 「대설」 등에 대한 생리적 신바람론 비판이 아닐까요.

객 그러니까 김지하의 시적 운영에 대한 찬사와 더불어 그 비판이겠는데요. 말끝마다 김지하가 내세우는 문학관은 문학을 포함하면서도 다른 판소리, 광대의 목소리 도입 등 농경 사회의 민중의 노동과 그것의 신바람론이 아니었던가. 요컨대 「대설」의 시인에게 있어 문학이란 그러니까 시란 문학의 아주 작은 한 요소이고, 민중의 신바람론이 중심과제였던 것입니다. 이를 좋게 말해 형식의 빌려옴이겠는데요. 형식을 시 쪽으로 이끌어온 데에 김지하의 독창성이 있다는 것. 백낙청은 이에 동의하면서도 그 신바람론이란 '생리적인 것'으로 비판합니다. 말끝마다 종교와 관련시키고, 과거지향적인 황금시대에로의 퇴행성이 아닐 것인가라고.

주 형식에 대한 논의는 「노동의 새벽」에 대한 김지하의 비판을 먼저 엿볼 필요가 있겠지요.

> 박노해 씨 시에서 제일 먼저 발견되는 건 신선함입니다. 그건 마치 모처럼 새벽에 일찍 일어나가지고 인제 건강하게 살려고 애쓰면서 살아온 것이 그대로 나와서 그럴 겁니다. …… 그런데 중요한 것은 속을 표현하는 것입니다. 그 속셈이 요구하는 형식을 시인이 아직 얻지 못한 것 같습니다.
> —『실천문학』, 1985년 봄, 37쪽

판소리나 탈춤 혹은 전통적 민중의 두터운 층에서 오는 힘과 연결점이 없다는 것. 조세희의 『난장이가 쏘아올린 작은 공』도 그런 부류라는 것. 이에 응수한 백낙청이 『난장이가 쏘아올린 작은 공』에 대한 비판과 옹호로 나섭니다. 인상적이라 할 만한 것이지요.

조세희 소설하고 박노해 시의 결정적 차이는 안에서 겪은 것하고 밖에서 본 것하고의 차이겠지요. 그래서 박노해 씨의 시를 보면 노동자들의 고난이나 원한뿐 아니라 노동하는 사람의 신명도 있거든요. 어떤 점에서 결정적인 차이인데, 조세희 씨의 『난장이…』가 70년대 한국소설의 정점이라는 주장에는 결코 동조할 수 없지만 한 가지 두둔하는 이야기를 하자면 노동자의 이야기면서도 형식이 너무 비대중적이고 현대적이라고 비판들 하잖아요? 그런데 형식 자체는 조세희 씨의 경우 그렇게 하는 것이 오히려 정직했다고 봅니다. 말하자면 밖에서 본 사람의 시선을 가지고 작품을 만드는 데 알맞은 형식을 만들어 낸 것 같아요. 그러니까 기본적인 한계는 그 작가가 서 있는 위치라든가 생활경험에 있는 것이고 형식 자체는 오히려 그 한계에 맞춰서 만들어졌고 그렇기 때문에 덜 거짓말이죠. 밖에서 본 사람이 마치 안에서 겪은 것처럼 거짓말 하려다가 들킨 경우는 아니라는 겁니다.

—『실천문학』, 1985년 봄, 38쪽

객 선생이 이 대목을 인상적이라 한 것은 의미 있는 지적이겠소. 김수영을 논의할 때도 꼭 같은 태도였지요. 그의 모더니즘을 비판하면서도 현실에 대한 날카로운 시선을 기리는 것. 이는 형식이란 우산 밑에서 신바람으로 밀어붙이는 김지하의 경우와 선을 긋는 것이 아닐 수 없지요. 광대가 아니고 지식인의 입장을 내세운 것이 아닐 수 없지요. 지식인이란 결코 신바람=광대일 수 없는 존재 아닙니까. 생리적인 신바람과 일정한 거리가 있는 존재. 아니, 아예 주어진 형식(전통)의 퇴행성에 거부반응을 가진 부류 아닙니까. 더구나 근대 자본주의 아래 놓인 앞서가기의 경쟁인 현실, 곧 정치 경제와 문화의 관계를 한 순간도 따로 떼내어 논의할 수 없는 것이니까.

주 보통의 지식인의 자리를 잘 정리했고 거기에 백낙청이 속하며, 신바람이나 그런 것은 없다, 광대일 수 없다, 현실을 무시하고 퇴행할 수 없다는 것. 그렇지만 이 광대, 신바람을 또한 무시할 수 없는 백낙청이 따로 있지요. 곧, 문학하는, 범박하게는 예술하는 백낙청이 그것.

객 좀 야하게 표현하면 양다리 걸치기, 좋게 말해 안과 바깥의 경계선에 서기, 바로 이것이 『창작과 비평』 편집상의 불변의 원칙이라고 고백했으니까요.

제가 보건대 『실천문학』도 70년대에 『창비』가 그랬던 것처럼 재야운동권과 체제내적인 문학 활동의 경제선상에 자리 잡게 되지 않을까 싶습니다.

— 『실천문학』, 1985년 봄, 59쪽

주 김지하가 제기한 두번째 문제점에 이제야 이르렀습니다. 예술성과 운동성에 관한 문제. 둘은 공존할 수 있는 것이냐, 공존하면서 공존할 수 없는 것이냐의 과제. 여기에는 많은 설명이 뒤따를 수밖에요. 무엇보다도 이 과제의 심각성은 '노동문학'의 등장에서 왔지요. 민족문학의 기치로 선명히 내걸었던 70년대 백낙청에게 '민중문학'의 막연한 세력의 구체화가 노동문학으로 표출되고 있는 장면에 닿자 '신바람', '광대'의 의미가 어필해 왔던 것입니다.

객 경계선 서기의 수정이 불가피했다는 뜻인가요? 곧 '지식인 문학'의 처지가 '지식인 예술'에로 내려앉았다? 적어도 그러한 망설임이 작동하지 않았을까요.

주 '문학'과 '예술'은 형식논리상 하위 개념과 상위 개념이겠으나 실상은 미묘한 차이가 엄연히 있습니다. '문학'이나 판소리, 탈춤, 연희 줄타기의 곡예 등을 감지하는 예술성이라 불렀을 터. 종합개념의 용어였을 터. 이 예술은 그 경계선이 모호해서 서로 드나들기도 하는 속성을 지닌 것이며, 생리적 근거도 이에서 말미암은 것입니다. '신바람'이 이를 잘 말해 주고 있습니다. 문학도 이런 예술의 하위 개념이지만 그것은 장르로서의 판소리, 탈춤 등과는 선을 긋고 있습니다. 두루 아는바 문학이란 '근대문학'을 가리킴인 것. 인류사에서 18, 19세기 자본주의와 함께 시작된 '국민국가'와 '자본제생산양식'을 기반으로 한 현실을 다루는 것을 가리킴인 것. 또한 문학은 소리나 몸짓, 표정 등과는 달리 문자로 현실을 다루는 것인 만큼 언어문제가 큰 얼굴을 내밀고 있지 않습니까. 문학이란 요컨대 이데올로기의 일종이고 신바람과는 동렬에 놓을 물건이 아니지요. 어떤 문학도 이데올로기에서 자유로울 수 없으니까. 하버드에서 백낙청이 공부한 문학이란 바로 이를 가리킴인 것. 인류사 진행과정에서의 이데올로기의 하나로서의 문학이었던 것입니다.

객 문학이란 지식인의 것이고 예술이란 민중, 노동자의 몫이다. 그 예술이 크게 득세하는 80년대 초반에 이르자, 백낙청으로서는 예술 쪽에 귀를 열어 놓아야 했을 터. 자기수정이라고나 할까요. 그러나 그런 것은 일시적이었을 터. 왜냐면 백낙청은 어디까지나 지식인이니까. 이데올로기로서의 문학을 고수해야 했을 테니까. 백낙청다운 포부랄까 기본항으로 지키고자 한 것은 '전문가다운 전문가'의 존재였던 것. 전문가다운 전문가가 없는 현실에서 스스로 전문가로 되기 위한 존재가 '나다!'라는 울림 말이외다.

일반적인 이야기로서는 문화운동에서도 현단계 또는 현실에 대한 인식이 정확해야 된다는 점을 강조하고 싶습니다. 일단 운동을 하겠다 하면 정치현실이나 사회정세에 대해서 어느 정도 정확한 인식을 가지고 그야말로 민심의 소재를 알아야 되겠지요. 민심이 어디에 가 있는지 저 같은 책상물림이 어떻게 알겠습니까마는 지식인의 행태에 대해서는 저도 좀 아는데 지식인들 간에는 어떤 경향이 있냐 하면 혁명적인 기운이 고양됐던 시기의 지도적 지식인들의 역할에 대한 흠모의 마음에서 그대로 따라가 보려고 하는 게 있어요. 과연 이 시기가 그런 시기냐. 또 설혹 그 비슷한 시기라 하더라도 우리 자신이 과연 그런 지도자감이냐 하는 건 별개 문제지요. …… 현시점이 제대로 운동가도 못 되고 예술가도 못 되는 어중 띤 문인들을 낳기에 알맞은 어려운 고비인 것은 사실이라 봅니다.

— 『실천문학』, 1985년 봄, 58쪽

현시점을 제대로 된 지식인이 요망되는 시기라 규정, 현실(정치·경제·사회 등)을 정확히 파악하는 지식인이야말로 필요한 시기에 왔다는 것. 적어도 1980년도가 그런 시기라는 것. 정치, 사회의 관계에 대한 정확한 인식이 바깥의 것이라면 이를 문학에서 어떻게 형상화하느냐가 안의 문제라는 것. 그 경계선에 섰다는 것은 안, 바깥 두루 전문가가 돼야 한다는 것. 이 얼마나 소중한 존재이랴.

주 김지하가 제시한 세번째 문제. 세대론인데, 4·19세대를 비판하고 있다고도 볼 수 있겠지요. 광대를 내세워 4·19세대를 김지하 쪽이 비판했다면, 그리고 보다 큰 판짜기가 요망된다는 쪽으로 열어 놓았다면 백낙청도 열어 놓음에서는 같지요. 세대론의 해체와 보다 큰 판짜기가 요망된다는 것. 둘 다, 통 큰 자리에 서고자 한 것입니다.

객 무크지 『실천문학』(1980. 3)이 나왔을 때 정작 백낙청은 이를 통해 자기 심정고백체를 선보였고, 계간지 『실천문학』(1985년 봄)에서도 김지하와의 대담형식이지만, 자기 심정고백체 성격의 글을 보여 줍니다. 그렇다면 폐간된 『창작과 비평』의 복간은 어떠했을까, 궁금합니다.

주 그렇소, 창간 14주년 기념호 통권 15권 제1호인 『창작과 비평』(1980년 봄)을 내면서 독불장군 주간 백낙청은 짤막한 권두언 「1980년대를 맞이하며」를 냈더군요. 심정고백체를 같은 시기의 『실천문학』에 쏟았기에 여기서는 객관적인 시선만을 드러냈지요. '근대화'가 60년대의 시대적 과업이라는 것. 1980년대는 개헌논의에까지 이르렀다는 것. 요컨대 "헌법, 정치제도에서부터 문화운동의 구석구석에까지 이르는 우리 사회의 체질 개선을 위한 싸움에서 새 시대를 떠맡을 이들은 어떤 사람들인가?"(백낙청, 『창작과 비평』 제55호, 1980년 봄, 4쪽)라고 스스로 묻고 그것을 지식인 문학에서 찾고 있었던 것이지요. 나는 이 절을 좋아합니다.

> 어떻게 보면 70년대 내내 민주회복과 민족통일이 너무나 요원한 것으로 느껴졌기 때문에 오히려 마음놓고 그것을 주장했던 면도 있지 않은가 하는 반성마저 하게 된다.
>
> ─ 백낙청, 『창작과 비평』 제55호, 1980년 봄, 5쪽

이 말의 속뜻은 자기만은 민주회복 민족통일(분단문제)을 문학의 방향성으로 설정했으며 또 앞으로도 하겠다는 데 있지 않았을까. 그리고 그 후 줄곧 이 노선에는 변함이 없지요. 민중문학, 노동문학 등과 판소리의 예술성도 일시적 현상인 것, 불변하는 것은 민주화, 통일문제인 것.

객 만일 통일이 되면 민주화도 저절로 되고 그때 백낙청은 할 일이 없어지겠는데요. 어떻습니까.

주 지금도 통일은 아득한 과제로 긴장감을 유발하고 있지 않습니까. 만일 통일이 된다면, 민주화가 이루어진다면 지식인과 민중의 구별 자체가 무의미하지요. 문학 따위란 오락으로 전락될 터.

객 『문학과 지성』은 복간을 포기하고 그 대신 『문학과 사회』(1988)로 새 출발했지요. 김현 중심의 새 판짜기였던 것. 이에 비해서 『창작과 비평』은 일관되게 '민족문학론'을 고수, 속간호에서도 어김없이 지속성을 가졌군요.

주 속간호에서는 시(신경림, 조태일, 이시영, 정희성, 정대구, 이진행)와 소설(이호철, 김수남, 유재용, 송기원, 송기숙), 8편의 서평과 5편의 정치, 경제, 산업화, 연극 등에 관한 평론을 싣고 있습니다. 이들의 논의를 조용히 수용하면서 80년대를 관망하는 태도라고나 할까. 80년대에서 90년대 그리고 21세기의 오늘날에도 사정은 마찬가지입니다. '민족문학'(통일문제)만이 불변의 함수였지요. '지식인의 문학'이 갖는 사명감이라고나 할까. '초근목피'에 대한 공첩을 뽑은 작가가 「날개」(1936)를 썼고, 죄의식·사명감으로서의 지식인 백낙청도 '공첩'을 뽑았기에 그것이 일종의 '기적'을 낳았던 것입니다. 통일과 문학의 기적 말이외다. 이 기적의 지속성을 정리해 볼 차례가 왔습니다.

9. 이론과 실천 — 두 거울의 왜곡화의 경사면

객 선생이 애써 주장한 '유연한 계몽주의'가 종언을 고할 단계에 이제 온 것 같네요. 백낙청으로서는 제2단계의 진입이겠는데요. 바로 5월의 광주 (1980)가 그 계기이지요.

주 그 이전에도 실천이 이론 아닌 행동으로 드러난 점이 있었지요. 자세히는 1977년 11월 25일 리영희 교수 필화사건의 투쟁에 나선 바 있었던 것입니다.

> 백낙청 교수에게는 하버드 대학 졸업생이라는, 남한 사회에서는 특권적인 조건이 있으니까 아마 나하고는 다른 대우를 했겠지. 미국 시사주간지 『뉴스위크』가 나의 필화사건을 상당히 크게 보도했어요. 그런데 나를 중심으로 보도한 것이 아니라 백낙청을 중심으로 했더군. 그것이 백교수에게는 결정적으로 유리한 증언의 역할을 한 셈이지요. 미국은 물론 세계 도처의 유력한 하버드 동문들의 항의서가 한국 정부에 보내졌고 그들은 나를 잡으려고 한 거지, 백낙청을 잡으려고 한 것이 아니니까.
>
> ─ 임헌영·리영희, 『대화』, 475쪽

객 선생이 입만 열면 하버드, 하버드 한 이유도 이제 짐작이 되고도 남습니다그려. '초근목피', '죄의식·사명감'을 강조하기 위한 핑계인 것. 논의를 위한 방편이었음을. 그러한 백낙청이 5월의 광주가 일어나기 몇 달 전 그 자신은 우선 무엇을 어째야 할지 모색의 글을 이렇게 썼더군요. "70년대를 돌아보며 80년대를 전망하는 글을 청탁받고 미적거리다가 그만

1970년대의 끝머리를 뒤흔든 일대 사건을 겪고 말았다. 이제 앞날을 구체적으로 내다보는 일은 며칠 전하고도 크게 다른 작업이 되었고, 새로운 변수가 너무나 많기 때문에 당장은 아무도 섣불리 손댈 생각이 나기 어렵게 되었다. 그러나 한국의 많은 문인들이 여러 해 동안 힘들여서 전개해 온 민족문학의 논의를 잠깐 돌아보면 앞날을 전망하는 일에 어떤 본질적인 변화가 생긴 것은 아니라고 믿는다"라고, 서두를 삼은 「민족문학론의 새로운 과제」(『실천문학』 창간호, 1980, 221쪽)에서 백낙청은 대통령 시해사건, 이어서 벌어질 광주사태가 얼마나 큰 충격이었는가를 인식함과 동시에 종래의 '시민문학→민족문학→민중문학→제3세계문학'의 맥락에서 대응하면 된다는 주장을 내세운 것이지요. 다른 대안이 없다는 것과 아무리 광주사태의 충격의 폭과 깊이가 대단해도 이 '원점'에서 나올 수밖에 없음을 믿는다고 했습니다. 한편으로는 미래에 대해 불안해하고 다른 한편에서는 이론에 대해 안도하는 이 '자기모순'이 선명하지 않습니까.

주 전후세대인 백낙청으로서는 4·19세대에 전적으로 의존한 김현에 비해 훨씬 유연성을 갖추고 있습니다. 가령 김현은 "내 육체적 나이는 늙었지만 내 정신의 나이는 언제나 1960년의 18세에 멈춰 있었다"라든가 "씁쓸한 것은 내가 유신세대나 광주사태세대의 사유양태를 어떤 때는 이해하지 못한다는 데서 생기고……"(『분석과 해석』, 1988)라고 했지요. 해석과 경험주의 그러니까 자기의 경험으로 환원되지 않는 어떤 사상도 믿지 않는다는 김현의 이런 태도가 낳은 '기적'(문제적인 것)이 『행복한 책읽기』(유고)이거니와, 이에 비해 4·19세대가 아닌 백낙청은 그만큼 세대 감각에서 자유로웠던 증거이기도 합니다. 백낙청에겐 비유컨대 '인간적인 것'이 보편성으로 늘 앞섰는데, 그럴 수밖에 없는 것이 그를 전후세대라 하겠지만 이는 한갓 기계적 분류일 뿐 어떤 세대감각도 없었거나, 얇았다고 볼 것입니다. 광주사태에 대응하는 방법도 원점인 '인간적인 것'(세계인이라는 보편성)에 의거되어 있었으니까.

객 선생이 무엇을 말하고자 하는지 짐작이 됩니다. 김현의 시선을 선생은 늘 의식하고 있음이겠는데요.

주 내가 아니라 김현 쪽이 그러한 시선으로 백낙청을 바라보고 있었다면 백낙청의 처지에서는 4·19도, 김현도, 그들의 경험주의도 인류적인 것 앞에서는 대수로운 것이 못 되니까.

객 그건 그렇다 치고, 5월의 광주를 계기로 백낙청이 제2단계에 들어섰음은 분명해 보입니다. 바로 '실천'의 문제.

끝으로 민족문학론에 있어서 이론과 실천의 통일문제 한 가지만 더 언급해 보기로 한다. 우리의 분단극복 의식이 방관자의 의식이 아닌 주체적 실천자의 의식이어야 한다는 사실에서 이 문제는 불가피하게 제기되거니와, 동시에 그것은 민족문학을 창조하고 민족통일을 달성하려는 우리의 싸움이 최대의 보편성을 지닌 사상적 과제이기도 함을 다시금 확인해 준다.

문학인의 경우 흔히 말하는 이론과 실천의 영역은 상식적으로 이론, 작품, 행동의 세 부분으로 나뉘어지는데, 여기서 이미 이론과 실천의 뚜렷한 구별이 불가능함이 드러난다. 예컨대 창작가의 입장에서는 이론적, 비평적 발언을 하는 것이 행동적 참여의 큰 몫이 될 수 있는가 하면, 작가든 평론가든 작품을 써내는 것이야말로 문학인으로서 최고의 실천이라고 볼 수도 있다. 철학자들이라면 이런 문제를 갖고 얼마든지 더 세밀한 분석을 해내겠지만 요는 이론과 실천의 통일이라는 과제가 문학인에게는 생래적으로 친숙한 면이 있으며 분단극복이라는 역사적 실천에 정당한 참여를 하는 가운데 그러한 보편적인 숙제의 해결에도 우리 문인들이 상당한 기여를 할 수 있겠다는 것이다.

— 백낙청,『실천문학』창간호, 228쪽

주 '이론과 실천의 통일'이라는 과제가 이제 분명해졌지요. 이론 면에서 백낙청은 높은 수준의 도입으로 이 돌무더기뿐인 향토에 '기적'을 이룩했다고 할 수 있지만 이제 그 기적은 '실천'이라는 또 다른 큰 문제에 부딪힌 것이 아니겠습니까. '이론'과 '실천'의 통일에 새로운 또 다른 기적이 나타날 것인가, 아니면 희석화되어 이도저도 아닌 엉거주춤한 것으로 되고 마는 것일까. 알튀세르 모양 이론 곧 실천이라 함으로써 원점에 맴도느냐 아니냐에까지 고려된 과제인 만큼 간단한 문제가 아니지요. 문학은 특히 이 점에 민감하지요. 리얼리즘의 바탕이 이에서 오는 것이니까.
객 너무 조급히 몰아붙일 일이 아니지요. 다음 대목을 음미해 본 연후에도 늦지 않으니까요.

필자로서 강조하고 싶은 점은, 작품 쓰는 것이 최고의 실천일 수 있음을 원칙적으로 인정한다고 하더라도, 민족문학의 담당자들이 작품 이전의 행동적 참여를 결코 회피해서는 안 되리라는 것이다. 이것은 도덕적 당위이기에 앞서, 창조적인 문인으로 살아남기 위한 일종의 자구책이다. 식민지 문단의 병폐와 분단시대 관변문학의 해독이 알게 모르게 몸에 젖어든 한국의 문인으로서 처음부터 '최고의 실천'만 하겠다는 것은 자신의 잘못된 체질을 드러내는 꼴밖에 안 된다. 더구나 글쓰는 생활 자체가 소시민적인 틀 속에 잡혀가는 상황에서 일단 소시민적 안일을 행동으로 거부하지 않고서는, 그리하여 식민지적·분단시대적 체질을 꾸준히 개선해 나갈 실마리를 찾지 않고서는, 결코 좋은 작품을 쓸 수가 없다. 실제로 민중문학을 외치고 민족문화운동에 투신했다는 문인들조차도 정작 일이 닥치면 '민중의 권리'가 아닌 '우리 지식인들의 권익'을 주로 생각하게 되고 '민족 스스로의 힘'보다 '우방의 협조'에 기대는 경우가 많은 것이 분단체제하의 엄연한 현실이고 보면, 작품을 통한 최고의 실천을 위해서라도 끊임없는 행동적 결단과 자기혁신의 모험이 있어야 하리라 본다.

— 백낙청, 『실천문학』 창간호, 228쪽

사르트르의 목소리를 빌려 "참여해야 한다"라고 했으니까. "참여를 회피해서는 안 된다"라고 했을 때, 어떻게 참여하는가. 문학인→문화인, 문학운동→문화운동의 도식, 곧 실천의 구체적 양상이 어느 수준에서 다음처럼 명시되어 있지요. 그런데 필자가 이 글에서 민족적인 '문화운동'을 내세우는 것은, 첫째 필자의 전문영역이 문학 내지 문화 분야이기 때문이지요, 둘째는 이 글에서 말하는 민족운동이란 결코 단순한 정치운동, 권력구조 개혁운동일 수만은 없고 문학·예술·교육·언론 등과 일상생활까지를 포함한 넓은 의미의 문화 전반에 걸친 인간해방운동이어야 한다고 믿기 때문이지, 소위 '문화'와 '정치'를 처음부터 구분해 그 중 전자만 알고 후자는 모르겠다는 식의 문화주의를 인정하는 것은 결코 아닙니다.

문화주의야말로 노예화된 백성의 자기기만이며 노예화의 과정에 실질
적으로 순응하는 길임을 우리는 일제 식민지 아래 소위 '문화정치'가 진
행되는 과정에서도 겪었고 독일의 시민계급이 나치스의 공범이 된 역사
에서도 보았다. 흔히 일제시대 문화주의의 폐해를 아직도 들먹이는 것
은 시대착오적인 태도가 아니냐는 말도 들리나, 그때나 지금이나 민족
문제가 이 땅에서 인간해방운동이 풀어야 할 핵심적 과제라면 문화주의
의 반역사적 성격에 있어서도 본질적인 변화가 생겼을 리가 없다. ……
알다시피 분단이 된 결정적 원인이 그 전에 우리가 주권을 잃은 식민지
였다는 사실이요, 식민지가 된 결정적 원인은 그 전에 우리가 진정한 국
민주권이 확립된 근대국가가 못 되었다는 사실이다. 그렇다면 논리적으
로도, 통일국가가 못 되어 있는 현실은 다시 남의 식민지가 되기에도 쉬
운 상황이요, 딱히 옛날 같은 식민지가 되든 안 되든 분단이 고착화될 위
험이 큰 상황이며 그러다 보면 반조각 영토나마 또다시 이리저리 뜯길
위험도 상상하기 어렵지 않다. 이제는 우리도 독립했으니 옛일을 잊어
버리자라는 말처럼 무책임한 말도 없다.

—『실천문학』 창간호, 122~123쪽

주 문제가 이렇게 확산되어 버리면 이론도 실천도 분계선이 애매모호해
질 수밖에 없지 않겠는가. 요컨대 백낙청의 야심은 너무 커서 그 자신도
이 흙탕물 속에 빠져 허우적거릴 수밖에 없지 않겠는가. 1960년대만 해
도 문학의 힘이 거의 운동권 수준이었는데 21세기에 올수록 문학은 변방
으로 밀려 인터넷 시대 속에 가까스로 목숨을 부지한 형국입니다.
객 선생의 말인즉 시방 제3단계를 상정한 발언으로 들립니다만. 혹시 이

론과 실천이 정치에로, 그러니까 직접성에 빠지는 것은 아닌가, 그런 것입니까. 이미 6월 항쟁도 겪은 마당이니까.

주 내가 어찌 감히 그런 말을 할 수 있겠소. 다만 나는 다음 두 가지를 읽은 후 이런 느낌이 듭니다. 뭔가 제3단계인 것 같은 그런 것 말이외다. 가령 문학비평가로서 백낙청이 쓴「문학이 무엇인지 다시 묻는 일」(『창작과비평』, 2009년 겨울)은 굳이 그가 아니라도 쓸 수 있는 것이라고 하면 어떠할까. 이론과 실천의 지속성 속의 모순성의 불가피한 노출이 아닐 것인가. 그는 이를 인내하고 있었는데, 간접화를 당초부터 안고 있었기 때문이 아니었을까.

Ⓐ 나 자신이 분단체제라는 용어를 처음 쓴 것이 언제인지는 정확히 기억에 없지만, 분단시대의 한반도 현실을 좀더 총체적이고 체계적으로 해명할 필요성을 제기하기로는 80년대 중반의 이른바 사구체(사회구성체) 논쟁과 관련하여 '분단모순'에 대한 새로운 인식을 강조한 것이 하나의 고비가 되었다. 그 전에도 우리 사회의 모순들을 '계급모순·민족모순·분단모순' 하는 식으로 나열하는 논의는 있었으나 이와는 다른 차원에서 분단사회의 성격을 이론화할 필요성을 '창비 1987' 좌담「현단계 한국사회의 성격과 민족운동의 과제」에서 제기했고, 뒤이어 6월 항쟁 직후의 어느 학술모임에서는 '기본모순은 노자간의 계급모순이고 주요모순은 민족모순이다'라는 당시 통설에 가까운 명제의 모호성과 개념상의 혼란을 지적했으며(졸저 『민족문학의 새 단계』에 실린「민족문학론과 분단문제」 161~163면 참조), 그 후 이러한 논의를 분단모순론 혹은 분단체제론의 형태로 계속해 왔다(1988~90년대 사이의 예로는 『창작과 비

평』88년 가을호의 좌담 「민족통일운동과 민주화운동」과 『민족문학의 새 단계』 제1부의 글들 참조). 그러나 이에 대한 학계의 반향은 실로 미미하였음을 자인하지 않을 수 없다. 문단에서는 그래도 나의 분단모순론이 심심찮게 말밥에 오른 반면——물론 주로 '계급모순'에 대한 인식이 허약한 증거로 제시되기는 했지만——사회과학도들은 몇몇 분이 재미있는 발상인데 자기들이 지금 다루기에는 힘겨운 문제라고 좋은 말로 미루어놓았을 뿐 대부분은 찬반간에 태도표명이 없었다.

— 백낙청, 『분단체제 변혁의 공부길』, 창작과 비평사, 1994, 13~14쪽

Ⓑ 아무튼 '민족문학'의 반독재운동 구호로서의 기능은 1987년 이후에 '새 단계'에 이르러(다행스럽게도) 그 필요성이 급감했다. 오히려 불가피하다면 불가피했던 구호들로 인해 정밀한 개념작업에 가해진 손상과 문학이 감내해야 했던 제약들을 성찰하고 치유하는 일이 중요해졌다. 그러나 이 문제도 여기로 끝난 것은 아니며 '민족문학'의 지시적 내지 기술적 차원이 새롭게 부각되고 논쟁적 차원에서도 생산적인 의제들이 제기되는 한, 구호로서의 쓰임새 또한 다소간에 따라오기 마련이다.

— 백낙청, 『민족문학과 세계문학 4—통일시대, 한국문학의 보람』, 창비, 2006, 25쪽

Ⓒ 죽은 사회는 갈등이 없다. 그러나 갈등이 생명현상의 일부일지라도 소모적인 갈등을 가급적 줄이고 불가피한 갈등을 생산적, 창조적인 동력으로 활용하는 사회가 훌륭한 사회이며 남들이 본받음직한 선진사회일 것이다. 한국에서 사회통합을 말하는 것도 모든 갈등이 제거된 상태를 겨냥하기보다 소모적 갈등을 생산적 대화로 바꾸려는 것임은 물론이

고 그런 취지에서 '중도개혁주의', '중도보수', '화해와 상생', '사회적 대타협' 등 중도를 표방한 여러 노선이 제시되었고 나 자신도 '변혁적 중도주의'라는 것을 내놓기도 했다.

—『어디가 중도며 어째서 변혁인가』, 창비, 2009, 75~76쪽

ⓓ 그때나 지금이나 세계적 시야는 중요하다. 요즘은 '제3세계'라는 말을 잘 안 쓰지만, 서구중심적인 세계의 문학시장이 설정한 '보편성'의 잣대를 맹종하지 않되 세계적인 잣대 자체의 수정을 실현할 수 있을 정도로 보편성에 육박하는 세계문학에 동참할 필요성이 절실하다(이런 의미의 세계문학운동에 관해서는 졸고 「세계화와 문학:세계문학, 국민/민족문학, 지역문학」,『안과 밖』 2010년 하반기호[본서에도 수록]. 비슷한 문제의식을 지닌 국내의 세계문학 논의를 모은 책으로는 김영희·유희석 엮음,『세계문학론』, 창비, 2010 참조).

—『문학이 무엇인지 다시 묻는 일』, 창비, 2011, 123쪽

ⓔ 바로 이러한 사실들을 기준으로 외국문학도 보고 한국문학도 보자는 것이 민족문학론이 내세워 온 입장이다. 그리고 이러한 입장에서 아시아·아프리카·라틴아메리카의 문학을 둘러볼 때, 제3세계의 문학은 서구문학과 한국문학의 가장 생생한 창조의 현장과 연속되어 있음이 분명해지며, 우리의 민족문학은 또 그것대로 이 범지구적 현장에 당당히 소속해 있음을 거듭 깨닫게 된다. 민족문학이 강조하는 민족통일 문제 자체도 제3세계 전역에 걸쳐 진행중인 '탈식민화' 과정의 일환임이 새삼 밝혀진다. 식민지 상태의 완전한 청산이란 각자가 어떠한 형태의 외부지

배도 안 받을 만한 주체적 힘을 기르면서 그 힘이 지배세력에 가세되기를 거부함으로써만 가능한 것인데, 한반도 자주·통일의 이념이 바로 그런 것은 더 말할 것도 없다.

—『백낙청 평론집』, 창비, 2011, 619~620쪽

분단체제가 Ⓐ에서는 전면에 나왔지 않습니까. 이는 혹시 오해가 생길지 모르나 상식적 수준에서는 곧, 정치 그것도 최일선의 그것이 아니겠습니까. 이에 비해 Ⓓ는 그의 고정관념이고 Ⓒ는 그 지속성(1966~2011)인 것. Ⓑ 역시 1987년 이후의 지속성. Ⓔ에서는 좀더 정치 쪽으로 기울어졌다고나 할까요.

귀동냥의 소리이지만 세존께서는 지혜제일의 사리자에게 말씀했다 하오. "색불이공(色不異空)이고 공불이색(空不異色)"이라고. 백낙청은 아마도 사리자처럼 끝내 인간 측에 섰던 것일까. 아니 그보다는 차라리 '초근목피'의 이 향토에 「오감도」의 이상처럼 '공첨'을 뽑은 것에 대한 '죄의식·사명감'의 깊이랄까 아득함에서 온 것이 아니었을까. 말을 바꾸면, 이러한 것 곧 논리의 연속성, 불변성이지요. 그는 해직교수 시절, 또 혼자서 잡지『창작과 비평』을 손수 서점으로 나르면서도, 내가 아는 한 지금껏 한 번도 이러한 개인적 체험을 누설하거나 에세이 나부랭이로 실토한 바 없지요. 정히 논리가 버거울 땐, '좌담회'라는 그의 특유의 형식으로 유연성을 조금은 도입했다고나 할까. "나는 4·19세대다!"를 입버릇처럼 누설하는 김현의 경우와 비교해 보시라. 그 낙차가 얼마나 뚜렷한가. 논리냐 경험이냐의 우열이 있다는 것이 아니라 두 가지 삶의 스타일이 있다는 것입니다. 나 같은 대부분의 사람들은 그 중간에서 우왕좌왕했

을 뿐이죠. 때때로 가면을 쓴 꼴을 보여 주면서 말이외다.

객 선생은 당초부터 이것이 바로 지속성의 추진력인 자기모순성의 소중함이다라고 주장하고 싶은가 본데, 그것은 백낙청이 문화총리나 문화 대통령이 되지도 않은 마당에 경솔하기 짝이 없는 것으로 오해 살 법한 일이 아니겠소.

주 그랬으면 좋겠다는 내 희망사항이지요. 이런 인물이 정치 한복판에 뛰어들면 분단문제와 계층 간의 기본모순과 주요모순 해결을 곧 실천해 어느 경우보다 신뢰할 수 있겠다는 희망사항 말이외다.

10. 두 개의 기적 — 논리 탐구와 해석학

객 지금까지 선생께선 『창작과 비평』을 논의하면서도 늘 김현 곧 『문학과 지성』을 염두에 두고 있었음이 판명됩니다. 하기야 『창작과 비평』의 비평 쪽과 창작 쪽의 균형감각의 아슬아슬함을 재는 잣대가 있어야 했을 터이니까. 이 경우, 조선조의 명가문마다 조상 빛내기의 일환으로 만든 문집이 그 당사자만을 추켜세우기 위해 경쟁관계에 있는 사람들을 깡그리 제거했기에 다른 사람들에겐 거의 쓸모없는 것으로 되고 만 것과는 사정이 다르니까요. '비교' 없이는 어떤 논의도 제한적이거나 일방적이기 쉬우니까. 그 점에서 선생은 아주 '좋은 자리'에 섰습니다그려. 『문학과 지성』을 비교적 객관적으로, 제3자의 시선으로 바라보는 자리였으니까. 선생이 쓴 「실증주의적 정신과 실존적 정신분석의 어떤 궤적」(2012. 4, 이 책 4장으로 수록)의 긴 글에서 김현을 바라본 것은, 그러니까 김현의 『책읽기의 괴로움』과 『행복한 책읽기』를 바라보는 시선도 『창작과 비평』

을 의식해서 온 것인지도 모르니까. 이 '좋은 자리'란 쉽지 않지요. 어쩌면 일종의 '기적'(문제적인)의 자리라고나 할까요.

주 기적의 자리라? 당치않은 말씀. 세속적으로는 우연성 또는 인연의 일종에 지나지 않는 것입니다.

객 선생과 공저로『한국문학사』를 집필할 때 김현은 선생을 '실증주의적 정신'이라 했고 스스로는 '실존적 정신분석'이라 했지요.『한국근대문예비평사 연구』(1973)에 몰두하고 두더지 모양 도서관 구석을 헤매며 자료 수집에 열정을 쏟은 눈먼 '국문학 밭'의 출신인지라 이를 두고 '실증주의적 정신'이라 했을 법합니다. 좋은 뜻으로 한 말이기보다는, '프랑스문학 밭'에서 문학의 선험성을 익힌 김현으로서는 일종의 필요사항이었을 테니까. 왜냐면『창작과 비평』에 맞서기 위한 한 가지 뚜렷한 무기였을 테니까.

주 이 '실증주의적 정신'이 과연 서구에서 말하는 문헌학(philology)에 접근한 것인가의 여부는 매우 회의적이지요. 문헌학이 학문으로 성립된 것은 거기에 '정신' 곧, 휴머니즘이 동력으로 작동되었던 것이었지요(서구 학문을 배우기 위해 국한과國漢科의 도쿄대 하가 야이쓰芳賀矢一교수가 독일 베크 교수 밑에서 배운 것은 기술적 방면이었고 정작 휴머니즘 쪽은 배울 수 없었다고 알려져 있습니다. 하리우 이치로針生一郎, 「학자·비평가의 계보」,『해석과 감상』[『国文学 解釈と鑑賞』第24巻 第13号, 111쪽]). 나 역시 마찬가지. 도서관에서 두더지 모양 자료더미를 헤매며 모은 자료지만 옥석을 구분할 능력이 없었소. '정신' 축에 들 수 없는 것이 아니겠습니까. 굳이 변명을 하자면 그 자료더미의 발굴 자체가 현실적 의의를 띤 것이었다고나 할까요.

객 가령?

주 '금서'들이 대부분이었으니까요. 반공을 국시(國是)로 하는 현실인 만큼(국립대 교수인 내 연구실의 자료들을 정보부에서 압수해 갔을 정도) 이런 금서들을 햇볕 아래에 그 편린이라도 드러내기 위해서는 자료 소개 차원에서 거의 무차별적으로 길게 인용하기를 마지않았으니까. 이런 것도 '정신' 축에 들 수 있으랴.

객 김현은 스스로를 '실존적 정신분석'이라 했는데 이는 어떠했습니까.

주 '상황 속에서의 선택의 자유'라는 사르트르의 기본 태도를 가리킴이구나, 하고 막연히 느꼈을 뿐 과연 그것이 어떤 방식으로 세계를 인식하느냐에 관해서는 알지 못했지요. 사르트르의『보들레르』연구나『성 주네』가 그러한 것이라는 짐작을 했을 뿐.

객 김현 자신의 설명은 없었던가요? 가령 '내 방법론은 여사여사한 것이라'라는.

주 기억에 없습니다. 워낙 명석한 분이라 아마도 무슨 해명이 있었을 터이나 내가 감지하지 못했다고 보아야 되겠지요. 그렇기는 하나, 그의 사후에 나온 전집을 검토해 보면 뭔가 석연찮은 점도 감지됩니다. 곧 '실존적 정신분석'이라 했으나 그런 것이 어떤 방식으로 한국문학의 해석·분석에 적용되어 성과를 냈는지에 대한 점을 찾아내기 어렵지요.

객 잠깐, 선생은 '실존적 정신분석'은 멋으로 한 말이고 정작 김현이 이루어 낸 '기적'이라 할 글쓰기의 황금부분은 광의의 '해석학'이라고 거듭 강조하지 않았습니까.

주 내가 조금 알고 있는 해석학이란 '이해'와 '설명'의 긴장관계를 통칭한 것. 일반적으로 '이해'(Verstechen)의 모델은 일상 회화에서 우리들이 타자의 삶에 대해 갖는 '직관'이고 '설명'(Erklären)의 모델이란 자연과학 (실증주의적, 분석론적인 것)에 있어 사실의 법칙에 종속되거나 언어학이나 텍스트의 구조분석에 있어서의 체계이론이지요. 오랜 동안 이해와 설명 사이의 논쟁이 실로 소모적일 정도로 긴장감의 에너지를 공급하고 있지 않습니까.

객 직관과 과학적 법칙이란 대립하는 것이지만 어느새 서로 침투되어 이른바 변증법적 개념으로 향하게 되지 않겠습니까. 직관과 과학의 '지평융합'이라고 가다머가 주장하지 않았던가요. 간접인용이지만 조금 볼까요.

> 이 텍스트와의 만남만큼 상호주관적인 것도 대화적인 것도 아닌 것은 없다. 저자도 존재하지 않으며 '나'조차 존재하지 않는 이 세계의 지평에 향해 둘의 상황 어느 것도 넘어서고 만다. 그 때문에 간극을 넘어 타자에 속하는 것의, 이질적인 것을 '자기의 것으로 하는' 것……. 이는 이질적인 것의 경험도 아니고 지향적인 것도 아닌, 이전의 상황도 아닌 것. 바로 일찍이 없었던 의미이며 이 의미가 지시하는 것이 세계의 지평이다.
> —폴 리쾨르, 『해석의 혁신』[『解釈の革新』, 白水社, 1978, 59쪽]

주 삶이란 그 자체에 해석학적 구조를 갖고 있다는 가다머이지만, 자기의 지평융합에서 얻어진 지평도 끊임없이 상대화되어 가기 때문에 '해석학적 순환'이 불가피한 것이지요. 절대정신에 이르는 헤겔 식의 것과는 이 점에서 분명 상용되지 않지요.

객 김현이 선 자리가 바로 이런 의미에 접근된 해석학의 일종이다라고 선생은 주장합니다그려.

주 김현 전집을 검토해 보면 그런 느낌을 물리치기 어렵지요. 그의 유서에 해당하는 유고집 『행복한 책읽기』를 대하고 있노라면, 사르트르도 리샤르도 프로이트도 안중에 없고 작품을 대하는 김현의 정신의 동선이 뚜렷해지더군요. '책읽기'라고는 하나 책뿐 아니라 작가는 물론 김현 자신의 일상사도 서로 융합되어 있습니다. 대하소설 『토지』는 물론 소설 월평에 이르고, 또 작가와 작품의 관계가 '직관'과 '설명'의 상호침투 단계에 걸쳐 있지요. 직관과 설명이 이미 구별할 수 없을 정도로 자유로운 글쓰기를 보여 준 『행복한 책읽기』란 일찍이 이 나라의 비평문학사에서는 가히 '기적'이라 할 만하다고 나는 생각합니다. 김현 이전에 그런 것은 없었고 이후에도 없었지요.

객 『행복한 책읽기』에서 선생을 두고 세 번씩이나 혹평한 사실은 어떠한가요.

주 너무나 당연한 비판 아닙니까. 따지고 보면 실증주의의 가면을 쓴 김윤식의 가면 벗기기란, 어쩌면 김현 자신의 '실존적 정신분석'의 가면에 대한 비판이었을 테니까.

객 김현도 기적이다, 백낙청도 기적이다, 선생은 기적 타령으로 시종했습니다그려. 혹시 자기 자신도 기적이다, 라고 에둘러 암시코자 함이 아니었을까요.

주 앞에서 내가 '좋은 자리'에 '우연히' 있었다고 하지 않았던가요. 『창작과 비평』도 『문학과 지성』도 비교적 제3자의 자리에서 바라볼 기회가 있었다는 것. 굳이 말해 '이것이 기적(문제적)이다'라고 해도 되지 않겠습니까. 60년대 중반부터 이들 두 문제적 개인을 지켜볼 수 있었던 것은 세속적 인연에 불과한 것이지만. 흔한 일은 아니겠지요.

객 선생은 앞에서 자주 "자기의 경험에 환원되지 않는 어떠한 사상도 믿지 않는다"(무애 양주동, 고바야시 히데오小林秀雄의 방식) 쪽에 해석학이 서 있다고도 했지요. 김현이 이런 명제에 가까웠다고 하겠지요. 그렇다면 백낙청은 무엇인가. 그는 어떤 명제에 열정을 쏟고 있었을까요.

주 '주장'에 모든 열정을 쏟았다고 하면 안 될까요. 주장이란 '추상', '논리', '원리'를 가리킴인 것. 속된 비유로 하면, 자기의 치통이나 가족의 맹장수술을 염려하기에 앞서, 월남전이나 분단문제, 노사문제를 걱정하는 편이라고나 할까요. 추상·논리·원리를 확립하는 것의 무서움, 곧 치열성에 대한 무지와 경멸이냐, 추상·논리·원리의 수립에 온갖 열정을 쏟느냐(도남 조윤제, 요시모토 다카아키吉本隆明의 방식) 중 어느 것이 보다 '인간적인 것'인가, 어느 것이 인류사의 진행에 더 많이 기여할 수 있느냐. 이 거창한 두 명제를 김현과 백낙청이 각각 두목 격으로 활동했다는 것. 이게 기적이라 하는 것은 그 지속성과 성과에서 온 것이지요.

객 이 두 명제란, 선생은 '인간적인 것이다'라고 주장합니다그려. 그렇다면 선생이 처음부터 지속적으로 강조한 하버드의 우월성, 그로 인한 '죄의식·사명감'이란 한갓 핑계인 것. 논의를 위한 방편인 것. 진짜는 '인간형'의 발견이군요. 맞습니까.

주 그렇소. 인간은 개인이자 동시에 공동체에 속하는 것. 인간의 '인간다움'의 형이상학적 근거란 추상적 논리 구축지향성과 직관적 지향성이라는 것. 인간은 이 두 가지 형이상학적 속성을 떠나서는 짐승의 세계로 전락하는 것이니까요. 추상, 논리, 원리에 대한 탐구 의지 없이는 아무도 '인간적인 것'이라 할 수 없겠고, 또한 자기경험으로 환원되지 않는 사상이란 믿지 않는다는 직관주의를 떠나면 '인간적인 것'이라 하기 어렵지요.

객 그러고 보니 우리의 대화가 이제 막다른 골목에 이르렀습니다그려. 한국의 70, 80년대도 광주의 5월로 사라진 마당, 인간의 '형이상학적 문제'만 남았으니까. 그러나 따지고 보면 모든 것을 지금의 상태에서 안주하지 않겠다는 의지야말로 이런 결과를 낳지 않았을까요. '추상·주장'도 '경험·직관'도 소중하기는 마찬가지라는 것입니다. 여기에서 한국인 및 한국문학은 인류사의 문학, 세계 속의 문학으로 되는 것이겠지요. 더 보탤 말씀이라도 있습니까?

주 없소. 다만 '이론'과 '실천'의 관계가 아직 남지 않았을까요. 5월의 광주에서 '주장' 쪽이 당면한 것은 이론과 실천의 관계였는데, 이것이 분단문제나 노사문제 등과는 또 다른 복잡성을 가짐으로써 '논리'(주장)의 열정을 소홀히 하거나 오히려 증폭시켜 걷잡기 어려운 것으로 변질된 것은 아니었을까. 이론 구축의 어려움이 여기에서 비롯되었는지도 모릅니다. 지금 내가 논의한 것은 '실천' 이전의 이론이었을 뿐이니까요.

6장 _ 밴쿠버 어떤 동굴에 비친 물빛 무늬
이문구와 박상륭

박상륭은 나와는 여러 모로 대조적인 위인이다. 나도 일쑤 '독종'이라는 험구를 듣고 있지만 박의 경우와는 품질에 차이가 있고 '깡다귀'라는 말도 듣지만 박과는 그 기질의 종류가 다르다.

—『이문구전집 10』 중에서

1. 제2회 김동리문학상 시상식 장면

여기는 출판문화회관. 제2회 김동리문학상 시상식이 1999년 11월 24일 밤에 있었다. 수상자는 창작집『평심』(문학동네, 1999)의 작가 박상륭. 다부지게 생긴 박씨의 수상소감은 이러했다.

이 땅에 한 각설이가 있었소. 그의 고장 땅에서 얻어먹기에 하도 힘들어 먼 호서(湖西)로 건너가 거기서 품바품바 했습니다. 이제 그도 지쳐 고장 땅으로 되돌아오게 되었소. 왜 그 수구초심(首丘初心)이라는 말도 있지 않소. 그런데 막상 선뜻 들어설 수가 없어 동구 밖 서낭당쯤에서 서성

거리고 있자니 옛 친구가 나타나 손을 이끌어주지 않겠는가. 또한 '박상
륭 문학제'도 마련해 주지 않았겠소. 그래도 아직 머뭇거리고 있는데, 이
번에 그 친구가 '김동리문학상'에로 이끌지 않겠습니까. 각설이가 돌아
왔습니다.

— 글로 옮긴 것은 필자. 자세한 것은『잡설품』, 문학과지성사, 2008, 238쪽을 볼 것. 품
바꾼 또는 연어의 생리화가 시퍼렇게 살아 거기 있었다.

여기서 말하는 친구란 누구인가. 만일 이 시상식 자리에 있었던 사람
이라면 대번에 알아차릴 수 있었다. 박상륭이 손으로 옆에 있는 모씨를
가리켰으니까. 김동리문학상 운영위원장인 이문구 씨가 그다. 멀쩡하게
소설을 써놓고도 소설이 아니라 '수필'이라고 우기는 이씨와 6조 혜능을
물리치고 감히 스스로 '7조'라고 우기는 박상륭이 달마와 흡사한 스승 김
동리의 제단 앞에 서 있는 이 공간은 성스러울 수밖에 없었다. 교주되기
를 꿈꾸며 이미『칠조어론』(1994)으로 실천까지 감행하고 있는 천하 욕
심쟁이인 박씨와 소설이라는 근대 부르주아 계급이 창안해 낸 위대한 예
술양식을 송두리째 부정한『관촌수필』(1977)의 작가 이씨는 누가 보아도
맞수가 아닐 수 없다. 그 욕심의 크기에서도 그러하지만 그 성취도에서도
그러하다. 이러한 욕심의 크기와 성취도는 물을 것도 없이 그들의 교주
김동리의 교리에 해당되는 것이다. 그 교리는 착상의 패기, 오만함, 그것
을 능히 가능케 하는 역량으로 구성되어 있었다. 맞수인 미당은 이를 두
고 "사람이 되기를 절대적으로만 되어 있는 사람"(김동리,『꽃이 지는 이
야기』서문)이라 했지만 그 교주의 이름으로 된 상을 주관하는 몫을 맡은
이문구가 흡사 교주인 스승의 표정으로 맞수 박상륭에게 시상하는 장면

은 하나의 문학사적 사건이라 할 만했다.

겉으로 드러난 이러한 장면이 대낮의 논리라면 밤의 논리 또는 그늘의 장면은 과연 어떠했을까.

1961년 어느 초여름날, 기자는 서라벌예대의 문예창작과 한 강의실에서 누구의 강의를 듣고 있었다. 포장이 되지 않아, 버스만 지나가도 먼지가 뭉게구름처럼 피어오르던 아현시장과 허허벌판 같던 신촌시장 바닥을 오르내리며 뜨내기 굴비장수를 하다가 입학했던 기자는, 강의실에 들어가서도 항상 꿔다 놓은 보릿자루였다. 누구 하나 거들떠보는 사람 없이, 뒷자리에 사람이 있는지 마는지 하게 엉거주춤 앉았다가 나가곤 할 정도로, 교내에는 선후배는 고사하고 아는 척해 오던 친구 한 사람 없이 우스운 외톨이 학생이었던 것이다. 그런데 자세히 보니 꾸어다 놓은 보릿자루는 기자 말고도 하나가 더 있는 것 같았다. 그것은 그야말로 진지한 발견이라 하지 않을 수 없었다. 동지를 만났다는 새삼스러움이었고 외톨박이를 찾아낸 외톨박이로서의 자위였다. 새로 발견된 외톨이는 앞전에 얌전하게 앉아 있었다. 뒤통수가 대추방망이처럼 야물어 보이고, 5·16과 더불어 대학생에게도 교복 착용제도가 생겨 대학생들이 여러 해 동안 즐겨 입다가 거의 벗어버린, 검정 염색의 군대 작업복을 특특하게 입고 있었다. 강의시간 내내 잡담 한마디 없이, 한눈팔이 한 번 않고 앉아 있었다. 전년도에 우량상과 개근상을 받고 신학년에는 줄반장 자리라도 하나 지명받으려는 국민학교 5학년 모범학생처럼 자세를 바로 하고 반듯하게 앉아 있었다.

— 『이문구전집 10』, 랜덤하우스중앙, 2004, 202~203쪽

그 모범생 이름이 박상륭임을 보령 출신 굴비장수가 안 것은 2학년에 올라가서였다. 서로 소 닭 보듯 했던 까닭이다. 이 소 닭 보듯 한 이 사이가 어떤 곡절을 겪어 "가장 가까운" 처지에 놓이게 되었을까. 겉으로는 "술이 원수다"라고 그 이유를 엄청나게 내세웠다.

> 박상륭과 기자가 마치 대적하듯 대좌하고 술을 마시기 시작한 것은 어언 10년 전인 1965년 초여름경이었다. 그는 마누라 덕에 먹고살던 실업자였고, 기자도 담뱃값마저 없어 담배를 끊었던 무직자 시대였다. 그 무렵 그는 명색이 작가였으나 천하 장안을 종횡천리해도 소설은커녕 잡문한 토막 활자화시킬 수 없던 무명초였고, 기자는 겨우 어떤 문예지에 첫 추천이라는 것을 받고 있던 작가 지망생에 지나지 않고 있었다. 서로 가진 것은 아무것도 없었고 팔뚝 걷고 대들어 해볼 만한 일도 전혀 찾아 볼 수 없던 시절이었다.
> ─『이문구전집 10』, 195쪽

2. 교주 김동리의 문하에 들기

박상륭의 문단데뷔작은 「아겔다마」(『사상계』, 1963. 11)였고 한 아래인 이문구의 데뷔작은 「다갈라 불망비」(『현대문학』, 1965. 9)와 「백결」(『현대문학』, 1966. 7)이었다. 어째서 이들은 만나자마자 술친구가 되었을까. 술친구라 했으나 그냥 술친구가 아니었다. 그들은 "나중 죽어서도 술 없는 천당보다 술 있는 지옥행을 자원"한 것이었다. 그런데 아무도 그들로 하여금 술꾼이 되라고 강요한 바 없었다는 점이야말로 심각한 것이었다. 술이

란 새삼 무엇이었더뇨. 갈데없는 문학이고, 소설이며 글쓰기의 다른 명칭
이었다. 술이란 요괴와도 흡사한 것, 사람을 홀려 천당으로도 지옥으로도
맘대로 조종하는 괴물이어서 그 영향권에 들어서기만 하면 그 누구도 감
히 건드릴 수 없었다. 이러한 정신상태는 누가 보아도 심리적 퇴행, 유아
기로의 후퇴에 다름 아니었다. 철이 들어 그들이 엿본 세계는 너무 낯설
뿐 아니라 무서웠다. 그 세계의 이름은 현실이었다. 낯설고 무서운 현실
속으로 뛰어들 용기가 이들에겐 크게 모자랐다. 겁쟁이들인 까닭이다. 그
들은 술이라는 요괴의 힘을 빌려 현실과 썩 닮기는 했으나, 그래 봤자 가
짜에 지나지 않는 인공 모조품의 또 다른 현실(세계)에 눈길을 돌렸다. 그
들에게 유별나게도 그럴 만한 이유가 각각 따로 있었던 까닭이다.

그 중 작가 이문구의 그럴 만한 이유는 무엇이었던가. 어떤 문학담당
기자는 이렇게 적은 바 있었다. "그가 남들에게 나누어 주는 정은 진하고
도 넓다. 시인 고은은 그에 대한 답례로 이런 문장을 남겼다. '대천 앞바다
에 가면 생선이나 조개를 먹지 않을 일이다.'"(임순만, 『문학이야기』, 세계
사, 1994, 60쪽)라고. 이문구 자신은 중학 2학년 적에 읽은 어떤 수필을 빌
려 이렇게 적었다.

나는 작가가 됐으면 하기 이전부터 막연하게 '문학가'가 되는 것이 꿈이
었다. 그것도 무슨 문학적인 포부가 있어서가 아니었다. 시를 쓰건 시조
를 쓰건 또 무엇을 쓰건, 그저 '문학가'로서 이름만 나면 된다는 생각이
었다. 내가 그런 꿈을 꾸게 된 데에는 어린 생각에도 말 못할 이유가 한
가지 있었다. 중학교 2학년 여름이었다. 한 번은 여러 문인의 글을 한 권
에 모은 책에서 매우 고무적인 수필을 한 편 읽게 되었는데, 누가 누구

이야기를 쓴 것인지는 벌써 다 잊었지만, 그 수필의 뼈대인즉, 경북 지방의 한 시인이 난리 속에 부역을 했다가 검거되어 내일을 모르는 신세가 됐더니, 대구시 일원의 문인들이 일어나서 대통령에게 구명을 탄원하였고, 마침 경무대에 비서관으로 있던 이산(김광섭)이 적극 힘을 써주어, 결국 다 죽어가던 목숨이 쉽게 풀려나게 되었다는 내용이었다.

그렇구나. 문학가가 되면 죽은 목숨이 산 목숨으로 돌아서는 수도 있겠구나, 난리통에도 최소한 명색 없는 개죽음만은 면할 수가 있겠구나, 나도 앞으로 문학가만 되면 적어도 함부로 잡아다가 맘대로 죽이지는 않겠구나.

집구석이 풍비박산이 되고도 한참이 지나도록, 빨갱이 자식이라는 손가락질을 겁내어 사람이라면 아이들까지도 어울리기를 꺼리고 피해 다니던 나에게는, 그야말로 희망과 용기를 주는 수필이 아닐 수가 없었던 것이다.

─『이문구전집 10』, 282쪽

이문구 소년이 문학가가 되고자 한 곡절은 그것이 예술이라든가 상상력의 세계(현실)에로의 화려한 도피와는 질적으로 다른 차원의 사안이었다. 그가 서라벌예대의 김동리 문하에 들어간 사실을 두고 스스로 '보신책'이라 할 정도였다. 청년문학협회 두목이며 자타가 공인하는 우익의 거목인 김동리 밑에 들어가면 그 그늘에서 뙤약볕도 소나기도 피할 수 있으리라. 또 바람을 타더라도 덜 타게 되는지 모르지 않겠는가. "아무리 빨갱이의 자식으로 자랐기로서니 설마 한들 김동리가 가르친 제자까지 함부로 어떻게 하려고야 하겠는가." 김동리의 문하생만 되면 적어도 사상적 혐의만큼은 멋대로 덮어씌우기 어색할 터. 이 보신책의 첫 관문을 그가 통과한 것은 만19세 적 봄이었다. 그는 어떻게 하든 「역마」의 대작가 김동리 선생의 마음에 들고자 혼신의 힘을 기울였다. 혹시 집안 내력을 알고 경계하지나 않을까 하는 불안감이 클수록 비례하여 그의 노력은 치열했다. 이 사정을 훗날 그는 이렇게 회고했다. "내 습작 원고가 선생께서 강의하시던 소설론 시험에 2년 연속 시험 문제로 출제되고 있었음에도, 시험 때마다 내 습작 원고를 내가 논할 수 없어서 번번이 이름만 쓰고 백지로 내고도 매번 최고 점수를 받고 있었음에도, 나는 늘 그 의문으로하여 속을 태우고 있었던 것이다"라고. 그러나 그는 졸업과 더불어 점점 초조해지기 시작했다. 문단 등용문이 자력으로는 좀처럼 뚫리지 않았기 때문이다.

이 무렵 문단 등용문은 두 가지였다. 하나는 전통적인 방식인 신춘문예. 이 방면의 3관왕은 「백로」(『조선일보』, 1934), 「화랑의 후예」(『중앙일보』, 1935), 「산화」(『동아일보』, 1936)의 김동리였다. 그 문하생들도 이 길을 밟았지만 이문구는 번번이 떨어졌다. 또 하나의 등용문은 문예지 추천제. 『현대문학』, 『자유문학』, 『문학예술』 그리고 종합 사상지 『사상계』가그 몫을 맡고 있었다. 박상륭이 가작이지만 「아겔다마」로 또 「장끼전」으로 『사상계』(1963. 11)와 『현대문학』(1964. 11)을 통해 등단한 것이 졸업직후였다. 졸업한 지 두 해가 돌아오는 판에도 이문구는 홀로 헤매고 있었다. 그 해 세배 차 갔을 때 사제 간의 문답은 이러했다.

"이군은 신춘문예 같은 것도 통 안 해보는 건가?"

"더러 해봤습니다."

"그런데? 그런데 해도 자꾸 떨어져?"

"예."

"하하하…… 그렇지. 아마 그럴 거야. 자네 그 문장을 누가 읽어내겠노."

"……"

"자네 문장은 내나 본다. 원고되걸랑 가져와 봐라. 봐서 웬만하면 『현대
문학』에 추천해 보자."

―『이문구전집 10』, 284쪽

「다갈라 불망비」(1963)가 그 첫번째이고 「백결」(1966)이 추천 완료
작이었다. 젊은 승려와 여인의 관계를 먼발치에서 그린 전작도 그러하지
만 완료작은 바로 『삼국유사』에 연결된 것이며 스승 김동리의 아호에까
지 이어진 것이었다. 당신의 문단 추천제의 특징으로는 예외가 없진 않으
나 초회추천에서 완료까지엔 상당한 기간을 두는 편이었다. 가령, 이문희
의 경우 「왕소나무의 포효」(『현대문학』, 1957. 5)에서 「우기의 시」(『현대문
학』, 1957. 7)까지 불과 두 달 만에 완료에 이른 것이었다. 이문구의 경우
는 정상적이라 할 것이다. 이로써 드디어 남과 자기가 함께 말하는 김동
리 문하생이 된 것이었다. 그것은 단순한 문하생의 관계를 넘어서는, 이
름 그대로 '보신책'에 다름 아니었다. "그 이듬해부터 선생 내외분께서 내
모든 공적 서류에 고정 신분 보증인으로 번거로이 도장을 찍어 내신 일
은 이에 새삼스레 덧붙일 필요도 없는 일"(284쪽)이라 했거니와 이것은
철날 적부터 매사에 뒷전으로만 돌며 눈치 보기에 급급했던 겁쟁이인 그
가 문인들이 꾸민 '투쟁단체'에 가서 놀았을 뿐 아니라 실로 적극적이었
음과 결코 무관하지 않을 것이다.

3. 끝장을 보고야 만다는 두 독종

데뷔를 했다고는 하나 박상륭도 이문구도 발표지면 얻기란 하늘의 별 따기였다. 당시 건전한 순수월간 문예지는 『현대문학』뿐이었다. 게다가 입에 풀칠하기도 난감했다. 대학 강의실에서부터 애인과 나란히 앉아 동급생의 뭇시선을 받던 박상륭이긴 해도 사정은 마찬가지였다. 이들 백수건달은 그러나, 그 문학적 지향성은 당초부터 달랐다. 당초부터 김동리의 권위에서 멀리 달아난 박상륭도, 그 권위 아래 병아리 모양 품겨진 이문구도 사정은 마찬가지였다. GNP 142불 시대의 문단인 만큼 발표지 찾기란 거의 절망적이었다.

그런데 다행히도 박상륭은 입에 풀칠만은 할 만한 처지였다. 메디컬 센터에 근무하는 부인 배여사 덕분이었다. 이 점은 올데갈데없는 이문구와 결정적으로 다른 점이었다. 가히 '정신적 귀족'이라 할 만 했다.

그래서 박은 주는 밥이나 죽이고 들어앉아 있기가 거시기 하니까 없는 이론 만들어 가며 '연구 및 공부'를 한다는 핑계로 밤낮없이 책만 들여다보고 있었고, 기자는 '이렇게 사는 것이 무엇하다'고 담뱃값이나 만든다는 구실로 공사장 잡역부로 나가서 일당 120원짜리 날품팔이를 하기도 했었다. 박은 '연구 및 공부'를 한다면 무조건 내조를 아끼지 않던 어수룩한 현처 덕분에 사서삼경과 신구약서를 꿰며 번역판 팔만대장경을 독파했고, 기자는 '노가다'가 다 돼서 십장 조수를 하며 "천 냥을 주고도 못 사는 이정/열두 냥 내놓고 졸라를 댄다……"는 김희창의 방송극 「열두 냥짜리 인생」 주제곡이나 입속으로 웅얼거리며 해가 긴 것만을 원수로 삼고 있었다. 그런 형편에도 우리는 틈이 나면 만나서 술을 원수 삼아 원수 갚듯이 줄창 마셨다. 만나면 그러는 길 외엔 도리가 없었는데, 지금 생각해도 그 무렵의 우리는 서로가 가장 따분하고 지겹던 시절에 만나, 가장 징그러운 나날을 보낸 터였으므로, 이미 사주팔자에 점지되어 있어 어쩌지 못해 부득불 친구가 될 수밖에 없이 된 처지임을 터득했던 모양이었다.

—『이문구전집 10』, 195~196쪽

이문구의 '노가다 인생'은 출세작인 장편 『장한몽』(『창작과 비평』, 1970. 12~1971. 9)에서 비로소 세상에 그 큰 모습을 드러냈다. 1965년 연희동 주한 외국인학교 터에 있었던 공동묘지 이장 공사장에서 이문구는 '노가다'(막노동)로 일한 체험을 바탕으로 이 장편을 썼다. 조선 팔도에서 모여든 막벌이 노동자 속에서 패배주의자로 살아온 무기력한 주인공 김상배가 체험한 삶의 밑바닥과 그것을 극복해 가는 생명력을 배우는 과정은 방영웅의 『분례기』(1966), 천승세의 「낙월도」(1972)와 함께 이 나라 리얼리즘계 소설의 성과로 기록된다. 겁쟁이 김상배가 최미실을 통해 몽유상태에서 깨어나는 『장한몽』은 유신 정부의 근대화 정책이 가져온 사회변혁을 일정하게 반영한다는 점에서도 평가되었다. 이문구의 공사장 체험에서 특기할 것은 언어에 대한 유별난 감수성이다. 알려진 바로는 그는 공사 중 틈틈이 작은 수첩에다 팔도 노동자의 사투리를 적어 작은 사전을 만들었던 것이다. 또한 유장한 복문 사용을 비롯해 '것이었다'를 '거였다'로 줄여 사용한 것도 『장한몽』이 가져온 문체적 성과였다(구자황, 「이문구 소설 연구」, 2001. 학위논문 참조).

이문구에 있어 이 노동현장 체험과 그 성과물인『장한몽』은 이문구의 자기출발점이다. 그는 스승 김동리의 「역마」의 팔자타령에서 벗어났고, 이로써 자기 독자성을 갖출 기틀을 마련한 것이었다. 밑바닥 인생이 겪는 한의 세계와 이문구 식 문체라 할 만한 세계를 유려하게 결합해 나갔다.

한편 '정신적 귀족'이자 '독종'(이문구는 이렇게 적었다. "독종이란 말은 흔히 들어온 바였지만 '박'만 한 독종은 없을 터"라고)인 박상륭은 처음부터 문학을 '연구와 공부'로 삼을 수 있었다. 사서삼경과 신구약과 팔만대장경을 '연구 및 공부'하기를 문학의 목표로 삼고 말았던 것이다.

1967년 여름에도 우리에게는 물심양면의 불황이 되풀이되고 있었다. 장마 중의 어느 날, 대현동 산꼭대기를 찾아왔던 박은 생전 처음으로 '연구 및 공부'가 제대로 안 된다는 뜻밖의 하소연을 했다. 책이 읽히지 않는 모양이었다. 밤낮없이 비는 퍼붓고 창밖으로 까마득하게 치솟은 허름한 축대에서는 지하수가 폭포 떨어지듯 쏟아지고, 방안 공부가 진력이 나고 제대로 안 되리라 짐작하기엔 충분한 여건이었다. 그러나 박은 당장 필요한 책들을 읽을 수 없는 것이 고충이라고 실토했다. 메디컬센터에 근무하던 부인 배여사의 봉급으로만 생활하고 있었으니 마음 놓고 책을 사볼 사정이 아님은 말하나마나 자명한 일이기도 했다. 그는 그러면서 장소 넓고 장서가 넉넉한 사상계사에나 출근하면서 좀더 본격적인 독서를 해보았으면 하는 의향을 내비치기도 했다. …… 사상계사는 당시의 외부 상황에 눌려 사세가 최악상태에 이르러 있었고 …… 편집부에는 편집장 유경환 씨 혼자 남아서 납부용으로 50페이지 안팎의 시능

만 낸 잡지를 만들고 있을 뿐 사환 아이마저도 내보낸 상태였다.

—『이문구전집 10』, 205~206쪽

'연구와 공부'의 어떠함이 이 기록 속에 숨겨져 있음을 읽어낼 수 있다. 대저 그 '연구와 공부'의 결과는 어떻게 되었을까. 그것이 이 나라 산문계 문학을 송두리째 폭파할 만한 위력을 지녔다는 사실을 또 다른 독종 이문구는 짐작이나 했을까.

1940년 전북 장수군 장수면 노곡리 농부 박봉환의 9남매 중 막둥이로 태어난 박상륭이 어째서 한산 이씨의 터전인 관촌 마을에서 지식인을 아비로 하여 태어난 이문구와 유일한 단짝이 되었는가를 설명하기는 매우 어렵다. 그 무엇을 굳이 든다면 문학밖에 다른 그 무엇이 없다. 이문구도 이 점이 난처했던지 이렇게 얼버무릴 수밖에 달리 방도가 없었다.

박상륭은 기자[이문구]와는 여러 모로 대조적인 위인이다. 기자도 일쑤 '독종'이라는 험구를 듣고 있지만 박의 경우와는 품질에 차이가 있고 '깡다귀'라는 말도 듣지만 박과는 그 기질의 종류가 다른 것이다. ……… 박의 그것은 강의실에서처럼 '앞전'적이며 보다 직접적이고 직접적인 반면 기자의 '독성'이나 '깡기'는 '뒷전'적이고 간접적이며 보다 훨씬 흉물적인 것이다. 박이 지략을 겸비한 투사라고 한다면 기자는 감정적이며 '앞잡이'형인 셈인 것이다. 그러한 성격 차이 때문인지는 모르나 우리는 무슨 일에건 단 한번 머리를 맞대고 모의를 해본 일이 없고 계략을 꾸며 본 적도 없었다. 계략이나 책략이 필요 없을 정도로 그는 직접적인 투지로써 정면 대결하는 체질이었고 기자는 감정적으로 투신하는 체질이었기 때문이다. 그러니까 함께 모사를 하기는커녕 각기 상대방의 임전 태세를 말리고 달래기가 더 바빴던 게 사실이었다. 다시 말하면 어떤 일에 부딪쳤건 간에 뒤에서 성원하고 가세해 준 적은 한 번도 없고, 진정시키고 가라앉혀 놓는 일에 더 많이 신경을 쓴 셈이었다. 그것은 한번 손대었다 하면 그 방법만 다를 뿐 기어이 끝장을 보고야 말려는 다혈적인 기질임을 서로가 잘 알고 있었기 때문이었다.

—『이문구전집 10』, 211~212쪽

"끝장을 보고야 마는 다혈적인 기질"에 제일 잘 해당되는 것이 그들에겐 문학이었다. 아무것도 가진 것 없는 이 마음 가난한 '독종들'에게 열려 있는 끝장이란, 붓 한 자루만으로 가능한 문학 이외는 눈을 씻고 보아도 있을 수 없었다. 피아노도 가야금도 없었고 3백 년 묵은 잔디밭도 없었다. "끝장을 보고야 만다"의 길에 들어선 이 독종들의 차이점을 굳이 찾는다면 박상륭 쪽이 '정신적 귀족'이라는 점이었다. 농부의 막내가 '정신적 귀족'이라면, 그래서 늘 '앞전'적이라면 지식인(남로당)의 막내는 늘 '뒷전'적이었다.

대체 이 '정신적 귀족'의 지향점은 무엇이었을까. 또 그것은 어디에서 온 것이었을까. 문학이되 '연구와 공부'의 산물로서의 문학이었다. 대체 무엇을 연구씩이나 하고 공부씩이나 해야 하는가. 문학이란 그냥 '줍쇼릭'가 아니었던가. 일종의 살아가는 사람 얘기에 지나지 않는 것. 거울을 매고 시장 바닥이나 논두렁길을 걷기만 하면 되는 것이 소설이 아니었던가. 그런데 그것을 연구하고 공부해야 한다는 것은 공동묘지 이장 공사장에 거울을 매고 뛰어든 '악종' 이문구와는 얼마나 다른가. 공사장 악종이 이루어 낸 물건이 저 우람한 『장한몽』이라면 악종 박상륭이 '연구와 공부'에 악착같이 매달려 이루어 낸 물건이란 과연 무엇일까. 하불소, 그 것은 『장한몽』과 맞설 물건이 아닐 수 없다.

4. 형이상에 대한 지향성

'연구와 공부'라 했거니와 박상륭은 마누라 덕에 빈둥빈둥 놀며 주는 밥 이나 죽이고 들어앉아 있다가 "거시기 하니까" 겉으로라도 혹은 시간 죽 이기로 '연구와 공부'를 했을까. "천만에"라고 데뷔작 「아겔다마」와 「장 끼전」이 웅변한다.

> 힌놈의 골짜기의 동남 예루살렘과 골짜기 맞은편 후미지고 나그네의 발 걸음이 여간해선 머물지 않는 한 곳에 오래되고 볼품없는 움막집이 한 채 있었는데 그 움막집의 싸리문 한쪽 기둥에 〈가롯 유다〉라는 문패가 걸려 있었다. 그 문패도 그 움막의 운명과 마찬가지로 영고와 성쇠, 봄바 람 가을비에 시달리고 또 썩고 곰팡이가 피고 있어, 관심을 가지고 자세 히 들여다보아야 겨우 알아볼 수 있을 정도였다. 그런데 그것은 그리스 문자로 씌어져 있었다.
> ─「아겔다마」(제1장 서두)

'아겔다마'란 이스라엘 말로 '피밭'이란 뜻이며 그것은 유다 오두막 의 별칭이기도 했다. 성서에서 소재를 택한 박상륭의 처녀작 「아겔다마」 는 은 삼십 냥에 스승을 판 제자 유다가 늙은 여인과 함께 죽어 썩어가는 얘기를 다루었으며 이 작품의 선고위원 선우휘는 "악취미가 깃들여 있다"고 했고, 안수길은 "관념이 승한 작품", 여석기는 "문체나 수법이 매우 의식적"이라 했다(『사상계』, 1963.12, 392~393쪽). 그러나 다른 두 편과 함께 가작에 머물렀다. 이 가작 중 다시 추천 완료를 이룬 것이 박순녀의 「외인촌 입구」와 더불어 박상륭의 「장끼전」(『현대문학』, 1964. 11)이었다. 여전히 '악취미'로 일관된 이번 작품은 "문체와 수법이 매우 의식적"임에 틀림없으나 그 소재가 기독교 성서 쪽이 아니라 샤머니즘화한 불교 쪽이었다. 다비소(茶毘所), 삼악도 등에서도 보듯 불교적 소재이지만 동시에 태주[明圖]로 표상되는 샤머니즘이 그것이다. 우리말 팔만대장경 아함경법문 10장 13절을 원용한 이 작품은 가히 '연구와 공부'의 소산이 아닐 수 없었다. 문단의 익숙한 소설 관습에 비하면 단연 관념적이고 종교적이며 또한 '악취미'에 다름 아니었다. 잇달아 「뙤약볕」(1966)과 「열명길」(1968) 등을 썼을 때 문단은 그를 정통에 대한 '이단'으로 규정했고 그 가능성에 대해 의구심을 떨치기 어려웠다(천이두, 「정통과 이단」, 1975). 이 가능성에 대해서는 동시대인 김현의 애정 어린 배려와 직감적 통찰로 말미암아 정통과 이단이란 실상은, 동전의 양면임을 증명해 보였다.

박상륭의 작품은 샤머니즘의 논리화라고 말할 수 있는 것으로 특징지어진다. 샤머니즘의 논리화라는 말은 그가 샤머니즘적인 것을 소재로 택하면서도 가령 김동리의 「무녀도」와 같이 샤머니즘의 세계에 몰입하는 것이 아니라, 그것을 객관적으로 논리적으로 묘사함으로써, 그 세계의 의미와 한계를 두드러지게 드러내 보인다는 것을 말하기 위해 쓰인 것이다. 그 세계의 의미와 한계를 드러낸다는 지적 또한 그가 샤머니즘적 세계와 논리적 세계라는 이원론적 세계관을 선택해서 샤머니즘의 세계의 한계를 드러낸다는 뜻이 아니라 세계를 샤머니즘이라는 일원론으로 파악하면서 세계의 의미와 한계를 두드러지게 묘파해 낸다는 뜻이다. 그의 세계에서는 그러므로 분리와 대립이 중요시되는 것이 아니라, 화해와 교섭이 중요시된다. 모든 것은 질서정연한 인과의 고리를 가지고 있으며, 그 고리는 죽음을 통해 의식화된다. 그렇다면 화해의 세계를 묘사하면서 어떻게 불화의 세계를 드러낼 수 있을까? 이것은 그의 작품을 읽을 때 제기하게 되는 핵심적인 질문이다.

— 김현, 『사회와 윤리』, 일지사, 1974, 288쪽

겉으로 보기엔 『산문시대』의 주도자이자 계간 『문학과 지성』의 중심 인물인 김현의 문학적 촉수가 문단의 중요세력권인 서라벌예대 출신의 신예작가에로 뻗쳤음은 그의 문학적 야심과 무관하지 않을지 모르나 실상은 그보다 한층 본질적이었음이 위의 기록에서 잘 드러난다. 겉으로는 박상륭과 이문구가 흡사 스승 김동리의 걸작 「황토기」(1939)에 나오는 억쇠와 득보 모양을 하고 맞서서 싸우며 또 밤낮 술판을 벌이고 있는 장면에 김현이 끼어든 형국이었다.

그[박상륭]는 순 촌놈이며 그의 어머니는 그에게 할머니처럼 느껴질 정도로 연세가 많으며 결코 오입을 하지 않으며, 오입하는 친구를 그렇다고 욕하지도 않는다는 것을 알았다. 그에게는 이문구라는 친구밖에 친구다운 친구가 없었다. …… 이 두 촌놈은 나중에 유일한 단짝이 되어 서로 10원 한 장을 놓고 막걸리 집에서 만나 5원짜리 왕대포 두 잔을 짠지

와 함께 두서너 시간 동안 마시면서 기세등등히 한국 문학판을 매도하
게 되며 급기야 전 서라벌예대 출신에게 스승을 모욕한 놈들이라는 몰
매를 맞게 된다.

— 김현, 「해설」, 『박상륭 소설집』, 민음사, 1971.

여기서 말해진 스승이란 물을 것도 없이 「무녀도」, 「황토기」, 「역마」
의 김동리를 가리킨다. 억쇠 박상륭과 득보 이문구란 실상 김동리의 분신
들이지만, 바로 그 때문에 기를 쓰고 그 마법권에서 벗어나고자 발버둥
치고 있음을 김현은 직감으로 알아차렸던 것이다. 이 경우 주목되는 점은
이 걸출한 서라벌예대 출신의 두 촌놈 중 김현의 마음의 흐름이 당초부
터 박상륭 쪽으로 기울어져 있었다는 점이다. 목포 약종상이자 기독교 가
문의 아들인 김현에 있어 문학이란 그가 최인훈의 『광장』(민음사판) 해설
에서 보였듯 거의 종교적인 경건함의 일종이었다. 그는 『광장』에서 작가
최인훈이 신부 복장을 하고 제단 앞에 꿇고 있는 모습을 보고 있었다. 그
것은 '정신적 귀족'만이 할 수 있는 몸짓이었다. 거창하게 말해 인간이란
개체는 개체 환상(관념성)을 인식함으로써 비로소 인간답게 존재할 수
있다. 물론 인간은 자연체(생리적 인간)인 상태에서 이 환상을 갖고 있다.
자기추상화 의식과 자기관계 만들기의 의식이 이에 해당된다. 자기를 관
념적(추상화)으로 의식하기와 타자와의 관계 만들기 의식이란 모든 관념
성의 출발점이며 여기에서 가족 관념, 국가 관념에로 나아갈 수 있다. 감
각(지금, 여기)에서 비롯 예술·종교·철학에로 나아감도 이로써 설명된다
면 김현은 당초부터 이 자기추상화(관념성)에로의 편향성(turn of mind)
을 가졌다고 볼 것이다. 『광장』의 작가를 두고 "그는 아주 어린 시절부

터 책을 통해 추상적 사고라는 어려운 정신적 곡예를 배운다"라고 한 것
은 그 자신에게 타이른 말로 볼 것이다. 이 관념지향성을 김현은 '정신의
귀족' 박상륭에게서 보았다. 「아겔다마」와 「장끼전」에서 김현은 아이러
니컬하게도 「무녀도」에 대한 한 관념성을 보았다. "스승을 모욕한 놈들"
의 하나로 몰매를 맞는 박상륭이야말로 스승의 가르침을 따르면서 동시
에 넘어서고자 덤비고 있음을 김현은 직감했다. 이 직감의 지속성이 이후
『칠조어론』(1990)에까지 이어졌다. '샤머니즘의 논리화'가 그것이다.

5. '연구와 공부'의 독각(獨覺)

스승을 능가하기란 과연 무엇일까. 특히 그 스승이 자타가 아는 이 땅 최
고의 고수라면 어떻게 될까. 일목요연한 해답이 주어진다. 곧 그는 이 땅
최고의 고수가 될 수밖에 도리가 없다. 이 굉장한 야심에 걸맞은 방법은
단 하나, 죽자 하고 '연구와 공부'에 매달릴 수밖에. 두루 아는바 스승 김
동리가 필생 사업으로 겨냥한 데가 이름도 거창한 한국인의 생사관이었
다. 대체 한국인의 생사관만큼 거창한 관념성이 따로 있었겠는가. 거의
절대에 가까운 스승에 도전한 제자 쪽은 한 수 더 위를 겨냥하고 있었다.
김현은 초기의 박상륭의 모습을 두고 '샤머니즘의 논리화'라 보았다. 「무
녀도」의 스승 모양 샤머니즘적인 그것을 선택하되 이에 몰입하지 않았
다고 지적했다. 곧 샤머니즘을 객관적으로 묘사함으로써 그 세계의 의미
와 한계를 드러낸다고 김현은 말했다. 잇달아 또 김현은 "그가 샤머니즘
의 세계의 한계를 드러낸다는 뜻이 아니라 세계를 샤머니즘이라는 일원
론으로 파악하면서 세계의 의미와 한계를 두드러지게 묘파해 낸다는 뜻"

이라 했다. 또 그는 '분리와 대립'이 중요시되는 것이 아니라 '화해와 교섭'이 중요시되며 이 모든 것은 죽음을 통해 의식화(儀式化)된다고 했다. 이어서 또 그는 "그렇다면 화해의 세계를 묘사하면서 어떻게 불화의 세계를 드러낼 수 있을까? 이것은 그의 작품을 읽을 때 제기되는 핵심적 질문"이라 했다. 김현의 이런 지적을 만일 「무녀도」의 작가가 들었다면 어떤 반응을 보일까. 아마도 미소를 지을 터이리라 짐작된다. 바로 「무녀도」가 그런 일을 해놓고 있다고 믿었기 때문이다. 무녀 모화가 세상의 불화를 자연의 질서(죽음)로 일원화해 놓고 있지 않았던가.

오늘의 시점에서 보면 김현이 지적한 '샤머니즘의 논리화'란 다르게 말해 '샤머니즘의 세계화'에 해당될 성질의 것이다. 박상륭이 스승의 마법권에서 이탈하는 길이란 그가 말했듯 「열명길」이 아니면 불가능했다. 김동리가 겨냥한 야심이란 한국인의 생사관이 아니던가. 문제는 이 '한국인' 또는 '한국적인 것'에 있었다. 박상륭이 주목한 것은 바로 여기였다. 스승의 마법권에서 벗어나는 길은 샤머니즘적 세계를 견지하되 이를 세계화하는 길이었다. '한국인의 생사관'에서 벗어나 '인류의 생사관'에로 향하기가 그것이다.

이 거대하고도 야심찬 계획이란 '연구와 공부' 없이는 상상도 할 수 없는 영역이 아닐 수 없다. 초창기 이문구가 잠시 엿본 것만 해도 사서삼경, 신구약, 팔만대장경(국역)이었다. 그것만 해도 이 가난한 정신적 귀족에겐 썩 어울려 보였다. 아무리 그렇다 하더라도, 아무리 결사적으로 '연구와 공부'에 매달린다 하더라도 혼자서 공부하기란, 그것도 기껏 토음(土音)으로 된 사서삼경, 신구약, 팔만대장경이란 건너뛸 수 없는 한계가 있었다. 길은 두 가지뿐, 하나는 대학에 또는 전문 강원에 들어가 체계적으로 이 인류사적인 샤머니즘(생사관)을 공부하는 길이 그것. 다른 하나는 극약 처방. 지금 있는 그대로의 육신으로 산속 동굴 속에 스며들어 소림사 달마 모양 구년면벽, 구도행이 그것. 박상륭은 후자의 경우를 택한 형국이었다. 그것은 운명적이라 할 수밖에 없는 사건에 관련된다. 이른바 인력이민 또는 기술이민으로 간호원인 그의 처가 캐나다 밴쿠버에로 이민을 갔음이 그것. 뒤따라 그가 아내 쪽으로 이민 간 것은 1969년 5월이었다. 그 낯선 호서(湖西) 땅에서 견디지 못해 김현과 이문구 앞으로 무수히 줄줄이 심정토로를 일삼았다.

그와 나는 한 달에 한두 통의 편지를 주고받는다. 나는 주로 책 부탁을 하거나 내가 다니는 산 이야기를 하고 그는 주로 그의 사유의 근황을 조리정연하게 원고지 십여 매 분량으로 써 보낸다. 나도 알고 있다. 모국어로 지껄이고 싶을 때 상대가 없으면 편지를 쓰는 수밖에 없다. 그가 쓰는 말들은 단순한 일상적인 말들이 아니라 자기의 욕망이 교묘하게 투영된 왜곡되고 비틀어진 말들이고 그 말들 사이사이마다 야 이놈아, 나는 쓸쓸하단 말이야, 나는 너희들이 보고 싶단 말이야, 나는 여기가 싫단 말이야……가 숨어 있다. 그 비틀어진 말들이 그의 꼼꼼한 글씨로 씌어진 편지를 읽는 사람의 오장을 섬세하게 뒤튼다. 말들의 욕망이 너무 강할 때 말들은 튄다. 사유의 맥락이 잡히지 않는다. 그 반대의 경우도 물론 있다. 그의 편지는 튀는 말들로 이루어진 것들이 그렇지 않은 것들과 거의 같은 분량이지만 튀지 않는 것들은 김빠진 맥주같이 건조하고 맛없다.
— 김현, 「병든 세계와 같이 아프기」, 『칠조어론』 해설, 413~414쪽

밴쿠버발 이러한 '편지질'은 물을 것도 없이 이문구에게도 했을 터이다. 물론 튀는 글과 그렇지 않은 글발을 내뿜었을 것이다. 그러나 김현에게와는 다른 이문구만의 몫이 따로 섞여 있었음에 틀림없다. 그의 유일한 단짝이 이문구일 뿐 아니라, 이문구가 단순한 단짝 이상의 존재 곧 '한국문단의 입구'였음인 까닭이다. 이문구에게 보내 온 박상륭의 편지는 그 자체가 작품이었다. 과장이 아니라, 편지는 곧 '연작소설'이었다.

그는 따분한 편지를 써 보낸다. 얄팍한 타이프 용지에 타자기보다도 더 작은 글씨로 장장삼천리를 써 보낸다. 그는 매번 길게 편지를 쓴다. 그의 편지가 오면 편지를 읽는 투로 읽으면 실패하고 만다. 원고지에 정리하면 적어도 70~80장은 될 터인데 편지 한 통이 문장이며 내용이며 그대로 연작소설인 것이다.

―『이문구전집 10』, 217쪽

김현과의 한 달에 두어 번 주고받기 '편지질'과는 달리 이문구는 제때에 답장을 보낸 적이 없다. 반년에 한 번쯤이었을까. 1974년엔 엽서 한 잎 오간 적이 없었다. 스승 김동리가 주간으로 낸 문예지 『월간문학』 편집기자는 물론 사환, 사장을 겸한 이문구는 몽당칫솔을 뒷주머니에 넣고 침식을 잡지와 더불어 하는 지극히 바쁜 몸이었기 때문이라고 여긴다면 이는 말할 것도 없이 피상적 관찰이다. 실상은 두 사람 우정의 특이성에서 왔다. 다르게 말해 이문구의 속 깊음과 인간적 신뢰심에서 온 것. 무엇보다 박상륭도 이를 잘 알고 있었다. 박상륭에 있어 이문구는 한국문단 그 자체였다. 그는 아무도 없는 밴쿠버에서 맹렬히 창작했다. 창작된 작품은 즉각 이문구에게 송달됐고, 이문구는 자기 것을 제쳐놓고 친구의 작품을 팔러 다녔다. 요컨대 이문구는 박상륭의 국내 발표 에이전트, 지점장 격이었다. 단편 「사주를 건너서」, 「자정녀」, 「경외전 세 편」, 「산남장」, 「남도」 중편 「7일과 꿰미」(이상 1969년), 이어서 단편 「천야일화」, 「세 변조」, 「남도(2)」, 「산북장」, 「최판관」, 「늙은 개」, 「십시일반」, 중편 「숙주」 등이 국내에서 발표되었다. 왕성한 창작욕의 발휘라 할 것이다.

대체 이러한 창작의욕이란 새삼 무엇인가. 이문구는 이렇게 말하기를 잊지 않았다. "자기가 떼먹은 고료를 합치면 황소 한 마리 값도 넘는다"라고. 이러한 왕성한 글쓰기란 따져 보면 단지 이방인으로 전락한 박상륭의 작은 몸부림에 지나지 않았다. 그는 거기서 뿌리 뽑힌 인간으로 자처했다. 헤겔 식으로 말해 그는 자기를 소외(외화)시키지 않은 채 공중에 떠 있는 형국이었다. 거기서 만일 뿌리를 내리고 살고자 하면 당연히도 그는 자기를 두 번 소외, 부정시켜야 비로소 가능하다. 타자를 받아들이기 위한 제일차 자기부정이 요망되고 이를 다시 부정해야 비로소 자기의식은 정신으로 전환되는 것이다. 그는 전혀 이런 행위를 취하지 않았다. 몸만 밴쿠버로 옮겨 갔을 뿐 의식은 서울 종로바닥의 대폿집에 김현, 박태순, 이문구와 대폿잔을 앞에 놓고 있었다. 거기에서 나온 소설이기에 그것은 조금도 길어졌거나 달라질 이치가 없었다. 박상륭이 이민 간 사실은 김수명, 박태순, 김현, 이문구 정도가 알 뿐 문단 대부분이 알지 못했음이 어찌 고이하랴. 「뙤약볕」, 「남도」 타령 그대로였던 것이다. 그렇다면 1974년 10월 21일에 일어난 사건은 과연 어떠할까. 헤어진 지 6년 만의 두 사람의 상봉 장면은 이러했다. 이문구 앞에 돌연 나타난 박상륭을 두고 "솔직하게 말해서 같은 순간, 아, 박이 죽었구나. 붕정만리 이방에서 죽은 모양이구나. 그리고 혼백만 귀국하여 내 앞에 현시하는구나"라고 이문구는 적었다. 편지 두절 일 년 만의 박의 귀국이었다. 귀국한 이유는 단 하나. 2천 7백 장의 장편 출판을 위해서였다. 제목은 『죽음의 한 연구』. 30여 장의 주석 노트와 12개의 도표 그리고 표지화까지 장만되어 있었다. 물고기 한 마리와 그 아래 큰 연꽃 그림으로 표지를 삼은 『죽음의 한 연구』가 박상륭 소설집(II)으로 이문구가 근무하는 한국문학에서 나왔다 (1975. 3). 501쪽의 대작이었다. 제1장 제1일로 시작되어 제5장 제40일로 구성된 이 작품은 이렇게 서두를 삼았다.

공문(空門)의 안뜰에 있는 것도 아니고 그렇다고 바깥뜰에 있는 것도 아니어서, 수도도 정도에 들어선 것도 아니고 그렇다고 세상살이의 정도에 들어선 것도 아니어서, 중도 아니고 그렇다고 속중(俗衆)도 아니어서, 그냥 걸사(乞士)라거나 돌팔이중이라고 해야 할 것들 중의 어떤 것들은, 그 영봉을 구름에 머리 감기는 동녘 운산으로나, 사철 눈에 덮여 천 년 동정스런 북녘 눈뫼로나, 미친년 오줌 누듯 여덟 달간이나 비가 내리지만 겨울 또한 혹독한 법 없는 서녘 비골로도 찾아가지만, 별로 찌는 듯한 더위는 아니라도 갈증이 계속되며 그늘도 또한 없고 해가 떠 있어도 그렇게 눈부신 법 없는데, 우계에는 안개비나 조금 오다 그친다는 남녘 유리(羑里)로도 모인다.
—『죽음의 한 연구』, 7쪽

「남도」 계에서 한 걸음 내딛은 것이 이른바 '유리장'의 세계였다. 그는 「남도」 계를 좀더 큰 세계인 '유리장'으로 심화시켰다. 유리라는 이 기묘한 장소는 어떤 곳인가. 일찍이 그는 연작 「각설이일기 ─ 기육」에 해당되는 「유리장」(창작집 『열명길』, 삼성출판사, 1973)에서 이미 선보였던 것.

유리에서는 그러나, 가슴에 불을 지피고는, 누구라도 사십 일을 살기가 용이치는 않다. 사십 일을 살기 위해서는 아무튼 누구라도, 가슴의 불을 끄고, 헤매려는 미친 혼을 바랑 속에 처넣어, 일단은 노랗게 곰을 피워 내든가, 아니면 일단은 장례를 치러놓고 홀아비로 지나지 않으면 안 될지도 모른다. 또 아니면, 사막을 사는 약대나, 바다밑을 천년 한하고 사는 거북이나처럼, 업(業) 속에 유리를 사는 힘과 인내를 갖지 않으면 안 될지도 모른다. 그러나 유리를 사는 힘과 인내로써, 운산이나 눈뫼나 비골을 또한 이겨낼 수 있는 넋은 아닌 것인데, 이리의 무리는 눈벌판에서 짖으며 사는 것이고, 지렁이는 흙밑 습습한 곳에서라야 세상은 안온하다고 하는 것이고, 신들은 그렇지, 그들은 어째도 구름 한 자락 휘감아 덮지 않으면 잠을 설피는 것이다. ─ 처음에는, 자기에게 마땅스럴 장소를 물색하겠다고 여기저기로 싸돌아다니다가, 찾기는커녕 마음에 진공만 키워버린 뒤, 타성에 의해서 그 진공 속을 몸 가지고 밖으로 한없이 구르고 있는 듯이 보이는, 아흔 살은 되었음직한 그 중의 얘기대로 하자면, 그러하다. 즉슨, 모든 고장들이 다 그곳대로의 아름다움과 그곳대로의 고통을 지니고 있었다.

"토생원에게는 풍류인 여산의 새벽달이며 무릉의 가을바람도 별주부에게는 고통일 뿐인 것이지"

그 늙은 중의 이야기는 그렇게 시작되고 있었다.

늙었다는 것 모두 빼놓고 소탈히 계산해도, 그 중은 보통 키도 못되게 형편없이 작았고, 다리도 몹시 깡마른 데다 빈약해서, 대체 그런 체신으로 어떻게 그 먼 거리며 그 많은 고장들을 좁히고 다닐 수 있었는가 그런 의심부터 일으켰는데도, 그래도 그의 이야기엔, 밤늦게 돌아와 제놈의 신방 빼꼼히 열어보고 눈치 챈 처용이놈만큼은 뭣엔가 통해져 있는 것도 같았고, 또 눈에는, 할멈 무덤 옆에 자기 누울 헛묘 봉분 만들어 놓고, 자기 무덤 위에 요요히 앉아 한 대의 골통 담배를 태우는, 저 촌로의 눈에 담긴 흥그렁함 같은 것을 또 담아 놓고도 있었다. 그의 목소리에서는 그리고 저 담배통 긁는 소리가 섞여나고 있었다.

"그러나 저러나 말이지, 만약에 말이지, 그것도 수도라고 한다면 말이지, 나는 걷는 것으로, 그 고행으로, 수도하는 중이라고 해야겠읍지,"

그 중은 떠나는 길이었고, 나는 떠들어가는 길이었는데, 그래서 우리는 유리의 동구에서 만났던 것이다.

―『죽음의 한 연구』, 8쪽

수도승인 늙은 중이 떠나는 곳, 중도 속도 아닌 '나'가 들어가는 곳, 거기가 유리장이었다(『칠조어론』 제1부 제1권은 유리에 들어가서 살기까지의 칠조 촛불중 잡설이다). 이 유리장에서 만 40일을 산 삶(헤맴)의 체험을 다룬 이 작품의 결말이 '어미년'이 외치는 "옴마니팟메훔"으로 되었음에서 그 수미일관성을 엿볼 수 있다. 데뷔 당초에서 지금까지 '연구와 공부'의 총결산이었던 것이다. 사서삼경, 신구약, 팔만대장경이 두루뭉수리로 엉켜 있지만 중심은 단연 저 우람한 팔만대장경이었다. 그것의 샤머니즘적 파악이었다. 여기서 샤머니즘적 파악이라 함은 그것의 논리화이기에 앞선 과제 곧 문체에 관련된 것이다. 그것은 박상륭 고유의 문체이자 동시에 전통적 공동체의 문체, 곧 논리화의 문체였다. 이것만이 저 팔만 대장경에 또 동서고금의 신화(논리)에 도전할 수 있는 박상륭 특유의 비장의 무기였다. 훗날 『칠조어론』(1990~1994), 『신을 죽인 자의 행로는 쓸 쓸했도다』(2003), 『소설법』(2005)에까지 불변으로 자리잡고 있었고, 그는 이를 '즙쇼릭'라 불러 마지않았다. 그 바탕무늬는 이러한 것이었다.

그란디, 워짠놈의 비만 요로케 짜들아지게 퍼부서 쌓는지 참말이제 알 수가 없구만 그랴. 머기도 먼 물질(길) 저쪽 동네도 비만 오까? 비만 요로케 오고 어둡기만 어두우까? 하매 달이 어지간히 커졌을긴다. 커졌을 끄라고 달이ㅡ. 석 달을 내내 비만 오고, 달은 떠도 메물(밀)밭은 안 비(뵈)고, 석 달을 내내 비만 오고…… 하람씨 나도 인제는 죽을라고. 그럴라고 벵인개비요, 벵인개비요. 나도 인제는. 큰 독(돌)이나 하나 몸에 짬매고. 그라고 메물꽃 흐믈트러진 속에나 눕고만 싶고. 참말이요. 허기는 내가 벌쎄부텀 죽어뻐렸는개빈디도 워디로 갈 줄을 몰라 혼백이 내 요 몸을 요여(腰輿)삼아 그냥 저냥 사는지도 모루긴 모루것소. 모루것소.
ㅡ「남도」(1)의 서두

6. 키 큰 비평가의 개입과 『칠조어론』

『죽음의 한 연구』는 데뷔 이래 '연구와 공부'로 일관해 온 「무녀도」의 직계 제자이자 장수농고 수석 졸업자인 박상륭의 총결산이었다. 그는 이를 밴쿠버의 한 골방에 앉아 샤머니즘적 문제로 썼다. 숭산의 보리달마 모양 밴쿠버의 동굴 면벽 6년 만의 일이었다. 이 면벽의 세월은 그 나름대로의 깨침의 시간이었다. 그가 밴쿠버를 떠나기 전 이문구에게 단편 5편과 장편 한 편을 맡기었다. 그로부터 일 년 만에 모두 불태워 버리라는 편지를 이문구가 받았다. 이문구는 사후 자기 작품 전부를 태워 버리라는 불세출의 작가 카프카의 친구 막스 브로트를 염두에 두었던 듯, 단편만을 태웠다. 그러나 "5천 장에 이르는 장편만은 태우지 못했다"라고 1975년에 적은 바 있다(『이문구전집 10』, 225쪽. 그렇다면 그것은 과연 어떻게 되었을까 궁금하긴 하나, 당사자가 없는 지금으로서는 소용없는 노릇이다).

어째서 박상륭은 그런 짓을 하기에 이르렀을까. 한 가지만은 분명한데, 자기의 작품에 만족치 않았기 때문이다. 그것은 그가 밴쿠버 동굴 생활 일 년 만에 모종의 새로운 지평을 엿보았음에서 왔다. 그것이 이른바 『죽음의 한 연구』로 표현되었던 것. 새로운 지평을 엿보았다고는 하나, '유리장'의 설정에서 보듯 종래의 '연구와 공부'에서 깡그리 탈피할 수는 없었다. 그 바탕 위에서 한 발자국 나아가기, '유리장' 이외의 어떤 지역도 따로 설정하지 않기로 요약된다. 또 어떤 잡스러운 단편적 전개도 '유리장' 속에 통합하기가 그것.

대체 '유리장'이란 무엇인가. 일언으로 말해 그것은 '인류의 생사관'이 깃든 장소의 더도 덜도 아니다. 『죽음의 한 연구』는 그의 스승의 필생의 목표인 '한국인 생사관'을 훌쩍 넘어선 것이었다. '인류의 생사관'의 '줍쇼리'화 또는 '줍쇼리적 연구와 공부'의 결실 제1호가 『죽음의 한 연구』였다. 그는 이 작품을 발표하자마자 당연히 그 제2부를 구상하고 있었다. 그는 야심찬 그의 스승보다 한층 욕심쟁이였고 야심꾼이었던 까닭이다.

'속·죽음의 한 연구'로 씌어진 『칠조어론』은 3부작으로 구성되어 있다. 제1부는 중(관)론으로 1990~1991년에 두 권으로 나왔고, 제2부는 진화론으로 1992년에, 제3부는 역진화론으로 1994년에 문학과지성사에서 간행되었다.

이 희유한 책의 '연구와 공부'는 자기 말로 하면 태평양 저쪽 호서 땅에서 이루어진 것이며 그 구상이 완료된 것은 김현에게 보낸 그의 편지에 따르면 1989년 1월쯤으로 된다. 또 이 작품의 원제목은 '잡설록'이었음도 편지로 알 수 있다. 불교 중관파의 완성가인 대논객 용수보살의 '연구와 공부'에서 기필하여 제1부로 삼았다. 참으로 안타깝게도 김현은 미증유의 기서 『칠조어론』 3부작 활자화를 못보고 말았다(제1부 1권이 1990년 3월 간행이고, 김현은 1990년 6월에 작고했다). 그러나 다행히도 우리는 김현의 도움으로 이 3부작 구상 전체의 윤곽을 작품에 앞서 알아볼 수 있을 뿐만 아니라, 작품 『칠조어론 2』, 「간장」(間場) 속에 자세히 그 몸통을 보이고 있다(7~25쪽). 『칠조어론』 3부작은 4권으로 되었는바 이중 제2권은 「간장」이어서 구성상 억지라 할 것이다. 김현에 보내는 '편지질'로 말미암아 작품성이 거의 무시된 사례이다.

선가네 칠조는 건재하고 건재하다. 문제는, 제삼부로 된 책의, 제일부의 서장으로서, '잡설록'(칠조의 법설 말이지) 두 장이, 이천오백여 장이나 된 거기서부터 이미 시작되어 있는바, 저것만 한 권의 책이 돼도 작은 부피는 아닐 것 같은데, 누가 저런 것을 읽겠다고, 푼전을 털겠는가. 그것은 우울하게 하는 일이다. (1989. 1. 4)

이 사내는, 소설가로서 끝난 바며, 그렇다고, 불학이다 보니, 학자가 될 수도 없는 데다, 그렇다고 제대로 한 몫의 장사꾼도 갖춘 바가 없어, 스스로 변명하기는, 'prophet'이라고 하고, 지내는데, 그는 잡설의 'prophet'이더라. 실학적 부분만 사상한 비언어 언어 체계가 잡설인 듯한데, 그럴 것이, 저잣거리에서는 그 중 밑도는 말(가태평하시고, 아해들도 다 무고하신갑? ─하는 따위가, 실학적 부분을 드러내는, 어골이 될 터이다) 그리고 산정에서는 그 중 윗도는 말(조사의 무슨 볼일이 있어, 서역에서 왔다느뇨? 면벽구년하려고! 따위가, 그곳에서는 말의 척추를 이룰 것이다)이 그것이기 때문이다. 그 양자는 그리고 같은 말인 것이 분명하다. (1989. 5. 23)

여전히 나의 믿음은, 불자며, 보살들이며, 신들은 우리들 인간을 입어 내려와야 되며, 칠조, 팔조, 구조 들도 대를 이어야 된다고 하고 있다. 나의 그리고 하나의 문제는, 이제 우리는, 자신을 맨 먼저 포함하여, 어떻게 우리 세상을 도울 수 있는가, 그것에만 있다. 왜냐하면, 생로병사로, 내가 불쌍하던 것이다. (1989. 10. 19)

─『칠조어론 1』, 414쪽

제1부가 2천 5백 장이나 된다는 것, 육조단경 이후라는 것, 소설가로는 끝장났다는 것, 굳이 말해 예언자라는 것. '연구와 공부'의 방향이 불교로 향해 있다는 것, 겨냥한 곳은 대승불교라는 것(생로병사의 극복이란 자신을 포함한 '우리'라는 것). '연구와 공부'를 하다 보면 학자로 될 수 있었을 터이다. 그러나 그는 그렇게 될 수 없었다. 또 그는 김현에게 '소설가 포기'를 선언했으나 그럴 수도 없었다. 예언자라고 했지만 실로 막연한

것이었다.

학자라면 반드시 지식의 체계화(객관화)가 요망되는바, 그가 학자로 되기 위해서는 최소한 대학에서 전공해야 했을 것이다. 골방에서 달마처럼 면벽하며 오직 활자화된 종교서적 따위를 연구하고 공부했기에 자기 식으로 멋대로 해석할 수밖에 없었다고 볼 것이다. 이런 지적은 그의 두뇌의 명석함, 직관력 등과는 별로 관련이 없다. 어떤 경전의 한 줄을 두고도 방대한 양의 배경적 지식이 요망되는 것임은 세상이 아는 일. 밴쿠버에서의 몇 년 독서로 우파니샤드, 중관론, 신구약 등을 이해함이란 외관은 그럴듯하지만 어림없는 노릇임을 누구보다 영리한 그가 몰랐을 이치가 없다. 예언자로 자처한 까닭이 여기서 왔을 터이다. 그는 이미 익히 확보한 원점인 '유리장'에다 새로 공부한 힌두교, 중관론, 티베트 불교 등등을 이끌어 들여 종합적으로 유정물인 인간의 시원과 종말 생사관을 구축하고자 했다. 그가 이러한 구상을 함에 있어 제일 먼저 힘을 실어준 사상가가 용수보살이었다. 대체 유식론과 구별되는 용수의 중관론이란 무엇인가. 이 물음은 우선 불교 수행의 근본을 묻는 것이다. 불교 수행의 근본은 업(행위)이라든가 번뇌를 속(俗)이라 하여 지멸(부정)함을 가리킴이다. 속을 부정하고 성(聖)을 깨닫는 것이 공(空)이다. 공사상에 있어 부정의 세상은 신이고 세계이며 인간이다. 요컨대 세계이다. 그런데 세계의 구조는 어떠한가. 언어(명제)로 되어 있지 않겠는가. 이 언어(명제)의 부정이란 세계의 구조의 부정이 아닐 수 없다. 명제(주어+술어)의 부정과 명사의 부정이 그것. 용수가 착목한 것은 이 언어의 두 가지 부정에 있었다. 그 결과 그가 알아낸 것은 언어로 된 어떤 것도 부정될 수 있다는 논리의 발견이었다. 언어를 분열(프라판차)이라 한 것이 그것. 용수는 그러니까 어떤 주장도 이 절대 무기로 격파할 수 있었다. 그 자신이 어떤 것(학설)도 진리로 내세운 바 없음을 이로써 알 수 있다. 만일 그가 어떤 교리(사상)를 세웠다면 그것 역시 여지없이 부정될 수밖에 없다(나카무라 하지메中林元, 『용수』, 강담학술문고講談学術文庫; 다치카와 무사시立川武蔵, 『공空의 사상사』, 강담학술문고講談学術文庫). 사정이 이러할진대 박상륭에게 이 중관론은 그가 할 수 있는 신천지로 보였을 터이다. 이렇게 추리해 볼 수 있는 근거는 많다. 무엇보다 그는 호서 땅에서 언어의 절벽 앞에 직면했을 터이다. 이 언어가 부정의 대상임을 그에게 귀띔해 준 장본인이 용수보살이었다. "아가야 걱정마라, 모든 것은 언어에 달렸다. 그것은 허상이다"라고. 순간 장수농고 수석 졸업자이자 김동리의 직계 박상륭은 확연히 깨쳤을 터이다. 언어가 공(空)이라면 인도어도 서양어도 티베트어도 중국어도 공(空)일 수밖에 없다. 인도어도 서양어도 중국어도 모르는 해동조선족 토종 박상륭이 아는 것은 오직 토어인 판소리 육자백이 가락에 실린 언어뿐이었다. 그런데 보라! 또 하나 있다. 육조단경의 언어인 번역 팔만대장경이 그것. 그가 예언자로 자처할 수 있는 근거는 여기에서 왔다. 인도어와 서양어는 어쩔 수 없더라도 중원(中原)의 언어만은 해동국 판소리 말과 접목시킬 수 있다는 것, '7조어론'이라 부른 이유이다. 7조란 중원의 언어를 가리킴인 것, 그 논리는 중관론(언어의 부정)이라는 것, 이를 묶은 끈이 판소리(춥쇼릭)라는 것, 이 전체의 분위기를 일러 '예언자적 목소리'라 했다. 그는 제1부의 머리에는 이렇게 썼다.

천불(千佛)이 모인 자리에서는 천불이 싫어(嫌)하고 군마(群魔)가 득시글거리는 데서는 군마가 미워(憎)하는, 더러운 냄새의, 털 안 깎아 짐승 같은, 법맹승(法盲僧) 하나가 오늘도, 오라지도(請) 않은, 누구네 잔치의 앞자리에 버티고 앉았슙. 돌(咄)!

— 관잡설 품(觀雜說 品)

그러니까 위의 인용 전체로 일본승 하쿠인(白隱)임을 가리킴이며 '관잡설 품'(觀雜說 品)이란 불교경전의 분류방법에 따른 것.「잡설」에 대한 관법의 장(章)이라는 것. 잡설타령이 7조 촛불중의 설법 내용인 셈. "돌(咄)!"이란, 괴이적다는 놀라움의 소리. 이러한 의상을 갖춘 제1부는 그 첫 줄을 이렇게 적었다.

村僧今日, 事不得已, 曲順人情, 方登此座. 喝. 소주 맛 좋은 날, 썩 좋은 날 오늘, 걸승(乞僧)이 입지, 몇 모금 소주에 몇 입가심 저육을 보챈다 해도, 그 탓에 너무 허물치들 마십슙지. 촌승(村僧)은 그리고, 헤헵, 저육으로 기름을 삼아, 눈을 밝붉혀, 우리들의 우주의 입이 되는 데를 찾아 열어, 그 목구멍을 통해, 거기다 눈을 던져넣고, 그 안쪽에서 우리들이, 대체 무엇으로 하여금 저렇게도 바쁜지, 그것을 좀 절시(竊視)하려 하는 바, 이제부터 촌승이 무엇이든 말을 만들 수 있다면, 그것은 다름이 아니라, 촌승의 눈앞을 스쳐가는 풍경에다, 눈이 잉아걸어, 말[言語]의 북실 몇 바름 풀어낸 결과일 것입슙지. 도류(道流)들께서 그런즉 잊어서는 안 될 것은, 그러므로 촌승은 보는 자며, 그것도 훔쳐보는 자며, 무엇을 짓[作]거나, 정의(定義)하는 자가 아니라는 것이고, 그렇다면, 촌승이 촌승의 혀로, 무슨 말을 만든다 해도, 촌승이 그것에다, 촌승 나름의 무슨 질서를 부여할 수도 있다거나, 취사선택을 할 수도 있는 자가 아니라는 것입습지. 이런 범주의 말하기는 그렇다면, 그 말이, 듣는 이의 귓속으로 들어가, 누룩이 돼서, 때로는 대단히 빠르게, 때로는 대단히 더디게, 그 심정 속에서 의미의 술을 익히는 것이기보다는, 반대로, 듣는 이를, 그 말 속에로 끌어들여, 듣는 이로 하여금, 문맥을 잇게 하는 것일 듯 싶습지. 이런 투의 문장은 그렇다면, 듣는 이가, 단어단어의 역할을 담당하여, 듣는 이가 쓴다[作文]해야겠는갑. 돌(咄).

촌승이 바로 유리장에 들어가기 전에 떠돌며 잡설을 난발하는 촛불 중(7조)이다. 그의 말버릇의 뒤틀림이야말로 작가 고유의 영역이다.

스스로를 촌승이라 했고, 도반들 앞에서 장광설의 설법을 하고 있거니와 그 장소는 '유리장'이며 촌승이란 실상 이 '유리장'을 밝히는 촛불중에 다름 아니었다. 생명과 말(언어)의 원소로 이해되는 것이 불[火]이며 그 옹호자가 바로 7조이다. '7조어론'이란 그러니까 '생명과 말'의 논의에 다름 아니다. 왜냐면 6조(달마, 혜가, 승찬, 도신, 홍인, 혜능)가 물[水]을 생명의 원소로 이해한 것과는 구별되기에 그러하다.

다시 한번, 『칠조어론』이란 무엇인가 묻기로 하자. 해동국 전라 장수면 출신인 박패관이 촛불중이 되어 유리장에서 중원의 언어로써 해독하고 있는 '인류의 생사관에 대한 논의'에 더도 덜도 아니다. 4년 만에 완성된 『칠조어론』(제4권) 끝장에서 그는 이 사실을 거리낌 없이 정직히 실토해 놓았다.

필자가, 라틴어를 인용한 뒤, 영어로 통역해놓은 것을 보고, 헤헤, 어디 그나 그뿐인가, 때로는 산스크리트, 젠드, 한문, 심지어는 티베트어까지

동원해 사역하고 하는데, 이런 까닭으로 히히히, 어떤 독자들은, 필자가 꽤 다양한 언어에 통해 있는지도 모르겠다고, 생각할지도 모르겠는데, 언감생심, ─ 그 얘기하기 위해, 이 얘기 좀 해야겠는다.

그러고 보니, 제법 몇 철이 흘렀던 듯하구야, 그 몇 철 전에, 필자는 금호동 산번지 어디서 살았더랬는데, 그 근방에 있었던 작은 왕대폿집 하나는, '막걸리 센타'라는 입간판을, 골목쟁이에다 내세워 뒀었다. 필자가 통달해 있는 듯이도 여겨질, '다양한 언어'를 말하려다 보니, 저 '막걸리 센타'네, 주모의, '(헤헤 말임세, 예를 들면, '영어' '불어' '히브리어' '젠드어'라는 투의) 센타어'가 생각나는데, 왜냐하면 저 두 언어는, 서로 닮다 못해, 머리카락 수까지도 틀림이 없기 탓이다. 그러니까, 필자가 유창하게 써먹고 있는, 저 '다양한 언어'는, 다름 아닌 '센타어'계에 속한 것이라는 것이다. 그런즉 이런 '어계'를 짚어 아는 자라면, 필자의 '다양한 언어'를 두고 왈가왈부해야 할 까닭이란 별로, 있는 것도 아니라고 알게 될 것이다.

헤헤, 헌데 '센타(centre, center)'란, 우주간 어디에서나, 정하기 나름이 아니겠는가. (그래서 필자는, 거기가 얼마나 변두리이든, 그것이 어째서 상관이겠는가, 글쎄, '정하기 나름'이라고 하잖았는가, 필자가 앉은 자리를 '宇宙의 센타'로 정하고, 그 '센타'에 앉아, 우주사 돼오고, 가는 것을, 내어다보아온 것이었느랬다. 이런즉, 이 '다양한 언어'가 어찌 '센타어'가 아닐 수 있겠는가.)

이만큼이나 씨부리고 났더니, 본자어불(本者語佛)도 컬컬하구먼, 술 한잔 내게람!

회중은, 일제히, 꽃을, 한 송이씩, 들어올려, 보이느냠!

샨티 샨티 샨티

—『칠조어론 4』, 문학과지성사, 1994, 502쪽

그가 면벽한 호서땅 밴쿠버의 동굴이란 실상 1960년대 서울 금호동 축대 밑 한강 방에 다름 아니었다.

박은 금호동의 어느 언덕배기에 금방 무너져내릴 것 같은 높은 축대 아랫집의 축대 바로 밑에서 방 한 칸을 얻어 살고 있었는데 그 3미터도 넘을 까마득하게 수직으로 쌓아올린 축대에서는 사철을 가리지 않고 물이 스며나오고 있었다. 그 축대는 언제 어느 때에 무너져 내리덮쳐도 전혀 이상스러울 것이 없다 하게 항상 저승사자가 도사리고 있는 이승의 마지막 송별대(送別臺) 같은 축대였으므로, 기자는 그의 방에 들어앉기만 하면 으레껏 축대 켠으로 나 있는 창문만 내다보곤 했었다.……

기자가 찾아가면 기자의 축대 걱정이 아니꼬운지 박은 으레껏 철길 너머의 강변주루(江邊酒樓)로 안내하곤 했다. 강기슭에는 장어구이집을 비롯해서 물 속에 기둥 박은 너절한 판자집 여러 가구 닥지져 있었고 집집이 술청이었다. 우리는 푸짐하게 흐르는 한강수를 굽어보며 틉틉한 막걸리를 몇 주전자씩 넉넉하게 들이켜곤 했다. 안주는 짜디짠 열무김치가 고작이었고, 간혹 정말 어쩌다가 한번씩은 풋고추전 한 접시로 은연중에 취각을 슬쩍 사기치기도 했다.

—『이문구전집 10』, 196~197쪽

'금호동 산 번지'가 실상『칠조어론』의 원적지였다. 이 '금호동 산 번지'를 이문구는 이렇게 그려 놓았다. 『칠조어론』을 쓰는 동안은 물론 다 쓰고 나서도 박상륭은 이문구를 떠올리고 있었다. "이문구 화상아 봐라. 나 『칠조어론』을 썼다"라고. "너도 금호동 그 막걸리 집 이름을 기억하고 있을 테지"라고. 바로 거기가 나의, 우리의, 인류의 중심지(센터)이다라고.

7. 전(傳)의 형식과 '모란꽃 무늬'의 발견

박상륭은 「김현에게 보내는 마지막이 될 편질지도 모르는 편지」를 그대로 작품의 제2권 몸체로 삼았고, "중원의 언어란 바로 한국어다!", "세계의 중심이란, 서울 금호동이다!"라고 우겼다. "허다 못해 뒷뫼 여우라도 보살펴 주는 자 있어야" 처세하기 쉽다는데(『칠조어론 2』, 25쪽) 보살펴 주는 스승도 선배도 없이, 오직 혼자의 힘으로 그러니까 독학으로 저 불교의 독각(獨覺)스님의 방식으로 인류의 생사관에 몰두하는 박상륭을, 참으로 다행스럽게도 옆에서 또 멀리서 눈 밝게 지켜본 키 큰 비평가가 있었다. 이름은 김현. 박상륭은 그의 '연구와 공부'한 바를 이 키 큰 비평가에는 들려주고자 무진 애를 썼다. 종래의 「6조 단경」과는 달리 새로운 단경 곧 7조 단경이 그것이다. 돈오의 질을 촛불중의 전기형식으로 그린 것이 『칠조어론』이라는 것. 이 전기를 '잡설행'이라 했고, 그것은 인류의 진화론적 '어론'이라 불렸던 것. 요컨대 듣는 연한 귀를 가진 키 큰 비평가를 친구로 가질 수 있었던 것은 박상륭의 불행이자 동시에 행운이었다. 『칠조어론』의 독자가 김현뿐인 것은 이로써 명백한데 불행히도 그는 『칠조어론』의 윤곽만 알고 읽지 못한 운명에 놓였기 때문이다.

이에 비해 박상륭의 맞수인 또 하나의 '독종' 이문구는 어떠했던가. 멀쩡한 소설을 써놓고 이를 "수필이다!"라고 우기는 이 독종에겐 매우 딱하게도 '키 큰 비평가'가 따로 없었다. 그도 그럴 것이, 그에겐 키 큰 비평가든 키 작은 비평가든 좌우간 비평가가 필요치 않았던 것이다. 어째서? 일목요연한 해답이 주어진다. 그는 '소설'을 쓰고자 하지 않았기 때문이다. 소설이란 새삼 무엇인가. 사람 사는 얘기를 타인에게 들려주기 위한 근대적 제도의 일종이다. 이를 두고 흔히 미학에까지 연결시키고 있다. 박상륭은 이 소설을 초월하여 종교에로 치달았지만, 이문구는 아예 소설을 무시하고자 했다. 다만 '글쓰기'를 했을 뿐이다. 그 글쓰기란 자기 얘기도 아니고, 이웃 얘기도 아니었다. "후세 내 자식이나 조카들에게 읽히기 위해 소설이니 문학이니를 떠나 눈물을 지어가며 쓴 글"(『관촌수필』 후기)에 지나지 않았다. 그것은 바로 우리가 숨 쉬는 현실정치 속의 일에 관한 것이어서 '수필'이라 부르는 것이 제일 적합했다. '소설 초월'이며 '소설 미달'이 아니면 안 되었다. 대체 후세 내 자식이나 조카들에게 읽히기 위한 글쓰기란 무엇에 대한 글쓰기인가. 이 물음이 결정적이다. 곧 아비에 대한 글쓰기가 그것이다. 아비에 대한 글쓰기란 새삼 무엇인가, 그 형식은 '아비전', 곧 소설의 전 단계인 '전'(傳)이어야 했다. 그렇다면 그 '아비'란 무엇인가. 이른바 부계(父系)문학의 원형이 여기에서 도출된다. 모계문학이냐 부계문학이냐를 문제 삼을진대, 제일 먼저 지적될 점은 후자가 가부장제적 이데올로기에 근거된다는 사실이다. 이 이데올로기의 근거는 물을 것도 없이 국가이다. '개인-가족-국가'를 꿰뚫고 있는 이 국민국가의 이데올로기만큼 강력한 남성중심주의적 힘의 장치는 일찍이 있어 본 적이 없었다. 이 이데올로기가 양분되어 극단적 대치국면을 이룬 역사적 시기를 일러 우리는 해방공간(1945~48)이라 한다. 공간 속에 놓인 개인은 '가족'이라는 매개항을 가운데 놓고 두 개의 국가 이데올로기에 각각 반응하는 심리적 구조물을 만들어 냈다. 문학판에서는 그것이 모계문학과 부계문학으로 나타났다. 아비 부재를 기준으로 하여 그 아비의 몫을 생활면에서 감당하고 있는 어미상을 잔잔히 그려내는 것이 모계문학이며, 따라서 눈물을 동반한 사모곡의 일종이라면 이에 맞서는 부계문학이란 어떠했던가. "아비는 종이었다", "아비는 남로당이었다"로 표상되는 아비상이란, 절대성의 그것인 신에 준하는 것으로 터부의 일종이 아닐 수 없다. 밤의 논리인 모계문학과는 달리 대낮의 논리이며 그 세계가 아닐 수 없다. 국가 지배 이데올로기가 분열 이전의 세계라 밤의 논리와 대낮의 논리의 균형이 요망되겠지만 해방공간의 특수성은 지배 이데올로기의 분열로 말미암아 두 가지 신이 군림하는 형국이었고, 그 결과 하나는 대낮의 논리이며 다른 하나는 밤의 논리로 되고 만 것이다. 새로운 밤의 논리, 위장한 부계의 기묘한 논리가 그것. 이문구의 경우 현실적 삶은 모계문학인 밤의 논리에 서면서도, 또 다른 밤의 논리로 군림한 부계문학에 놓인 것이 있다. 『관촌수필』을 꿰뚫고 있는 근본이념은 조선조 지배계층의 이데올로기에 다름 아니었다. 대낮의 논리, 부계문학, 가부장제적 질서의 세계가 그것이다. 이것이 단지 해방공간의 특수성으로 말미암아 일시적으로 '숨은 신'의 형상을 하고 있었을 뿐이다.

우연히 되잖은 글줄이나 쓰게 됐다고 내가 이제 와 복산의 월단(月旦)을 함부로 논할 수 있을까. …… 비록 몽당붓일지언정 그런 대로 제법 낙필(落筆)하여 주어진 내 몫의 삶이라도 떳떳하게 지탱해 왔다면 가능한 일일지도 모른다. 그러나 나는 현실에 투생(偸生)하여 이 오죽잖은 생활이 나마도 누릴 수 있기를 도모하였고, 애초부터 사문(斯文)을 따르지 못하여 나이 넉 질(四秩)이 다 되도록 구이지학(口耳之學)으로 활계(活計)함에 그쳤으니, 얼굴은 들 수 있어도 뒤통수 부끄러워 못 다닐 지경에 이르지 않았던가.

— 『관촌수필』, 문학과지성사, 1977, 291쪽

'월단(인물평)', '투생(삶을 훔침)', '사문(주자학)', '넉 질(한 질이 책 열권 안팎이니까 곧 40세 전후를 가리킴)', '구이지학(몸으로 익혀 배움)', '활계(살아갈 방도)' 등의 도입이란 무엇인가. 근대적 논리인 소설을 이야기로 이끌어 내리기의 방식이란, 이처럼 역설적 상태로 전개된다. '한내'와 '관촌'의 대응과 꼭 같은 방식으로 자연과 근대가 대응관계에 놓이게 되었을 때 발생하는 보이지 않는 긴장력을 창출해 내기로 이 사정이 정리될 수 있다. 다시 말해, 그것은 근대를 자연 속에 내포시킴으로써 근대 자체를 자연화하기의 전략이다. 근대를 자연화함이란, 그러니까 마르크스주의를 배제하지 않고 내면화하는 한 가지 방도이자 동시에 소설을 이야기 범주에서 구출해 내는 길 그것이기도 하였다.

이야기체(體) 속에서 소설체를 내포시키는 글쓰기의 방식, 이를 일러 '수필'이라 부르게 한 것은 1970년대를 짓누른 역사의 압력이었다. 근대를 생리화하는 글쓰기의 길이 이로써 그 지평을 열어 보일 수 있었는데, 다음 두 가지 사실에서 그 지평이 확실성을 갖춘 것임에 주목할 것이다. 작가 이씨의 뿌리라는 점이 그 하나라면, 다른 하나는 그것이 고전적이라는 사실이다. '수필'이란 새삼 무엇인가. 이야기체 속에 소설체를 내포시킨 글쓰기의 형식이 '수필'이다. 그럼에도 주인과 노예의 변증법이 내포된 글쓰기임에는 변함이 없다. 이야기체를 육체로 삼고, 소설체를 두뇌로 삼았기에 이문구스런 독창적 글쓰기가 아닐 수 없다. 두뇌가 육체를 지배하는 글쓰기이기에 고전적이지 않으면 안 되는 그런 글쓰기이기도 했다. 마사(馬史), 곧 사마천의 『사기』에 닿아 있는 두뇌이기에 부계(父系)의 글쓰기가 아닐 수 없다. '낙필'이라 불린 잡스럽고 수필스런 표정의 지평선 저 너머에서 샛별이 지켜보고 있는 글쓰기이기에 '낙필'은 표정이 견고한 소설체, 곧 '마사'의 글쓰기로 금세 환원될 수조차 있었다.

'낙필(장난삼아 쓰는 글)' 또는 '희서(戱書)'와 사마천의 『사기』와의 대응에서 비롯되는 『관촌수필』의 아이러니컬한 이중성이 첨예한 양상을 드러내는 것은 이 연작 중 다섯번째인 「공산토월」이다.

'빈 산에 달 뜨기'로 풀이되는 이 제목은 문자 그대로, 보잘것없고 내력조차 없는 빈 곳에서 한밤중을 환히 밝히는 달덩이가 솟아오름, 곧 어둠을 밀어내며 세상을 밝히는 아들, 아비 인물들을 가리킴인 것, 빈 산에 떠오른 달이란 대체 누구인가. 작가는 이 물음에 여간 뜸을 들이고 있지 않다. 작가 이씨가 말머리를 아끼는 방식은 특이하다. '역시 객담이지만⋯⋯'이라고 말머리를 삼음에서 조금씩 드러난다. 이 객담의 분량이 크고, 말솜씨가 은근하고 뒤틀리고 복잡하게 되어 있음은 객담을 넘어선 '본담'의 중요성에 엄밀히 대응된다. 이를 이 작품의 Ⓐ층위라 부른다면, '본담'에 해당되는 Ⓑ층위는 무엇인가.

그것은 자기 자신이 희생되더라도 이웃과 남을 위해 몸을 버릴 수 있었던, 진실로 어질고 갸륵한 하나의 구원한 인간상이 내 정신 속에 굳게 자리 잡고 있기 때문인지도 모를 일인 것이다.

—「공산토월」, 『관촌수필』, 192쪽

그는 누구이며 '나'란 누구인가. 먼저 '나'에 주목할 것이다. ⓐ층위에서 '나'는 작가 이문구다. 청진동 『한국문학』 편집실에서 몽당칫솔 하나를 뒷주머니에 넣은 채 먹고 자고 하던 편집인 이문구임을 깃발처럼 내세우기 위해 「강아지풀」의 시인 박용래를 실명 그대로 등장시켰을 뿐 아니라 대낮부터 함께 벌겋게 취해 있지 않았던가. '나'를 분명히 하기란 무엇인가. '그'를 분명히 하기 위한 예비잔치에 다름 아니라면 '그'는 누구인가. 이름은 신현석(申鉉石). 향년 37세. 살아 있다면 올해(1977년 현재) 48세. 별명은 석공(石公). '나'가 누구인가를 가장 분명하게 드러냄에 비례하여 '그'를 드러내겠다는 글쓰기의 전략인 이 작품에서 분명해지는 것은 '그'의 우상화다.

신현석이란 누구인가. 그의 일대기를 줄줄이 엮어내는 이 작품은, 그러니까 형식상으로는 고래로 글쓰기의 한 전형인 '전'(傳)에 해당된다. 사마천의 『사기』 '열전'이 그 표준형이며 이에 이어져 쓰인 것이 우리의 『삼국사기』 '열전'임은 천하가 다 아는 일. '열전'의 형식이란 그러니까 『사기』가 표준이다. 평전의 형식이기에 열전에 등재된 인물상이란 인간성의 한 가지 특징, 가령 용(勇)·지(知)·우(愚)·악(惡)·의(義)·추(醜) 등의 대표성을 유형적으로 드러내는 글쓰기 형식이었다. 일정하고도 엄격한 평가가 전제되었음은 이런 연유에서다.

이 '전'(傳) 형식이 다른 한편으로는 『사기』의 권위를 업은 채 한 인간의 일대기를 그리되, 우상화하는 방식으로 변질되어 갔음도 숨길 수 없는 사실이다. 이를 전형성의 세속화(世俗化)라 부를 것이다. 별 대단치도 않은 조상들치레를 위해 편집된 조선조의 무수한 문집(文集)류에 붙여진 평전이 이 범주에 드는 한 가지 전형이다. 그렇다면 『춘향전』을 위시한 전자(傳字)류의 고대소설(이야기)은 어떠한 글쓰기일까. 『유충렬전』이 충절을, 『춘향전』이 사랑을 유형화하듯 이 허구적 형식 역시 '전' 형식에서 벗어나지 못했다. 조선조 문집들이 보여 주는 실존인물전·탁전(託傳)·가전(假傳)·가전(家傳)·사전(私傳) 등의 개념과 그것이 소설 형식과 맺고 있는 이동점(異同点)에 관해서는 학계에서도 아직도 쟁점을 남겨 두고 있음도 사실이다. 과연 '전'이 소설의 일종이냐. '전' 자체의 특성이란 무엇인가, 그 이동점에서 소설로의 이행의 가능성이 확인되는 것도 사실이다(박희병, 『조선후기 전의 소설적 성향 연구』, 대동문화연구소, 1993 참조).

「공산토월」이 어째서 '전' 형식으로 되지 않으면 안 되었으며, 어째서 '수필'이라 외치지 않으면 안 되었으며, 또 어째서 이런 일들이 '고전적'인가 하는 물음도 이로써 조금은 설명된다. 신현석의 일대기를 '전' 형식으로 쓰겠다는 것, 그러니까 인간성의 가장 소중한 것 중의 하나인 어떤 '덕목'을 신현석을 통해 보여 주겠다는 것이 그것. 여기에는 소설 형식을 물리치고 조선조 유생들의 문집(文集) 속의 '전'(傳) 형식으로의 편향성이 뚜렷하다. 그 인간상은 가히 성자(聖者)의 그것에 다름 아니다. 일찍이 프랑스 레지스탕스의 일원이자 시인인 루이 아라공(L. Aragon)은 『공산주의적 인간』(1948)에서 이 성자 개념을 내세운 바 있다. 남을 위해 서슴없이 자기희생으로 나아가는 레지스탕스의 인간상에서 이 시인은 체험적으로 이 성자 개념을 얻어내고 있었다. 신현석의 경우도 이와 흡사하다. 2남 2녀 가운데 맏이로 태어난 신현석은 소학교 외엔 신식 교육의 근처도 못 간 가난한 농군의 자식으로, 이문구 씨의 이웃에 살았다. 한산 이씨로, 또 유생으로 매우 지체 높은 이문구 씨의 조부와는 감히 얼굴도 마주칠 수 없을 만큼의 하층민급 출신이었다. 「공산토월」은 그런 신현석이 어떤 곡절로 해서 '나'의 조부 앞에 나타날 수 있었고, 심지어 하늘처럼 아득히 뵐 수조차 없던 '나'의 아비와 겸상까지 하였으며, 또 '나'의 아비를 위해 어떻게 성심껏 살다 갔는가를 그야말로 '전' 형식으로 그려내었다. 우상화 작업으로서의 형식에 온몸의 무게중심을 실었기에 붓이 일사천리로 내달을 수밖에 없었고, 따라서 자기도취형에서 한 발짝도 벗어날수 없었다. 훗날 이문구 씨는 가작 「유자소전」(兪子小傳, 1991)을 썼거니와 이 역시 '전' 형식에서 벗어난 것은 아니었다.

한내 마을의 청년 신현석이 어떤 인물임을 드러내는 글쓰기가 '전'의 세속화임은 새삼 말할 것도 없다. 우상숭배에서 한 발자국도 벗어나지 못했기에, 이는 여러 덕목의 균형감각을 유지한 『사기』의 법도에도 속하기 어려울뿐더러, 무엇보다 근대의 산물인 소설 범주에 들기가 어렵다고 볼 것이다. 영웅숭배로 일관되는 이런 식의 글쓰기란 '권선징악'을 일삼는 고대소설(이야기 범주)의 전유물이 아니었던가. 인간성을 규정함에 어떤 유형화도 거부함에서 근대소설이 비롯됨은 삼척동자도 아는 일이다. 그럼에도 작가 이문구 씨가 이 방식에 유독 매달렸음이란 웬 까닭이었을까. 이 물음에 결정적인 대답이 「공산토월」 장의 세번째 ⓒ층위가 지닌 의의에서 찾아진다.

ⓒ층위란 무엇인가. 작중화자인 '나(이문구)'에게 있어 ⓒ층위는 막바로 평생 지게만 지던 청년 신현석의 등짝에 '모란꽃 무늬'를 씌운 아비

의 발견에 바쳐진 헌사의 형식에 다름 아니었다.

신현석이 장가든 밤, 그의 마당에서 벌어진 그 밤에 일어난 일이란 무엇이었던가. 잔치마당에 일곱 살짜리 '나'가 나가 보니 거기엔 참으로 기묘한 일이 벌어져 있지 않았겠는가. "석탄백탄 타는데……"라는 노랫소리가 들렸고 사람들 틈으로 뵈는 것은 무엇이었던가. 주안상 가장자리를 두들겨가며 노래하는 사람은 코와 눈이 그렇게 크고 음성 또한 굵직한 신사, 아버지였다. 소년은 숨조차 제대로 쉴 수 없었는데, 난생 처음 대하는 아비의 기묘한 행적이었던 까닭이다. 그것은 실로 전무후무한 장면이 아니면 안 되었는데, 전무함이란 30년을 함께 산 '나'의 모친에게까지 해당되는 것이었고, 후무함이란 가족은 물론 그를 아는 세상 그 누구에게도 해당되는 것이었다. 6·25 이전에 그가 죽었음과 결코 무관하지 않은 이 '전무후무'함이란 구체적으로 무엇인가.

나는 가슴이 벅차올라 숨조차 제대로 쉴 수가 없었다. 황홀하기도 하고 의심스럽기도 하여, 얼마를 두고 뚫어지게 바라보았으나 분명 아버지였다. 당신으로서는 도저히 있을 수 없는 일에 도취된 모습이기도 했다. 우선 석공네 울안에 들어왔다는 사실이 현실 같지 않았고, 노래를 하는 것도 사실일 수가 없으련만, 모든 것은 눈에 보인 그대로였다. 아버지는 안팎 동네 어느 누구네 집도 울안은 들어가 본 적이 없는 터였다. 일가간인 한산 이씨네로서 노인을 모시는 집안, 그리고 당내간의 사랑이라면 더러 출입이 있었을 따름, 울안에 발들인 일이란 절대 없는 터였으니, 하물며 일갓집 행랑살이를 해온 상사람네 집이겠던가. 신 서방은 덩실덩실 춤을 추었고, 아버지 맞은편에 꿇어앉은 석공은 연방 싱글벙글 웃어가며 숫음숫음하는 신명을 어쩌지 못해 답답한 표정이었다. 아버지가 노래를 마치자 요란스런 박수 소리가 터져 나오고, 신 서방이 두 무릎을 꺾고 두 손에 술잔을 받쳐드니 석공은 주전자를 기울였다. 아버지가 술잔을 받아들자 신 서방은 일어서며 노래를 부르기 시작했는데, 아, 나는 그때 또 한 번 크게 놀라고 말았다. 다시 한 번 뜻하지 않은 일이 벌어졌음이니, 그것은 아버지가 일어서서 어깨춤을 추기 시작한 거였다.

―『관촌수필』, 209~210쪽

우상숭배의 극치라고나 할까. 경이로움의 경지를 넘어 바야흐로 성스러운 장면이 신현석의 마당에서 펼쳐졌던 것이다. 일곱 살 소년은 이를 감당할 수 없었다. 아침에 일어났을 때 소년의 이불은 한강이었다. 오줌을 싼 것이었다. 부끄러워 일어날 수도 없었다. 마찬가지로 그날 밤 귀로의 아비도 외아들을 뒤에 거느린 채 한쪽 발목을 헛디뎌 양말 한 짝이 마당가 우물 도랑물에 젖었던 것이다. 아비의 이날 밤의 행위가 어째서 그토록 충격적이었을까. "모두들 처음이며 아울러 마지막이겠음을 미루어볼 줄 알았기 때문"(211쪽)이라고 훗날의 작가는 썼다.

이러한 충격을 어린 소년 이문구는 어떻게 소화할 수 있었을까. 다음 장면 속에 그 해답이 문학적으로 나와 있어 실로 인상적이다.

그 이튿날 해돋이 어름이 되자마자 석공(신현석)은 우리집에 인사를 왔었다. 그 틈에 나는 질척한 이부자리를 가동쳐 개어엇고 빠져나올 수 있었고, 할아버지께 석공이 큰절로 인사드릴 때, 그의 물색 공단조끼 등 허리 한복판에서 무늬 널따란 모란꽃잎이 문창호 엷은 빛살에 윤기를 내

뿜으며 빛나는 것도 보았다. 지게 멜빵밖엔 걸어본 것이 없던 그의 두 어
깨였지만, 생전 처음 걸쳐진 비단조끼였음에도 조금치의 어색함이 없음
을 나는 아울러 발견했던 것이다.

— 『관촌수필』, 211~212쪽

오줌을 한강처럼 싼 이문구 소년을 구출하여 새로운 경지를 발견케
한 것은 바로 신현석이었음이 위의 인용에서 선연하다. 그것은 '모란꽃'
으로 표상되며, 나아가 막바로 그것은 '모란꽃 무늬'였다. '모란꽃 무늬'
로 표상됨이란 새삼 무엇인가. 그것은 응고되고 말 체험으로서의 아비상
이 바야흐로 경험으로서의 아비상으로 전환되는 결정적 장면의 다른 명
칭이 아닐 수 없다. 이 장면은 아무리 강조되어도 이문구 문학 해명엔 지
나침이 없는데, 왜냐하면 '모란꽃 무늬'가 헤겔 식으로 말해 체험으로서
의 아비상(특수성)이 경험으로서의 아비상(보편성)으로 전환되는 거멀못
의 표정인 까닭이다. 이 장면을 위해 그 들러리로 길고도 지루하고 복잡
한 '수필'을 썼다. '수필'이 자기보호용의 방패이기에 앞서 방법론이 빚어
낸 필연적 산물이라 보는 것은 이런 근거에서다. '수필'이 그대로 '소설'
로 전용되는 유례없는 현상도 이 방법론의 산물이 아닐 수 없다.

그렇다면 글쓰기 형식인 '전'(傳)은 어떠할까. 「공산토월」이 '전' 형
식에서 벗어나지 않은 것은 그것이 '신현석전'임을 가리킴이자 동시에
'아비전'에 해당된다는 사실과 분리되지 않는다. 그것은 아직도 근대소
설의 형식에의 미달이거나 초월에 다름 아닌 상태다. '전' 형식이란 '모란
꽃 무늬'의 발견에 혼신의 힘을 기울인 나머지 작가적 에너지를 몽땅 소
모한 이문구가 이른 한 '지점'이 아닐 수 없다. 이 '지점'에서 그는 이른바

근대소설 형식으로 나아갈 처지에 가까스로 놓여 있었다. 소설 형식 미달이거나 초월에 계속 머무는 한 그의 체험에서 경험으로의 전환의 혁명적 자기변신 사업은 미완성에 응고되겠기 때문에 그것은 필연적인 길이 아니면 안 되었다. 『관촌수필』이 안고 있는 최종적 과제가 바로 이 점에 있었다.

8. 망명객의 공허한 수사학

『관촌수필』은 『칠조어론』과 맞서고 있었다. 두 '악종'이 기를 쓰고 벌인 힘겨루기였다. 밴쿠버 동굴에 면벽하여 『칠조어론』이 되라고 수없이 뇌며 혼신의 힘으로 버티고 있는 박상륭의 외로움은 가히 절망적이었으리라. 그러나 박상륭은 외롭지 않았는바, '키 큰 비평가'(박상륭의 표현) 김현이 옆에 있었고 또한 팔만대장경의 석가세존과 용수보살의 가피 속에 있었던 까닭이다. 이에 비해서 이문구는 어떠했던가. 그는 문단 한복판에서 '소리 나는 쪽으로 돌아보기'에 열심이었던 탓에 무수한 친지들 속에 놓여 있었다. 외로워할 틈조차 없었다고나 할까. 잡지 『한국문학』사의 사무실이 부엌이요 응접실이며 침실이고 또 집필실이기도 했다. 그러나 이 속에서 그는 면벽한 박상륭보다 한층 외로웠다. '모란꽃 무늬'가 미학의 차원을 넘어선 종교의 경지, 성스러운 존재라는 사실이 오직 그만의 것이었던 까닭이다. 그 외로움이 최고조에 이른 때가 유신정부 말기인 1970년대 초였다. 자유실천문인협의회의 실질적인 일꾼이었던 이문구는 1년간 절필한 뒤 경기도 화성군 향남면 행정리(발안마을)에 솔가해서 살았다. 당국의 감시 아래 마을 사람들과 어울려 농사를 짓는 이문구란 무엇이었을까. 낯선 남의 동네에서 살며 '우리 동네' 연작을 썼다. 그러나 이 연작은 그로 하여금 형언할 수 없이 공허케 했다. 남의 동네를 두고 '우리 동네'라 한 것부터 실수였다. 동네 사람들과 아무리 가까이 하려고 해도 어림없는 짓이었음을 누구보다 문필가인 이문구 자신이 잘 알고 있었다. 이 연작은 결론부터 말해 '공허한 글쓰기 형식' 또는 '언어 자체의 공허한 증식'이라 규정할 수 있다. 대체 이 공허한 언어의 자기증식을 '미학'의 수준으로 끌어올림이란 무엇인가. 먼저 그 사례들을 촘촘히 엿보기로 한다.

㉮ "모르는 소리두 되게 해쌓네. 있으면 읍는 것버덤 낫지 무슨 초상에 개 잡는 소리라나? 텔레비전이 하루만 읎어보게, 지미 카터가 원제쯤 미군 철수를 해가며, 밴스가 천안문에 들어가 화국뵈이구 무슨 호이담을 혔는지, 이런 촌간에서 위치기 알겄나."

"빤스가 남댑문에 들어가 좆뵈이허구 무슨 회담을 허는지, 짐치 한 가지루 건건이 허는 우리네가, 모른다구 세금 물리지 않는 담에야 안다고 젓담을 거여?"

하고 홍이 뽀루지마냥 불거져 나왔다. 그러자 장병찬이가 나섰다.

"좌상(座上) 말두 좀 들으슈. 좌중에 민방위 끝낸 사람은 황 좌상 혼자 모양인디…… 황 좌상 말씀두 뭐가 있긴 있는 게, 테레비 안 보면 상식 얻을 디가 워디 있슈? 그나마 텔레비전 덕이지."

— 이문구, 『우리 동네』, 솔, 1996, 77쪽

㉯ "왜 대꾸가 읎수? 우리네헌티 농약을 팔어두 특정 회사 것만 팔은 건

무구, 우리네헌티 소굼, 새우젓을 이자까장 붙여서 외상 놓은 건 뭐여? 장사를 해두 꼭 딸라 장사를 허야 조합이 되겠더라 이게여?"

"……"

"왜 대꾸가 읎수? 나마 해두 이십 년 농민인디, 이 이십 년 농민 금년 추수가 월만지 아우? 까놓구 말해서 뒷목까장 싹 쓸어담은 게 쌀 스무가마여. 요새 쌀금이 월맙디야? 이마 육천 오백 원이지? 알기 쉽게 따져봐두 열 가마면 이십육만 오천 원이구 스무 가마면 오십삼만원…… 이게 뭐여? 중견 사원 두달 월급여. 지서기도 아다시피 일년 내내 몸달어봤자 남는 건 겨허구 지푸라기뿐인 게 농민인디 뭐? 출자를 혀?"

—『우리 동네』, 114쪽

㉴ "그 호랭이 담배 먹는 소리 구만 허구, 그 뭣이여, 이쁜이계, 그거나 좀 설명해줘."

슬기어매는 짐작이 있었던 듯, 류석범이가 혼자 쓴다던 건넌방 쪽을 힐끔거리며 목소리를 잡고 말했다.

"설명이나마나, 이쁜이를 이쁘게 수술허자면 수술비만두 십 만원이나 몫돈이 드니께, 장터 여편네들은 계를 하고, 계를 타면 수술을 헌다 이거라."

"워디가 워뗘서 수술을 허간유?"

김승두 여편네가 정신을 바싹 차리고 물었다.

"수술이나마나, 집이는 병원에 가서 낳았으니 상관읎어. 병원서 낳으면 그 자리에서 츠녀 때처럼 좁으장허게 꼬매주거던. 그란디 우리는 워디 그려? 두 애구 시 애구, 애마두 집에서 낳았으니 이쁜이가 헐렝이 다 되었지……"

—『우리 동네』, 214쪽

㉱ "자던 구신이 듣고 일어나 보더래두 생활 수준이 나아진 건 틀림웂
어. 이런 디서두 양말 꼬매 신는 사람 못 보겄구, 십 리 이십 리 걸어댕기
는 사람 안 보이데. 집이나 내나 즌기 밥솥이 웂어 즌기 후라이판이 웂
어, 믹사에 마호병에, 웂는 게 뭐여? 한갓 냉장고 하나 안 갖다놓은 거 아
녀? 이북 갔다 온 소리 말어. 요새는 이런 춘구석에 시집오는 색씨 혼수
에두 세탁기가 따러오는 판이여."
"말으나마나 그게 뭣인디? 이런 디서 집을 지어두, 가시사 중깃에 설외
누물외 엮어서 안벽 밭벽 치구 새벽 허면, 겨울에 우풍 웂구 여름에 선헌
중 알면서 안허는 거 도섭아버지두 알잖여? 알면서 눈만 흘겨두 부스러
지는 비싼 부로꾸를 운임들여가며 사다 바람벽허구, 여름에 쪄서 헐떡
대구 겨울에 얼어 요강 터지는 게 뭣이여? 지푸라기루 구럭 뒤트레 삼태
미 틀어 쓰면 짱짱허구 돈 안 들구, 비바람에 반만 삭어두 골통품으로 사
가는 중 뻔히 알면서, 쓰다 깨지면 내버릴 디두 웂는 푸라스틱제를 사다
쓰는 건 뭐여? 논밭에 기음이 짓으면 호미루 맬 생각 않구 제초제 사다
찌었는 것은?"

—『우리 동네』, 288쪽

㉮~㉱에 걸치는 사례들이 막바로 연작 '우리 동네'의 육체를 이루고
있거니와, 중요한 것은 이러한 육체가 작품의 부분적 요소가 아니라 전면
적이라는 사실에 있다. 비유컨대 육체가 전부인 만큼 이에 대응되는 정신

이랄까 혼이랄까 좌우간 알맹이라 할 수 있는 '그 무엇'이 빠져있는 형국이 아닐 수 없다. 그렇다면 글쓰기의 알맹이란 대체 무엇인가. 이 물음에는 상당한 설명이 뒤따르지 않으면 안 되게 되어 있다.

'수필'이라고조차 이름 붙일 수 없었던 글쓰기가 연작 '우리 동네'라면, 그것은 내용도 형식도 함께 공허함을 가리킴이 아닐 수 없다. 이 '두물머리'의 공허함에서 벗어나는 길이 모색되지 않으면 안 되었을 때 작가 이문구 씨가 발안마을 생활의 청산에 나아갔음은 너무도 당연한 일이 아닐 수 없다. 박씨 성을 가진 대통령의 죽음(1979. 10)과 잇달아 12·12사태가 발생했고, 마침내 비상시국인 계엄령으로 1980년이 시작되었다. 광주의 5월이 벌어진 1980년을 맞아 자의 반 타의 반의 망명객인 작가 이문구 씨가 발안마을에서 벗어남은 너무도 당연한 일이 아닐 수 없다. 상경한 씨에게 정치활동규제법이 적용되었음도 당연한 일이었다. 『실천문학』의 주간을 맡았으나 곧 물러나야 했다. 자의 반 타의 반의 두번째 망명객 신세가 되지 않으면 안 되었음도 씨의 경우는 거의 순리로 보는 것은 웬 까닭이었을까. 『관촌수필』속에 그 해답이 들어 있지 않다면 어디서 그 대답을 들을 수 있으랴.

그가 가족을 서울에 남겨 두고, 충남 보령군 청라면 장산리로 내려간 때가 1989년이었고 상경과 낙향의 되풀이가 1991년까지 이어졌다. 이 낙향은 '두물머리스러움'이 아니라, '두물머리스러움'에서 벗어나기 위한 길, 그러니까 온갖 잡스러운 것들이 덕지덕지 몸에 붙어 78킬로그램까지 몸무게가 늘어 있음에서 벗어나기, 자기 무게 찾기에 다름 아니었다. 이 세속적인 헛된 살덩이를 빼고 본래의 자기 몸무게 찾기가 이번 낙향이었다. 가족을 떼놓은 홀로 낙향이라는 것, 이 사실은 거푸 강조될 점이 아닐 수 없다. 죽장에 망혜 신은 김삿갓의 모습이거나, 좀더 과장되게는 구름 좇아 표랑하는 매월당의 흉내내기라고나 할까, 좌우간 그는 홀로 낙향했고, 거기서 한 일이란 농사일의 그림자밟기 행위였다. 고향에서의 이문구의 삶이란, 낯선 동네 발안에서의 그것과는 전혀 다를 수밖에 없었다. 망명객일 수도 없었는데, 향당엔 막여치(鄉堂莫如齒)일 뿐, 거기엔 어떤 정치적 감각 따위도 있을 수 없는 곳인 까닭이다. 농사꾼일 수도 없었는데, 향당엔 향당으로서의 명분이 있을 뿐이었던 까닭이다. 그가 향당에서 할 수 있고 해야 될 과제란 자명한 것이었는데, '자기 자신 찾기'가 그것이다. '자기 자신 찾기'의 형식으로서는 '수필'에 대한 재음미일 터이며, 그 내용으로서는 이미 살아 버린 자기 자신의 반성이랄까 자기비판이 아닐 수 없었다.

『관촌수필』과 연작 '우리 동네'를 쓴 '나'는 누구이며 또 무엇인가. 이 물음에 대한 해답을 씨는 '나는 나무다'라는 명제에서 찾아내고자 했다. 연작 '나무'가 씌어지기 시작한 것은 이로 보면 필연이다.

'나는 나무다'라는 명제에서 떠오르기 쉬운 것은 '거목스러움'이며 뿌리를 대지에 박이며 풍우에 견디는 믿음직스러움이며 불변성이지만, 이문구의 나무는 나무이긴 하되 그런 이미지와는 사뭇 다른 나무였다. 고욤나무거나 싸리나무, 개암나무 또는 화살나무거나 소태나무 같은 것들이었다. 잡초와 함께 초동의 낫에 여지없이 잘라지는 그런 푸나무였던 것이다.

Ⓐ 기출씨는 그러면서도 후텁지근한 답답증이 덜 가셨는디 여름에나 맞바람이 치도록 터놓던 북창문을 열어제끼는 것이었다.

북창문을 여니 고욤나무가 보였다. 손을 안 타고 자라서 곁가지가 땅에 끌리도록 이리저리 늘어지고, 화라지를 쳐주지 않아서 절반은 삭정이로 묵어버린 볼품없는 나무였다.

—「장곡리 고욤나무」,『우정 반세기』, 1991

Ⓑ 그 노인네는 나무루 치면 으름나무여 으름나무. …… 그건 나무두 아니구 풀두 아니구 나무랑 풀 사이에 어중간허게 걸치구 양쪽 눈치나 보구 사는 덩굴이라고, 다른 나무를 타구 올라가서 그 타구 올라간 나무 덕에 키가 자라는 덩굴 말여. …… 으름이라고 여리지만 그게 어디 과일이여? 우리 또래나 입에다 대두 되는 건줄 알지, 요새 애들은 이건 또 뭐여 허구 쳐다두 안 보는 게 으름이라구.

—「장척리 으름나무」,『신동아』, 1994년 10월, 537쪽

Ⓒ 겨울철로 접어들면 조선낫으로 싸잡아서 벤다 하여 싸재비나무라고 부르면서 아무 산이나 다니며 푸서리 나무를 쪄다가 땔감으로 하는 집이 많았다. 게다가 산 임자가 말리는 나무갓도 진달래나 노간주 같은 나무는 두어야 쓸모가 없어 아무나 와서 싸재비나무를 해가도 말리는 법이 없었다. 따라서 진달래 나무라고 하면 어느 산을 가더라도 성하게 있는 나무가 없었다.

—「장동리 싸리나무」,『한국문학』, 1995년 여름, 71쪽

Ⓓ (아내) "꾸지뽕낭구는 조경업자덜이 오며 가며 쳐다나 본다구 허지. 저까짓 깨금낭구는 뒀서 뭘 헌더구 쓸디없이 둬두는지 몰러. 밭에 그늘

만 지게. 비어버리라구. 내가 톱질만 쪼끔 헐 중 알았어두 벌써 자빠트리
고 말았을껴."

(동네사람) "이게 깨금나무라메유? 깨금나무가 워치게 생겼나 했더니
이냥 생겼구먼유. 보니께 나무가 미끈허질 않구 다다분허니 영 개갈 안
나게 생겼네유. 그란디 안 없애구 왜 그냥 내버려두신댜. 밭둑에 있는 나
무를 살리니께 올 적 갈 적에 걸리적거려싸서 일허만 만허구 들 좋다면."

　　　　　　—「장이리 개암나무」, 『샛길에서 나 홀로』, 강, 1997

Ⓔ 씨는 지금도 그 생각을 하면 마치 소태나무 껍질을 핥았을 때처럼 입
맛이 썼다.

　　　　　　—「장천리 소태나무」, 『창작과비평』, 1998년 여름, 252쪽

Ⓕ 홍은 곰솔밭이 파도에 끊어지면서 돌너덜경으로 바뀌어 갯벌로 이어
져 있음도 진작부터 알고 있었다. 돌너덜경에는 그루마다 마디게 자란
데다 다다분한 잔가지가 갯바람에 모자라져서 나무도 같지 않은 화살나
무들이 떼를 이루고 있다는 사실까지도 알고 있었다. 그 화살나무의 잔
가지에는 늙은 곰슬껍질의 보굿처럼 부드러운 것이 화살대의 깃 모양
새로 붙어 있게 마련이었다. 홍은 그 보굿의 주름살이 참빗살과 비스
름한 것 같아서 한때는 참빗살나무라고 제멋대로 부른 적도 있었다. 홍
은 화살나무 잔가지의 보굿질을 골라잡아가며 미끄러지지 않고 돌너덜
경을 타내렸다.

　　　　　　—「장석리 화살나무」, 『해양과 문학』 제2호, 1999

Ⓖ (시동생) "반갑잖은 사람유. 반갑잖은 사람 또 걸었슈. 반갑잖은 사람이 자꾸 전화 걸어서 미안스러유."

(형수) "작것아. 반갑잖기는 나두 매일반이여." 회장은 그때마다 그렇게 속으로 대꾸를 하면서 들어주곤 했다. 그러면서도 회장이 벌써 몇 해째나 그럭저럭 참고 견딘 것은 생각하는 것이 우물처럼 풍덩풍덩하게 깊거나 두멍처럼 홍덩홍덩하게 넓어서가 아니었다 은돈이가 해왔던 그 순금 한 냥짜리 행운의 열쇠 때문이었다.

—「장평리 찔레나무」,『한국문학』, 2000년 봄, 81쪽

Ⓐ~Ⓖ에 걸쳐 등장하는 나무들이 지닌 특징은 다음 두 가지 계열로 분류해 볼 수 있다. 주인공의 성품에다 나무를 직접 내세워놓고 이를 관찰하면서 그 속성을 대응시켰음이 그 하나라면, 단지 나무의 속성을 상징적으로 대응시켰음이 그 다른 하나이다. Ⓒ, Ⓔ, Ⓖ가 후자에 속한다. 어째서 이러한 형태를 취하게 되었는가를 따진다면, 우선적으로 고려되는 것이 작가의 작위성이라 할 것이다. 연작 '우리 동네'의 성립 근거인 망명객이 지닌 정치적 감각에서 벗어나고자 하는 심리가 이러한 작위성으로 분출해 올라왔으리라 추측되는 근거는 연작 '나무'가 다름 아닌 작가의 뿌리에 해당되는 고향 '관촌'에서의 글쓰기라는 사실에서 찾아진다. 관촌이란 '수필'로서만 가능한, 그래서 소설 초월이거나 미달을 선험적으로 머금고 있는 '성스러운 공간의식' 혹은 '성소의식'(聖所意識)이 작가의 무의식 속에 구조적으로 잠복되어 있었기에 단순한 풍속묘사라든가 정치적 감각으로 대할 수가 없었던 것이다. '나무'가 선택된 것은 나무만큼 대지의 생리에 충실한 존재가 없다고 판단한 데서 근거된 것이며, 그

나무 중에서도 남의 눈에 잘 띄지 않거나 별로 쓸모없는 나무에 집착하는 것도 원리적으로는 같은 심리적 선택이 아닐 수 없다. 이러한 심리적 기제(메커니즘)가 고향의 어떤 인물도 능히 '나무'에 대응시키게끔 이끌어갔다. 이 강박관념이 특정한 인물의 성격에 해당하는 나무가 그 마을에 없더라도 부재하는 특정 나무로 상징화시킬 수조차 있었던 것이다.

Ⓐ~Ⓖ에 이르는 연작 '나무'에서 주목되는 것은 이러한 '인간 대 나무'의 대응관계가 지닌 심층에 놓인 의미층에서 찾아진다.

이 심층에 놓인 의미층은 과연 무엇인가. 연작 '나무'를 이 의미층에서 바라보면 다음 네 가지 층위가 선명해진다. 그 첫번째 층위는 '우리 동네'계이다. 당국의 행정과 자식들 등쌀에 견디지 못해 자살과 다름없이 죽어간 농민 봉출이라든가(Ⓐ), 입심이 걸기로 소문난 노인 이상만(李商萬)이라든가(Ⓑ), 이장을 역임한 바 있는 이송학(李松鶴)이라든가(Ⓔ), 못된 시동생을 둔 장평리 부녀회장 김학자(Ⓖ) 등이 이 부류에 들 것이다. 이른바 풍속적 층위가 그것. 이들 특정 인물을 다루는 작가의 시선은 연작 '우리 동네'의 그것과 별로 다르지 않다. 굳이 양자 간의 차이를 구한다면 그 풍자성의 밀도라 할 것이다. '우리 동네'에서 그토록 전면적인 풍자성의 난무가 '나무'에서는 현저히 제한적이지만, 풍자의 도입이라는 점에서 같다. 당국의 정책에 대한 전면적 비판으로 퉁겨져나간 것이 '우리 동네'라면 '나무'에서는 그런 정치적 감각에 대응된 인간성에 대한 신뢰가 제한적으로나마 작동되고 있다. 이를 나무의 속성으로 바라보았음이 그 증거다. 그렇지만, 여차하면 '우리 동네'계로 치달을 가능성이 잠복되어 있음도 사실인데, 「장평리 찔레나무」가 이를 암시해 놓고 있기 때문이다.

두번째 층위로 지적될 수 있는 것이 「장이리 개암나무」인바, 나무에 다 미래를 향한 가치관을 의탁함을 특징으로 하고 있다. 풍자의 층을 넘어선 '현실긍정의 층위'라 부를 것이다. ⓘ에서 인용된 바와 같이 도토리 모양의 열매가 달리는 활엽수이며 신탄용으로밖에 쓸 데 없는, 산기슭 양지에 나는 높이 2, 3m의 개암나무를 일밖에 모르는 두 아들의 아비인 농민 전풍식(田豊植)의 처는 '꾸지뽕낭구'라 불러 멸시했고, 동네 사람들은 '깨금나무'라 하여 업신여겨 마지않았으나 정작 전풍식에게는 그럴 수도 없이 소중한 존재가 아닐 수 없었다. 그것은 고전적인 것의 토착화로 설명될 수 있다. 이 고전적인 것의 토착화의 근거는 유몽인(柳夢寅)의 『어우야담』(於于野談)과 차천로(車天輅)의 『오산설림초고』에서 왔다. 까치가 사람 사는 집 나무에 집을 지으면 그 집 아들이 반드시 급제를 한다는 속설이 이 두 고전적 저술 속에 들어 있다는 것이다. 길조 중에서도 길조라는 것이 농민 전풍식의 신념인데 군대에 간 맏아들이 휴가차 가져온 이 두 저술에서 까치와 과거급제에 관한 대목을 발견한 뒤의 농민 전풍식은 사람들이 그토록 업신여기는, 특히 노처가 오금을 박아가며 미워하는 논두렁에 자라고 있는 별볼일없는 개암나무를 그토록 옹호하기에 이르게 되는데, 바로 그 나무에 까치가 깃들이고 있었던 까닭이다.

"잘 헌다. 여편네는 뙤약볕에 허리가 끊어지는지 어깨가 빠지는지 안중에두 없구, 집구석이라고 기어들어오면 허구장천 까치 새끼만 보이구. 서방이라고 있는 것이 넘이 아니라 웬수니……"

―「장이리 개암나무」 부분

전풍식에게 개암나무란 무엇이었더뇨. 대한제국 때 태어난 나무여서 그 자체가 전통이자 삶 자체이며, 거기 깃들인 텃새인 까치란 전씨 자기와 마찬가지의 주인이 아닐 수 없었다. 이에 비해 동네 인심은 대조적으로 매우 시대적이자 눈앞의 일에 매달린 형국이었다. 가뭄이 들고 WTO로 농촌 삶이 우기에 직면하자 기우제를 지내기 위해 남의 무덤 훼손하기에 중론이 모아질 때, 이에 정면으로 반대한 것은 까치 신봉자 전풍식이었다. 이를 또한 이해하고 동조한 것은, 고2년생인 조카 석문이었다. 전씨의 막내인 고3년생 학문보다 한 살 아래인 이 조카에다 전풍식이가 거는 기대로써 이 작품은 마무리된다. 기우제야말로 농심(農心)하고 거리가 멀다는 것. 콩 심은 데 콩 나는 것이 농심이라는 것이 개암나무에 깃들인 까치의 생리이자 논리라는 사실이 뜻하는 것은 단연 고전적이다. 까치가 튼 둥지란 막내 학문의 과거급제에 해당되는 것이 까닭이다. 그가 조카 석문을 향해 "시방버터 열심히 하거라. 내년 봄이면 둥지 하나가 더 생길 텐디, 그늠은 네꺼다"라고 중얼거리는 것도 이런 문맥에서다. 까치와 과거급제란, 그러니까 따지고 보면 한산 이씨 토정 이지함의 후손인 작가 이문구 씨의 '유생적 기질'에 다름 아니라는 점에서 이 작품의 본뜻이 은밀히 읽혀진다.

세번째 층위를 대표하고 있는 작품이 ⑤에 해당된다. 「장석리 화살나무」가 그것인데, 작가 이문구 씨의 뿌리에 걸려 있다는 점에서 연작 '나무'계의 원점이라 할 것이다. 원점으로서의 화살나무란, 화살의 방향키를 가리킴이기에 역사적 방향성의 의미층이라 부를 수도 있겠거니와, 또 이 의미층의 형식을 문제 삼을진댄 『관촌수필』의 그 '전' 형식에 이어진다고 볼 것이다. 화살나무란 80세의 남로당 출신 홍쾌식의 일대기에 상응되기 때문이다.

팔순잔치를 했다는 소식을 그냥 듣고 있을 수 없어 고깃근이나 사들고 찾아간 '나'에게 홍쾌식 옹이 들려주는 지난날의 삶이란 대체 무엇인가. 6·25 동이들이 벌써 손자, 손녀를 보고 있을 만큼 세월이 흐른 이 마당에 '나'가 화살나무스런 삶을 살아온 이 노인에게서 배울 교훈이란 무엇인가. 이 물음 속에 '전' 형식을 답습하면서도 이를 넘어서는 거멀못이 감추어져 있는바, 곧 '나'의 속에 잠복해 있는 완강한 오기가 그것이다. 노인이 자신 있는 목소리로 들려준 삶의 지혜란 단순 명쾌한 것이었다.

"있지, 딱 하나 조심헐 게 있어. 그게 뭣인고 허면 세상이 뒤숭숭헐 적마다 누가 물어보기두 전에 나는 중도며, 중간이며 허구 돌아댕기는 사람덜."

　　　　―「장석리 화살나무」 부분

살아남기 위해 갑쪽이 세 불리해지면 갑쪽을 모함하여 그 공으로 을쪽에 가 붙고, 또 그 반대로 행동하다 보면, 자기 주변의 사람들이란 결국 남아나는 사람이 없어지고 만다는 이 사실의 깨달음이 홍쾌식 옹 팔십 생애에서 깨친 삶의 슬기였다. 이러한 중도적 삶의 방식의 거부가 흔히 말해지는 중도론 또는 중용적 삶의 방식과는 별개임은 새삼 말할 것도 없다. 이 작품의 첫 대목에서 이 점이 분명하게 드러난다.

"잡히면 죽었다. 들켜도 죽었다"라는 절체절명의 장면에 놓인 젊은 홍쾌식을 무턱대고 가마니 속에 감추어주고 당국의 추궁에 목숨을 걸고 거부했던, 죽은 동지 이용출의 아내의 삶의 방식이 바로 중도식 삶의 태도를 거부하는 장면으로 깃발처럼 부각되어 있기 때문이다. 80세까지 살아남기의 참된 슬기란 새삼 무엇이뇨. 간단 명쾌한 슬기, 곧 '중도파'의 본심을 알아차림이 그것이다. 이 슬기가 생리적일 수 없고, 경험의 소산임을 「장석리 화살나무」가 상세히 점검함에 이 작품의 그다운 밀도가 보장되어 있다. "바다가 살려주고 개펄이 살려줬다"로 스스로 말할 만큼 그 경험은 생리적이었다. 그럼에도 이번의 '전' 형식이 『관촌수필』「공산토월」의 '신현석전'만큼 순수하지 못한 것은 거기엔 성스러운 존재가 빠져 있었음에서 말미암았다. '모란꽃 무늬'가 그것이다.

네번째, 그러니까 마지막일지 모를 의미층이란 무엇인가. '물빛 무늬'의 의미층이 그것이다.

9. '모란꽃 무늬'의 '물빛 무늬'화 과정

연작 '나무'의 핵심은 「장동리 싸리나무」다. 연작 '나무'는 이 한 편을 위해 존재했고, 또 존재할 것인데, 그 이유는 분명한 곳에 있다. 어째서 이 작품이 『관촌수필』과 맞서고 있는가와 표리의 관계에 있는가.

장동리(질뜸)란 대체 어떤 곳인가. 이 물음에서 막바로 드러나는 사항은 작가 이문구 씨의 '관촌'(고향)이라는 사실에 있다.

18세에 집과 가산을 모개 흥정해 선로원(線路員) 김씨에게 팔아넘기고 홀가분하게 관촌을 떠난 이 3대독자(작품상) 이문구 씨가 40대에 접어들어 제법 이름난 인물로 알려진 마당에 가족을 서울에 둔 채 귀향한 사실에 대해 그 마을 사람들의 반응은 어떠했을까. 이 물음이 핵심인데, 이는 자기가 자기 자신에 대한 의식, 헤겔 식으로 말해 '자기의식'에 해당되는 사항이 아닐 수 없기 때문이다. 연작 '우리 동네'에서는 이런 의식이란 전무하며 그 연장선상에서 연작 '나무'의 '1~3'에 걸치는 의미층이 씌어졌고, 따라서 이러한 의미층들은 그 낙차가 있음에도 불구하고 싸잡아 자기 자신을 시렁 위에 올려놓고 변죽만 울리는 글쓰기의 형국이었다. 공허한 문체로써 농촌 현실을 대응시키고 있었을 뿐. 따라서 성과가 있다 해도 엄밀히 말해 자기 자신이 빠져 버린 일종의 공허(헛소리)로 규정될 성질의 범주였다. 공허함의 미학(문체)이라 함은 이를 가리킴이었다. 「장동리 싸리나무」는 이런 종류와는 그 범주가 다른, 단 하나의 심도 있는 자기의 자기를 위한 자기만의 작품이다.

주인공 이름은 하석귀(河石龜). 그것은 자라의 별칭에 해당된다. 하석귀의 귀향을 두고 마을 친구들의 개구일성이 이러하였다. "아, 우리찌리 톡 까놓구 말해서, 솔찍이 부동산 투기하러 내려와 있는 거 아녀. 거기도 앞으루 갠찮을 디여. 벌써 배는 올렸을걸"이라고. 하석귀의 저수지 옆댕이의 임시 귀향 정착지를 두고 옛 불알친구들이 하는 말이었다.

(하석귀) "이 친구야, 나는 처음부터 저수지가에서 살았어야 할 사람이야. 내 이름을 보라구, 물 하짜 하기에 거북 귀짜가 들어간 이름 아닌가."
(동네친구) "그건 그려. 그래서 한강이 내려다뵈는 잠실에 아파트가 있다는 것두 들어서 알구 있어."
— 「장동리 싸리나무」, 『한국문학』, 1995년 여름, 75쪽 괄호 내용은 필자

여기서 말하는 동네친구란, 은밀히 말하면 「공산토월」(『관촌수필』)의 주인공인 등짝에 '모란꽃 무늬'를 새긴 그 '신현석'이 아니었겠는가.

연작 '우리 동네'에서의 그 잘난 척하는, 자의 반 타의 반의 망명객인 작가 이씨와는 질적으로 다른 범주다. 성스러움이 사라진 고향에 돌아옴이란 이처럼 냉정한 비판 속에 놓였음을 가리킴이며, 그것은 그가 고향을 버리고 떠났음에서 결과된 것이었다. 이미 '동류의식'에서 벗어난 타자, 혹은 이질분자에 지나지 않는다. 이런 이질분자를 선선히 받아들일 사람은 그 아무 데도 없는 법이다. 세계가 자기와 적대적 대상일 때를 두고 위기의식이라 부른다면, 작가 이씨가 바로 그런 장면에 노출된 형국이라 할 것이다. 이 절체절명의 장면에서 비로소 드러나는 것이 자기반성, 자기 자신의 성찰, 그러니까 자기가 자기를 바라봄이 아닐 수 없다. 내면화의 과정이 불가피해지는 것은 이 때문이다. 비로소 주인공 하석귀는 자기만의 세계를 드러낼 수 있었는데, 그것은 '신현석전'에서 '하석귀전'으로의 질적 전환에 해당된다. 이를 두고 '체험'에서 '경험'으로의 질적 전환의 또 다른 측면, 곧 '경험'의 내면화라 부를 것이다.

질뜸으로 내려온 하석귀가 거처하는 집은 마을 저수지가 내려다보이는 곳에 위치해 있었다. 이름 그것에 걸맞게 물가에 서식하는 '자라'인 하석귀는 아침부터 낮결까지, 또 낮결이 지나고 세나절씩이나 청처짐하게 앉아 저수지를 바라보며 해찰을 부릴 만큼 겉으로 보기엔 한가하다. 그러나 조금 자세히 들여다보면 저수지 물빛의 일렁거림이란 미묘하게 스스로 무늬를 이루며, 또 빛을 내며 변모하고 있지 않겠는가. 무엇이 그러한 변화를 가져오는 것일까. 바람 탓이었을까. 혹은 햇빛에서 말미암은 것이었을까. 하석귀 자신의 마음의 일렁임에서였을까.

해가 있는 날은 으레 점심나절이 거울어질 만해서부터 바람결과 함께

물이 설레이게 마련이었다. 그리고 그에 따라 수채(水彩)가 되살아나고 뒤비처서 파란(波瀾)이 일기 시작하면, 물결마다 타는 듯이 이글대며 반짝이는 서슬에 누구도 저 먼저 실눈을 뜨지 않고는 물녘을 바라다볼 수가 없었다.

물결마다 그렇게 눈이 부실 수가 없이 햇빛에 타고 있을 적에는 꼭 해가 어리중천에 있는 것이 아니라 수심(水心)에 들어앉아 날이 저뭇하도록 들썽거릴 것만 같아 은연중에 마음까지 어수선해지던 것이 그 다음 순서였다.

나 역시 저냥 저랬던겨, 저냥 물에 뜨는 물마냥 살아온겨. 못나게. 지지리도 못나게.

— 「장동리 싸리나무」, 서두

이 저수지가 뿜어내는 물의 광채가 바람과 햇볕과는 구별되는 '햇빛'에 의해 생긴 것이었음이 서두에 깃발처럼 올려져 있다. 바람이 지상의 것이라면 햇빛은 하늘의 것. 이 양쪽에 저수지가 놓여 있어 천지를 반영하는 거울 몫을 하고 있다. 실상 따지고 보면 저수지에 태양이 내려앉아 수심을 이루고 있고 수시로 불어오는 바람이 수심을 일렁이게 하는 형국인데, 어째서 이를 바라보는 하석귀의 마음까지 어수선해지는 것일까. 창천에 있어야 할 태양이 저수지의 한가운데 들어앉아 있는, 실로 있을 수 없는 장면이 거기 벌어져 있었다. 뿐만 아니라 바람에 그 무늬가 생겨나고 있음이란 저수지·태양·바람으로 구성된 수채가 하석귀의 '마음 자체'에 다름 아니었다. 만 44세의 망명객인 작가 이문구가 망명객의 탈을 벗고 알몸뚱이로 유년기에서와 같이 고추를 내놓고 물가에서 불알친구들과 미역을 감고 있는 자기 자신을 보고 있었다. 그런데 그 유년기는 간 곳 없고, 속절없이 세월은 흘렀고, 귀향한 고향땅은 새삼 낯설기만 하지 않았겠는가. '나'는 땅투기꾼인가, 가짜 망명객인가, 『관촌수필』의 작가인가, 연작 '우리 동네'의 작가인가. 식구들을 서울에 두고 요양한답시고 달랑 혼자 내려와 농사도 글쓰기도 아닌 기묘한 생활을 하고 있는 '나'란 대체 무엇인가. 자라가 물가를 찾아온 것은 자라의 생리적 욕구에서이기에 이처럼 자연스러움은 없다고 할 것이라면 그 '생리적 욕구'의 본질은 무엇인가. 만 44세의 작가 이문구가 부딪힌 자기의 거울화가 바로 '저수지'였다. 그 거울 속에 비친 자기 모습은 어떠했던가. '물무늬' 바로 그것이 아니었던가.

이 자기 찾기("나는 나를 찾아 떠난다"I go to prove my soul)가 소설 주인공의 운명임을 발견한 것은 불세출의 헝가리 출신 비평가 루카치였다(『소설의 이론』). 그러나 세계가 훼손된 가치 속에 놓여 있다면 어떻게 될까. 자기 찾기를 위해 아무리 발버둥 쳐도 그 자기는 찾아지지 않는다는 것. 여기에서 소설의 근거를 찾았던 루카치의 생각은 이문구 씨에게도 그대로 적용되지 않았겠는가. 『관촌수필』에서의 그 '수필'도 아니고, 연작 '우리 동네'처럼 공허한 허풍도 아닌 진짜 소설에 대한 모색의 실마리로 연작 '나무'가 시도되었다고 본다면, 이 질뜸의 저수지에까지 온 '싸리나무'는 단연 소설적 의의를 지닌 것이다. 소설로 나아갈 실마리 찾기로 보이는 까닭이다. 저수지의 거울화, 그 거울의 '물무늬'에 잇달아 달빛의 거울화를 확신하는 것도 당연한 순서라 할 것이다.

낮 동안 거울화가 저수지라면 밤의 그것은 달빛이다. 창가에 놓인 난초 화분에 달빛이 스며들고, 그 달빛 속에 노출된 난초의 그림자란 무엇이었던가. 귀족 취미로 기른 난초가 아니라 마을 주민 김두홉(소주 두 홉 짜리 인간)이 던져준, 두어 뿌리 산에서 캔 난초였지만 그 난초가 달빛을 받아 그림자를 만들었고, 그 속에 '나'가 서 있었던 것이다. 한 밤중 문득 깨어 달빛에 노출된 난초 그림자를 보았을 때 '나'의 놀라움은 클 수밖에 없었는데, 그 이유란 유생(儒生) 출신 성분을 가진 하석귀에겐 분명하다. 그것은 한 폭의 묵란도(墨蘭圖)였던 것이다.

> 저도 모르게 여태껏 묵란도 한 폭을 함부로 밟고 있었던 것이다. 그는 망
> 연자실하였다. 누가 새로 그린 그림을 모르고 밟아 때를 묻히고 구겨 놓
> 은 것 같아 눈앞이 아뜩했던 것이다. 그러나 곧 모르고 밟기는 했지만 때
> 하나 묻지 않고 구김살 하나 간 데가 없다는 데에 적이 마음이 놓이면서,
> 그런데 도대체 이게 어디서 난 그림이며 어째서 여기에 있었단 말인가
> 하는 생각이 그를 다시 붙들어 세웠다.
>
> ―「장동리 싸리나무」, 61쪽

달빛에 노출된 묵란도란 무엇인가. 첫째로 그것은 한산 이씨인 유생 이문구 씨의 기질적 근거에 다름 아닌 것. 또 그것은 시나 소설 대신 '수 필'을 쓰지 않을 수 없었던 문사 이문구 씨의 자의식의 반영에 다름 아닌 것. '성스러운 것'에 대한 모종의 귀족취향이랄까 기품이 그것. 이 점에서 '우리 동네'계는 일종의 불가피한 허위의식이었음이 판명된다.

이 묵란도의 도도한 취향에 이어지는 것이 저수지에 모여드는 철새 들이다. 그 물무늬, 그 달빛, 그 난초, 그 물새들의 울음소리를 차례로 되 새기다가 문득 하석귀는 생각한다.

내가 지금 왜 이러는 것일까. 내가 어쩌다가 이렇게 된 것일까. 내가 이러는 것이 제목은 무엇이며 뜻은 또 무엇일까. 이러면서 있는 것이 옳은 것인가 그른 것인가. 옳으면 무엇이 옳고 그르면 무엇이 그른 것일까.

—「장동리 싸리나무」, 68쪽

이 자의식에 가득 찬 자기반성엔 물론 해답이 없는데, 물음 자체가 해답을 내포한 까닭이다. 있는 그대로 받아들이기, 그것이 40대 중반의 인간 하석귀의 생리이자 논리이며 또 현실이 아닐 수 없었다. 망명객일 수도 그렇다고 부동산 투기꾼일 수도 없는 자리, 그렇다고 동네 불알친구들과 동류일 수도 없지만 또 완전한 이방인일 수도 없는 자리. 고향을 버렸다가 다시 찾아왔긴 했으나 다만 마음 위안 얻기 위한 방편에 지나지 않은 그런 자리. 요약건대 이는 어느 곳에도 뿌리박을 수 없음으로 규정되는 유령과 흡사한 그런 자리에 지나지 않았다. 이 자리의 확인이 작가 이문구 씨에게 무엇을 가져다주었을까. 이 물음에 대한 정답은 매우 유감스럽게도 "시(詩)다"가 아닐 것인가.

바람은 점심나절이 거울어질 만해서부터 일었다. 언제나 수심의 수채가 수갈색(水褐色)을 띠면서부터 수문(水紋)과 함께 일었다. 수갈색은 차츰 물가를 찾아서 수묵색으로 입었다. 수문도 파란으로 바뀌고 물은 물 위에서 타는 듯이 빛났다. 물이 물 같지 않게 황홀해지는 것이었다. 만약에 꽃밭이 그렇게 아름다운 꽃밭이 있을 수 있다면 그 꽃밭을 가꾼 사람은 끝내 실성을 하고 말 수밖에 없었을 것처럼, 만약에 옷이 그렇게 아름다운 옷이 있을 수 있다면 그 옷을 입은 사람은 결국 이 세상 사람이 아닐 수밖에 없을 것처럼.

— 「장동리 싸리나무」, 79쪽

여기까지 이르면 물가의 자라 하석귀의 생리의 완성체(完成體)를 선명히 볼 것이다. 황홀경이란 무엇이뇨. 시적인 상태의 절정, 그러니까 자연과 '나'의 '거리소멸'에 다름 아닌 것. 황홀경이란 그러니까 시적 상태의 별칭에 다름 아닌 것. 이 경지에 이르면 자연과 인간의 거리 소멸은 물론 인간과 인간의 거리조차 소멸된, 이른바 '무인지경'이 아닐 수 없다. 귀신을 맨눈으로 바라볼 수 있는 경지로 이 사정이 설명된다. 실제로 주인공 하석귀의 김두홉 부부에 대한 고찰에서 이 점이 놀랄 만큼의 수준으로 드러나 있어 참으로 인상적이다. 김두홉 부부란 이 관촌 마을의 유일한 어부였다. 왜냐하면 실제로 김두홉 부부가 하필 '어떤 특정한 날'에 부재(不在)했음에도 불구하고, 하석귀는 그들 부부가 새벽안개 속에서 고기를 잡고 있는 장면을 '생생히' 보고 있었던 것이다. 바야흐로 '귀신'도 맨눈으로 볼 수 있는 참으로 놀라운 경지가 펼쳐져 있었다. 작가 이씨는 이를 '황홀경'이라 불렀다.

연작 「장동리 싸리나무」가 그 자체로 연작 '나무'와 관계없는 작품, 또는 절정에 이른 작품이라 규정되는 것은 이로써 확연하다고 할 것이다. 이를 두고, '수필'도 아니고 그렇다고 소설일 수도 없는 '시' 또는 '시적 경지'라 한다면 어떻게 될까. 다르게 말해 '황홀경'에 이른 작가 이문구 씨의 소멸이랄까 새로운 탄생에 해당된다고 본다면 어떠할까. 또 다르게 말해 장르 초월이거나 장르 미달의 경지, 그러니까 또 다른 소설 초월 또는 소설 미달의 경지라 부르면 어떠할까.

10. 밴쿠버 책장수 파크 씨의 화려한 귀향

서라벌예대 제7대 학장 김동리 문하에 직계제자라 자처한 둘이 있었다. 박상륭과 이문구가 그들인데, 서로 악종이라 부를 만큼 단짝이었다. 이 두 악종은 서로 좀더 악종이 되고자 전력을 기울였다. 그것은 스승 김동리를 초월하기로 요약된다. 그것은 「무녀도」와 「역마」의 초월이자 동시에 이광수 이래의 이 나라 소설판의 초월이 아니면 안 되었다. 김동리 부정과 한국근대소설 부정의 동시적 진행이 그것.

이 거창한 야심을 박상륭은 『칠조어론』 3부작으로, 이문구는 『관촌수필』 8편 연작으로 제일차적 성과물을 내 놓았다. 그렇지만 매우 딱하게도 세상은 예상과는 달리 냉담했다. 특히 박상륭 쪽에 대한 반응이 그러했다. 그도 그럴 것이 중원의 어법으로 썼기 때문이다. 관촌의 한산 이씨의고체의 어법으로 된 이문구의 글쓰기와는 너무도 낯선 어법이었다. 한글로 표기된 중원(中原)의 어법이라는 이 파천황의 율리시즈적 모험을 그나마 읽어내는 이는 '키 큰 비평가' 김현뿐이 아니었던가. 그 키 큰 비평가가 백옥루의 주민이 된 것은 『칠조어론』 첫 권이 나오던 바로 그 무렵(1990. 6. 27)이었다. 이로써 『칠조어론』은 호서(湖西)는 물론 호동(湖東)에서도 누구 하나 알아보는 자 없었다. 다시 면벽 9년이냐 숭산 소림사를 떠나 세속으로 들어가느냐의 갈림길에 놓이지 않으면 안 되었다. 이 결단에 걸린 시간은 수년의 까마귀(해)와 토끼(달)의 지남이 요망되었다. 드디어 그가 바랑을 짊어지고 동굴을 나와 하산한 것은 1990년도 중반을 넘어선 시점이었다. 걸승의 행장으로 그는 고도를 향했고 바랑 속에는 두 가지 메시지가 들어 있었다.

메시지 중의 하나는 창작이며, 다른 하나는 이 창작에 대응되는 산문들이다. 「로이가 산 한 삶」(1995), 「왈튼 씨 부인이 죽은 한 죽음」(1997), 「미스 앤더슨이 날려보낸 한 날음」(1997) 등이 전자에 해당된다면, '동화(童話) 한 자리'라는 부제를 지닌 「아으, 누가 이 공주를 구해낼 것인가」 연작 및 『산해기』에 이르는 산문은 후자에 해당한다. 이문구의 지적에 따르면 비록 박씨가 몸뚱이만 밴쿠버에 가 있었을 뿐 쉴 새 없이 창작을 해왔을 뿐 아니라, 국내에다 그것들의 발표조차 중단 없이 해온 터이기에 모양새로는 저러한 두 가지 글들이 새삼 낯설지 않다고 할 수도 있겠으나, 조금 눈여겨본다면 다음 두 가지 점에서 모종의 변화랄까 분위기의 차이가 감지된다. 이러한 낯섦이란 필자의 눈엔 일종의 초조감이랄까, 뭔가 절실함이랄까, 좌우간 선뜻 이름 댈 수 없는 모종의 메시지의 전달로 보인다. 밴쿠버의 삶을 창작의 배경으로 했음이 그 하나.

Ⓐ 로이(Roy)는, 비대증의 원인이 된, 여러 종류의 합병증이다. 심장마비로, 서른여섯의 나이에 죽었다(는 부음訃音을 나는 근래에 들었더랬다). 그는, 내가 경영하고 있던, 이(캐나다에 있는 밴쿠버라는) 도시 변두리의 작은 서점(書店)의 단골손님 중의 하나였는데……
―「로이가 산 한 삶」, 서두 부분

Ⓑ 왈튼 씨 부인(Mrs. Walton)은, 심장이 튼튼하지 못하다. 관절염기가 있다. 음식을 잘 소화해내지 못한다. 어쩌다 꼬랑꼬랑하면서도, 예순 살까지 살아오다, 선선한 철로 접어들고 있던 어떤 하루는, 감기인지 몸살인지 한기가 든다고 몸져눕더니, 못 일어나고 죽었다(는 부음訃音을 나

는, 근래에 들었더랬다). 그 부인네는, 내가 경영하고 있는 이(캐나다에 있는 밴쿠버라는) 도시 변두리의 작은 서점(書店)의 단골손님 중의 하나였는데, 단골손님이라고 해도, 예를 들면 로이(Roy) 모양, 다독가(多讀家)는 아니어서……

—「왈튼 씨 부인이 죽은 한 죽음」, 서두 부분

ⓒ 언니 앤더슨은, 읽을거리가 다 되었다고, 아랫장터에 있는, 파크(Park)라는 성씨를 가진, 한국인 이민이 운영하는 책방에, 책을 사러 간다고 나갔다.

—「미스 앤더슨이 날려보낸 한 날음」, 서두 중간 부분

Ⓐ, Ⓑ, ⓒ에서 보듯이 박씨는 작중화자로서 밴쿠버 한국인 이민자이자 책방 주인을 깃발처럼 내세우고 있다. 이러한 방식은 전에 없던 것이다. 어째서 박씨는 이러한 방식을 취했을까. 모르긴 해도, 뭔가 박씨 창작 내부에서 생긴 모종의 징조와 무관하지 않을 터. 밴쿠버를 표나게 내세우기란 책방 주인인 '나'를 내세움인 것이다. 특정 장소와 특정 인물을 내세우기에 다름 아닌 것. 이는 구체적으로 무엇을 가리킴일까. 특정한 장소와 인물, 그리고 시간에서 비로소 세속적 의미의 소설이 생겨난다는 사실에 대한 새삼스런 반성이라 할 수 없겠는가. 혹은 소설이라는 이 형편없이 '잡스런' 형식에 대한 박씨 나름의 새삼스런 반응이라 볼 수 없겠는가. 고압적 관념, 아득한 형이상학적 과제를 소설 형식이 감당할 수 없거나 적어도 옹색하기 짝이 없음을 다시 한번 성찰해 봄이라 할 수 없겠는가.

다른 하나는 앞의 경우와 관련된 사항으로서 '동화적 형식'의 제시이다. 박씨는 '동화 한 자리' 시리즈를 네 편 썼는데, 「아으, 누가 이 공주를 구해낼 것이냐」, 「아으, 누가 저 독룡(毒龍)을 퇴치하여 공주를 구할 것이냐」, 「음담패설(淫談悖說)이라면 몰라도」 등이 그것이다. 소설과 동화의 관계를 모색하기 위한 몸짓이었을까. 혹은 소설과 동화란 별개의 것임을 암시하기 위함이었을까. 좌우간 고압적 관념 형태를 서사화하기에 모종의 한계점에 이른 박씨의 몸부림의 일종으로 비쳤던 것이다.

이러한 생각을 필자가 품게 된 것은 박씨가 쓴 밴쿠버에 대한 글 한 편과도 결코 무관하지 않다. 밴쿠버가 박씨에겐 '추악할 정도로 아름다운' 고장이라 하지 않았겠는가. 『말테의 수기』의 시인의 말을 떠올리면서. '그 도시에 사는 사람들이 그 도시를 꿈꾼다는 것', 꿈꾸는 자들의 꿈에 의해 그 '중심이 되는 자리는 늘 움직인다는 것'. 따라서 씨암탉만 한 해변가 갈매기와 더불어 주정뱅이들, 떠돌이 환쟁이들, 온갖 잡종들이 널브러져 있고, 쓰고 버린 콘돔과 같은 거리이지만, 동시에 화인(火印)에서 나는 외로움 같은 단내일 수도 있다는 것. 이 모두를 체험하는 것이 시인(여행자)이라는 것. 그가 진정 시인이라면 이런 밴쿠버의 모든 체험도 그것이 포화상태에 이르렀을 땐 그것들을 잊어야 한다는 것. 그것은 푸른 풀을 먹은 암소가 흰 우유를 내고 황소는 힘을 낸다는 것과 흡사하다는 것. 그것들이란 결국 무엇이겠는가.

그것들은 틀림없이 혼(魂)에 날개를 달아 영(靈)이 되게 하는, 그런 젖과 힘으로 바뀌어져 있을 텐데, 필자는 그것을 '혼의 연금술'이라고 이른 적이 있다. 이런 '조용한 세계인'은 자기 고향을, 고국을 더욱 사랑하기 시작하고 있을 것이다.

— 박상륭, 「갓 잠깬 단풍나무 숲의 공주」, 『길』, 1997년 7·8월, 21~22쪽

이 대목에서 주목되는 것은 시인과 여행자의 등가사상이다. 말을 바꾸면, 밴쿠버에 30여 년간이나 머물고 있는 박씨 자신이 시인이자 여행자라는 사실이다. 여행자란 무엇인가. 방랑객과도 나그네와도 다른 이 여행자란 실상 자기 자신을 찾아 나선 구도자가 아닐 것인가. "나는 나를 찾아 떠난다"(I go to prove my soul)라는 명제가 소설 형식엔 부적절하다고 지적한 것은 루카치의 불세출의 저작인 『소설의 이론』(1916)이다. 자기를 찾아 세계를 헤맴이란 세계시민이 되기 위함인 것이다. 고향으로 되돌아올 수 있는 사람을 일컬어 '조용한 세계인'이라 했을 터. '혼의 연금술' 과정을 겪은 자라야 비로소 그 경지에 이른다는 것. 30여 년간의 밴쿠버 체류란, 그러니까 '혼의 연금술' 과정이었다는 것. 바야흐로 '조용한 세계인'의 자리가 보인다는 것이다.

품바꾼의 스타일에서 한 발 물러난 단계가 삼부작인 밴쿠버의 이민자인 서점주인 '파크'다. 원래 '촛불중'인 그는 책방을 경영하는 생활인이자 시민이기에 사업상의 거래, 곧 생활의 표준성에 놓이지 않을 수 없다. 각설이 타령을 하는 처지일 수는 없는 법이니까. 시민의 표정과 말솜씨, 그리고 거래(계산)를 중심에다 놓아 두고 행동해야 한다. 이러한 시민이 직면하고 있는 경험적 사실이, 그러니까 '시민적 서사시'로서의 소설이 감당하는 영분이다. '촛불중'이 캐나다 밴쿠버에 이민을 와서 바야흐로 책방을 열어 정착하고 있는 형국이 아닐 것인가. 그런데 참으로 딱하게도, 그러니까 제 버릇 개 못 준다는 격으로 '요카스테 병증'(Jocasta

Syndrome)이 새삼 도져서 책장사고 뭐고 안중에도 없는 형국이 벌어지고자 하지 않겠는가. 왈튼 씨 집안일에 저도 모르게, 혹은 교묘히 위장된 방법으로 끼어들지 않겠는가. 독자를 유혹하면서 독자를 거절하기의 수법이 그것이다. 이제 '요카스테 병증'의 정체를 왈튼 씨 집안을 중심으로 분석해 보기로 할 단계이다.

사업가 왈튼 씨가 암에 걸렸다고 하지 않았겠는가. 이 정보는 책가게에 가끔 들르는 왈튼 씨 부인으로부터 입수한 것. 그런데 왈튼 씨는 오진이었던지 죽기는커녕 점점 건강해져 갔고, 반대로 피둥피둥하던 왈튼 씨 부인이 죽어 버리지 않겠는가. 이 죽음은 그 한가운데에 두 개의 매개항 같은 것이 놓여 있다. Ⓐ헤밍웨이의 『노인과 바다』가 하나라면, Ⓑ책장수 파크 씨가 그 다른 하나. 매개항이라 했거니와, 왈튼 씨 부부 사이에 『노인과 바다』가 무당 노릇을 하고 있다면, 책장수 파크 씨가 왈튼 씨 부부의 고해승(무당)의 몫을 하고 있음이 그것이다.

왈튼 씨 부인네가 그리고, 매우 시든 듯한 몸짓으로 돌아가고 난 뒤, 책장수와 『노인과 바다』라는 인연 때문에 나는, 원하지도 안 했으려니와 의식하지도 못했던 중에, 한 가정의 고해청문사가 되어 있었음을 깨달아야 했다.
―「왈튼 씨 부인이 죽은 한 죽음」, 51쪽

책장수 파크 씨인 '나'가 왈튼 씨 부부(가정)의 고해청문사 됨이란 무엇인가. 그것 또한 일종의 무당이라 할 수 없겠는가. 이 무당스러운 자리의 확보야말로, 『칠조어론』의 저자가 소설가에로 향해 나아오는 첫번째 징표라 할 수 없겠는가. '책장수'와 왈튼 씨 부부 사이에 매개항으로 『노인과 바다』가 놓여 있음과 왈튼 씨 부부 사이에 '책장수'가 또 한번 매개 항으로 놓여 있음이 의미 있는 것은, 그것이 소설적 과제에 접근되었다는 점. 우선 『노인과 바다』가 소설이 아니겠는가. 군이 말해 그 역시 신화, 전설, 민담 등의 층위 속에 포섭될 수 있겠지만, 아무래도 소설 범주가 자연스러운 법이니까. 더욱 소설스러움은 초점화자의 도입에서 찾아진다. 소설의 화자를 남의 얘기를 자기 얘기처럼 말하기("보봐리 부인은 나다")와 자기 얘기를 남의 얘기처럼 말하기(무수한 성장 소설류), 그리고 자기 얘기를 자기 얘기처럼 말하기(묘사를 하는 작가)로 구분할 수 있다면, 책장수의 개입은 별도의 말하기 방식이라 하겠다. 적어도 『칠조어론』식 품바꾼(촌승)의 말하기 방식과는 구별되고 있기 때문이다. 그럼에도 왈튼 씨 부부 사이의 청문사로의 책장수의 말하기 방식이 또 한번 독자를 거절하는 몸짓으로 보이는 것은 웬 까닭일까.

『칠조어론』의 말하기 방식에서 책장수의 말하기 방식에로의 이행이 자못 소설적 개입(접근)이라 하겠으나, 그럼에도 이 책장수의 방식이 여전히 통상의 독자를 거절하고 있는 것은 역시 작가 박상륭의 아킬레스건이라 할 수 없겠는가. 아직도 저 『칠조어론』의 경지, 그러니까 '영태성'(제로 개념, 空사상)이 목소리에 그대로 끈적끈적 묻어나기 때문이 아니라면 어떤 설명이 적절할까. 이 사실은 한번 더 음미될 필요가 있는데, 이는 품바꾼 박상륭이 자기의 본고장 주민으로 진입함에 반드시 거쳐야 될 성황당 같은 대목으로 보이기 때문이다.

왈튼 씨 부인이 책장수인 '나'에게 한 말에 따른다면, 스탠리 공원 벤치에 앉아 발밑에 놓인 바다를 굽어보는 왈튼 씨 표정은 이러하다.

"헤밍웨이는 말이오. 어쩌면 말이오. 바다를 말이오, 저렇게도 공포스럽게 꿈틀거리는, 시꺼먼 바다를, 아프리카의 무슨 초원이나, 약간의 바람기에 출렁이듯이 흔들리는 무슨 숲 같은 것쯤으로 상념했을지도 모르겠다는 생각이 드는군" 하시기에, "당신 혹간 『노인과 바다』라는, 그가 쓴 책에 관해 말씀하고 계신가요?" 하고 묻게 되더군요. "그렇다우. 두 번쯤 읽었었다는 기억인데, 처음엔, 나름대로 감동도 해가며, 작가가 뭘 말하고 싶어 하는지, 그 숨결을 좇아, 작가 쪽으로만, 아주 잘 기울어져 갔소만, 그런 후 아마 한 십 년도 더 지나서였지. 한 번 더 읽었을 땐, 그 감동이 처음과 같지는 안 했었다는 말은 할 수 있고. 오늘 여기 앉아, 아주 오랜만에 바다를, 바로 눈 밑에 놓고 보고 있자니, 문득 그 책 속의 '노인'네 생각이 난다 말이오. 그래서 기억을 좇아, 이렇게도 저렇게도, 여러모로 고려해보고 난 뒤의 생각인데……"

─「왈튼 씨 부인이 죽은 한 죽음」, 45~46쪽

사업에 몰두하며 사업체를 나름대로 키워낸 왈튼 씨의 만년의 내면 풍경이 그 부인의 시선에서 드러나 있지 않은가. 암으로 죽게 될 의사의 진단을 받은 왈튼 씨가 시방 부인과 함께 스탠리 공원 벤치에 앉아 바다를 내려다보면서 바다를 명상함이란 새삼 무엇인가. 바다란 그러니까 헤밍웨이의 『노인과 바다』에 나오는 바로 그 바다가 아니겠는가. 왈튼 씨는 소싯적에 이 소설을 두 번쯤 읽었으며 만년에 다시 읽었다는 것. 만년의 독서 체험은 매우 달랐다는 것을 시방 아내 앞에서 '고백'하고 있음이 드러난다. 익사라도 경험하는 양, 숨을 몰아쉬며 땀을 '죽처럼' 흘리고 있지 않겠는가.

여기까지가 왈튼 씨 부인이 책장수 '나'에게 보고한 내용이다. 이에 대한 '나'의 개입이 시작된다. 왈튼 씨 부인이 '나'에게 고해를 하고 있고, '나'는 그것에 대해 죄를 보속케 하는 고해승 모양 이런저런 방책을 제시해 주고 있다. 이 점에 '나'는 무당스런 몫을 하는 셈이다. 독자를 한번 더 다른 방식으로 거절하는 대목이다. 책장수 '나'의 개입이 얼마나 철학적이자 본질적인가는 바다 앞에서 땀을 '죽처럼' 흘리고 있는 노인을 두고, 대번에 왈튼 씨가 『노인과 바다』에 나오는 노인과 동일시했거나, 전혀 다른 자신임을 문제 삼음에서 확연해진다. 만년의, 그러니까 암에 의한 사형 선고(죽음)를 받은 호서인(湖西人) 왈튼 씨가 본 바에 따르면, 작가 헤밍웨이가 착각을 했거나 독자 왈튼 씨가 착각했음에 틀림없다는 것. 뭣을? 바다를 잘못 인식했다는 것이다. 둘 중 어느 편이, 바다를 대상으로 하고서는 '가짜배기의 몽상의 부표에 첨매어져 부표(浮漂)하고 있다'는 것이다. 왈튼 씨가 보기엔 작가 헤밍웨이는 뭔가 착각을 하고 있다는 것. 작품 속의 노인이 체험하고 있는 바다란 겉으로 보기엔 제법 '관조(觀照)의 바다'처럼 되어 있다. '바람은 나의 형제, 물고기도 나의 형제, 별도 나의 형제'라는 투로 노인이 바다 위에 붕 떠서 온몸으로 애쓰고 있다손 치더라도, 그러니까 노인이 스스로 바다와 일체가 되었다고 떠벌려 싸도, 따지고 보면 실상은 어디 평원이나 숲 모양 '경치'에 머물러 있는 상태일 뿐 관조의 세계, 곧 '그 몸 속에 잠겨 있는 바다'가 아니라는 것. 작가 헤밍웨이가 무식했거나 아니면 사기를 치고 있거나. 좌우간 왈튼 씨로서는 납득할 수 없다는 것. 그런데 중요한 것은 작품 속에 나오는 그 '노인'이, 그러니까 작가의 사상(분신)이 자꾸만 왈튼 씨를 괴롭히고 있다는 사실에 있다. 작가가 그러니까 작품 속의 노인이 왈튼 씨에게 쉴 새 없이 도전해 오고 있지 않겠는가. 무엇이 왈튼 씨에게 도전해 오고 있는가. 그 도전의 정체란 무엇인가.

망망대해에 쪽배로 이틀 동안이나 떠다니며 낚시질에 온갖 고초를 겪었지만 그 노인은 단지 자기의 죽음에 대한 상념, 그러니까 '그 모두 직접적으로 본능에 이어져 있는 것들'에 대해선 '백치적이리만큼 눈을 돌려대지 않고 있음'이 그 정답이다. 어째서 헤밍웨이의 노인은 이 근본적인 문제인 '죽음'에 대해 백치적이리만큼 둔감한가. 이 죽음에 비하면 물고기, 물새 따위가 '나의 형제'라고 고스랑거리거나 상어 떼까지 형제로 부를 법도 한데, 다시 말을 바꾸면 바다와 노인이 제법 일체화된 듯하긴 한데, 여기까지는 그럴 법한데, 정작 중요한 과제인 '죽음'을 까맣게 잊고 있다는 것. 잠깐, 혹시 헤밍웨이가 그 사실을 알고서도 그 사실이 두려워 일부러 짐짓 감추고 있다면 어떠할까. 그럴 리가 없다는 것이 왈튼 씨의 헤밍웨이 비판, 곧 『칠조어론』의 작가의 『노인과 바다』에 대한 비판이 아닐 수 없다. 어째서 그러한가. 헤밍웨이가 본능에 속하는 '죽음'을 알고도 짐짓 꺼내놓기가 두려워 감추고자 한 것이 아니라, 거기까지 생각을 못한, 그래서 바다를 관조하지 않고 단지 경치(풍경)로밖에 파악하지 못한 증거로 왈튼 씨가 내세운 것은 헤밍웨이가 여자에 관해 함구하고 있다는 사실이다. '여자', 그러니까 여성성(女性性)이 아니겠는가.

헤밍웨이 논자들이 한결같이 헤밍웨이 문학의 특성으로 '사자 꿈꾸기', '야구경기' 그리고 '여성으로서의 바다'를 들지 않겠는가. 이 세 가지 꿈꾸기가 한 실에 꿰어져 구체화를 당하지 못했다는 것.

저 재료들[위의 세 가지—인용자]은 조금만 주의 깊게 살펴본다면 '성'

(性)과 관계가 있음을 부인할 수가 없음에도 불구하고, 그의 삶에, 어떤 식으로든 뛰어들었을 어떤 '여자'에 대해서까지도 추억을 하고 있지 않아, 어느 팀이 그 날의 경기를 이겼는지도 모르는 '야구경기'와도 같이, 몹시 메마른, 고자스런 성교로 끝나버린다는 것도, 작가에 의해 장치가 된 것 같지는 않다 말이지.

—「왈튼 씨 부인이 죽은 한 죽음」, 48쪽

왈튼 씨의 시선에서 보면 헤밍웨이 노인은 '고자스런 성교'에 빠져 있다는 것. 그런 삶이란 바다 위에 떠 흐르는 한 '그림자'에 지나지 않는다는 것.

헤밍웨이의 『노인과 바다』가 기껏해야 '경치'의 수준에 지나지 않으며 진짜 '바다', 그러니까 '관조'의 수준, 다시 말해 '바다 위에 떠 있기'가 아니라 '바다에 잠기기'(바다와 '나'의 일체화되기)란 어떤 경지일까. 바로 이 물음은 『칠조어론』의 저자의 본령에로 향하게 한다. 작가(예술)의 경지를 벗어나 종교에로 나아가기, 다시 철학에로 나아가기가 그것. 적어도 '종교+철학'의 광학(光學)으로 『노인과 바다』를 바라보기가 그것. 이 광학에 따른다면 어부에 있어 바다란 너그러운 여성(모성)이자 극복하기 어렵고 치유할 수 없는 거대한 상처(죽음)라는 것이다. 자궁에서 벗어나면 생명은 그 당장에 죽음(해골의 골짜기)이니까. 『칠조어론』의 저자는 호동 쪽의 표현에서 벗어나 호서인의 표현법을 사용하고 있어 인상적이다. 요카스테 병증(Jocasta Syndrome)이 그것.

요카스테란 누구인가. 라이오스의 왕비이며 오이디푸스의 어머니이자 동시에 부인이었던 여인이 아니겠는가. 오이디푸스 신화의 그 장본인.

너그러운 여성이자 극복하기 어렵고 치유할 수 없는 거대한 상처의 근원. 자식의 어머니이자 동시에 남편의 어머니, 그러니까 전여성적이며 전모성적인 것, 바로 말해 성창성(聖娼性). 생명이란, 그러니까 우주라는 자궁 속에 있는 것. 죽을 수도 없고 살 수도 없는, 아니 '죽고 살고의 경지' 자체가 무용한 곳이겠는데, 이러한 증상이 왈튼 씨 부인의 얼굴에 잠시 나타났던 것. 이 장면이 바로 영태성(零態性, 제로 상태).

만년의 왈튼 씨가 암에 걸려 죽게 되었다는 진찰을 받은 다음 『노인과 바다』를 음미하고 있지 않았던가. 이 작품 속의 노인에로 왈튼 씨가 점점 빠져들며 마치 그 노인이 바다 자체인 듯이, 생명과 죽음 자체인 듯이 그 속으로 자맥질해 들어가지 않겠는가. 그 결과는 어떻게 되었을까.

여기까지 이르면 '요카스테 병증'과 '영태성'이 문제점으로 떠오른다. 자기 얼굴 외에 남편·아들의 모, 남편·아들의 아내의 얼굴.

『노인과 바다』를 매개로 하여 왈튼 씨가 삶과 죽음의 동시성의 경지로 나아가기, 이를 매개항으로 하여 그 부인 역시 삶과 죽음의 동시성에로 나아가기에 또 하나의 매개항 몫을 한 것이 책장수 '나'라는 것. 이를 철학(말벌 한 마리를 귀에 넣기)하기라는 것으로, 지금까지의 얘기가 요약될 것이다. 헤밍웨이의 『노인과 바다』가 일종의 계기였던 것. 이를 통해 왈튼 씨는 삶과 죽음 속으로 자맥질을 강행했고 그 부인 역시 이 속으로 끌어들여진 형국. 그 결과가 '요카스테 병증', 왈튼 씨 부인의 세 가지 자아 중, 세속적인 자아(가짜 얼굴, 가면)가 벗겨지고 그 속에 드러나는 성창성(남편·아들의 모이자, 남편·아들의 아내)의 자아 둘이 밝혀진다. 왈튼 씨 부인의 죽음은 그러니까 이 사실의 확인에 다름 아니며 따라서 그것은 죽음이자 삶이다. 그렇다면 오비드의 『전신부』(轉身賦)를 들어 작가

는 왈튼 씨 부인의 죽음 이후 그녀의 환생을 나무, 비, 이슬, 꽃 등 모든 현
상에서 보고 있지 않았겠는가(68쪽). 그렇다면 부인이 죽은 뒤에도 오히
려 피둥피둥 60세까지 살아가고 있는 왈튼 씨는 어찌 되었을까. 이 물음
이야말로 작가 박상륭의 소설에의 귀환, 곧 본국 귀환의 계기에 해당되는
의미심장한 대목이다. 『노인과 바다』를 가운데 둔 왈튼 씨 부인과 책장수
'나'의 대화 장면의 심도와 꼭 같은 비중으로, 왈튼 씨와 책장수 '나'의 대
화 장면이 벌어지고 있다. 중심점은 물론 '영태성'(제로 개념, 백치성)일
수밖에.

왈튼 씨 "왈튼 부인 생각에는, 파크 씨는 '백치'(白痴)임에 틀림없다는
것이었소. …… 파크 씨, 화를 내는 대신 웃고 있나요? 허허흐, 이렇게 말
했으면, 그 이유를 대야겠지요? 가맜어봅시다. 먼저 나부터 이 자리에서
구출을 해놓고 봐야겠지요?라는 말은, 앞으로 하는 말은, 내가 내 입으
로 하고 있음에도, 나는 이 현장에 부재(不在)며, 무고하다는 것이오. 그
러니까 나는, 왈튼 부인의 얘기를 하고 있을 뿐이라는 것인데, 가맜어봅
시다. 그 '이유'랄 것을 대 보기로 했었지요?"

파크 씨 "……"

왈튼 씨 "이곳에 이민온 지 사분의 일 세기가 되어 간다는, 파크 씨의 영
어(英語)에 관해서였었쇠다. 하도 오래 사귀다 보니, 자기(왈튼 부인)는,
파크 씨의 말이 아니라 심정(心情)을 듣게까지 되었으므로. …… 또 하
나는, 저 계산기와 관계된 것이었는데, 파크 씨는, 저 같은 계산기를 십
년보다도 더 오래 사용해 왔을 것이었는데도, 처음이나 지금이나 마
찬가지로, 보태기(+)밖에는, 빼기(-)라든가 하는 것은 할 줄을 몰라, 누

가, 샀던 책을 물리러 온다거나 하면, 쩔쩔매고시나는, 꼭히 누구를 불러내야 되는데……"

파크 씨 "……"

왈튼 씨 "내가 느끼고 알고 있는, 매우 긍정적인 것 한 가지 것은 저옌네(왈튼 씨 부인)는 파크 씨의 그 이상스레 '백치적임' 그것을, 그 여자 나름으로는 몹시 소중한 것으로 여겨 좋아해왔다는 그것이오."

파크 씨 "……"

왈튼 씨 "허, 허허, '백치'란 사실, 최저·최소 단위가 아니던가요? 영(零)의 상태 말이외다. 또 무성태(無性態) —— 무엇이든 그러니, 저 영태(零態)에 닿으면, 별 수 없이 무성화할(neutralize) 수밖에. 이를 두고 나는 뭐래야겠소, '파크 씨의 철학화'라고밖에."

파크 씨 "……"

왈튼 씨 "나로서는 말이외다, 그러나 말이외다, 파크 씨의 저 '영태성'(零態性)을 상찬하고 있었던 편은 아니었으므로 하여, 파크 씨를 상대로 어떤 종류의 질투심도 젖 먹일 까닭이 없었소만, 파크 씨의 생각에도, 왈튼 부인은, 속이 꽤나 깊었던 여자 같지 않소?"

파크 씨 "……"

왈튼 씨 "이 사람을 보시구랴! 이 사람은, '풍문의 죽음'에게, 삶의 살과 기름, 영광과 존엄성을 다 발김받은, 매우 잘못된 운명의 고해변(告解邊)에 버려진 형해(形骸), 한때는 영광스러운 한 가장(家長)이었던, 이 사람을 보시구랴!"

—「왈튼 씨 부인이 죽은 한 죽음」, 70~72쪽

이 대화는 왈튼 부인이 죽은 뒤, 먼저 죽을 것으로 기대되었던 왈튼 씨가 피둥피둥 살아나 책장수인 '나'(파크 씨)에게 와서 주정하는 장면을 내가 대화체로 옮겨 본 것이다. 왈튼 부인의 앞선 죽음이란 무엇이겠는가. 여자의 죽음 자체가 성창성이기에, 그러니까 '요카스테 병증'이기에 왈튼 씨에 있어 그 부인은 아내이자 어머니였을 터. 이 심오한 논리를 받아들이기엔, 그러니까 '저 커다란 덩치의 운명'을 수용하기엔 일상적 삶의 수준에 있던 왈튼 씨로서는 참으로 난감했을 터. 왈튼 씨 부인이 지닌 세 가지 얼굴(아내+모, 모+아내. 그리고 세속적인 왈튼 씨 부인) 중에서 왈튼 씨 부인의 얼굴(가면)만 걷어낸다면, '저 커다란 덩치의 운명'에 마주칠 수밖에 없을 터. '요카스테 병증'에서 보면, 일상적 인간이 쓴 가면들이 모조리 떨어져나간 형국이었을 터. '백치적임'이라든가 '영태성'이 여지없이 드러난 곳, 이른바 '맨얼굴'이 드러나지 않을 수 없을 터이다. 자의 반 타의 반으로 왈튼 씨 집안의 고해승이 된 책장수인 '나'가 관찰한 바에 따른다면, 왈튼 씨가 자기의 일상적 가면의 불편함을 느끼기 시작한 계기가 헤밍웨이의 소설 『노인과 바다』이었음이 판명된다. 어부대왕, 촛불중으로서의 '노인'에 대한 사유가 저도 모르게 왈튼 씨에게 짚여졌던 것. 이를 두고 '갈마분열'(羯磨分裂)이라든가 '균세'(菌世)라 부른다(『칠조어론 4』, 268쪽). 일상인으로서의 아버지인 그를 아내이자 아이들의 어머니인 왈튼 부인은 참으로 견디기 어려웠는데, 왜냐면 만일 왈튼 씨 부인이 일상적 가면(얼굴)을 벗어 버린다면, 성창성(아내이자 어머니, 어머니이자 아내)의 두 얼굴이 그 모습을 드러내기 때문이다. 그녀가 왈튼 씨의 잔과 자기의 잔을 함께 홀딱 마셔 버린 것은 이 때문이 아니었겠는가. 죽음(생명)의 잔을 마신 왈튼 씨 부인이 죽고 난 뒤에 혼자 남아 있던 왈튼 씨는 또 어떠했던가. 영태성이 뭔지 어렴풋이 깨치기는 했지만 아직도 피둥피둥 살아서 그 본질까지를 꿰뚫지 못하고 머뭇거리는 지경에 빠져 있지 않았겠는가. 죽음을 직시하지 못하고 '풍문의 죽음' 수준에 있다고 할 것이다.

여기까지 이르면 독자인 필자에게 주목되는 것은 두 가지. 하나는 남자이자 남편이자 아버지인 왈튼 씨의 운명에 관한 것이다. "매우 잘못된 운명의 고해변에 버려진 형해"에 지나지 않는 것이 왈튼 씨의 것이라면, 그 자체가 '남자 일반'의 운명이라 할 수 있는가에 관해서이다. 말을 바꾸면 남자란 영태성이랄까 무성태에 이를 수 없는 것일까에 관한 것. 다른 하나는 책장수인 '나'의 역할에 관한 것. 청문사, 곧 고해승이자 무당의 몫을 맡은 '나'란 실상은 저 『칠조어론』의 번안자가 아닐 것인가. 품바꾼 또는 각설이에서 벗어나, 『칠조어론』의 번안자로서의 변신이야말로 작가 박상륭의 새삼스런 부활이라 할 수 없을까. 이러한 번안자에로의 변신을 가능케 한 계기가 밴쿠버의 책장수의 삶이며 헤밍웨이의 『노인과 바다』가 아니었겠는가.

밴쿠버에서 책장수로 있던 '나'의 세 가지 경험담으로 구성된 삼부작 「로이가 산 한 삶」, 「왈튼 씨 부인이 죽은 한 죽음」, 「미스 앤더슨이 날려보낸 한 날음」 중, 단지 「왈튼 씨 부인이 죽은 한 죽음」을 지금껏 조금 살펴보았거니와, 「왈튼 씨 부인이 죽은 한 죽음」만 하더라도, 『죽음의 한 연구』와 『칠조어론』의 번안이기에, 쉽사리 이해될 성질의 과제가 아님엔 틀림없지만, 그럼에도 이 번안자의 자세는 소설적 수용을 가능케 했음도 사실이다. 독자인 필자가 읽어 낼 수 있었음이 그 증거. 이런 현상은 칠흑의 밤중에서 길고도 아픈 수련 끝에 마침내 저 사자와 독수리를 앞세워

하산하는 차라투스트라의 자세와 흡사하다고 할 수 없겠는가. 모르긴 해
도 이 차라투스트라는 세속화를 겨냥한 것은 아니었을까. 초인의 사상이
란, 그러니까 세속화에서 비로소 이루어지는 것이 아니었을까. 이 깨달음
에 이르기엔 천재 니체조차 만년의 세월이 요청되지 않았을까. 그것은 타
락인가, 불가피함인가.

11. 차라투스트라의 목소리를 빌린 자이나교도의 설법

차라투스트라 박상륭의 하산이란 타락일까 불가피함일까. 불가피함이
라 본 것은 한국문단 쪽이었다. 제2회 김동리문학상의 수여가 이를 잘 말
해 준다. 그러나 타락이라 본 것은 정작 박상륭 쪽이 아니었던가.『칠조어
론』을 그렇게『평심』으로, 또『산해기』로 세속화해 놓아도, 세속의 토민
들의 귀에는 쇠귀의 경 읽기에 지나지 않았다. 이 절망이 그로 하여금 다
시 발걸음을 돌리게 했다. 바랑을 다시 챙겨 밴쿠버 동굴로 향하는 이 차
라투스트라의 발걸음은 쓸쓸하고도 무거웠다.

그러나 그가 진짜 차라투스트라인 까닭에 동굴에서 계속 면벽할 수
가 없었다. 그는 아는 것이 너무 많았다. '참진리'를 그만이 깨쳤다고 믿
었던 것이며 그는 이 깨침을 저 혼자 가져서는 안 되었다. 저 독룡의 아가
리에서 어리석은 중생을 구출하지 않으면 안 되었다. 초인인 그의 이 연
민의 정은 그 자신도 누르기 어려웠다.

대체 그의 깨침이란 무엇이었던가. 그리스 이래의 '철학'이란 물
건의 부정, 곧 반철학에 다름 아니었고 그것은 ①니힐리즘 ②영겁회귀
③권력에의 의지로 정리된다. 선이나 정의·진리·미 등은 가치 있는 것의

추구이고 그 실현이라 한다. 그런데 가치의 근거를 따져 보자. 신이나 선이란 각자가 살고 있는 이 세상의 바깥에서 주어진 것이 아니었던가. 별세계에 있는 가치란 일종의 오류가 아니겠는가. 선악이란 현실세계 내부의 심리적·사회적 메커니즘에서 생겨난 것에 지나지 않는다. 비유로 설명하면 이렇다. 어느 곳에 부유하고 평화를 좋아하는 부족이 있었는데, 호전적인 부족이 그들을 나쁜 놈이라고 부르며 쳐들어가서 모든 것을 빼앗았다. 패자는 선인이고 승자는 악당이라는 논법은 그러니까 패자의 지어진 가치 곧 심리적·도덕적 우월성에 다름 아니다. 약자의 강자에 대한 질투, 원한(르상티망)이야말로 선악이란 가치의 기원이라고 니체는 주장한다. 노예의 도덕에 불과한 것이다. 정의, 금욕 등등 기타의 가치들도 이와 같다. 이 모든 가치의 부정이 니힐리즘이다. 선악의 근거가 이데아나 신에서 온 것이 아니라는 것, 여기에서 도출된 것이 "신은 죽었다"의 명제이다. 그렇다면 우리는 이 세계에 어떻게 대처해야 하는가. 뭔가 건설적인 비전이 제시되어야 한다. 니체의 처방은 '영겁회귀'였다. 부정적 파괴와 적극적 비전 사이를 잇는 것의 명칭이 바로 영겁회귀이다. 모든 것이 영원한 반복이며 어떤 변화도 없다는 것. 겉으로 세상이 수시로 변하는 것처럼 보이나 실상은 동일한 것의 되풀이라는 것, 어째서? 변화란 보다 나은 것으로, 보다 나쁜 쪽으로의 변화를 가리킴이다. 그런데 '보다 나은' 또는 '보다 나쁜'이란 선악의 측도가 있을 경우이다. 모든 선악이 기만이라는 니힐리즘의 처지에서 보면 명백한 사실이다. 니힐리즘과 영겁회귀의 차이점은 '위대한 정오'에서 온다. 태양이 하늘 한복판에 놓일 때모든 그림자가 사라지는 것이 이에 해당된다. 태양이 대지에 수직으로 되는 곳, 그림자와 빛의 차이의 소멸, 선과 악의 차이의 소멸 상태야말로 '위

대한 정오'에 해당된다. 이를 깨친 사람을 두고 니체는 '초인'이라 불렀다 (貴成人, 『哲学マップ』, 筑摩書房, 2004).

이 초인에 있어 모든 것은 여러 가지 힘이 상극하는 '권력에의 의지'의 소산이다. 그러기에 '권력에의 의지'의 주체란 존재하지 않는다. 인간의 행동이란 자유의지에 의거한다고 보기 쉽지만 니체의 견해로는 힘의 균형이 있을 따름이다. 자기의지로 움직인다는 것은 착각이 아닐 수 없다. 허무주의, 영겁회귀, 권력에의 의지. 이 셋이 큰 원을 이루는 것. 이것이 니체의 주저 『차라투스트라는 이렇게 말했다』의 중심사상이다. 그는 이 위대한 사상을 속중들에 전함과 동시에 초인의 길을 걷도록 호소해 마지않았다. 어리석은 중생들이 하도 불쌍해서 그는 견딜 수 없었다. 차라투스트라 니체, 그는 번번이 동굴에서 나와 중생을 초인사상에 젖게끔 설교했고 그럴 적마다 그는 절망에 부딪혔다. 쇠귀에 경 읽기니까. 그래도 그는 멈추지 않았다. 어떻게 하면 이 초인사상을 전파할 것인가. 밤낮 그는 이것에만 골몰하고 중생을 깨우칠 모종의 힌트라도 떠오르면 지체 없이 독수리와 뱀을 물리치고 단신 바랑을 짊어지고 하산해 마지않았다.

우리의 차라투스트라 박상륭의 경우도 사정은 마찬가지. 『칠조어론』으로도 그 세속화인 『평심』으로도 중생들의 귀에는 쇠귀에 경 읽기에 지나지 않았다. 그는 다시 산속 동굴로 되돌아가야 했다. 잘못이 '나'에게는 없었던가. 순간 그는 문득 깨달았다. 『칠조어론』이 지닌 한계점의 발견이 그것. 팔만대장경의 용수사상이 지닌 한계가 그것. 모든 것이 공(空)이라면 그것은 어디까지나 허무주의에 귀속되는 것일 뿐. 어떤 주장(구원)도 언어로 설명할 수 없다는 것이 용수의 주장이라면 거기에 기댈 수 있는 어떤 발판도 있을 수 없지 않겠는가. 안다는 것, 몸이라는 것, 말이라는 것, 이 셋을 한 단어로 묶는다 해도 사정은 마찬가지. 이 헤맴에서 박상륭이 깨친 것은 신진화론 사상이었다. 인류는 진화한다는 것.

모든 유정(有情)은 육신적 진화를 끝까지 달성하고 난 뒤에는 정신적 진화(Religionism)의 길로 들어선다는 것. 이 육신적 진화의 마지막 단계는 오관(五官, Pankendriya)이 되는 것. 이 오관을 갖춘 유정이 이 우주 내에서는 아직 인간뿐이라는 것. 그는 이 점을 자이나교 경전에서 배웠다.

"자이나교 경전(Uttaradhyayana)이 가르치는 충격적 사실의 하나는 어떤 유정이 어떻게 인간으로 태어남을 받았다 해도 오관을 확실하게 구비하고 있는 인간은 매우 드물다는 그것이다."(박상륭, 「만남」(둘), 『대산문화』, 2004년 가을, 22쪽) 자이나교란 현존하는 인도의 한 종교로 불교와는 다른 유파이거니와 여기서 박상륭이 받은 충격은 실로 컸다. 이른바 '역진화'(逆進化)에 대한 설명이 가능해졌기 때문이다. 오관을 갖추고도 4관 또 3관 수준으로 그러니까 짐승만도 못한 인간들이 있다는, 이 인류사의 비밀이 풀릴 수 있었다. 실상 이 '역진화'는 『칠조어론』 제3부의 주제였던 것인데, 자이나교 경전을 통해 비로소 그 설명의 실마리를 얻어낸 것이기에 충격적일 수밖에. 이 깨침을 얻은 차라투스트라는 하산할 수밖에. 하도 무지하여 화택 속에 빠진 줄도 모르는 중생이 하 불쌍해서 그는 견딜 수 없었다. 바랑을 짊어지고 다시 하산할 수밖에. 그런데 이번엔 실로 자신이 있었다. 초인의 목소리로 그는 이렇게 외치기를 마다하지 않았다. 『신을 죽인 자의 행로는 쓸쓸했도다』라고.

그 잘난 용수보살도 이르지 못한 프라브리티(Pravriti, 유정물, 원초적인 진화)란, 그러니까 '공'(空)이라는 수사학적 축에 이르지 않는 경지라는 것(『평심』, 117쪽). 화미(話尾)까지 챙겼다고 판단한 박씨는, 책방 문을 닫아걸고, 걸망을 짊어지고 하산을 시작, 태평양을 건너 다시 고향 땅, 무명 속에 떨고 있는 대중에게로 달려왔겄다. "회계하라! 천국이 가까웠다!"라고 외치고자 파크 씨는 그렇게 하산했겄다. 이번엔 절대 실수하지 않겠다고 혼자 다짐하면서, 그도 그럴 것이, 이번엔 '화미'까지 갖추었다고 생각했으니까. 그 화미란 용수보살도 알지 못한 프라브리티(Pravriti, 진화론)와 그 역진화(Nivriti)의 균형감각을 잠 속에서나마 획득했다고 책방 주인답게 믿었으니까.

자기의 동굴에 닿자마자 차라투스트라는, 노독에도, 또 방황했던 정신에도 지쳐 있었으므로, 오두(五頭, 五官)의 암뱀 육신(肉身)을 동굴의 아랫목에 깔고 누웠는데, 그때의 그는 마음이 평안하여, 조금도 시달리지 안 했으므로, 금방 혼곤한 잠 속으로 빠져들었다.

그러고서 얼마나 잤는지도 모르는데, 그의 삼매 같은 잠으로부터, 한 마리의 숫독수리가, 그 날개짓에서마다, 얼마쯤의 빛을 흩뜨리매, 날아올랐다. 독수리는 그리고, 저 오두의 암뱀을 내려다보며,

—저 간단없이 흐르고 흔들리는, 프라브리티의 한 물살, 한 포말 위에다, 둥지 짓고, 마누라 삼아 한 마리 암뱀을 뉘어놓았으니,

하며, 동굴을 빠져나가, 한동안 그 하늘을 선회하다가, 바다 냄새가 흐르는 쪽으로, 먹이를 구하러 나아갔다. 가며, 이어, 채웠다.

—이제는 '불멸'(不滅)이라는 자식만 하나 얻는다면, 프라브리티를 극복했다고 이른대도 좋을 것이겠도다.

티 베미—.

— 박상륭, 『신을 죽인 자의 행로는 쓸쓸했도다』, 문학동네, 2003, 254~255쪽

보다시피 니체의 복장을 빌린 자이나교도 박상륭이 니체의 말투로 자이나교의 교리를 설파하고 있다. "티 베미"란 영어로는 "Thus I say"(저렇게 나는 말했다는 것). 불교의 여시아문(如是我聞)과는 달리 자이나교에서는 "티 베미"로 시작되어 또 끝맺는다는 것(『산해기』, 135쪽). 이를 두고 박상륭은 '화미'라 했다. "티 베미"란 비유컨대 양날을 가진 칼이라고나 할까. 한쪽 날에다 다른 방언 『차라투스트라는 이렇게 말했다』(*Also Sprach Zarathustra*)를 대치시켰던 것. "티 베미"라는 호동(湖東)의 방언과 "차라투스트라는 이렇게 말했다"라는 호서(湖西)의 방언의 대결이랄까 균형찾기라고나 할까. 그러고 보면 『칠조어론』의 경우는 얼마나 어리석었던가. 죄다 호동 방언으로 4권짜리를 가득 채워놓았으니까. 이 사실을 밴쿠버의 책장수 박씨가 깨치기까지 10년의 세월 두 번이 걸렸으니까.

대체 자이나교는 박상륭을 어떻게 가르쳤던가. 작가는 해설서 『산해기』에서부터 되풀이해서 그 교리를 내세워 새로운 소설의 기둥뿌리로 삼았다. 앞에서 언급한바, 인류 진화와 그 역진화의 관계이다. 자이나교에서는 '큰꽝(빅뱅)' 이래 진화 과정을 5단계로 잘 설명했고 그 결과 인간은 '몸-맘-말'로 되었으나, 유례없이 똑똑한 니체는 참으로 어이없게도 실수를 하고 말았다는 것. 왜냐면 신을 죽였으니까.

이건, 다른 방언을 쓰는, 현자들의 지혜를 빌려 하는 얘기이외다만, 그들은 '인간'을, '판켄드리야'라고 하는데, 그로부터의 진화는, 정신적으로 이뤄진다는 것입데다. 중생, 불멸, 해탈 따위, 그런 금(金)은 그런데, 다름 아닌, '육체'라는 조악한 질료의 연금을 통해서만 이뤄진다는 것인데, 그래서 '육체야말로 진화를 위한 필수조건'이라는 명제가 서는 것인 것. 그렇다면 그것(몸)은, 공이 함의하는 바와 같은 '목적'은 아닌 것, '육체가 목적'이 되면, 매우 바람직하지 않게, 부정적 국면에선 '악마주의'랄 것이 머리를 쳐들 위험에 도사리고 있을 거외다. 그러함에도, 영혼은, 육체가 더욱 더욱 메마르고 처량하게 되어, 아사하기를 바라는 것이라고, 그리하여 영혼은, 육체와 대지로부터 벗어나려고 생각하고 있노라고, 설할 수 있으리까? 그러므로 하여, 영혼이라는 것은, 나나니벌 같은 신이, 인간의 육체 속에다, 묻어 놓은, 나나니알 같은 것으로 여겨, 할 수 있으면, 저 알을 뽑아내어 짓눌러 죽이려 하는 듯도 여겨집네다만, 늙은 네의 믿음엔, 바로 이 '영혼'이라는 것은, 본디는 어떤 '의지'라고도 이를 것이, 에켄드리야(Ekendriya, 일관유정一官有情)로부터 시작한, 멀고도 하 멀고, 고단하기도 하 고단한, 진화의 과정을 겪어, 마침내 판켄드리야까지 도달한, 그 결과가 그것인 것을, 육신적 진화의 종점은 어쩌면 이 상태(판켄드리야)까지일지도 모르되, 진짜의 역동적 진화는 그러나, 여기서부터 시작이겠습지. 그 새로 시작되는 진화의 역동적 도약대를 부숴뜨리려 덤벼, 판켄드리야로 하여금 카투린드리야(Katurindriya, 감각기관을 넷 만 구비한 유정) 내지는, 트린드리야(Trindriya, 삼관유정三官有情)에로의 역진화(逆進化)를 '초월'처럼 설하고 있다는 그것입지.

—『신을 죽인 자의 행로는 쓸쓸했도다』, 59~60쪽

큰꽝론 이후 단세포에서, 진화되기 시작한 유정물로서의 인간이 두 세포, 세 세포, 네 세포까지 수많은 세월이 걸렸고, 다섯 가지 세포의 유정물, 그러니까 이른바 『반야경』에서 말하는 오온(五蘊, 12처18계)을 갖춘 오늘날의 인간이 된 것은 불과 7천 년밖에 안 된다는 것. 그렇다면 이 진화에 이르기까지 온갖 단계의 현상과 곡절이 있었고, 또한 7천 년 이래 지금까지도 수많은 진화가 이루어졌을 터. 『칠조어론』이란 실상 이 진화과정을 보여 주는 만화경이었던 것. 이 진화과정을 니체를 사례로 삼아, 아주 좁혀서 보여 준 것이 이 장편소설이라는 것. 결론적으로 말해 "신은 죽었다!"라고 외친 니체의 초인사상→권력의지→영겁회귀란, 그 화살표가 거꾸로 잘못되었다는 것.

그러니까 판켄드리야→카투린드리야→린드리야→데빈드리야→에켄드리야라는 것. 진화 쪽이 아니라 역진화라는 것. 화살표를 거꾸로 돌리기, 거기에 니체의 오류가 있었다는 것. 니체 그 자신은 물론 갓 판켄드리야의 단계에 이른 유정물이지만 멀쩡한 우리 오온을 갖춘 유정물을 셋이나 넷 정도의 세포를 가진 짐승으로 잘못 판단했다는 것. 그러기에 니체가 한없이 가련하다는 것. 정작 독룡(毒龍)의 희생자라는 것. 쓸쓸하다는 것. 니체를 보고 있노라면 안타깝다는 것. 그 좋은 머리로, 신을 죽였으니 그 뒷모습이 쓸쓸할 수밖에 없다는 것. 요컨대 과학만 있었지 커다란 그리움(悲)이 결여되어 있었다는 것. 이 경우 니체가 '독룡의 희생자'임에 주목할 필요가 있다. 7천 년 이래, 그 중반쯤에 와서 변괴가 일어났는바, 삼악도(三惡道)에서 야음을 틈타 인간도(人間道)에 오른 삼악도의 대상이 바로 붉은 용. 인간도를 숙주로 삼아 붉은 알을 하나 묻어 놓은 일이 있었는데 그리고 얼마의 세월이 지난 뒤 그 알 속에서 유정이 한 천리를 썩이는 역한 냄새를 풍기며 탄생하는바, 이것이 독룡의 정체이다. 그는 물신주의의 화신으로 그 이름은 엔켄드리야(하나의 감각기관을 가진 유정, 곧 박상륭 식으로 번역하면 군중 대중에 해당되는 것)이다. 물질주의, 과학주의라 비유되는 이 독룡을 물리치려 한 니체는 딱하게도 이 독룡의 희생자로 되고 말았다고 박상륭은 보았다. 그토록 똑똑한 니체가 도달한 길, 차라투스트라의 위치란 시심(예술)의 범주에 지나지 않는다고 진화론자 박상륭은 비판해 마지않았다.

악은 능금이(눈의 상징인 것도 고려해 두기로 합세다) 떨어지면, 별 수 없이 굴러야 되는, 구태의연한 대지, 실추한 눈, 그럼에도 시인(詩人)들은, 구태의연한 것들에서, 뭔지 새롭다고 여기질 노래들을 만들어 부르기도 합데다. 아으, 차라투스트라는 시인이리까? 이 '시심'(詩心)은 그런데, 어쩌면, 그렇소이다. 어쩌면, 카투린드리야가 마지막으로 뜬 눈이나 아닌가, 그리하여 그것에 의해, 판켄드리야를 성취하는 것이나 아닌가, 그 역동적 도약력이나 아닌가, 하는, 거의 신념에 가까운 생각도 하고 있소이다. 이런 일종의 신념을 이루게 한 관건은, 판켄드리야로부터, 그 다음 단계에로의 도약력이 되는 것은 '종교'며, 앞에 '시심'이라는 말로 포장한 '예술'은 아니라고 알게 된 그것이외다. 판켄드리야께 도약력이 되는 것이 종교라면, 카투린드리야께도 그런 것은 있었을 것인데, 그것은 '종교'라는 이름 대신, '예술'이라고 이르는 것일 것이라는 믿음이 있소이다. 그러니까 '예술'이, 카투린드리야께는 종교가 되었을 것이란 말로도 바뀔 수 있겠소이다.

— 『신을 죽인 자의 행로는 쓸쓸했도다』, 76~77쪽

여기까지 이르면, '주·객 문답체'로 아래와 같이 정리해 볼 수 있다. 여기서 말하는 '주인'이란 필자를 가리킴이며, 객 역시도 필자이다. 그러

니까 이 기묘한 문답체란, 대화체와는 일정한 거리가 있다. 군이 말해 대화체의 포맷을 빌린 독백체라 할까. 가히 글쓰기 방식의 복식호흡법(複式呼吸法)이라 할 것이다. 이 복식호흡법은 정작 두 '독종'이 발명한 글쓰기의 호흡인 것.(필자라고 해서 이를 흉내 못 낼 이치 있으랴.)

주 시인, 종교인, 철인의 세 범주, 이른바 헤겔이 말하는 인간이 도달해야 할 절대적 정신의 세 분야이겠는데, 이에 대한 촌노 박씨의 견해에 드디어 이른 셈이군요.

객 선생이 자주 언급하는 그 헤겔미학 언저리이겠는데요. 헤겔에 기대면, 의식(인간, 주인공)이 자기의식(소외단계)을 거쳐 정신(기본 성격은 자유)으로 되고, 마침내 절대정신(Absoluter Geist)에 이르면서 정지되는바 더 이상 갈 데가 없는 완벽, 최고의 단계인 까닭이라 설명되지 않습니까. 그 절대정신이란 예술, 종교, 철학이라 했지요. 이 중 예술을 제일 저차원으로 보는데, 감각적이고 개인적인 직관의 형태로 표현하니까, 그 감각적 직관적 표현수단을 필요로 함에 한계가 있다는 것. 종교는 예술보다는 한 수 위의 차원인데, 표상적 표현수단으로 신을 파악하기 때문. 이 경우 표상(Vorstellung)이란 감각(직관)과 사고, 사상을 매개로 하기에 감각(직관)으로 예술 쪽보다 고차원이라는 것. 이들에 비할 때 철학(학문)은 어떠한가. 종교와 함께 철학도 절대자(세계의 근본적 실체, Absolutes)를 파악(도달)함에 있겠는데, 그 방식이 개념(Begriff)으로 한다는 데 종교와의 차이가 있다는 것. 어째서? 종교는 표상으로 하니까.

주 문제는, 그 '개념'이란 것인데, 헤겔의 해설자이자 이를 현대화시킨 A. 코제브에 따르면, 개념적 파악이란 경험적 실재의 살해이지요. 가령, 살아 있는 개는 달리고 마시고 먹지 않습니까, 그러나 '개'라는 말(개념)은 뛰지도 먹지도 마시지도 않지요. 곧 실재하는 개에다 개념을 부여함이란 그 말에 의해 살아 있는 개를 죽이는 것이니까. '개'라는 개념이 가능한 것은 개가 시간 속에 살아 있는 사물인 까닭. 개가 불사이며 시간 밖에 있다면, 개의 개념은 성립될 수 없지요. 곧 세계의 유한성이야말로 개념이 성립되는 근거라는 것. "개념은 시간 그것이다"라고 주장되는 것도 이 때문(알렉상드르 코제브, 『역사와 현실 변증법』, 설헌영 옮김, 한벗, 1981, 118쪽). 이처럼 개념이 세계의 유한성과 불가분이며 경험적 실재물이 언설의 세계에로 변형되는 역사적(시간적) 과정이라는 것.

객 자이나교도인 박씨 역시 헤겔도당이라는 뜻입니까.

주 위의 인용문을 잠시 음미해 볼까요. 시인이란 무엇인가를, 박씨는 헤겔의 도식에 따라 설명하고 있는 것처럼 보이지 않습니까. 시인이란 카투린드리야(네 가지 기관을 가진 유정)에서 다섯 기관을 가진 오늘의 인간인 판켄드리야로 비약(진화)하게끔 하는 데 결정적인 몫을 했다는 것. 노래 부름으로써 말이지요. 구태의연한 것을 새롭게 노래 부름으로써 비약하기, 그로써 판켄드리야에로 이를 수 있었으니까.

객 판켄드리야에 이른 인간이 이번엔 또 비약(진화)을 해야 되는데 그 수단이랄까 매개자랄까 앞잡이랄까 그런 것이 바로 종교라는 것. 이 점을 박씨는 아주 품질 좋은 수사학으로 보다시피 몇 번이나 강조해 놓았군요.

반복되오만, 그리고 이것은 얼마가 반복되어도 여전히 충분치는 않겠소만, 오관(五官)을 구비한 유정을, 육관(六官) 십관(十官)을 갖춘 유정에로 밀어올리기에, '예술'은 더 이상의 도약력을 갖고 있지 못하다는 애기외다. 질료의 변질을 돕는 연금력이, 모든 단계에마다 같은 것이라면, '모든 단계'란 모순어법이 될 터인데, 왜냐하면 변질은 한 번 이상 가능되지 않은 것이기 때문입네다. 반복되는 듯하지만, 예술이, 어떤 정신을 고양시키는 힘을 갖는 건 부정될 수 없는 것이어서, 그것이 카투린드리야를 판켄드리야에로 밀어올린 힘이라고 말할 수 있었던 것이외다. 예술을 어떻게 정의하든 간에, 영혼의 구원을 성취키 원하는 이들께 그것은, 구원의 힘이 못 되는 것이매, 해탈을 도모하는 정신에 대해서도, 그것이 할 수 있는 일이란 없다고 단정해도, 무리는 없을 것이외다. 더 좀 와달이 쓰기로 해서 말하면, 그것은 판켄드리야의 정서와 관계된 주제이지, 신앙이나 선적(禪的) 대상은 못 된다는 것입네다. 까닭에, 실학꾼[科學者]들이, "예술가들은, 진리보다도, 미를 추구하는 자들"이라고, 건너다 보면서 하는 도란거리는 소리가 들립네다. 결론적으로, 한번 더 반복하기로 하면, 판켄드리야를 다음 단계로 들어올리는 힘은, '예술'에서는 더 이상 기대되지 않으며, 그것을 위해서는 '종교'에 의지할 수밖에 없다는 얘기가 될 것입네다. 이러면, 늙은네가 꼭히 지적하려 들지 않는대도 차라투스트라가 광적 시심으로 범하게 된 오류가 무엇인지쯤은 저절로 밝혀졌으리라는 믿음이외다. 그 운문적 정신에, 철학적 사유까지 합쳐지면, 그 결과는 더욱더 참담하게 될 터이외다.

— 『신을 죽인 자의 행로는 쓸쓸했도다』, 77~78쪽

주 단정할 수는 없으나 위의 대목으로 보아 박씨는 종교를 최고단계로 치고 있어 보이지 않습니까. 철학까지 예술 속에 몰아넣고 있으니까. 니체의 선 자리란, 기껏해야 예술의 단계 곧, 기관이 넷밖에 없는 유정물인

카투린드리야 수준이라는 것. 그렇다면 종교란 무엇인가.

객 판켄드리야의 수준에 오른 유정물(인간)을 한 단계 더 높이는 곳, 곧 여섯 개 기관을 가진 유정물에로 진화케 하는 원동력이 종교라는 것으로 되는군요. 그것은 내성(內省) 또는 내관(內觀) 곧 자기 내면으로 눈돌리기로 요약되는 것이겠는데요. 내성으로 시작하여 드디어 "추상적 관념적 형이상학적 문제에로"(89쪽) 나아갔다는 것이니까 그렇다면 이는 헤겔이 말하는 철학 그것과 뭐가 다를까요.

주 글쎄요. 박씨가 말하는 내관이란, 그 내관이 빚어진 진화의 단계인 추상적·관념적·형이상학적이란, 중관론자 용수보살을 가리킴이니까 철학이기보다 역시 종교 쪽이 아닐까요. 용수보살을 두고 판켄드리야에서 한 단계 앞선 인간, 곧 여섯 개 기관을 가진 유동물로 추정하고 있으니까, 좌우간, 종교야말로, 밖으로 향한 눈을 안으로 돌리게 함을 가리킴이겠는데, 그렇게 함으로써 인간이 발견한 것은 무엇이었던가가 문제이겠지요.

객 그렇소, 내관(불도에서 말하는 '觀法')이겠는데요. 그것은 헤겔 식으로 하면 종교와 철학의 혼재이겠는데, 거기에서 얻어진 최종 단계가 '신'이라 부르기도 하는 그 무엇이지요. 이를 박씨는 아주 논리적으로 정리해 보입니다.

주 박씨의 이에 대한 사유의 깊이를 새삼 알게 하는 대목, 곧 통시적인 시점과 공시적인 시점이 그것. '신'이라는 통시적 시점에 보면 신도 변증법적 존재라는 것. 그러기에 유일신 개념이란 당나귀에 비견될 열등한 존재라는 것. 한편 공시적 시점에서 보면 유일신의 문제도 큰 파도의 하나로 일렁인다는 것. 그러나 중요한 것은 이런 사고 역시 이분법에 속한다는 것. 이를 극복한 진화의 단계란 무엇일까. 모르겠다는 것. 좌우지간 갈 데까지 간 단계는 현재의 인간 판켄드리야로서는 모른다는 것.

그러면, 인간은 어째 이분법적, 이원론적 사고의 방식을 극복해야 되는가. 그것이 어째서 사유의 궁극처럼 이해되는가라는 문제가 대두하게 됨은 당연할 것이외다. 마는, 그 자리[境地]는, 판켄드리야가, 판켄드리야를 초극한 자리일 것이어서, 이 늙은 당나귀의 힘으로써는, 그 심전(心田)을 갖기에는 엄두도 못 낼 일일쇠다. 마는, 꼭히 부연해 두고 싶은 것이 있다면 그것은, 이분법적 사고에 의해, 대립적으로 밖에 있던 존재를, 현학적 심력(心力)으로 안에 뫼셔들여, 신은 내재한다고 설하기와, 자아인 것을, 그러하외다, 자아인 것을, 그 신비를, 그 초월성을 예배하기에 의해, 밖의 대상화하여, 라는 말은, 소아(小我)에 대한 대아(大我)의 상정이라는 말인데, 이 '자기의 대아'를 신앙하기는, 같다고 주장하려 들면 같고, 같지 않다고 하면 같지 않을 것인데, 이 문제로는 늙은네가, 차라투스트라의 눈썹까지 성글어지게 하지는 말아야겠다는 생각이구료.
―『신을 죽인 자의 행로는 쓸쓸했도다』, 107쪽

객 자이나교도인 박씨의 신앙고백도 여기까지 이르면 더 나아갈 데가 없어 보입니다그려. 그렇기는 하나, 분명한 것이 있다면 '이렇게' 말하는 니체에 대해 '저렇게' 말하기이겠고, 이게 방언 간의 균형감각이지요. '이렇게'의 방언 속에 있는 기독교(신)와 '저렇게'의 방언 속에 있는 불교 사이의 균형감각 찾기라는 것. 또 헤겔의 미학강의와 용수보살의 중관론 사이의 균형감각 찾기라는 것.
주 좋은 지적이군요. 자이나교도이자 불교도이며 또한 기독교도이기도

한 박씨의 사유의 깊이가 호동의 한 작은 방언인 훈민정음으로 표기되었다는 사실이야말로 소중함이 아닐 수 없지요.

객 '이렇게' 말하기와 '저렇게' 말하기란, 어떤 범주에서 보면 방언 사이의 균형감각 찾기이겠으나 다른 차원에서 보면, 품질 좋은 수사학과의 균형감각 찾기이겠지요. 시적 비유(역설, 부정)로 일관해 간 쪽이 니체였다면 박씨의 수사학은 각설이 타령, 자기 식으로는 패관의 '줍쇼릐'이겠고, 시적 수사학과 잡소리의 수사학이 함께 질 좋은 수사학임엔 분명하지만, 그 차이성이랄까 변별성은 어디 있는가. 이렇게 묻는 것은 『칠조어론』이나 『산해기』와는 달리 『신을 죽인 자의 행로는 쓸쓸했도다』가 지닌 그 나름의 고유성이란 과연 무엇인가를 묻는 것.

주 그쪽이 무엇을 염두에 두고 있는지 짐작됩니다. 『신을 죽인 자의 행로는 쓸쓸했도다』는 자이나교 설교집도 아니고, 그렇다고 단상집도 아니고 '장편소설'이라는 것, 그 '소설다움'이란 무엇인가를 묻고 있습니다그려. 또 다르게는, 호서인 밴쿠버의 한 동굴에 칩거하며 고독을 고향 삼아 또아리 튼 암뱀 위에 앉아 사색에 잠겨 있는 호동의 한 작은 동네 출신의 박씨가 어릴 적 방언인 훈민정음으로 공들여 쓴 '줍쇼릐'의 무게이겠는데요. 그 민첩함, 그 유연성이라고나 할까요. 자, 보십시오. 소설 첫머리에 과시되어 있지 않습니까. 실로 이 '줍쇼릐'의 어법이야말로, 니체도, 용수보살도 안중에도 두지 않게끔 하는 박씨만의 본령이라는 것.

본 패관이, '이제는, 뭔가를 정리해볼 때에 온 것이나 아닌가' 하는 서두를 쳐들었다. 해서, 어떤 독자는, 이 별로 늙지도 안 해, 설늙은 이 늙은 탕아(蕩兒)는, 유서(遺書) 따위라도 쓰고 있는 것이 아닌가 하고, 고개를 갸웃거릴지도 모르겠다. 마는, 그거야 뉘 알겠는가? 두고 볼 일이지. 그가 말로는, 저렇게 승푹(이게 무슨 누무 사투리인지, 그건 뜻이기보다, 느낌에 호소하는 소린 듯하다는 것 말고는, 패관도 못 말해 준다. 사전은 들춰 보아도 묵묵부답일 터이나, 국어선생께나 물어봐라. 패관은, 잡초 씨앗이라도 많이 뿌려, 밭, 말의 밭이 다양하게 울창해지기를 바라고, 선생은, 사실이 그런지 어쩐지, 그것도 또 물어봐야 될 듯하지만, 밭이 이랑 고랑 정연해 있기를 바라는, 다름이 있다. 콩 심은 데서도 팥이 나는 걸 즐거워하는 자와, 콩 심은 데서는 콩만 나야 된다고 믿는 자가 있다)을 떨어싸도, 만년 세월을 한사코 살아갈지, 글쎄 그건, 모르는 일, 저렇게 승푹은 떨어쌈시롱도 패관은 아직도, 공들의 평강을 비는, 하직의 인사는 안하고 있잖느냐, (흐흐흐, 공들은, 늙은 흉내내는 탕아의, 망령 부리기의 미학쯤 터득했으끄냐?) 티 베미(이렇게 말하였도다!)

　　―『신을 죽인 자의 행로는 쓸쓸했도다』, 8~9쪽

객 박씨의 어법이란 그러니까 수사학일 수 없는, 일종의 절대라는 것. '승푹'하다는 것. 사전 따위를 넘어선 그런 '말'이라는 것.

주 그럴 수밖에요. '승푹'이란 '몸-말-맘'을 한꺼번에 안고 있는 실체이니까.

객 방언인 훈민정음의 문법 위에 군림하는 초월적 존재 그것이 '승푹'이라는 것.

주 자이나교도 아닌, 조선반도 남쪽 전북 장수 마을에서 태를 묻고, 서라벌예대에서 '항'(들숨)하고 쇠(날숨)해 온 토종 박씨의 전부라고 할 수 있는 것이 '승푹'이 아니었던가.

객 박씨는 이것을 운명이라고 하네요.

> 제길헐, 겉보리 서 말만 있어도, 뉘 있어 패관살이에 나서겠느냐고, 어느
> 묵 손이 있어 입을 열 양이면, 이 패관꾼 성을 발끈 내고시나, 일어나, 그
> 누묵 손의 입을 찢으려 덤빌 터인데, 이눔아, 요런 이약도 나종에는 금이
> 며 옥문이며 개고기하고도 바뀌는거! 그런즉슨 갖다가시나, 일렁설렁
> 말하믄, 패관은 입세서 금싸라기를 불어내는 종내기라느겨. 아니면, 사
> 흘 굶은 개까지도 코만 흠흠거리고, 먹으려잖는 패관의 설사를, 금하고
> 바꿔, 게걸거리는 귀를 채우려는 가납사니들이야말로, 대가리보다 금이
> 많든지…… 말이 많도다, 뒈진 좆맹이, 패관꾼은 좀 가만히 자빠져 있으
> 라 고시나!
>
> ─『신을 죽인 자의 행로는 쓸쓸했도다』, 148쪽

주 패관이란 인간말종이자 동시에 최고의 신이라는 것. 밑바닥에서 하늘
꼭대기에 걸친 존재라는 것. 니체의 저 독수리와 뱀 따위와는 비교도 안
되는 무기라는 것.

객 잠깐. 그렇다면 씨의 안중에는 니체도 없거니와 용수보살도 헤겔도,
심지어 출발점인 자이나교도 없지 않습니까. 자기만의 문법과 어법인
'즙쇼릭'만이 있다는 것. 그렇다면, 그러니까, "즙쇼릭는 신이다!"이겠는
데요.

주 아, 소설 한 편 읽다가 우리가 어쩌다 이 지경까지 이르렀을까. 돌(咄)!
소설읽기의 잡스러움이여, 난감함이여.

12. 카인과 아담의 장엄한 상봉

객 자이나교도 박상륭의 본색은 '패관'의 목소리에서 온다는 것. 이를 증명하기 위해 이번엔 창작집 『소설법』(현대문학, 2005)을 내놓았습니다. 이래도 쇠귀의 경 읽기인가라고 따지기라도 하는 심사인 듯이 말입니다. 『칠조어론』이란 도반을 상대로 한 설교였다면, 어려울 수밖에. 한 단계 물러선 것이 니체였지요. 철학 수준에 해당되는 것. 이번엔 제법 귀를 가진 독자도 있을 법하다고 여겼는지도 모를 일. 그래도 이 호동의 어리석은 중생들의 귀엔 쇠귀의 경 읽기라면 어떠할까. 바랑을 짊어지고 다시호서 밴쿠버의 동굴로 돌아가 면벽할 수밖에. 그러나 아직 한 단계의 실험이 남아 있다고 여겼다면 어떠할까. 예술 수준의 어법으로 말해 보기의 실험이 그것. '소설법'으로 말해 보기가 그것. 종교에서 철학으로, 철학에서 소설로의 낮은 데로 내려오기가 그것. 이를 두고 '소설적 환함'이라고도, 화두 아닌 '화미'라고도 했군요. 「무소유」(無所有)에서 『소설법』으로 변화가 이에 해당되겠지요.

주 작품 「무소유」 구성 방법에서 환해짐이 관련되었지요. 어부왕 전설을 소재로 했기에 등장인물은 당연히 성적 불구자 어부왕이지요. 여기에다 박씨는 시동(侍童)을 등장시켰지요. 그리고 패관인 소설가 박씨가 나옵니다. 3인행이라고나 할까. 어째서 시동을 등장시켰을까. 이 물음 속에 이른바 이 소설의 '환함'이 있습니다. 패관의 패악에 가까운 협박스러운 목소리가 시동의 등장으로 크게 부드러워졌던 것. 작품 「무소유」의 큰 장점인 셈.

객 「무소유」의 본문과 각주, 그리고 시동의 3각형 도식으로 이루어진 셈이군요. 『소설법』에서는 시동이 없습니다. 막다른 패관의 패첩(稗帖)으로 일관되어 있지 않습니까. 무슨 '환함'이 거기에 따로 있던가요.

주 있습니다. 『소설법』은 '기·승·전·결'의 구성으로 되어 있지 않습니까. 소재는 어부왕과 조금 다른 「잠자는 공주」. 어부왕 전설이라면 이미 박씨는 신화의 세계를 떠났던 것. 성배 전설의 차원으로 내려왔지요. 인간의 시대, 곧 문화의 단계(진화)인 셈. 그런데 「잠자는 공주」란 무엇이뇨, 동화가 그 정답. 전설에서 동화로, 그러니까 한층 인간 쪽으로 접근해 왔지요. 그러나 모두 서양적인 것. 그렇기는 하나, 또 그렇기에 독자에겐 그만큼 친근해졌던 것. 소설적 '환함'이 드러날 수 있는 곳이지요. 서구적 산물이 소설이니까. 어부왕, 잠자는 공주가 서양 것이라면 여기에다 대응시킨 「개구리왕자」나 「금당나귀」는 어떠할까요. 이 물음엔 다음 두 가지 의미가 담겨 있습니다.

객 진화론의 원리상에서 보면 연금술을 거쳐 몸이 먼저 금으로 변해야 합니다. 짐승의 껍질을 벗고 바야흐로 문화의 영역으로 진보하기 위해서는, '맘'과 '말'의 곡절이 가로놓일 것인바, 이 '말'에 대한 탐구를 박씨는 제쳐두고 있습니다. 아마도 다음의 과제이겠지요. 장차 전개될 심도 있는 문화론이 그것.

주 그럴지도 모르지요. 시방 문제되고 있는 것은 박씨가 보여 주고 있는 『소설법』이 어째서 독자에게 좀더 '환함'을 가져왔느냐 아닙니까. 그것은 곧 전설·동화 등의 서구적 언어(방언)를 호동의 방언, 곧 한반도라는 아주 시골 벽촌의 방언, 이른바 토종방언으로 바꾸어 보여 줌이겠습니다. 아니, 적어도 그런 것을 염두에 둔 글쓰기의 징후가 뚜렷합니다. 잠시 볼까요. 이문구가 지켜보고 있었으니까.

앞서 패관은, 이 '공주=성배'의 아름다움이나 지선함을 들어 '범우주적'이라고 상찬도 바쳤으나, 식민화/피식민화라는 문제와 더불어, 주변 국가, 민족들께는, 이 아름다운 공주가 '검은 상복의 과부 거미'로, 그 계모성을 드러내는 것도, 지적하지 않을 수가 없는데, 그 '아름다움이나 지선'함에 찬양을 보낸다면, 주변 국가, 민족들은, 알게도 모르게도, '문화적 피식민화' 또는 '정서적 피식민화', 심지어는 '상상력의 피식민화'라는, 결코 바람직하지 않은 결과에 봉착하게 될 것이어서, (이문구의, 해학일침을 빌리자면) 거기 '고빠또'들의 영산회가 열린다. 혹간 또 모르지 비록 환상 속에서라도, 거기 어떤 종류의 바벨탑이 서게 될지 그건 모르지. 그러나 이제, 그럴 만한 야단(野壇)도 차려졌으니, 삶은 돼지머리를 위시해, 여기 감 놔라, 저기 배 놔라, 법석(法席)을 떨어봐도 좋을 만한 자리에 온 듯하거니와, 그러면 어째서 패관은 갑자기, 그리고 그것도 하필 어느 낯선 고장의 묵뫼 하나를 열어, 들어, 겨울 나는 구근(球根) 모양 혼곤히 자는, 처자 하나의 잠을 교란하고 있는가, 그래서 정작으론 무슨 말의 아마실을 자아내려 그러는가, 만약 어디서 주워들은, '개작'(改作)의 문제 때문이라면, 저 특정한 한 묵뫼를 파헤치기보다는, '민담'(民譚)이 사고 팔리는, 깨어 시끌벅적한 시정 어디에고 얼마든지 더 좋고도, 누구의 귀에나 익숙해져 있는 것들이 얼마나 쌔뻐린 것인가— 하는 따위, 의문이 납 비녀가 되어 앙구찮게 목에 걸려 있는데, 허긴 그렇겠다. 이제 그것이 대답되어져야 끄닐거리는 납 비녀가 뽑혀지겠을 일이겠는다.

—『소설법』 중에서

객 썩 겸손해진 목소리라고나 할까요. 구근(球根)이라든가 죽고 싶다는 항아리 속의 쿠마의 무녀(엘리엇의 「황무지」)처럼 패관 박씨는, 방언 중의 방언에 기울어질 조짐이 뚜렷합니다. 변강쇠와 옹가네, 어부왕(아더왕)과 잠자는 공주의 대비, 또 변강쇠와 아킬레스의 대결의 조짐도 그것. 그렇지만 무엇보다도, 할방패관 박씨의 겸허함이 손에 잡힐 듯이 드러난 것은 「역증가」(逆增加)입니다. 이 작품 하나를 쓰기 위해 저 『칠조어론』이 요망되었다고 보면 지나친 과장이거나 비약일까요. 바야흐로 이문구와 마주친 형국. 자 보십시오. 이 도달점의 장면을.

「역증가」의 부제가 '제8의 늙은 아해(兒孩) 얘기'로 되어 있습니다. 그려. 그러니까 「제7의 늙은 아해(兒孩) 얘기」(『문학동네』, 2002년 봄)에 이어진 작품인데요. '두 집 사이' 곧 이승과 저승 사이에 머무는 49일(재)을 문제 삼았고, 말을 바꾸면 염태(念胎)에 관련된 것 아닙니까. 당초 '제8의 늙은 아해(兒孩) 얘기'의 발표시 원제목은 「역증가」가 아니라 그냥 「두 집 사이」(『현대문학』, 2004. 2)가 아니었던가. 어째서 박씨는 창작집을 내는 마당에서 '두 집 사이'에서와 결별하는 형국을 취했을까요. 그 작품에 대해 선생은 '아담과 카인의 대화'로 요약하면서 "불쌍한 카인, 우리의 박패관!"이라고 비평가답지 않게 흥분했더군요(김윤식, 「어깨에 작두를 둘러멘 작가들, 혹은 뻐꾸기 울음소리의 소설적 위상론」, 『문예중앙』, 2004년 여름).

주 제가 비평가답지 않게 흥분한 까닭을 밝혀야겠군요. 잘 설명될지 모르겠으나, 제 자신을 위해서라도 시도해 보아야 할 지점에까지 왔습니다 그려.

첫째, 인간계 진입의 얘기라는 것, '두 집 사이'계란 (1)에서 (7)까지는 '염태', '갈마분열' 증가와 역증가 사이를 오르내린 형국이었지요. '자연'계에서 '문화'계로 진화하기 위한 예비훈련 단계라고나 할까요. 제8부터는, 박씨가 밝힌 대로 인간계(문화계)로 바야흐로 발을 내딛는 단계입니다. 잠시 살펴보고 나갑시다.

숫자 '1'은 말하자면, 성력파(性力派)의 '빈두'(Bindu, Skt, 'particle', 'dot', 'spot', 'male semen') 같은 것이라고 이해한다면, 앞서 인용한 구절이 드러내고 있는 것과 대동소이한 결과를 추찰해 낼 수 있을 터이다. 그러나 이건, 아는 이들은 대개는 알고 있는, 저 수의 밀종성(密宗性) 따위를 거론할(만큼 공부도 되어 있지 않되) 자리는 아님으로, 본 잡설(雜說)이 필요하다고 여기는 것만 밝혀두려 하겠다. '7'은 완성 숫자라고 하여 '신'(神)의 숫자라고도 이르되, 그것은 또 『구약』의 숫자라는 주장도 있다. '8'은 그런데, 『신약』의 숫자라고 이르고, 신약적으로는 그래서, '8'이 '완성'을 의미한다고 이르던다. 본패관의 관견에는, 그럼으로 '8'은, '신'의 숫자에 대한 '인간'의 숫자인 듯하다.

―「역증가」중에서

객 그러니까 7과 8의 숫자란, 구약과 신약, 요컨대 인간계의 진입단계이군요. 『죽음의 한 연구』(1975)에서 『칠조어론』까지가 진화론에 이르는 인류사의 초기 단계를 헤맨 것이라면, 그러니까 자연(짐승)과 인간 사이의 분화 과정에 대한 가설적 탐색이었다면 「두 집 사이」시리즈는 좀더 심화된 단계, 곧 '몸-맘-말'의 접점 지대, 분화 과정 증가/역증가에 대한 탐구였군요. 제8에서부터는 자연에서 이륙한 5관유정이 뒤돌아봄 없이 문화계를 진입함에 바쳐진 것. 진화론에 대한 한 단계 비약을 위한 역증가 현상을 일차적으로 다룬 점. 최초의 인간이자 살인자 카인의 등장이 이를 가리킴인 것. 맞습니까.

주 둘째, 극시(劇詩)의 형태를 취했다는 것. 여기에는 문예학적 설명이 없을 수 없지요. 이 작품엔 929세의 아비 아담과 장남 카인이 만나 대담하고 있습니다. 탕아의 일시적 귀가라고나 할까. 누가 보아도 실로 눈물겨운 부자 상봉 장면이 아닐 수 없소. 설사 그렇더라도, 이런 장면을 드러내는 문예학적 방식을 모르면 말짱 헛일일 터. 감동이란 손재주나 말이 아니라 '형식'이어야 하니까. '본질'(Wesen)이란 알몸으로 존재할 수 없고 반드시 형식(Form)이 요망되는 법. 본질과 형식을 제1차적으로, 그러니까 원초적 형태로 드러낸 문예적 양식(type)이 극시라는 것.

객 문예의 원초적 양식이란 시가 아닌가요?

주 『젊은 예술가의 초상』의 조이스는 희곡이야말로 문예학의 최고 양식이라고 했지요. 예술가가 자기의 이미지를 자기 자신과 직접적으로 관련해서 제시함이 서정적 형식이고, 자기 자신 및 타자와 직접적으로 관련해서 제시함이 서사적 형식(소설)이고, 자기의 이미지를 타자와 직접적으로 관련해서 제사함이 극적 형식인 까닭. 『광장』의 작가 최인훈이 어째서 소설을 버리고 막판에 가서 『옛날 옛적에 훠어이 훠이』(1976)를 썼을까요. 극시랄까 연극 양식 말입니다. 그 자신의 설명에 따르면 양간도(洋間島, 미국) 생활 3년 만에 '벼락처럼' 깨침이 찾아왔다는 것. 귀국 동기이자 소설 포기, 극시로 향하기였다는 것(최인훈, 『화두 I』, 민음사, 458쪽). 이와 비슷한 현상이 박씨에게도 일어난 형국. 『칠조어론』, 『신을 죽인 자의 행로는 쓸쓸했도다』, 「두 집 사이」 계에서 어느 한순간, 그러니까 벼락처럼

(칼 포퍼의 창조론에 따르면 '전격적 생성'blitzschlagartige Erhellung)이라고나 할까요.

객 극형식, 극시, 희곡적 구성이라 말해질 수 있는 것은, 그러니까 인류사의 기억에 축적된 가장 고통스럽고 기품 있는 저 희랍비극, 로마 원형극장의 분위기를 떠올리게 됩니다그려. 무대 위에서 아담과 카인이 마주서서 만단설화를 펼치고 있습니다. 이 원형극장에서는 늙고 눈먼 호머도 눈밝은 아리스토텔레스도 소포클레스도 귀 기울이며 경청하고 있고, 무대 주변 코러스도 알맞게 울려 퍼지고 있겠습니다. 그러니까 극양식이야말로 문예학적 달성의 최고 형태이겠습니다. 잠깐, 그러고 보니 문득 선생이 자주 인용하던 소설의 문예학적 열등성(인류사의 타락상)이 떠오릅니다그려.

"본질은 반드시 찾아야 한다. 동시에 그 본질은 절대로 찾아지지 않는다를 소재로 하는 소설에서만이 시간은 형식과 더불어 주어진다."(루카치, 『소설의 이론』)

극시란, 연극이란, 모든 것을 파괴하고 훼손시키는 '시간'이란 괴물이 침투되기 전의 상태라는 것. 소설이란 그러니까 그 내용인즉 시간과의 싸움이라는 것. 소설이 잡스러워지는 것은 그야말로 시간문제라는 것. 인류사는 자본주의(근대)와 더불어 시간으로 말미암아 타락되고 훼손되고 망가지기 마련이라는 것. 그러기에 황금시대(희랍, 원시공동체)를 꿈꾼다는 것. 미치고 환장케 하는 저 유토피아에의 열망이 그것.

주 셋째, 토종 패관 박씨가 그동안 모색하고 탐구한 전 과정이 고백체로 펼쳐졌다는 것.

아담 창조론(創造論) 대신 진화론(進化論)을 신봉하기 위한 편리함이던 가? (그리고 조금 소리 내어 웃는다)

카인 (아비 따라 조금 소리 내어 웃고) 소자는, '이방인'들이 일찍이 개발한, 그 진화론의 신봉자라는 것을 밝혀야겠군요. 그것도, 육신. 또는 체(體)는 적자생존(適者生存)의 자연율(自然律)에 묶여 있고, 다만 정신, 또는 용(用)만이, 진화를 가능케 한다는, 그 편에 서는 진화론자입니다. 그 생각을 정리하기 위해서 소자는, 그 원의(原意)야 어떻게 되었든, 그것들을 저의 생각 속에 끌어들여 굴절, 심지어는 왜곡을 했던 것이, '아니마→지바→불(佛)'이라는 것이었습니다. 그리고 스스로 정의하여, '아니마'는 모든 유정에 편재하는 것으로써, 아직 그것만의 별개성(別個性), 또는 개존성(個存性), 보다 확백하게 말씀드리면, 자아(自我)를 갖기 이전의 것이라고 하고, 반해, '지바'는, 그것만의 결개성, 또는 개존성, 다시 말씀드리면 자아를 갖는 것이라고, 했사옵니다. '아니마'의 경우는, 그것이 어떤 개체, 풀이라든, 지렁이나 토끼라든, 나비나 종달새 따위에 제휴해 있을 때는, 비유로 말씀드리면, 연잎 위에 뭉친 아침 이슬방울 같은 것이다가, 바람결에 그 잎이 흔들려 연못에 굴러들면, 그러니까 그 입은 몸을 벗으면, 그 당장 해체를 겪어, 그 전체 속으로 귀환해 버리는 것이나 아닌가 하고, 이때의 이 '전체'란, 그 '종'(種)이나 '유'(類)의 의미이온데, 집단혼이라고 일러도 될까요. '지바'의 경우는, 그 비슷한 방울 속에, 분화되어지지 않는 어떤 씨앗 같은 게 있어, 그것이 '지바'겠습죠. 그 몸은 물론, 그 연못에 귀환한다 해도, 그것만은 수은방울 같은 것이 되어, 그 바닥에 구르고 있거나, 차라리 그 한 연못을 왼통 휩싸아버릴지도 모른다는 생각입니다. 여기 어디서, '바르도'가 열려, '갈마분열/역분열'

이 시작되는 것이 아닌가 합니다. 전자는, 윤회나 환생 대신, 그 종이나 유의 '유전자(遺傳子)'를 통해 불멸 따위가 운위될 것이며, 후자는, 종이나 유를 떠난 자아와 더불어, 그것이 운위되어질 것입니다.

─「역증가」중에서

고향땅에 발붙일 수 없어 호서땅 밴쿠버에서 품바질하며 온갖 편력을 겪은 최초의 탕아, 각설이꾼 박상륭 패관이 도달한 전 과정이 아비 앞에 고백되어 있지요. 이에 대한 아비의 반응을 보시라.

아담 (갑자기 일어나, 자식의 머리에 입맞춤을 하고, 되앉는다) 나이로는, 그리고 촌수로는, 내가 너보다 늙은 아비로되, 지혜로는, 애비가 자식께, 스승의 예를 갖춰야 할 듯하다.
카인 (쾌는 어리둥절해하다. 얼른 정신을 차리고, 부복하여, 아비의 발등에 두 번 세 번 이마를 조아린다) 판켄드리야를 최초로 성취한 이는, 이방인들을 제외하기로 하오면, 아버님과 어머님이셨습니다. '지혜의 열매'를 딴 그 순간, 바로 그 위대한 도약, 돌연변이가 이뤄진 것으로 아옵는데……아버님께서는 그것을 꿈이나 아니었는가 하고,

─「역증가」중에서

이 장면을 두고 감동적이 아니라면 분명 거짓말. 어째서? 탕아의 실력이나 깨침이나 논리가 썩 정연하고 제법 합리적이어서 설마 아비가 갑자기 일어나 자식의 머리에 입맞춤을 했으랴. 천만에. 아비 앞에 고백하는 아들의 몸짓이 하도 괴롭고 측은해 보였기 때문이지요.

객 카인이란 분명 자기 아들임을 아담이 알아차리는 장면이군요. 아들이 아비의 실력을 인정하고 그 핏줄의 운명적 위대성을 진화론 속에 포함시키는 장면이니까. 마주 대하여 육성으로 고백하는 사실만큼 확실한 것이 따로 없다는 것. 왜냐면 고백체란 혼의 과제이니까. 짐승 가죽을 벗는 방식이니까.

주 넷째, 고기(古記)의 힘, 곧 기록성을 닻으로 삼음으로써 패관잡설을 그나마 억제했다는 것. 기록성이야말로 상상력에다 추를 달아 지상에 머물게 하는 것. 말끝마다 '줍쇼리', '돌(啐)!' 등을 내세우기 일삼던 단계에서 벗어나, 이 단계에 오면 비록 부자간의 대화를 엿들으며 가끔 불근거리는 할방패관의 모습이 끼어들긴 해도 꽤나 품격을 갖추고 있지요. 특히 부자 이별 장면에서는 아무리 할방패관이라도 '침묵'으로 일관하고 말지요. 자 보십시오.

> **아담** 아비가, 아비의 하나님을 경외한다면, 너더러, 이왕에 돌아왔으니, 기약은 없다만, 머물렀다가, 네 어미를 만나봤으면 하고, 말할 수는 없겠지. 그것이 슬프구나.
>
> **카인** 어머님을 뵙지 못한 건, 죽어서도 눈을 감지 못하겠으나, 소자도, 머물러 돌아온 것은 아니었습니다.
>
> **아담** ……그리고 너의 셋째아우 셋도, 불원간에, 양떼 함께 돌아올 때도 됐다만…….
>
> **카인** 저 문전을 들어섰기 전에와 달리, 어째선지, 셋을 보게 될 것이 두렵나이다. 아버님을 뵙고 나서 더욱 확실한 믿음이 드는 것이, 셋이, 아벨의 대신으로, 아버님 어머님께 축복되어진 아우라는 그 사실입니다.

아담 그래서 너는, 다른 아벨을 보기가 두렵다는, 그 말인가?

카인 (침묵. 오랜 오랜 침묵)

아담 (침묵. 오랜 오랜 침묵)

밖에서, 닭이 홰쳐 울어, 첫 여명을 고하고 있다.

카인 (일어나, 아비 앞에 엎드려 절하고, 감발을 맨다) 소자는, 더 늦기 전에, 아버님께 하직을 고하나이다. 아버님, 어머님, 늘 평강하소서. 하나님의 은총에 싸인 셋은, 일로 번성하고 번창할 것입니다. 아버님 어머님께서, 카인을, 그래도 자식이라고 걱정해 주신다면, 그 축복으로 소자는, 기꺼이 꾸려나갈 것입니다. 늘 평강하소서!

—묵(默, 「역증가」 중에서)

객 선생이 얼마나 흥분되어 있는지 숨결이 이쪽까지 끼칩니다그려. 필시 선생은 이렇게 입속으로 되뇌고 싶은 게지요. "아우를 죽인 최초의 살인자 카인이여 박패관이여, 살인을 더 이상 저지르지 않기 위해 또 다시 가출, 방랑의 길에 오르는 탕아여. 태평양 건너 낯선 호서땅에서 짠물만 들이키며 눈이 튀어나온 박상륭이여, 나의 형제여"라고.

주 (침묵)

객 소설 한 편 읽다가 어쩌다 우리가 이 지경에 이르고 말았을까요. 그래봤자 한갓 잡스런 소설 독법이었을 텐데요.

주 따져보자는 기세이군요. 실상 그간의 박상륭 문학 중에서는 이번 작품만큼 안정되고도 정리된 작품은 일찍이 없었지요. 물론 「내편」(內篇)은 아직 미명 속에 있긴 하지만 「외편」(外篇)이 있고, 게다가 「잡편」(雜篇)까지 붙어 있지 않습니까. 「외편」부터 촘촘히 읽고 「내편」으로 들어감

이 순서. 할방패관 박상륭이 자기는 자이나교도라는 것. 고로 진화론자라
는 것. 진화론자이되 육신뿐 아니라 정신적 진화론자라는 것. 육신의 마
지막 진화 단계는 약 7, 8천 년 전에 진행된 5관(판켄드리야)이라는 것. 인
간의 5관 진화의 주역은 손과 언어라는 것. 호모사피엔스와 호모로고투
스라고나 할까. 물질인 몸이 맘을 가졌고 말을 갖추게 된 현상이지요. 체
(體)/용(用) 기표/기의 등의 전개가 이를 가리킴인 것. 손이 문명적인 것
에 이르는 한 단계의 모습인 것. 어째서? 물질적인 것, 그러니까 5관유정
인 인간이 자연을 이해하고 그것을 자기들의 이익을 위해 이용할 뿐 아
니라 정복하게 한 것이라면 이는 아직 짐승의 단계를 불식하지 못한 상
태이지요. 인피(人皮) 속에 아직 수피(獸皮)를 감추고 있는 유정이란 그
러니까 5관에서 거꾸로 4관으로 퇴보한 것. 고로 진화가 아니라 역진화
인 셈. 그렇다면 5관에서 수피를 벗어 5관다운 진짜 진보에 이르는 길은
무엇인가. 천축인들, 중원인들 그리고 호서인들, 또 변강쇠의 방언 등을
통한 8만 4천 법문들이 모두 수피 벗기 운동인 것. 수피 벗기 운동에 대한
온갖 방언의 풍문을 패첩에 기록한 것이 박씨의 작품인 것.

객 잠깐, 누가 그것을 모릅니까. 문제는 거기 있지 않습니다. 박씨의 저러
한 주장의 근거란 오직 자이나교 경전 아닙니까. 그것도 기껏해야 영역
판인 것. 팔리어나 산스크리트 원전을 읽지 않고 이를 이중삼중 방언으로
옮겨놓은 것이란 그게 과연 믿을 수 있을까. 성경 같은 경전 공부를 조금
이라도 해본 사람은 원전의 언어 해독의 복잡성에 직면, 얼마나 절망적이
었던가. 그 자존심 강한 중원인들도 얼마나 절망했으면 산스크리트 원어
를 그대로 두고 말지 않았던가. 아제아제 바라아제 바라승아제 모지 사바
하(gate gate paragate para-samgate bodhisvaha)라고.

주 더 모질게 따져 보시오. 망설일 이유란 없으니까.

객 세상은 넓고 할 일은 많지만, "또 세상은 늙었다는 것. 「두 집 사이」계 엔 '늙은 아해'들이 주역 아닙니까. 세상은 그러니까 자이나교 식으로 7, 8 천 년 전쯤에서 5관유정으로 진화해 온 것이라 칩시다. 언어 사용으로 말 미암은 이 괴물은 짐승과는 달리 이른바 '의식의 과잉'에 빠졌지 않았던 가. 이를 탕진하는 기교를 발명할 수밖에. 문명 건설이 그것. 인간이란 가 만히 두면 목을 조르지 않나. 제 에미를 겁탈하는가 하면, 심지어 자살조 차 하지 않겠는가. 인류사란 그러니까 별별 진화론/역진화론이 출몰, 방 언마다 달라진 그 현란한 8만 4천 법문을 펼쳐 보일 수밖에. 이 모든 법문 이란, 어느 것이 '제일 옳다!'라고 감히 말할 수 있을까. 이런 온갖 법문들 이란 기껏해야 우리에겐 새로운 광학기계(光學器械)와 같은 것. 『되찾은 시간』의 작가 프루스트의 말버릇으로 하면, 작가의 저술(법문)이란 일종 의 광학기계라서, 작가는 그것을 독자에게 제공할 뿐, 그것이 없었더라면 아마도 독자 측에서는 보이지 않았을 것을 독자에게 분명히 발견케 하는 것 정도이겠지요.

주 패관 박씨의 주장이 광학기계치고는 좀 과격하다. 무슨 수정구슬 같 다, 그런 뜻이겠는데요. 또 말해 보시오.

객 진화론만 하더라도 그렇지요. 진화론의 계보라면 다윈주의, 헉슬리 주의 또 베르그송의 논법, 칼 포퍼 식의 것 또 굴드의 단속평형설 이마니 시 긴시(今西錦司)의 주체적 진화론 등의 학설들이 있습니다. 자이나교 의 진화론도 이런 학술적 진화론 속에서 거론되어야 그 위상이 드러나지 않겠습니까. 지금 우리는 한갓 독자이지 특정 종교 법회에 불려나온 것은 아니지 않습니까.

주 제가 해명하거나 반론할 수 있는 성질의 것이 아니어서 유감입니다. 그렇지만 이렇게 말해 보고 싶군요. 21세기 한반도 남단 한국의 소설 독자에 제가 속한다는 사실. 철학도 종교도 아닌 한갓 예술, 그 중에서도 제일 잡스런 소설 장르의 독자라는 사실. 여기엔 설명이 없을 수 없고, 제가 그동안 익혀온 이 나라 방언의 소설이란 잡스럽기는커녕 인간의 위엄에 어울리는 거의 종교 급에 육박할 정도의 경건한 그 무엇이었지요. 반제투쟁문학, 분단·노사문학 등이 그것.

객 알고 있습니다. 그러니까 『광장』이나 『난장이가 쏘아올린 작은 공』이 경전 급에 가까운 것. 원광을 쓴 전적(典籍)이었다는 것이겠소만. 그에 대한 향수에서 선생은 벗어나지 못한다는 것. 기껏해야 '꿈이여 다시 한번' 이 아니겠소. 그 염원의 징후를 정면에서 우레처럼 담뿍 안고 육박해 오는 것이 박상륭 문학이겠는데요.

주 그 곡절을 납득되게 설명해 보라, 그런 주문이군요. 자이나교의 원전 독해가 아니라든가 진화론의 학술적 위치를 따지지 않았다든가. 또한 설사 그런 과정을 겪었더라도 그것은 한갓 '광학기계'에 지나지 않을 터입니다. 왜냐면 저도 종교의 신도가 아니니까. 그럼에도 박씨의 저러한 일군의 작품이 매력적인 것은 변강쇠 동네 방언의 밀도 높이기에서 왔습니다. 구성 면에서도 표현 면에서도 그러합니다. 이른바 판소리 타령조에다 잡소리의 터전을 천축 방언, 중원(中原) 방언 및 호서의 여러 방언들의 터전과 소통시켰음에서 그 밀도 높이기가 가능했던 것이죠. 수사학의 밀도가 그것. 수사학으로 소통하기가 그것. 이러한 박상륭스런 현상은 씨가 한반도의 남대천을 출발, 태평양을 잠수하여 짠물을 머금고 각고의 노력(경전공부)에서 가까스로 얻어진 보물이라 하면 과장일까요. 실로 '생물학적 상상력'의 장엄한 깃발이 아닐 것인가.

객 선생이 결국 '생물학적 상상력'이란 말을 골랐군요.

주 그러고 보니 이렇게 좀 그 '생물'과 '상상력'을 분리시켜 보고 싶습니다. 인간의 키워드가 언어 아닙니까. 언어는 두 가지, 표층언어와 잠재언어. 아직 땅속(비유)에 묻혀 끊임없이 표층으로 솟고자 하는 잠재력을 지닌 언어와 이미 표층으로 나온 언어 사이(바르도)에 한 각설이 패관이 서 있습니다. 표층언어란 현재를 향한 것, 천 원짜리 지폐처럼 값도 정해져 있고 구겨질 대로 구겨진 상태. 흥미 없지요. 끝장난 것이니까. 창조의 가능성이 있는 곳은 잠재적 언어 층이 아닐 수 없지요. 이 잠재적 언어 층의 탐색이야말로 박씨의 위업인 것, 여기서 자양분을 공급받지 않고는 새로운 창조는 가망 없지요. 그러기에 고고학자가 될 수밖에.

객 땅을 파야 하니까. 잠재적 언어는 땅속에 묻혀 바야흐로 염태 상태에 있으니까. 땅 파기, 그러니까 박씨는 고고학자, 두더지인 셈이겠는데요. 그러고 보니, 이번 창작집이 특히 고고학이겠군요. 그동안 5관을 갖기까지의 땅속에 묻힌 인간의 역사를 탐구하기이니까.

주 장자의 『남화경』(南華經)의 구도를 빌려 창작집 목차를 구성해 놓은 것은 이 때문입니다. 『장자』의 「내편」의 서두 「소요유」에 나오는 곤(鯤)이라는 거대한 괴물이 있습니다. 바다 밑에 삽니다. 이놈이 어느 날 새가 되어 하늘을 날면 날개가 흡사 하늘에 드리운 구름과 같은바 그 이름은 붕(鵬)이라 합니다. 붕이 표층언어라면 그래서 이미 햇빛 아래 노출 된 지폐와 같은 존재라면 곤이란 잠재언어 층에 해당되는 것. 박씨의 육성을 직접 들어볼까요.

이 '곤'은 그리고, 그 등에 '하도'(河圖)나 '낙서'(落書)라는 한 벌의 언어 체계를 짊고, 낙수 깊은 데 기복해 있는 '거북'과도 같으며, '봉'은 '주작'과도 같은 것으로 변용될 수도 있을 것입니다. 야심 있는 작가들의 관심이 쏠리는 부분은 이럴 때, '봉'이나 '주작'이 아니라, 넓고 깊고 큰 물의 밑바닥에 기복해 있는 '곤'이나 '거북'일 것은 당연합니다. 모든 뛰어난 작가들은, 아직 형체를 드러내지 않은, 저 거대한 의미덩이를 자기가 보듬어내어 후두둥 날리고 싶은 욕망을 가지고 있음에 분명합니다.

—「깃털이 성긴 늙은 白鳥/깃털이 성긴 어린 白鳥」,『소설법』중에서

객 생물학적 상상력, 진화론적 고고학, 한반도 방언의 밀도 놓이기, 수사학적 소통 등등이라 했지만 선생의 심중엔 아직 뭔가 남은 말이 있어 보입니다. 카인과 아담의 대담 장면에 대해 선생이 썩 흥분했던 곡절 말입니다. 극시「역증가」를 보고 있는 선생의 시선은 흡사 원형극장 맨 앞줄에 앉아 연민의 정에 전율하는 희랍 관중의 그것을 연상시키지 않았던가요. 결국 자이나교도인 박상륭도 아담의 장남인 것. 선생의 텅 빈 시선 속에는, 그러니까 이미 저 명동성당이거나 시스티나성당이거나, 저 타지마할이거나 숭산 소림사이거나 해인사 또는 송광사 마당에서거나 야단법석(野壇法席)이라도 벌어진 광경이 들어 있습니다그려. 선생 옆에는 니체도, 헤겔도, 아우구스티누스도, 도스토옙스키도, 미당과 김동리도, 그리고 이문구도 관객으로 출석해 있습니다그려. 박상륭론을 쓰면서 선생이 「아, 박상륭」이라는 제목을 단 이유가 이 부근에 있지 않은가요.

주 (침묵)

13. 동굴에 비친 '물빛 무늬'

1961년 서라벌 예술대 문예창작과 교수인 「무녀도」의 작가 김동리가 뭔가를 가르치고 있었고, 그 수제자에 이문구와 박상륭이 있었다. 장수농고 수석의 대추방망이 같은 뒤통수를 가진 박상륭과 보령 관촌 출신의 이문구가 서로 곁눈질하고 있었다. 이 두 악종은 서로를 알아보는 혜안을 갖고 있지 않았던가. 그 악종의 내실이란 그들이 함께 극복되어야 할 우상 김동리로 말미암아 증폭되어 마지않았다. 정신적 귀족인 박상륭은 우상 김동리를 형이상학의 방법으로 넘어서고자 했다. 김현의 지적대로 그것은 '샤머니즘의 논리화'로 퉁겨져 나갔다. 데뷔작 「아겔다마」(기독교의 세계 탐구)에서부터 『죽음의 한 연구』로 그 덩굴이 뻗어 팔만대장경의 『칠조어론』에 닿고 말았다. 샤머니즘의 논리화이기는커녕 샤머니즘의 혼란화에 다름 아니었다. 그것은 일찍이 조연현이 김동리의 샤머니즘에 대해 그게 어찌 문학이겠는가, 종교범주에 속하는 것이 아닌가라고 비판한 것과 흡사한 형국을 빚어 놓았다. 샤머니즘(신화)의 논리화를 위해 우선 판을 너무 크게 펴다 보니 수습할 수 없는 경지에까지 나아가고만 형국. '키큰 비평가'가 있어 이를 지적하고, 경고해야 했을 터인데 불행히도 그는 『칠조어론』의 제1부의 간행을 보기도 전에 백옥루의 주민이 되고 말았다. 이제 어째야 한단 말인가. 방법은 단 하나. 스스로 이 혼란을 수습해야 했다. 그만큼 그도 성숙해 있었다. 두루 아는바 팔만대장경이란 보기에 따라서는 샤머니즘의 일대 잔치판이며 대혼란 그 자체의 집합물이 아니었던가. 중생의 근기(根機)에 맞추어 법을 설하다 보니 저러한 방대한 어법이 생겨날 수밖에 없지 않았던가. 중원의 언어로 쓴 『칠조어론』을 이번엔 토종 언어 곧 '즙쇼리'로 번역하는 작업이 뒤따르지 않으면 안 되었다. 그 첫번째 시도가 『평심』이고 그 해설서가 『산해기』였고, 두번째 단계가 『신을 죽인 자의 행로는 쓸쓸했도다』였다. 차라투스트라의 의상을 빌리고 그 목소리로 중생에 한층 가까이 갈 수 있다고 믿었던 까닭이다. 인류사의 진행이 진화와 역진행의 뒤섞임임을 자이나교도 박상륭은 고토의 방언으로 속삭이고자 했다. 딱하게도 이번 역시 중생의 귀엔 낯설었다. 그도 그럴 것이 니체를 '시인'이라 본 것이다. 차라투스트라의 수사학이 한갓 시적 산물이라 했을 때 자이나교도 박상륭은 그보다 급수 다른 종교 교주의 신분이었던 까닭이다. 아무리 '즙쇼리'라 우기고, 차라투스트라의 목소리를 빙자해도, 중생의 근기에는 미치지 못했다. 세번째 시도는 어떠했던가. 아예 『소설법』이라는 깃발을 들고 시장바닥으로 내려왔다. 그럼에도 중생들은 무심했다. 그도 그럴 것이 그가 '소설법'이라는 깃발을 세우고 나팔을 불어도 중생의 귀에는 장자의 목소리이며 그들 눈에는 여전히 중원의 어법으로 된 『남화경』에 다름 아니었던 까닭이다.

이번에도 실패할 수밖에. 이번의 실패의 참담함이란 실로 헤아리기 난감했다. 그는 드디어 무릎을 꿇고 어렵게 말했다.

소자는 더 늦기 전에, 아버님께 하직을 고하나이다. 아버님, 어머님, 늘 평강하소서. 하느님의 은총에 싸인 셋은, 일로 번성하고 번창할 것입니다. 아버님 어머님께서, 카인을 그래도 자식이라고 걱정해주신다면, 그 축복으로 소자는, 기꺼이 꾸려나갈 것입니다. 늘 평강하소서!
—『소설법』, 249쪽

진화론 첫 단계를 돌파한 아담과 이브에겐 아들 카인과 아벨이 있었고, 바로 그 단계에서 역진화가 이루어졌던 것. 카인이 그 장본인이다. 이제 진화와 역진화가 잠시 마주쳤다가 다시 헤어지는 장면이란 실로 극적이라 할 것이다. 카인, 그는 자이나교도인 만큼 다시는 역진화의 수레에 오르지 않겠지만 그렇다고 그것을 뉘 장담하랴. 다만 이 부자 상면엔 커다란 그리움[悲]이 깃들어 있지 않겠는가. 구원은 여기에서 올 터이다. 자이나교도 카인은 다시 밴쿠버 동굴로 되돌아갔고, 깊은 명상에 빠져 있을 터이다. 그 명상 속에 꿈인 듯 생시인 듯 청진동 바닥을 헤매는 충청도 한산 이씨 후손 조용한 양반 이문구의 모습이 어른거렸으리라. 식민지적 상상력에서 벗어나고자 몸부림친 겁 많은 관촌 마을의 소년이 서라벌예대에 들고, 『장한몽』타령을 하고 금호동 강변 술청에서 한강수를 굽어보며 맞수 박상륭과 막걸리를 퍼마실 때 이따금 관악산의 키 큰 비평가도 끼어들어 저도 모르는 고담준론을 펴고 있지 않았던가. 밴쿠버 동굴 벽엔 관촌 마을의 소년의 모습이 스크린으로 펼쳐져 있었다. 『장한몽』의 만화경을 지나고, 「공산토월」에 이른 이문구의 모습이 '모란꽃 무늬'로 되어 있지 않겠는가. 아, 그 성스러운 모란꽃 무늬. 그러나 그 무늬는 오래가지 않았다. 그 무늬와 더불어 그는 낯선 경기도 발안 마을에 귀양가지 않으면 안 되었다. 그는 거기서 패악치듯 외쳤다. '우리 동네' 연작이 그것. 공허한 수사학만 낙엽처럼 그의 주변에 질펀히 떨어질 뿐이었다. 불혹의 나이, 그는 자기를 참아야 했다. 가족을 버리고 단신 그는 관촌 마을로 내려갔다. 이젠 아무도 그를 겁주지 않는 시대. 90년대의 중반, 그는 이미 불혹의 중반 나이에 가까이 와 있었다. 자기를 찾아야 했다. 그는 거기서 나무가 되고자 했다. 자기 몸이 갖가지 토착 나무로 되기를 소망했다. 「장동리 싸리나무」에 이르러 비로소 그는 어느 달밤에 자기의 그림자인 '묵란도' 를 밟을 수 있었다. 물을 댄 논에 어리는 '물빛 무늬'가 아니었던가. '모란 꽃 무늬'가 어느새 '물빛 무늬'로 순화되어 있지 않겠는가. 구원은 거기에 있었다. 동굴의 벽에 가득 비친 이 '물빛 무늬'를 차라투스트라 박상륭은 넋을 잃고 보고 있었다. 그것은 저 인류사의 거창한 그림자보다 한층 아름다웠다. 적어도 마음의 흐름에서 그러했다. 그는 혼자 뇌고 있었는지도 모른다. 동구에 좀더 머물러야 되겠다라고. 아, 그것은 환각일지라도 마음 편한 고향이니까.

---

* 박상륭의 근작 『잡설품』(2008)에 대한 논의는 필자의 평론집 『다국적 시대의 소설읽기』(문학동네, 2010)에 수록되어 있음.

7장 _ 인간성의 두 유형, '논리'와 '해석'
결론을 대신하여

'문학사의 라이벌'이란 표제로 필자가 제법 긴 연재를 한 것은 계간지 『문학의 문학』창간호(2007년 가을)에서부터였다. 발표 순서와는 관계없이, 겨냥된 라이벌 의식을 표제로 삼고, 이를 의식한 두 당사자의 이름을 부제로 삼았다. 논의의 초점을 선명히 하기 위함임을 한눈에 알 수 있게 했다. 이것들을, 한국문학사에 다소 관심이 있는 사람의 의식 정도에 따라 대략 나름대로 분류하면 다음 세 가지로 될 듯하다.

(A)

「톨스토이와 도스토옙스키 — 김동인의 몰개성과 염상섭의 개성」

「식민지 서울의 현실 빈약성에 맞선 자의식 과잉의 정교한 언어 — 이상과 박태원」

「양다리 걸치기의 제3형식과 제4형식 — 이효석과 유진오」

「동질적 이질성의 맹목화 현상 — 미당의 어법, 동리의 문법」

「문학과 정치의 우정은 어떻게 가능하고 또 지속되는가 — 백철과 임화」

「토착화의 문학과 망명화의 문학 — 이호철과 최인훈」

「순수와 비순수 — 유진오와 김동리」

(B)

「'문장강화'에서 '산문'까지의 거리재기 — 이태준과 정지용」

「제국대학 영문학의 직계적 상상력과 방계적 상상력 — 이양하와 김기림」

「세자르 프랑크 마주하기 — 김종삼과 김춘수」

「선험적 문학과 선험적 가난 — 자생적 운명이 시선에서 본 김현과 이청준」

「밴쿠버 어떤 동굴에 비친 물빛 무늬 — 이문구와 박상륭」

(C)

「철학과 문학의 충돌, 얻은 것과 잃은 것 — 임화와 신남철」

「예술 미달과 예술 초월 — 『현대문학』지와 『문학예술』지」

「불온시 논쟁에서 얻은 것과 잃은 것 — 김수영과 이어령」

「현실 반영과 현실 변혁 — 이기영과 한설야」

「종교로서의 문학, 사상으로서의 문학 — 김동리와 조연현」

「생활인의 철학과 생활인의 미학 — 김진섭과 이양하」

「정신과학의 유연성과 실증주의의 시적 직관 — 무애와 도남」

「두 가지 형식의 '악마의 작업' — 박경리와 박완서」

「'실증주의 정신'과 '실존적 정신분석'의 어떤 궤적 — 책읽기의 괴로움과 책쓰기의 행복론」

「'논리'로서의 문학, '해석'으로서의 문학 — 『창작과비평』의 초기 위상론」

  (A)에 속한 것은 일반인에게 조금은 낯익은 것이어서 여기에서 몇 편을 먼저 발표했다면 (B)는 이에 비해 조금은 낯선 것들이다. 전문 영역에 접근된 것으로 판단되었고, 따라서 발표를 조금 망설일 수밖에 없었다. 그러나 (C)에 오면 전문적 영역이어서 감히 발표하기 어렵고 학술전문지에나 발표될 성질의 것으로 보였다. 말을 바꾸면 필자 자신도 처음 부딪힌 균형감각의 영역이 내포되었기에 그만큼 벅찬 영역이었다.

이 책의 서론에서도 밝혔듯 거의 4천 매에 이르는 원고 중에서 어느 수준에서 이해될 수 있다고 여겨지는 다섯 편만을 한 줄기로 꿰뚫고자 했다. 그렇기는 하나 이 다섯 편 중에는 매우 딱하게도 필자 자신이 미처 감당할 수 없는 부분이 엄연히 있었다. 그것은 학문을 넘어서는 과제였다. 라이벌 의식을 다룸에 있어 두 사람씩 묶었고, 그 서로 마주함에서, 보이지 않는 마주보는 의식을 엿보고자 했다. 그러나 어째서 다음 두 가지 예외가 있어야 했을까.

「'실증주의 정신'과 '실존적 정신분석'의 어떤 궤적」에는 주체가 없다. 대체 누구와 누구 간의 라이벌 의식이란 말인가. 이 문제는 필자의 가슴에만 새겨둘 성질의 것이어서 떠들 만한 것이 아니다. 필자가 아마도 큰 실수를 저질렀는지 모를 일이긴 해도, 필자 역시 보통의 범속한 인간에 불과하다고 한다면 이에 대한 모종의 변명이 될까.

「'논리'로서의 문학, '해석'으로서의 문학」에도 주체(인간)가 빠져 있다. 『창작과비평』의 초기 위상론이지만 이는 위의 경우와 사정이 크게 다르다. 단지 필자가 그 계간지의 활동을 옆에서 관찰 또는 구경했을 따름이다. 구경꾼 또는 관찰자로서는 그 나름의 방도가 있는 법이다. 이것은 그 관찰 결과물인 글 자체 속에 포함되어 있는 만큼 드러내 보이기엔 무리가 따른다. 무엇보다도 그것은 이 계간지가 20세기 중반에서 21세기인 현재까지도 집중성과 지속성을 갖추고 있음에서 왔다. 그 에너지의 근원은 어디서 오는 것일까. 필자는 이에 대해 막연히 인간이 지닌 여러 인간 본성에서 해답을 얻고자 시도했다. 그러고 보니 마음이 조금은 가벼워졌다. 이론·추상·논리 등을 '절대'로 세우고자 하는 인간의 본성이 있다면 '자기의 경험으로 환원되지 않는 사상'은 '절대'로 믿지 않는다는 또 다른 본성이 있다는 것. '논리'와 '해석'으로 이를 세속화시킬 수 있을지 모르지만, 좌우간 이러한 인간성이 필자를 마음 편하게 해주었던 것만은 사실이 아닐 수 없다. 그것은 필자가 다른 어떤 인간성에 비해 이 인간성이 높은 수준에서 그러하다고 믿었음에서 온 것이다.

찾아보기